Zum Buch:

Die Kilby Catfish sind das Karriere-Sprungbrett für Mike! Daher sollte der Catcher sich voll und ganz auf sein Spiel konzentrieren. Warum nur aber kriegt er die attraktive Donna MacIntyre nicht aus seinem Kopf – obwohl sie ihn ohne Vorwarnung eiskalt abserviert hat? Die unwiderstehliche Anziehung zwischen ihnen beiden führt immer wieder zu verfänglichen Situationen. Als Mike erfährt, dass diese sexy Momente Donnas Chancen auf das Sorgerecht für ihren Sohn gefährden, macht er ihr spontan einen Heiratsantrag. Doch damit fangen die Probleme erst an …

„Jennifer Bernards Warmherzigkeit, Humor und Esprit lassen sich auf jeder Seite in diesem Roman finden und machen dieses Buch – diese Serie – zu einem unvergesslichen Leseerlebnis, das man nicht verpassen darf!"

Romantic Times Book Reviews

Zum Autor:

Jennifer Bernard hat in Harvard studiert und als Werbeleiterin gearbeitet. Als Tochter von zwei Akademikern hat sie ihre Familie mit ihrer Leidenschaft für Romances mehr als nur einmal verwirrt. Der Liebe wegen hat sie die Großstadt aufgegeben und lebt nun in Alaska mit ihrem Ehemann und ihren Stieftöchtern. Unter Pseudonym schreibt sie auch erotische Romane, was sie allerdings auf Familientreffen verschweigt.

Lieferbare Titel:

Volltreffer für die Liebe

Alle Rechte, einschließlich das des vollständigen oder
auszugsweisen Nachdrucks in jeglicher Form, sind vorbehalten.

Alle handelnden Personen in dieser Ausgabe sind frei erfunden.
Ähnlichkeiten mit lebenden oder verstorbenen Personen wären rein zufällig.

Der Preis dieses Bandes versteht sich einschließlich
der gesetzlichen Mehrwertsteuer.

Umwelthinweis:
Dieses Buch wurde auf chlor- und säurefreiem Papier gedruckt.

Jennifer Bernard

Homerun mit Herzklopfen

Roman

Aus dem Amerikanischen von
Christian Trautmann

MIRA® TASCHENBUCH
Band 25963
1. Auflage: Oktober 2016

MIRA® TASCHENBÜCHER
erscheinen in der HarperCollins Germany GmbH,
Valentinskamp 24, 20354 Hamburg
Geschäftsführer: Thomas Beckmann

Copyright © 2016 by MIRA Taschenbuch
in der HarperCollins Germany GmbH
Deutsche Erstveröffentlichung

Titel der nordamerikanischen Originalausgabe:
Caught by You
Copyright © 2016 by Jennifer Bernard
erschienen bei: Avon Books, New York

Published by arrangement with
Avon Books, an imprint of HarperCollins Publishers, LLC.

Konzeption/Reihengestaltung: fredebold&partner GmbH, Köln
Umschlaggestaltung: büropecher, Köln
Redaktion: Mareike Müller
Titelabbildung: Getty Images/Yuri_Arcurs, Thinkstock/Yuri_Arcurs
Autorenfoto: Dylan Patrick
Satz: GGP Media GmbH, Pößneck
Druck und Bindearbeiten: GGP Media GmbH, Pößneck
Printed in Germany
Dieses Buch wurde auf FSC®-zertifiziertem Papier gedruckt.
ISBN 978-3-95649-599-1

www.harpercollins.de

Werden Sie Fan von MIRA Taschenbuch auf Facebook!

Besonderer Dank geht an Sierra Dean, Kristina Birch, LizBeth Selvig, meine Agentin Alexandra Machinist und das gesamte Avon-Team, vor allem Tessa Woodward und Elle Keck. Ihr seid die All-Stars in meinem Buch.
Dieses Buch ist meiner Schwester Yael gewidmet, die mich auf so viele Arten inspiriert, und meinen Eltern, die ihre Arme und ihre Herzen öffneten, als es darauf ankam.

1. KAPITEL

Tja, dachte Donna MacIntyre. Es gab Leute, mit deren Erscheinen in der Stadtbibliothek von Kilby zu rechnen war. Und dann gab es die Überraschungen. Zum Beispiel Mike Solo. Der berühmte Catcher der Kilby Catfish verdankte seinen durchtrainierten Körper eigentlich nicht dem Schleppen von Büchern, sondern eher dem Kauern hinter der Plate. Und dennoch war er jetzt hier und schleppte einen riesigen Stapel gebundener Bücher zum Ausleihtresen.

„Brauchst du Hilfe, Solo?" Sie stellte sich neben ihn und lehnte sich dabei mit der Hüfte an den Tisch. „Nur für den Fall, dass du dich fragst, was man mit diesen dicken Dingern tut." Sie blätterte durch eines der Bücher; es sah nach einer ernsthaften Biografie aus.

Mike war schlagfertig wie immer. Mit einem frechen Funkeln in seinen grünen Augen erwiderte er: „Ich weiß ganz genau, was man mit dicken Dingern tut, aber du kannst es mir ja gern demonstrieren."

Frank, der Bibliothekar, der neben Mikes Bücherberg beinah zwergenhaft klein wirkte, verschluckte sich ein bisschen.

Herausfordernd musterte Mike Donna. „Nun schau dir das an, Red, du hast den Bibliothekar aus dem Konzept gebracht. Das ist nicht anständig."

„Ich habe nicht ... " *Er* hatte doch mit diesen nicht jugendfreien Bemerkungen angefangen, nicht sie. Sie wollte protestieren, doch die geröteten Wangen des Bibliothekars bewirkten, dass sie sich zusammenriss. „Tut mir leid, Frank. Ich werde mich benehmen." Sie beugte sich über den Tresen. „Aber ist dir überhaupt bewusst, dass ein Spieler der berüchtigten Kilby Catfish in unserer bescheidenen Bücherei weilt? Ich hoffe nur, die Stammkunden sind in Sicherheit. Uns ist ja allen sehr gut bekannt, wie verrückt diese Baseballspieler sein können."

„Das ist jetzt schlicht und einfach ein Vorurteil", beklagte Mike sich und wirkte gekränkt. „Ich bin ein gesetzestreuer Bürger, der seine Schulden begleichen will, bevor er die Stadt wieder verlässt. Frank weiß, dass ich niemals Ärger machen würde. Außer es lässt sich nicht vermeiden", fügte er hinzu, wobei er Donna einen Blick zuwarf, bei dem ihr ganz warm wurde. „Da kommen noch ein paar, Mann. Bin gleich wieder zurück."

„Danke, Mike. Ich fange schon mal an." Der Bibliothekar nahm das oberste Buch vom Stapel. Donna stand mit offenem Mund da. Offenbar war Mike dem Büchereipersonal ebenso bekannt wie den Barkeepern im Roadhouse. Schau mal einer an.

„Donna, du begleitest mich besser", erklärte Mike und hielt ihr die Hand hin. „Ich bin mir nicht sicher, ob ich dich mit diesen dicken großen Dingern allein lassen kann."

„Ha ... ha." Der Rest ihrer zweifellos brillanten Erwiderung verpuffte, als seine starke Hand sich um ihre schloss. Donna und Mike Solo hatten schon die ganze Saison über miteinander geflirtet, seit sie ihm zum ersten Mal im Roadhouse begegnet war. Mehr war da allerdings nie gewesen, aus vielen Gründen. Zum einen war ihr Leben schon kompliziert genug. Zum anderen war da sein Enthaltsamkeitsgelübde. Jeder war darüber im Bilde, dass Mike Solo zu Beginn jeder Saison Enthaltsamkeit schwor und diesen Eid nie brach.

In der Hoffnung, dass ihre Schlagfertigkeit jeden Moment zurückkehren würde, folgte sie ihm aus der Bücherei hinaus auf den Parkplatz. Es war nur so ... seltsam, ihn hier zu treffen, statt ihn auf dem Spielfeld zu sehen oder feiernd mit den anderen Catfish-Spielern. Unwillkürlich musste sie an diese Zeitschriftenartikel denken, in denen immer behauptet wurde, dass Prominente auch nur ganz normale Menschen seien. Woraufhin prompt das Foto irgendeines Filmstars mit einem Starbucks-Becher in der Hand folgte. Mhm, dachte Donna. *Was es da wohl noch für Dinge gibt, die ich nicht über Mike Solo weiß?*

Er öffnete die Tür eines silberfarbenen Land Rovers und holte noch mehr Bücher heraus. Dabei hatte Donna die Gelegenheit, das Spiel seiner Rückenmuskeln zu beobachten und seinen wahrhaft spektakulären Hintern zu betrachten. Bevor er sie ertappen konnte, wandte sie rasch den Blick ab und richtete ihn stattdessen auf die Bücher, die Mike ihr auf die Arme lud. Vom Cover des obersten Werkes schaute ihr ein berühmtes Gesicht entgegen. Steve Jobs. „Hast du diese Bücher wirklich alle gelesen?"

„Wir sind viel unterwegs, und ich trainiere gern meine Gehirnzellen. Ich bin Catcher." Er tauchte wieder aus dem Wagen auf, beladen mit einem weiteren Stapel Bücher.

„Und?"

„Und Catcher müssen schlau sein. Wir müssen das Spiel besser kennen als jeder andere. Strategien, Muster, menschliches Verhalten. Ich muss wissen, was jemand tun wird, noch bevor derjenige es selbst weiß." Er warf die Wagentür mit der Hüfte zu. Das sah unfairerweise sehr sexy aus.

„Wie steht's da mit mir? Was habe ich vor?"

„Nach allem, was ich so mitgekriegt habe, Donna MacIntyre, wirst du gleich einen Witz reißen. Darauf kann man sich bei dir verlassen. Na los, Baby, zieh mich auf. Tu das, was du so gut kannst."

Sie presste schnell die Lippen aufeinander, damit er bloß nicht recht behielt. Obwohl er natürlich recht hatte. Seit sie klein gewesen war, hatte sie auf jeden Mist in ihrem Leben reagiert, indem sie darüber lachte. Was konnte man denn sonst machen?

Hoch erhobenen Hauptes marschierte sie auf den Eingang der Bibliothek zu. Mike holte sie im Nu ein. „Habe ich vergessen zu erwähnen, dass ich es mag?" Er lehnte sich zu ihr herüber, sodass sie seinen warmen Atem am Ohr spürte. Sinnliche Schauer überliefen sie. „Halte dich jetzt nicht meinetwegen zurück. Los, mach ruhig deine Scherze."

„Vielleicht bin ich momentan gar nicht in der Stimmung, um Witze zu reißen? Schließlich ist das hier eine Bücherei."

„Das vergesse ich andauernd, wahrscheinlich weil ich dich normalerweise nur auf Partys treffe. Was treibt ein wildes Mädchen wie dich eigentlich hierher?"

Einen Augenblick lang war sie in Versuchung, Mike die Wahrheit zu gestehen. Die ganze Geschichte in allen enthüllenden Details. Aber sie hatte es nicht einmal Sadie erzählt, ihrer besten Freundin. Was falsch war und sich ändern musste, möglichst bald. Vorerst allerdings ...

„Ich suche Bücher für den Hai. Das ist der Junge, um den ich mich kümmere."

„Der Spitzname gefällt mir."

„Danke, Priester. Ich habe eine Schwäche für Spitznamen."

„*Das* ist meiner?" Sein verblüffter Gesichtsausdruck brachte sie zum Lachen. Sie hatte Spaß daran, Mike zu foppen.

„Wegen deines Enthaltsamkeitsschwurs. Doch keine Sorge, das ist nicht dein einziger Spitzname." Sie zwinkerte ihm zu.

„Ich sollte nicht fragen. Sollte ich wirklich nicht. Welche gibt es noch?" Er verlagerte seinen Bücherberg auf einen Arm, um ihr die Tür aufzuhalten.

Sie duckte sich unter seinem Arm durch. „Sexy McCatcher", antwortete sie betont sittsam. „Aber lass es dir nicht zu Kopf steigen."

„Ich habe Neuigkeiten für dich, Rotschopf", flüsterte er, da Frank, der Bibliothekar, den Finger auf die Lippen legte, damit sie leise waren. „Die Saison ist vorbei. Das Zölibat Vergangenheit."

Donnas ganzer Körper reagierte auf diese Information, ihr trockener Mund eingeschlossen. Einen erstickten Laut von sich gebend, eilte sie zum Ausleihtresen.

Mike folgte Donna und genoss den Anblick ihrer knappen Jeansshorts und ihres engen T-Shirts, dessen Aufdruck Werbung machte für eine lokale Zydeco-Band. Donna war äußerst wohlgeformt. Zum ungefähr millionstenmal fragte er sich, wie es wohl wäre, diesen Körper mit seinen Händen zu berühren, sie zu erforschen, diese herausfordernde Frau mit ihren kupferroten Haaren und den braunen Augen, die ihren Farbton wechseln konnten. Ihr Gesicht war hübsch, herzförmig, mit störrischem Kinn und Wangengrübchen. Aber für ihn war da noch viel mehr. Ihre Scherze faszinierten ihn, ihre freche Art, ihre … Kühnheit.

Schließlich hatte Donna sich bei ihrer letzten Begegnung mit sämtlichen Wade-Tyrannen angelegt, um ihre Freundin Sadie zu beschützen. Dazu gehörte Mut, und deshalb hatte er Respekt vor ihr.

Am Tresen luden sie beide ihre Bücherstapel ab. Mike zückte seine Brieftasche und holte zwei Hundertdollarscheine heraus.

Vor Verblüffung ließ Frank eines der überfälligen Bücher – der Bericht eines Kampfpiloten aus dem Zweiten Weltkrieg – zu Boden fallen. „Oh, ich bin sicher, so viel ist es nicht." Der Bibliothekar schüttelte hektisch den Kopf. „Bis jetzt haben wir erst fünf Dollar zusammen."

„Dann betrachten Sie es als Spende. Ein kleines Extra dafür, dass ich diese Werke so lange aus dem Verkehr gezogen habe. Manchmal verstreicht die Zeit während der Saison wie im Flug."

Merkwürdig schaute Donna ihn an. „Tust du das öfter?"

„Bücher ausleihen und sie dann zu spät zurückgeben? Ja, kommt vor. Auswärtsspiele, Verletzungen, Team-Dramen." Er zuckte mit den Schultern. „Ich versuche, es wiedergutzumachen. Sind wir quitt, Frank?"

„Absolut. Mehr als das."

„Ausgezeichnet. Vielleicht sehen wir uns in der nächsten Saison. Ich hoffe allerdings nicht. Ist nichts Persönliches." Er zwinkerte dem Bibliothekar zu, was den nervös zu machen schien, da er nicht mehr aufhörte, mit dem Kopf zu nicken.

Mike wandte sich an Donna, die die Hände in die Gesäßtaschen ihrer Shorts geschoben hatte. Himmel, war sie sexy. Und lustig. Seit Angela hatte er mit keiner Frau mehr so viel Spaß gehabt. Vielleicht überhaupt noch nie. Und dabei hatten sie sich noch nicht einmal geküsst.

Noch nicht.

Mit der gleichen Geschwindigkeit, mit der er die Lage hinter der Plate einschätzte, analysierte er die Situation.

1. Das Zölibat war beendet.
2. Donna sah ihn auf diese freche Weise an.
3. Sie trug ein T-Shirt, das ihre fantastischen Kurven voll zur Geltung brachte.
4. Morgen würde er weg sein.

„Komm mal einen Moment her." Er nahm erneut ihre Hand und dirigierte Donna zu den hohen Regalen mit den Biografien. In dieser Abteilung hatte er noch nie jemanden angetroffen. Außerdem befanden sich nur noch zwei weitere Personen in der Bücherei, einschließlich Frank.

„Was tust du denn?", presste sie zischend hervor, folgte ihm aber dennoch. Möglicherweise hatte sie den gleichen Gedanken. Schließlich gehörten zwei dazu, um ein solches Knistern zu erzeugen, wie es zwischen ihnen herrschte.

Tief in dem Gang, wo der Staub in den einfallenden Sonnenstrahlen tanzte, blieben sie stehen. Mike blickte Donna an. Das Sonnenlicht schien ihr Haar in eine rote Wolke zu verwandeln. „Ich gehe morgen nach Chicago zurück. Aber vorher möchte ich noch etwas tun."

„Deine ausgeliehenen Bücher zurückgeben. Das sehe ich. Wahrscheinlich musst du auch noch ein paar Strafzettel für Falschparken bezahlen. Auch Strafen für Ruhestörung?"

Er strich sich durch die Haare. „Ich muss dir etwas gestehen." Dank seiner katholischen Erziehung hatte er schon die ganze Zeit ein schlechtes Gewissen. Du sollst nicht lügen und so weiter. „Nur ein paar von diesen Büchern waren meine. Die meisten hatte mein Nachbar. Er ist ans Haus gefesselt, deshalb leihe ich welche für ihn aus."

Sie stutzte, und in dem gedämpft einfallenden Sonnenlicht wirkten ihre Augen grünbraun. „Dein Geständnis ist, dass du Bücher gar nicht stapelweise liest und für deinen Nachbarn in die Bibliothek gehst? Was noch? Fütterst du auch seine Katze?"

„Nur wenn er es vergisst."

Ein amüsierter Ausdruck glitt über ihr herzförmiges Gesicht. „Ich bin am Boden zerstört. Ich dachte, in diesem durchtrainierten Körper wäre auch noch ein Genie versteckt."

Sie redete von seinem Körper. Den sie auch betrachtete. Ihr Blick verweilte auf seinen Brustmuskeln. Das war gut. Sehr gut sogar. *Nutz die Gelegenheit!*

„Vielleicht habe ich nur versucht, dich zu beeindrucken. Wir schleichen doch schon die ganze Saison umeinander herum. Willst du denn nicht herausfinden, wie weit das führen würde, wenn wir uns mal nicht zusammenreißen?"

Ihre Augen weiteten sich. „Hier? Willst du etwa noch öffentliche Unzucht zur Liste deiner Untaten hinzufügen?"

„Nur ein Kuss. Einer. An einem Kuss ist doch nichts Unanständiges."

Sie dachte aufreizend lange darüber nach, während die Anspannung zwischen ihnen wuchs. Er meinte ernst, was er gesagt hatte – mehr als einen Kuss wollte er gar nicht. Morgen würde er abreisen, und One-Night-Stands waren nicht sein Stil. Aber Donna ging ihm schon seit Monaten nicht mehr aus dem Kopf, und deshalb wollte er wenigstens einmal diese sinnlich geschwungenen pinkfarbenen Lippen kosten, ehe er Kilby verließ.

Endlich schien sie sich zu einer Entscheidung durchgerungen zu haben. Sie trat einen Schritt auf ihn zu, streifte ihn. Sie brachte einen frischen Duft mit, wie ein Farn, der sich im Wald entfaltete. „Nichts Unanständiges, Priester? Da habe ich aber Neuigkeiten für dich."

„Und welche?"

„Küssen kann durchaus unanständig sein ... wenn man es richtig anstellt." Mit diesen Worten hob sie ihren Mund seinem entgegen.

Sobald Mikes Lippen auf ihre trafen, wusste Donna, dass sie in Schwierigkeiten steckte. Als er ihr gestanden hatte, er füttere die Katze seines Nachbarn, war sie einfach dahingeschmolzen.

Doch dann hatte er Chicago erwähnt, und etwas hatte klick in ihr gemacht. Wenn er fortging, würde sie sich gar keine Gedanken darüber machen müssen, was als Nächstes passierte. Sie konnte sich einen aufregenden Moment mit einem Mann gestatten, für den sie seit Monaten schwärmte. Ohne Rücksicht auf irgendwelche Konsequenzen oder Folgen. Das hier war die große Chance, etwas auszuleben, was sie sich tausendmal ausgemalt hatte – ein Kuss von sexy Mike Solo.

Nur war dieser Kuss dummerweise ... anders, als sie erwartet hatte. Sein Mund fühlte sich warm und fest an. Außerdem verstand Mike es sehr geschickt, ihn einzusetzen. Der Kuss war so perfekt, als hätten sie extra für diesen Moment geübt. Mit einer seiner starken großen Hände umfasste Mike Solo ihren Hinterkopf. Die Art, wie er sie hielt, machte sie ganz benommen, als wäre sie etwas Kostbares, das man hüten musste.

War das echtes Küssen? Möglicherweise hatte sie es bisher nie richtig gemacht. Ein Kribbeln wanderte von ihren Lippen hinunter bis zu ihren Zehen, mit ein paar interessanten Zwischenstopps. Das Spiel seiner Zunge erzeugte eine sinnliche Empfindung, die sie nach Luft schnappen ließ. Als wäre jeder Kuss in der Vergangenheit bedeutungslos gewesen, nur ein Platzhalter für *diesen* Kuss. Sie schmiegte sich an Mike, verlor sich in seinem Duft, seiner Wärme. Am liebsten wäre sie in ihn hineingekrochen.

Mit der anderen Hand – der, die nicht an ihrem Hinterkopf lag – erzeugte er förmlich unsichtbare Flammen auf ihrer Taille. „Wow, du fühlst dich gut an", flüsterte er, noch dicht vor ihren Lippen. „Viel besser sogar, als ich es mir ausgemalt habe. Und das habe ich oft."

Sie auch ... aber das reichte nicht an die Realität heran, in der er seinen muskulösen Oberschenkel zwischen ihre Beine drängte. Sie spürte seine tiefen Atemzüge und das sanfte Kratzen seiner frischen Bartstoppeln an ihrer Wange, während er mit dem Mund über ihre Schultern glitt.

Himmel, sie würde direkt hier auf dem Boden der Bibliothek

dahinschmelzen. Hastig trat sie einen Schritt zurück. „Das ist verrückt. Wir können das hier nicht tun."

Er schaute ihr in die Augen. „Nein", erwiderte er mit rauer Stimme. „Du hast recht. Nicht hier. Dort." Er deutete mit dem Kopf zu einer Tür am Ende des Ganges. Ein Vorratsraum? Die Buchbinderwerkstatt? Oder gar eine Tür zu einer anderen Dimension? Und interessierte es sie?

Nein, absolut nicht. Hand in Hand schlichen sie auf Zehenspitzen zu der Tür, versicherten sich, dass die Luft rein war, schließlich schlüpften sie hinein. Wie sich herausstellte, handelte es sich um die Putzmittelkammer, dem Wischmopp nach zu urteilen, den Donna um ein Haar umgeworfen hätte. Ein Kichern unterdrückend, schmiegte sie sich in Mikes Arme.

„Ich wusste, dass es so sein würde", raunte er und ließ die Finger unter ihr Shirt gleiten. Ihre Brustwarzen wurden hart, noch ehe er sie erreicht hatte, einfach schon dadurch, dass er über ihren Bauch strich. „Ich wusste es, seit ich dich an jenem Abend im Roadhouse gesehen habe. Ich will das Feuer in dir entfachen. Ich will, dass du kommst, Donna."

Ein Kribbeln überlief ihren Körper. Sie wollte Mike sagen, dass das höchst unwahrscheinlich war, weil sie bei Männern einfach zu sehr auf der Hut war. Doch stattdessen sagte sie: „Wir bleiben angezogen." Immerhin erinnerte der winzige Rest ihres Verstands, der noch funktionierte, sie daran, dass sie sich nach wie vor in einer Bibliothek befanden. Mike schien einverstanden und presste seine Lippen von Neuem zu einem die Sinne benebelnden Kuss auf ihre. Ihre Knie gaben nach, und sie sank gegen ihn. Gleichzeitig legte er die Hand auf ihre Hüfte und drückte sie fester an sich. Ihr intimster Punkt rieb sich an seinem Oberschenkel, und Donna stöhnte. Glücklicherweise wurde der Laut durch den Kuss gedämpft.

Mit der Hand auf ihrer Hüfte dirigierte Mike sie so, dass er durch ihre Shorts und den Slip hindurch ihre Klitoris stimulieren konnte. Er umfasste ihren Po und bewegte sie auf seinem muskulösen Schenkel auf und ab. Sie vergrub das Gesicht an seinem Oberkörper, um ihr Keuchen zu ersticken. *Du liebe Zeit!* Jedes Heben und Senken ließ sie von Neuem erbeben, bis sie zum Höhepunkt gelangte. Und dabei hatte es noch nicht einmal eine Berührung Haut an Haut gegeben! Wellen der Lust durchfluteten sie, während sie auf seinem starken Oberschenkel ritt und sich wieder und wieder alles in ihr zusammenzog. Jedes Mal, wenn sie glaubte, jetzt würde es vorbei sein, veränderte er seine Position leicht, fand einen neuen Punkt und brachte sie ein weiteres Mal zum Orgasmus.

Was, um alles in der... Er hatte ihre nackte Haut noch gar nicht angefasst. Sie war immer noch vollständig bekleidet.

„Du meine Güte, Solo", stieß sie schwer atmend hervor und wich zurück, als sich die Dinge allmählich beruhigt hatten. „Was hast du getan? Und wie hast du das gemacht?"

Er sah aus, als litte er Schmerzen. Natürlich. Er musste förmlich explodieren, der Ausbuchtung in seiner Hose nach zu urteilen. Sie streckte die Hand danach aus, doch ein Rütteln am Türknopf ließ sie zurückschrecken.

„Hallo? Ist jemand da drin?", fragte Frank, der Bibliothekar.

Mike hielt ihr den Mund zu, und das war gut, denn sie wollte losprusten. Es war ja auch zu albern, mit dem Catcher der Catfish zwischen Wischmopps im Putzschrank zu hocken.

„Wir haben einen Ersatzschlüssel, ihr jungen Schlawiner. Ich werde eure Eltern benachrichtigen!"

Donna klammerte sich an Mikes Arm und schüttelte sich vor Lachen. Ihr Handy vibrierte, und sie griff in die Tasche, um es stumm zu schalten. Zum Glück waren vor der Putzkammer Schritte zu hören, die sich nun entfernten. Donna schaute auf ihr Telefon.

Es war Harvey, ihr Ex. Eigenartig. Er rief sie sonst nie an. Was konnte er von ihr wollen?

„Wir gehen lieber hier raus." Mike schien sich sehr unbehaglich zu fühlen und rückte die Jeans zurecht über der noch immer sichtbaren Wölbung.

„Gibt es etwas, was ich für dich tun kann?"

„Ja. Hör auf, so sexy und weich und lecker zu sein. Wie soll ich denn Baseballstatistiken in Gedanken aufsagen, wenn du dich auf diese Weise an mich drückst?"

Doch als sie zurückweichen wollte, ließ er sie nicht. „Hast du heute Abend schon was vor? Ich will dich sehen. Sag mir, dass ich dich sehen kann."

Oh, verdammt, ja! „Ich gehöre ganz dir, Hottie McCatcher."

An diesem Abend klopfte Mike an die Tür der Adresse, die Donna ihm genannt hatte. Es handelte sich um ein kleines Gästehaus auf dem Grundstück, das den Eltern des Hais gehörte. Den Rest seines anstrengenden letzten Tages in Kilby hatte Mike sich damit beschäftigt, den aufregenden Moment in der Putzkammer wieder und wieder zu durchleben. Er konnte es nicht erwarten, eine ganze wilde Nacht im Bett mit Donna zu verbringen. Er wollte diesen kurvenreichen Körper nackt sehen, ihre seidige Haut spüren, ihr Witze ins Ohr flüstern und dann ...

Sie machte die Tür einen Spaltbreit auf, und sofort wusste er, dass etwas nicht stimmte. Kein Lächeln. Keine Gesichtsfarbe. Ihre Augen sahen geschwollen aus. „Was ist passiert? Ist alles in Ordnung mit dir?"

Sie blickte direkt durch ihn hindurch, als wäre sie ihm nie zuvor begegnet. „Solo. Was tust du denn hier?"

Was zur Hölle ging hier vor? „Ich ... äh ... wir hatten Pläne."

„Entschuldige, ich kann nicht." Sie wollte die Tür zuschlagen, aber er drückte dagegen. Wenn etwas vorgefallen war, wollte er ihr helfen.

„Was ist denn los, Donna?"

„Ich kann ... ich kann dich eben nicht sehen, das ist alles." Sie strich sich eine Strähne ihres kupferroten Haars aus dem Gesicht, das eindeutig Tränenspuren aufwies.

„Du brauchst mich gar nicht zu sehen. Schließ einfach die Augen, lass mich rein, und erzähl mir, was los ist."

Sie brachte nicht einmal ein Lächeln über den zugegebenermaßen lahmen Scherz zustande. „Ich kann dich nicht hereinlassen."

Meinte sie das im übertragenen Sinn? Es klang fast so. „Na schön. Dann lass uns eben spazieren gehen und ..."

„Wir befinden uns in Texas. Hier geht man nicht spazieren. Es ist zu heiß."

Tja, da hatte sie recht.

„Hör mal, Solo, es tut mir leid, dass ich dich nicht angerufen habe, um abzusagen. Mir sind ein paar Dinge dazwischengekommen, um die ich mich kümmern muss. Wenn du wirklich helfen willst, lässt du mich allein. Bitte."

Und diesmal machte sie die Tür tatsächlich zu.

Was zur Hölle ...? Er starrte verdutzt das blanke Holz an, das zwischen ihm und Donna stand. Was war gerade geschehen? Die Tür öffnete sich erneut ein Stückchen, und die lebhafte, witzige Donna, die er kannte, schien für einen kurzen Moment wieder da zu sein. „Ich glaube, ich habe mich nie so richtig dafür bedankt, dass du mich damals im Roadhouse vor den Wades beschützt hast. Da warst du so eine Art Superheld. Ich weiß, du wirst großartig sein in der Major League."

Als die Tür diesmal zuging, wurde von innen ein Riegel vorgelegt.

Das tat weh. Mike hatte kein Problem damit, sich das einzugestehen. Normalerweise drehte er wegen einer Frau nicht gleich durch. Jedenfalls war ihm das seit Angela nicht mehr passiert. Und er verlor auch nicht die Beherrschung an öffentlichen Orten. Bei Donna jedoch ...

Vergiss Donna.

Er wiederholte diesen Satz immer noch in Gedanken, während er am O'Hare Airport aus dem Flugzeug stieg und zur Gepäckausgabe schritt, wo sein Bruder Joey ihn abholte.

Vergiss Donna. Offenbar wollte sie ihn nicht – gegen diese Annahme sprach allerdings das, was in der Bibliothek geschehen war. Nur hatte es ihr anscheinend nichts bedeutet. Sie hatte ihn aufgefordert zu gehen.

Vergiss Donna. Es gab jetzt andere Dinge, um die er sich kümmern musste – ganz oben auf der Liste stand Joeys Gesundheit. Und dann war da noch das Ziel, in die Major League zu kommen und allen zu beweisen, dass sie sich geirrt hatten, seine Familie, Angelas Familie, einfach alle. Das erforderte volle Konzentration und duldete keinerlei Ablenkung. Schon gar nicht von der sexy Rothaarigen, die ihn in Kilby um den Verstand gebracht hatte.

Das war ohne Bedeutung. Selbst wenn er in der nächsten Saison wieder in Kilby landete, würde auch sein bester Freund dabei sein – der Enthaltsamkeitsschwur. Und der, dachte Mike, ist unschlagbar, Donna MacIntyre!

2. KAPITEL

Der Tag vor dem Beginn des Frühjahrstrainings

Hinter dem Trenngitter im Beichtstuhl der St. Mary Margaret's Holy Church in Chicagos South Side putzte Pater Kowalski sich die Nase. Alle in der Stadt schienen erkältet zu sein. „Mein Sohn, natürlich werde ich für eine gute Saison beten. Aber ein Enthaltsamkeitsschwur wird nicht automatisch dazu führen, dass du zu den Friars berufen wirst. Und sowieso: Wenn du unbedingt enthaltsam leben willst, solltest du vielleicht lieber meinem Verein beitreten."

„Sehr witzig, Pater Kowalski." Mike kniete auf der gepolsterten Bank, begierig darauf, seinen Eid zu leisten und in die Saison zu starten. Den Winter über hatte er sechs Pfund an purer Muskelmasse zugelegt. Er hatte vor, die Leute in Arizona zu beeindrucken und es vielleicht auf die Mannschaftsliste der Friars am Opening Day zu schaffen. „Keine Sorge, wenn ich den Eid leiste, erwähne ich nie meine Baseballkarriere."

„Ich habe gehört, die Friars haben gerade diesen Linkshänder ausgewählt, Yazmer Perez." Pater Kowalski liebte es, über Baseball zu plaudern, und kannte stets die neuesten Transfergerüchte.

„Ja, das habe ich auch gehört. Mein Bruder wartet draußen, und ich …" Im nächsten Moment wurde Mike klar, dass das die falsche Bemerkung gewesen war. Pater Kowalski war nicht nur ein Baseballfan, sondern auch äußerst neugierig.

„Wie geht es Joseph?", erkundigte sich der Priester.

Anspannung erfasste Mike; er konnte nicht lügen, das hier war schließlich eine Beichte. „Mal so, mal so."

Der Priester trompetete ein weiteres Mal in sein Taschentuch. „Dein Vater erwähnt ihn nie."

„Das liegt daran, dass Joseph immer noch schwul ist, und mein Vater …" Mike machte den Mund zu, bevor er etwas Unpassendes in der Beichte von sich geben konnte.

„Mir ist die Situation bekannt", bemerkte der Geistliche trocken. Sicher war sie das. Die melodramatische Familie Solo tauchte vermutlich jeden zweiten Tag hier mit einem neuen Drama auf. „Wie steht es um Josephs Gesundheit?"

Die Freundlichkeit in Pater Kowalskis Stimme veranlasste Mike, ihm die Wahrheit zu gestehen. „Er bekommt häufig Infektionen. Sein Immunsystem ist angegriffen durch die Medikamente gegen eine Abstoßung." Sein Bruder hatte sich bei einer Recherche in Afrika mit Escherichia coli, kurz E. coli, infiziert, und dadurch war seine Niere zerstört worden. Als einziger Verwandter, der alle Voraussetzungen für eine Organspende erfüllte, inklusive der Blutgruppe, hatte Mike sofort eine Niere gespendet. Doch was das angegriffene Immunsystem anging, konnte er seinem Bruder nicht helfen.

„Ich werde für ihn beten", murmelte der Priester.

„Danke, Pater. Meinen Sie, wir könnten nun …"

„Wie geht es Angela?"

Angela? Wollte Pater Kowalski ihn langsam, aber sicher zu Tode quälen? „Ich habe keine Ahnung, um ehrlich zu sein. Aber ich sollte wirklich …"

„Ich glaube, sie vermisst dich."

Oh, ver… Nicht fluchen während einer Beichte! „Sollte das nicht vertraulich sein?"

„Vertraulich? Nun, ähm … *hatschi!*"

Mike fand das Timing des Niesers verdächtig. „Tja, Pater, mein Flug geht in einigen Stunden, und ich frage mich, ob wir wohl, na ja …" Wie brachte man denn einen Priester dazu, sich ein wenig zu sputen?

„Sicher, mein Junge, sicher." Pater Kowalski gab ihm ein Zeichen, fortzufahren, und Mike sprach die vertrauten Worte, die ihm bis September Sex untersagen würden, wenn er Pech hatte, sogar bis Oktober. Diesmal fügte Pater Kowalski noch eine kleine Wendung an. „Es sei denn, du beschließt, vor Ablauf der Saison zu heiraten."

Mike brach in Gelächter aus, das sich aus dem Beichtstuhl in das schattige Gewölbe der Kirche ausbreitete. „Netter Versuch, Pater. Hat meine Mutter Sie dazu angestiftet?" Die hatte sich mit dem Verlust Angelas immer noch nicht abgefunden.

„Wir alle wollen dich wieder glücklich sehen." Pater Kowalski machte das Kreuzzeichen, und Mike beugte den Kopf. „Um kurz mal nur für mich selbst zu sprechen und nicht für unseren Herrn: Mögest du eine in jeder Hinsicht erfolgreiche Saison haben."

„Danke, Pater."

Mike verließ die Kirche, ehe er in eine weitere Unterhaltung über Baseball oder seine dysfunktionale Familie verwickelt werden konnte. Wie jedes Mal fühlte er sich erfrischt und froh nach dem Schwur. Es half ihm einfach, sich voll und ganz auf Baseball zu konzentrieren. Na ja, oder fast. Vor seinem geistigen Auge tauchte das Bild kupferroter Haare und sahneweißer Haut auf. Donna MacIntyre stahl sich in seine Gedanken wie ein lästiger Base Runner.

Draußen vor der Kirche wartete Joey in seinem Mini Cooper, um Mike zum Flughafen zu fahren. Er hatte die gleichen schwarzen Haare und Mikes Größe, besaß jedoch ein ziemlich dreistes Mundwerk und verträumte graue Augen. „Na, hast du dir deinen Keuschheitsgürtel umgeschnallt?"

„Hello Sex-Frust, my old friend, I've come to talk to you again." Er sprang in den Mini, und Joey fuhr los. Obwohl Mike ihn über den Winter in einem Krafttrainingsprogramm untergebracht hatte, war sein Lieblingsbruder nach wie vor zu dünn. Seine Wangenknochen zeichneten sich überdeutlich ab und verliehen ihm ein asketisches Aussehen. Er sollte nicht unterwegs sein, aber er fuhr Mike zu Beginn einer Saison traditionell zum Flughafen. Nichts würde ihn davon abhalten.

„Versprich mir, dass du nach dieser Fahrt gleich wieder nach Hause fährst, Joey. Oder zieh wenigstens deinen Schutzanzug an. In dieser Stadt gibt es einfach zu viele Keime."

„Absolut. In meinem Arbeitszimmer wartet die Zwischenprüfung auf mich und eine Flasche Sam Adams."

„Freut mich, dass du meine Niere gut nutzt."

„Ehrlich gesagt, ich glaube, die Niere hat das Sagen. Vor der Operation verspürte ich nie Lust auf Alkohol."

Mike lachte. „Meine Niere hat einen schlechten Einfluss auf dich. Das passt."

Sie fuhren auf die Stadtautobahn, und Autos rasten mit halsbrecherischer Geschwindigkeit an ihnen vorbei. Mike genoss es, da seine nächste Zukunft verschlafene Kleinstädte in Texas und Arizona bereithielt.

„Du wirst eine großartige Saison haben", prophezeite Joey ihm in seinem ernsten Großer-Bruder-Ton. „Ich glaube wirklich, das wird dein Jahr. Ich will, dass du mir einen Gefallen tust. Konzentrier dich auf Baseball, und mach dir um mich keine Sorgen."

Schön wär's. „Übersteh die Grippesaison gut, dann reden wir weiter."

„Sieh mal, es liegt nicht in unseren Händen. Was Gott vorhat, wird geschehen."

„Das hört sich ganz nach Dad an", sagte Mike bitter. Ihr sturköpfiger, erzkonservativer Vater hatte Joey noch immer nicht verziehen, dass er schwul war und dass Mike seine glänzende Navy-Karriere für ihn geopfert hatte.

„Dad hat nicht in allen Dingen unrecht", meinte Joey sanft.

„Aber oft genug." Mike würde seine Entscheidung, eine Niere zu spenden, niemals bereuen. Wie auch, wo er doch dafür seinen Bruder behalten hatte? „Kümmere dich nicht um Dad. Du wirst klarkommen, also mache ich mir keine Sorgen. Und weißt du, was? Ich schaffe es dieses Jahr in die Major League. Habe ich nicht einen Eid geleistet, als ich dir die Niere spendete?"

„Hast du eigentlich manchmal den Eindruck, dass du es vielleicht ein kleines bisschen mit deinen Schwüren übertreibst?"

Mike gab einen verächtlichen Laut von sich. „Nur falls einer davon mal ein Ehegelöbnis sein sollte."

Joey lachte und wechselte die Spur.

„Pater Kowalski meint, Angela würde mich vermissen." Für einen Moment gestattete er sich, an sie zu denken. Angela DiMatteo, seine große Liebe seit der zweiten Klasse, hatte ihn verlassen, als er aus der Navy ausgeschieden war. Ihre ultrakonservative Familie war strikt dagegen gewesen, dass sie einen Mann heiratete, der seinen schwulen Bruder einer Karriere beim Militär vorzog. Und niemand hatte damals geglaubt, dass der junge Mike Solo es im Baseball zu etwas bringen könnte. Auf einmal war er ein Mann ohne Zukunft gewesen. Darunter hatte sein Stolz gelitten. Und tat es immer noch. Nach wie vor wollte er allen beweisen, dass sie sich irrten, wollte ihnen zeigen, aus welchem Holz er geschnitzt war.

„Natürlich vermisst sie dich", sagte Joey. „Sie ist zu Hause bei ihren Eltern gefangen. Du warst der Einzige, der den Mut besaß, ihr Haus zu betreten. Das war irgendeine Superkraft."

„Du bist keine Hilfe", brummte Mike, musste aber grinsen. Er konnte sich stets darauf verlassen, dass Joey seine Laune besserte. Der einzige andere Mensch, dem das je gelang, war ...

Donna MacIntyre.

Würde er sie in Kilby sehen? Ihr im Roadhouse über den Weg laufen? Würde er jemals herausfinden, warum sie ihn plötzlich ausgeschlossen hatte? Und warum er sie nicht aus seinen Gedanken verbannen konnte?

Donna wischte sich verstohlen einen Haferbreifleck vom Ärmel ihres dunkelblauen Blazers, während sie den Mietvertrag über den Schreibtisch zu sich heranzog. *Dunkelblauer Blazer.* Diese Worte brachten ihr neues Leben auf den Punkt. Diese neue Donna ging nicht mehr aus, trank keinen Alkohol, überquerte nie eine Straße bei Rot und führte ganz allgemein das Leben einer Nonne.

„Hier unterschreiben?"

„Ja, genau dort, wo ‚Hier bitte unterschreiben' steht", bestätigte die hochnäsige blondierte Maklerin. Donna unterdrückte den Drang, einen Spruch loszulassen, etwa: Hoppla, ich war geblendet von Ihren Haaren. Was benutzen Sie denn, um das so schön hinzukriegen? Ein Bleichmittel für Zähne?

Aber die neue Donna machte Wohnungsmaklerinnen gegenüber niemals schnippische Bemerkungen. Also biss sie die Zähne zusammen und unterschrieb den Mietvertrag.

„Tja, herzlichen Glückwunsch, Sie sind jetzt stolze Mieterin eines winzigen Apartments mit Blick auf die Kläranlage", säuselte die Blondine.

Kläranlage. Na klasse. Donna hielt den Schlüssel fest in der Hand, als sie das Büro der Maklerin verließ.

Eine eigene Wohnung. Darauf hatte sie hingearbeitet, seit jenem schicksalhaften Anruf von Harvey, der das Intermezzo mit Mike in der Bibliothek unterbrochen und ihre Welt in Trümmer gelegt hatte. „Wir werden das volle Sorgerecht für Zack beantragen", informierte ihr Ex sie so beiläufig, als würde er bloß eine Pizza bestellen. Für Donna war das jedoch nichts Nebensächliches. Fassungslos hatte sie eine Anwältin ausfindig gemacht, Karen Griswold, die sie bis an diesen Punkt geführt hatte.

Zuerst kam ein neuer Job mit Krankenversicherung. Es hatte ihr fast das Herz gebrochen, den Hai und die Gilberts zu verlassen, aber Miss Griswold meinte, es sei besser so. Ihre neue Position als Rezeptionistin mit Blazer bei Dental Miracles bot volle Sozialleistungen und deutlich weniger Unterhaltung. Miss Griswold hatte darauf beharrt, dass sie nicht in einem Gästehaus wohnen konnte, wenn sie das Sorgerecht für Zack wollte. Sie brauchte eine eigene Wohnung mit einem Zimmer für Zack. Donna hatte alles getan, was Miss Griswold vorschlug – ihre Garderobe geändert, auf Alkohol verzichtet, keine Partys mehr besucht. Sie trug sogar eine Texas-A&M-Nadel am Revers, da Richter Quinn, der über den Fall zu entscheiden hatte, ein Fan von College-Football war. Was immer Miss Griswold für richtig hielt, würde Donna tun.

Bis auf eines. Miss Griswold hatte ihr geraten, nicht mit Harvey allein zu sprechen. Aber Donna wollte ein letztes Mal versuchen, eine einvernehmliche Lösung zu finden, deshalb hatte sie ihn gebeten, sich heute mit ihr vor der Arbeit auf einen Kaffee zu treffen.

Vor dem Maklerbüro schaute sie auf ihre Uhr – die hatte ein Gorillagesicht als Zifferblatt, weil Zack alles liebte, was mit dem Dschungel zu tun hatte. Fünf Minuten zu spät. Sie stieg in ihren roten Kia, auch bekannt als das kleinste Auto in ganz Texas, und fuhr zu einem Denny's im heruntergekommensten Teil der Stadt, eine Gegend, in die Harveys neue Verlobte Bonita niemals ihren Fuß setzen würde. Denn falls Bonita sie beide zusammen sähe, würde sie ausflippen.

Es war keine Überraschung, dass Harvey schon in der Nische saß, über einen Teller mit Zwiebelringen gebeugt. Früher war er zu allen Terminen zu spät gekommen, doch das hatte Bonita ihm offenbar ausgetrieben. In der guten alten Zeit hatte er schwarze Lederkluft und Ketten getragen und sich Harley genannt, nach seinem Motorrad. Nun trug er eine Wildlederjacke über einem altmodischen Hemd, die goldblonden Haare zu einem modischen Wuschellook frisiert.

Sie setzte sich ihm gegenüber. „Hallo, Harvey. Danke, dass du gekommen bist."

„Bonita würde mich umbringen, wenn sie es wüsste", brummte er und tauchte einen Zwiebelring in Tartarsauce.

„Meinetwegen oder wegen des frittierten Junkfoods?"

„Beides", gab er zu.

Bonita Wade Castillo war, so weit Donna das beurteilen konnte, ein äußerst verzickter Kontrollfreak.

„Harvey, hör zu. Wir können eine Lösung finden. Wir sind erwachsen. Es hilft Zack nicht, wenn wir uns streiten."

Harvey schaute auf, dunkelblaue Augen begegneten ihren und blickten gleich wieder weg, als sei er zu träge, um den Blickkontakt aufrechtzuerhalten. „Du kennst mich. Ich bin kein Kämpfer, bin nie einer gewesen."

Das könnte ein Teil des Problems sein. Sobald Bonita sich etwas in den Kopf gesetzt hatte, war sie wie ein Güterzug. Harvey würde sie vermutlich nicht einmal dann aufhalten können, wenn er es wirklich wollte. Doch es war einen Versuch wert. „Wir sind Zacks Eltern, Harvey. Du und ich. Wir müssen das Richtige tun, um seinetwillen. Das ist unsere Aufgabe."

Deshalb hatte Donna sich auch einverstanden erklärt, Zack bei Harveys Eltern, den Hannigans, aufwachsen zu lassen, bis sie ihr Leben neu organisiert hatte. Zu dem Zeitpunkt schien es das Beste für ihn zu sein. Jetzt aber ... jetzt ...

„Wäre es denn so schlimm, wenn wir ihn zu uns nehmen würden?", fragte Harvey. „Bonita wäre ihm eine gute Mutter. Sie kennt sich aus und weiß, wie man es richtig macht. So, wie man es machen sollte."

Das berührte einen wunden Punkt tief in ihrem Innern, dort, wo sie sich selbst noch mehr infrage stellte, als andere es taten. „Willst du damit sagen, ich nicht?"

„Ach, komm schon, Donna. Sieh dich nur an. Du kriegst nichts auf die Reihe und verwandelst alles in einen Witz."

„Manches vielleicht, aber ganz sicher nicht *das*. Nicht Zack." Sie trank einen Schluck von der Coke, die die Kellnerin ihr hingestellt hatte. „Du weißt, wie hart ich daran gearbeitet habe, mein Leben in Ordnung zu bringen."

„Ich weiß nur, dass du eine neue langweilige Garderobe hast." Er gab ein boshaftes Kichern von sich. „Was bist du, Stewardess?"

„Rezeptionistin in einer Zahnarztpraxis. Und davor war ich Kindermädchen. Weißt du, warum ich Kindermädchen war? Damit ich alles lernen konnte, was ich brauche, um eine gute Mutter zu sein. Und um für eine anständige Wohnung sparen zu können. Und um jedes verfügbare Buch über Kinderpsychologie kaufen zu können. Ich besitze Kartons voll davon. Und ich habe jedes Einzelne gelesen. Alles, was ich in den vergangenen vier Jahren gemacht habe, war für Zack."

„Ach ja? Wie steht's denn mit der Keilerei im Roadhouse? Als du auf den Tresen gestiegen bist und dich mit den Wade-Jungs angelegt hast? Damit hast du alle Catfish-Spieler in Schwierigkeiten gebracht."

„Das war letztes Jahr! Ich verstehe überhaupt nicht, wieso die Leute immer noch darüber reden." Sie biss die Zähne zusammen. *Bleib bei der Sache.* „Harvey, muss ich dich daran erinnern, dass du nicht wolltest, dass Zack geboren wird? Du hast mich fallen gelassen, sobald du das verdammte Pluszeichen auf dem Schwangerschaftstest gesehen hast."

„Ich war noch jung, als du schwanger wurdest. Ich hatte doch überhaupt keinen blassen Schimmer von Babys." Harvey zuckte mit den Schultern. „Zack ist jetzt viel lustiger als damals. Ich hätte nichts dagegen, ihn um mich zu haben."

Ich hätte nichts dagegen, ihn um mich zu haben. Donna hatte das Gefühl, als würde ihr alles entgleiten, als rutsche alles weg – der blanke Sitz unter ihrem Hintern, der Tisch vor ihr, das gesamte Lokal. „Das ist nicht richtig, Harvey. Zack gehört zu mir. Deine Eltern akzeptierten das. Zumindest bis du plötzlich beschlossen hast, dass du ihn willst. Ich meine, bis Bonita es beschlossen hat."

„Meine Eltern sind ziemlich begeistert davon, wie ich mich durch Bonita entwickelt habe. Den gleichen Einfluss könnte sie auf Zack haben."

„Du findest, Zack müsste sich besser entwickeln?"

„Er ist ein guter Junge, aber Bonita könnte ihn noch besser machen. Warum hältst du dich nicht zurück und lässt sie machen?"

Zack noch besser machen? Kannte Harvey seinen eigenen Sohn überhaupt? Wusste er ihn zu schätzen? Für sie war Zack ein vollkommener, verrückter kleiner Kerl, der Leute gern zum Lachen brachte. Er konnte sehr witzig tanzen, mit seinem mageren kleinen Po dazu wackeln und Grimassen schneiden. Natürlich bekam er auch schon mal Wutanfälle und tat nicht immer das, was er tun sollte. Und nachts musste er noch Windeln tragen, aber nur vorsichtshalber. Schließlich war er erst vier.

Was würde Bonita an Zack ändern wollen? Würde sie ihn in einen Streber verwandeln, wie sie selbst einer war, während Harvey an seinem Motorrad herumbastelte und ihn ignorierte?

Nein. Sie konnte nicht zulassen, dass Harvey und Bonita den Jungen zu sich nahmen. Das sagte ihr Instinkt ihr mit aller Macht.

„Bleib locker, Donna. Du kannst ihn ja weiterhin sehen. Bonita meint, sie hätte nichts dagegen, solange du dich verantwortungsbewusst verhältst."

Wie nett. „Sie hat überhaupt kein Mitspracherecht", erwiderte sie mit zusammengebissenen Zähnen. „Zumindest noch nicht. Ihr seid ja noch nicht mal verheiratet. Erst im Juni."

„In drei Monaten, Baby. Dann nehmen wir Zack zu uns."

Harvey stand auf und warf Geld für sein Essen auf den Tisch – natürlich nicht für die Cola. „Gewöhn dich lieber dran. Bonita weiß ganz genau, wie sie ihren Willen bekommt. Und sie hat durch ihre Mutter viel Einfluss in dieser Stadt. Ihre Mutter ist eine Cousine der Wades. Der willst du nicht in die Quere kommen."

Und damit schlurfte er davon, in dieser schlaffen Haltung, die sie einst sexy gefunden hatte. *Nie wieder.*

Donna blieben noch ein paar Minuten, ehe sie zur Arbeit aufbrechen musste, daher trank sie in Ruhe ihre Cola aus und wischte sich die Tränen der Wut aus dem Gesicht. Natürlich hatte Bonita den ganzen Wade-Clan hinter sich, während sie selbst niemanden hatte. Seit ihre Mutter die Familie verlassen hatte, hatte ihr Vater sich nicht mehr für seine Tochter interessiert. Und mit ihrer Stiefmutter Carrie hatte sie vereinbart, mindestens zwei Tage vor einem persönlichen Treffen Bescheid zu geben.

Sadie wusste – endlich – von Zack, aber die meisten ihrer Freunde nicht. Und Sadie war jetzt in San Diego, mit Caleb Hart, dem früheren Pitcher der Catfish und jetzigem Friars-Spieler.

Catfish. Mike Solo.

Da war er wieder, tauchte einfach so in ihren Gedanken auf. Sie träumte immer noch von diesem völlig verrückten Moment in der Bibliothek. Und von ihm. Doch die neue Donna musste sich von sexy Baseballspielern fernhalten. Im *Kilby Press Herald* hatte sie gelesen, dass Mike für das Frühjahrstraining wieder zu den Catfish gestoßen war und sich großartig machte. Er galt als aussichtsreichster Kandidat für einen Aufstieg zu den Friars. Gut. Je eher er in das Team der Major League berufen würde, desto geringer das Risiko, dass sie ihm über den Weg lief. Denn sie konnte sich eine Begegnung mit Mike Solo nicht erlauben. Er stellte eine viel zu große Versuchung dar, deshalb traute sie sich selbst nicht in seiner Gegenwart.

Aber da sie ihm an jenem Abend grob die Tür vor der Nase zugeschlagen hatte, war sie für ihn vermutlich ohnehin erledigt. Sie hatte das Ganze ja inzwischen auch abgehakt.

Oder würde es bald abgehakt haben. Ganz sicher.

3. KAPITEL

Saisonauftakt

Texas im Frühling war ein Geschenk Gottes an die Menschheit, fand Mike, als er das Gelände des Catfish-Stadions betrat. Er atmete den süßen Duft von Rosen ein, der sich mit dem ewigen Geruch von Hot Dogs vermischte. Die Sonne schien noch nicht so stechend, wie sie es später in der Saison tun würde. Jetzt stand sie fröhlich am strahlend blauen Himmel, eine angenehme Begleiterin, kein Folterinstrument.

Es war gut, wieder in Kilby zu sein, auch wenn es nur die Minor League war.

Trevor Stark stand vor seinem Spind, groß und eisblond, ein knallharter Wikingertyp mit Tattoos, die sich unter seinen Ärmeln hervorschlängelten. Obwohl Trevor ein herausragender Spieler war, schaffte er es jedes Mal kurz vor dem Aufstieg in die Major League, alles zu vermasseln.

„Wie sieht's aus mit dem Roadhouse?", fragte Trevor ihn. „Ist das Verbot endlich aufgehoben?"

Das Kilby Roadhouse war nicht allzu glücklich gewesen über die Schlägerei zwischen den Catfish und der Wade-Familie in der vergangenen Saison. Mike hatte Trevor bis dahin nicht sonderlich gemocht, doch bei dieser Auseinandersetzung hatte der Typ sich wie ein echter Champ verhalten.

„Ja, aber ich habe gehört, die überlegen, dir allein Hausverbot zu erteilen."

Trevor kniff die Augen zu schmalen Schlitzen zusammen. „Wovon redest du?"

„Um uns anderen eine Chance zu geben, kapiert?" Trevor Starks Ruf als Rebell und Herzensbrecher hatte sich in jedem Clubhaus im ganzen Land verbreitet.

„Du kriegst vielleicht die Chance, mir Deckung zu geben. Falls du das Zeug dazu hast."

„Hört mal her, Leute", sagte Dwight Conner, der mit seiner

Sporttasche vorbeiging. „Wisst ihr, dass der Verband Crush Taylor dazu bewegen will, sein Team zu verkaufen?"

„Das können sie gerne versuchen." Mike verstaute seine Stollenschuhe im Spind. „Crush macht sowieso, was er will. Du bist auf seinen Partys gewesen, oder?"

Für einen Moment wurden sie alle still und gaben sich der Erinnerung an Crush Taylors ausschweifende Feten hin.

Dwight deutete zum TV-Gerät in der einen oberen Ecke der Umkleidekabine. „Schon von unserem neuen Phänomen gehört?"

Mike sah zum Bildschirm. Der berühmt-berüchtigte Yazmer Perez, ein junger plappermäuliger Linkshänder unbestimmter Herkunft, knöpfte sich darin einen Reporter vor, der ihm nach dem Spiel ins Clubhaus gefolgt war: „Yo, Mann. Das Clubhaus? Club plus Haus, kapiert, was ich meine? Das ist *unser Haus*. Da muss kein schwuler Reporter auftauchen und mir ein Mikrofon vor die Nase halten. Das Ding sieht doch aus wie ein Phallus. Also wedle mir damit nicht vor der Schnauze rum, okay? Das hier ist unsere Privatsphäre. PRIVAT. Ihr Homos könnt euch nach Hause in eure eigenen Heimos scheren, alles klar?"

Die Catfish-Spieler schüttelten die Köpfe. „Dem sollte man besser einen PR-Berater zur Seite stellen, und zwar rund um die Uhr", meinte Dwight. „Wann kommt er?"

„Heute Abend", sagte Jim Lieberman, während er sorgfältig die Ausrüstung in seinem Spind arrangierte. Der Shortstop, dessen Spitzname Bieberman lautete – wegen seiner Ähnlichkeit mit Justin Bieber und weil es ihn wahnsinnig machte –, war geradezu zwanghaft penibel, was seine Ausrüstung betraf. Wenn man ihn ärgern wollte, brauchte man nur sein Ersatztrikot einen Zentimeter nach links zu schieben. „Yazmer sollte eigentlich eine Liga tiefer spielen, aber beim Training mit den Red Sox erzielte er einen Durchschnitt von 1.23 bei acht Spielen. Drei Walks, sechsundzwanzig Strikeouts, ein Triple, zwei Doubles ..." Um die statistische Analyse des Shortstops zu übertönen, stellte Dwight den Fernseher lauter.

Der Reporter sah jetzt in die Kamera. „Ein Sprecher der Friars meinte, das Zitat Yazmers sei aus dem Zusammenhang gerissen worden. Er fügte außerdem hinzu, die sexuelle Orientierung der Medienvertreter sei reine Privatsache und dass der Verband sich von Perez' Ansichten distanziere."

Duke Ellington, der an eine Bulldogge erinnernde Manager der Catfish, erschien als Nächster auf dem Bildschirm. „Yazmer Perez ist ein hervorragender Pitcher, und wir freuen uns, dass er unsere Mannschaft verstärkt. Wir sind überzeugt davon, dass Mike Solo und Yazmer Perez zusammen reinstes Dynamit sein werden. Mike wird ihm zeigen, wie der Laden bei uns läuft, und wir freuen uns auf eine großartige Saison."

Mike schob den Rest seiner Ausrüstung in den Spind. Klar, diesem Blödmann würde er eine ganz besondere Einweisung geben und ihn vor allen Dingen erst mal knebeln. „Na klasse. Mike Solo, der Babysitter für die Verwöhnten und Blöden."

„Blöd? Glaub ich eher nicht. Der Kerl versteht es, die Aufmerksamkeit der Presse auf sich zu lenken." Trevor schaute noch immer hinauf zum Bildschirm. „Verschafft mir vielleicht mal ein bisschen Ruhe?"

Oh, das Ego des supertalentierten Baseballspielers. Mike verdrehte die Augen, schnappte sich seinen Fanghandschuh und seinen Lieblingsschläger und machte sich auf den Weg zur Tür, wo er Crush Taylor mit seiner Armani-Sonnenbrille in die Arme lief.

„Solo. Hast du eine Minute?"

„Klar, Boss."

Während er Crush in Dukes Büro folgte, rasten seine Gedanken. Was hatte der legendäre Pitcher und Teambesitzer ihm zu sagen?

„Ich glaube, ich habe dich langsam durchschaut", verkündete Crush, ließ sich in einen Sessel fallen und legte die Stiefel auf Dukes Schreibtisch. „Du hast das, was ich einen Superheldenkomplex nenne. Ist nicht ungewöhnlich bei jungen Hengsten wie dir. Deshalb bist du auch zur Navy gegangen. Du wolltest die Welt retten, stimmt's?"

Was hatte das zu bedeuten? „Was ... gibt's denn nichts Wichtigeres, über das du dir Gedanken machen musst? Zum Beispiel, was du zur Verleihung der ESPN-Lebt-der-immer-noch?-Awards anziehen sollst?"

Crush schob die Sonnenbrille auf den Kopf und musterte Mike. „Sehr witzig. Ich versuche dir hier einen Tipp zu geben. Geht's auch ein bisschen weniger großspurig?"

„Sorry."

„Du versuchst also die Welt zu retten, und dann wird dein Bruder krank. Also spendest du ihm eine Niere, was das Ende deiner Navy-Karriere bedeutet."

„Laut Navy geht's nicht ohne zweite Niere."

„Tja, ich kenne wichtigere Organe ... nichts gegen die Navy. Statt dich danach für eine hübsche Karriere zu entscheiden, für die man nur eine Niere braucht, sagen wir mal als männliches Model oder Porscheverkäufer, wählst du Baseball."

„Ich war bei der Navy im Baseballteam. Und ziemlich gut."

„Du warst der beste Spieler, den sie hatten. Die heulen dir und deiner linken Niere garantiert noch immer nach." Crush schraubte den Deckel seines silbernen Flachmannes ab und trank. „Aber ich bin noch nicht fertig. Du hast dich nicht nur für eine professionelle Baseballkarriere entschieden, was ohnehin schon eine Ausnahme ist. Ich kann mich jedenfalls an keinen aktiven Spieler erinnern, der eine Niere geopfert hat. Ein Skrotum vielleicht. Nein, du hast dir außerdem noch ..."

Ein Skrotum? Mike hielt seinen Schläger vor sich hoch und flehte diesen an: „Kill mich, jetzt. Bitte!"

Crush grinste mit einer gewissen Schadenfreude und fuhr dann ungerührt mit seinem seltsamen Vortrag fort: „Du hast also nicht nur eine Niere geopfert, sondern dir außerdem die körperlich anstrengendste Position auf dem Spielfeld ausgesucht. Vor allem für einen Mann in deiner Situation."

„Ich trage meinen Brustschutz."

„Hast du deinen Brustschutz getragen, als du dich vor dieses Mädchen im Roadhouse gestellt hast?"

„Was ... das war in der letzten Saison! Ich bin mit ein paar Prellungen davongekommen."

„Es hätte in einer Katastrophe enden können. Was, wenn ich den Friars erzähle, dass ihr möglicher Neuzugang russisches Roulette mit seiner Gesundheit spielt?"

Mike fühlte, wie das Blut aus seinem Gesicht wich. „Ich habe meine Gesundheit nicht aufs Spiel gesetzt, Crush. Die Nierenoperation liegt vier Jahre zurück. Ich bin völlig wiederhergestellt."

„Wie ich sehe, hast du in der Spielpause Muskelmasse aufgebaut."

„Ja, Sir."

„Das wird dir nicht helfen."

„*Was?*" Mike starrte den Teambesitzer an. Worauf wollte der Mann hinaus? „Warum, zur Hölle, nicht?"

„Du bist gut mit dem Schläger, aber das ist nicht deine Stärke. Ein Spiel entscheiden und die Pitcher anleiten, darin bist du am besten. Du besitzt die Gabe, das Vertrauen der Werfer zu gewinnen und ihnen die nötige Zuversicht zu geben. Das ist deine Stärke, und damit wirst du es weit bringen. Wenn es im Baseball fair zuginge, wärst du längst in San Diego."

Endlich begriff Mike. „Yazmer."

„Yazmer", bestätigte Crush. „Er ist der Grund, weswegen du immer noch in Kilby bist. Die gute Neuigkeit lautet: Er ist auch dein Ticket. Verstehst du?"

„Ich glaube schon. Ich soll dieses Großmaul bereit machen für die Major League, dann steige ich auch auf."

„Sieh es als eine Art Initiationsritus. Manche lassen sich ein Tattoo auf den Hintern stechen, andere trinken eine Flasche Absinth, während sie es mit drei Supermodels treiben. Und du wirst diesen Typen klarmachen. Das muss übrigens unter uns bleiben." Crush deutete mit dem Flachmann auf ihn. „Der Kerl kann was, aber er hat ein massives Problem. Er redet schnell und wirft zu langsam. Ich glaube, es gefällt ihm zu gut auf dem Werferhügel. Dabei vergisst er, dass er einen Job zu erledigen hat. Er ist so langsam, dass die Schiedsrichter tatsächlich darüber nachdenken, die Zwölf-Sekunden-Regel durchzusetzen. Meinst du, du kannst sein Tempo verbessern?"

Warum Yazmer? Warum ausgerechnet der? Mike Solo hatte jeden erdenklichen Mist im Baseball erlebt. Aber unverblümt homophobe Typen waren gerade für ihn eine echte Herausforderung. „Klar", sagte er und versuchte, wenigstens ein bisschen enthusiastisch zu klingen.

„Sollte kein Problem sein für einen Superhelden wie dich."

Mike hatte kein gutes Gefühl bei der Sache. Mehr als auf jedes erworbene Baseballkönnen verließ er sich auf seine wichtigste Waffe, von der er noch nie jemandem erzählt hatte: seine Intuition. Seinen Instinkt. Jene innere Stimme, auf die stets zu hören er gelernt hatte. Sie führte ihn durchs Leben und auch hinter der Home Plate. Und momentan klang sie äußerst alarmiert.

Crush schwang sich aus dem Sessel und richtete seine schlaksige, zerknitterte Gestalt auf. „Ich würde nicht gegen dich wetten, mein Freund. Ich habe dich bei dieser Kneipenschlägerei in der letzten Saison gesehen. Du verstehst es, deine Kraft einzusetzen. Wer war übrigens das Mädchen? Die Rothaarige auf dem Tresen? Die dich deine fehlende Niere hat vergessen lassen?"

„Sie heißt Donna und ist eine Freundin von Sadie Merritt, Calebs Mädchen."

„Eine ziemliche Wucht."

Plötzlich meldete sich Mikes Beschützerinstinkt, und er knurrte: „Halt dich fern von ihr."

Crush setzte seine Sonnenbrille wieder auf. „Oh, die ist nichts für mich. Ich habe ein Auge auf jemand anderen geworfen. Außerdem habe ich gemerkt, wie es zwischen euch funkt. Hat ja fast das Roadhouse in Flammen aufgehen lassen. In diesen Dingen irre ich mich nie."

Die Catfish gewannen ihr erstes Heimspiel gegen die Round Rock Express. Mike gelang ein 3-1-Count – nicht schlecht, wo er für die Saison erst noch in Fahrt kommen musste. Er führte Dan Farrio zu fünf Strikeouts und sechs Hits; trotzdem vermisste er Caleb Hart, mit dem er so harmonisch zusammengearbeitet hatte, dass einer praktisch die Gedanken des anderen lesen konnte.

Wenn sie sich nicht auf dem Spielfeld aufhielten, waren die meisten Spieler damit beschäftigt, Angeline zu begaffen, die neue PR-Frau. Sie hatte einen langen blonden Pferdeschwanz, der auf ihren Brüsten auf und ab hüpfte, wenn es hieß: „Zeigt euren Teamgeist!"

„Lasst es hören, Catfish-Fans! Miaut wie ein Kätzchen!"

Ein vielstimmiges „Miau" erklang im Stadion.

„Schwimmt wie ein Fisch!" Sie kniff sich die Nase zu und wand sich wie ein Aal.

„Setzt es zusammen, und was kriegt ihr?"

„*Catfish*", brüllte die Menge.

Im Mannschaftsunterstand sah Mike hinüber zu Dwight Conner, dann miaute er und fuhr mit den Fingernägeln über Dwights Oberarmmuskeln.

„Nimm die Finger von mir", stieß der große Kerl hervor, ohne dabei den Blick von Angeline abzuwenden.

„Findest du das nicht ein bisschen lahm? Miauen wie ein kleines Kätzchen?"

„Was?" Offenbar vollkommen hypnotisiert von ihrem Pferdeschwanz, warf Dwight sich ein paar Erdnüsse in den Mund.

Mike seufzte. Aus irgendeinem Grund ließ Angeline ihn kalt. Vielleicht lag es daran, dass ihr Name ihn an Angela erinnerte. Oder es war ihre Haarfarbe.

Nicht rot.

Vergiss Donna.

Nach dem Spiel stellte Duke Yazmer Perez im Clubhaus vor. Yazmer, der anscheinend der Schlüssel zu Mikes Zukunft war. Der Typ war noch überheblicher, als er vor der Kamera wirkte. Er nahm kaum Notiz von seinen neuen Mitspielern, sondern war ganz mit seinem Smartphone beschäftigt.

„Was macht er da? Texten?", flüsterte Mike Trevor Stark zu.

„Wahrscheinlich twittert er. Ist groß bei Twitter."

Wie ein Spionagesatellit, der ein Signal empfängt, horchte Yazmer bei dem Wort „Twitter" auf. „Yo, Twitter. Muss dranbleiben. Ich bin @TheYaz, großes Y, kleines A, kleines Z. Überlege gerade, es zu ändern, Leute. Um Kreativität zu zeigen. Mir schwebt so was vor wie ‚Y ist die Power für Z'."

Der Wortschwall aus Yazmers Mund machte Mike schwindelig. „Was zum Teufel soll das alles bedeuten?"

Yazmer starrte ihn durchdringend an, ehe er sich wieder an Duke wandte. „Ist das der Bursche, der mich rauf zu den Friars bringen soll? Der ist ja prähistorisch. Kennt sich nicht mal mit Twitter aus. Der hat von nichts 'ne Ahnung."

Mike fiel darauf keine Erwiderung ein. Verdammt, wenn seine Karriere von diesem Typen abhing, war er im Eimer. Er brauchte eine Strategie, wie er mit „TheYaz" warm werden konnte. Bis dahin ... Er wandte sich an Trevor. „Roadhouse?"

„O Yeah! Großes Y, kleines E, kleines ..."

„Halt die Klappe."

Als Mike das Kilby Roadhouse betrat, mit dem von Sägespänen bedeckten Fußboden und roten Lichterketten an den Wänden, suchte er unwillkürlich die Menge nach einer Rothaarigen mit lachenden braunen Augen ab.

Er war Donna MacIntyre zum ersten Mal hier begegnet. Sie war witzig und sexy gewesen, und sie hatte ihn zum Lachen gebracht, besonders als er ihr von seinem Enthaltsamkeitsschwur erzählt hatte.

„Du solltest es der Öffentlichkeit leichter machen, indem du nicht so attraktiv bist", hatte sie erklärt. „Leg dir eine hässliche Frisur zu. Oder trag diese schlabbrigen Jogginghosen. Und zieh ein Unterhemd dazu an. Das ist nur fair, solange du tabu bist."

„Sorry, ab ‚attraktiv' habe ich nicht mehr richtig zugehört."

Den Rest des Abends hatten sie damit verbracht, sich gegenseitig aufzuziehen und zu necken. Ehrlich, das war fast so gut wie Sex gewesen.

Heute Abend war von Donna nichts zu sehen. Vielleicht war sie beim Hai. Oder sie hatte einen neuen Freund.

Vergiss Donna.
Aber das Roadhouse machte ohne sie keinen Spaß. Er bestellte sich ein Mineralwasser und lehnte sich an den langen zerschrammten Tresen, möglicherweise genau an der Stelle, wo Donna an jenem schicksalhaften Abend der Kneipenschlägerei gesessen hatte. Donna hatte wirklich Mumm. Es gab sicher nicht viele Frauen, die ihre Freundin gegen eine Truppe aggressiver einheimischer Fraternity-Typen verteidigten.

„Bist du gekommen, um dir noch eine Abreibung abzuholen, Catfish?" Die arrogante Stimme veranlasste ihn, den Kopf zu drehen. Wie aufs Stichwort stand einer der Wades – er konnte sich nicht mehr erinnern, welcher es war – in angriffslustiger Haltung vor ihm.

„Ich stoße auf die neue Saison an. Go Kilby!" Mike hob sein Mineralwasser, ohne den Wade aus den Augen zu lassen. Er traute ihm keine Sekunde lang über den Weg.

Der Kerl rührte sich nicht. „Ich habe einen Tipp für dich, Solo. Spiel gut."

„Tja, da ich nichts mehr zu schätzen weiß als einen gut formulierten Ratschlag, trinke ich auch auf dich." Er hob erneut sein Glas, und endlich verschwand der Kerl.

„Was zum Jeter sollte das denn?" Lieberman erschien an seiner Seite, eine Flasche Lone Star in der Hand.

„Hast du gerade gesagt ‚Was zum Jeter'?"

„Klingt gut, was? Ich will die Leute dazu bringen, das zu sagen. ‚Was, zum Jeter, ist denn los mit dir? Wo, zum Jeter, ist die Milch?' Solche Sachen. Es ist ein Tribut an Derek Jeter, den besten Shortstop aller Zeiten. Ich benutze es bei jeder Unterhaltung, um zu sehen, ob es sich verbreitet."

„Du könntest es auf Twitter verbreiten." Mike schaute sich in der Menge um. Er sah Jeansjacken und Cowboystiefel, kurze Röcke und lange Beine, viel Lippenstift und toupierte Haare, Dekolletés, Ohrringe, hübsche Mädchen, die die Haare zurückwarfen, lachten, flirteten …

Aber keine Donna.

Er trank sein Mineralwasser aus. „Mañana", sagte er zu dem anderen Catfish, der ihn geschockt ansah. Mike verließ die Party nie vorzeitig. Tja, Pech. Das Roadhouse ohne Donna war für ihn wie ein Spiel ohne Hit. Ein Dinner ohne Steak. Eine Dusche ohne Wasser.

Es lohnte sich nicht.

Er trat hinaus in die noch warme Nacht. Am samtblauen Himmel funkelten die Sterne. Dieser Wade hatte recht. Spiel gut, verschwinde aus der Stadt. Das war der Plan. Er musste Donna definitiv vergessen.

Das war natürlich schwierig, wenn sie direkt vor ihm stand.

„Donna?"

Er blinzelte, doch sie verschwand nicht. Auf seinem Weg zum Training im Stadion hatte er bei einem Dunkin' Donuts haltgemacht, um sich Kaffee und einen Donut zu gönnen. Jetzt dampfte der Kaffee vergessen in seiner linken Hand, während er Donna betrachtete. Sie stand neben einem winzigen roten Kia auf dem Parkplatz des Schnellrestaurants, eine kleine braune Tüte in der einen und einen großen Becher Kaffee in der anderen Hand.

Sie sah irgendwie anders aus.

„Du bist doch Donna, oder? Donna MacIntyre?"

Sie verdrehte die Augen auf eine Art, die ihre Identität ganz eindeutig bestätigte. „Solo. Wie geht's dir?"

„Großartig. Was hast du denn da an?" Was immer es war, es sah schrecklich aus. Formloser Schnitt, langweiliges Blau, endete unterhalb des Knies. Das einzig Gute daran war, dass man ihre Waden sehen konnte. Dummerweise steckten die in einer beigefarbenen Strumpfhose. „Kommst du von der Bandprobe der Heilsarmee?"

„Das ist eine äußerst unpassende Bemerkung."

Das stimmte, aber er war verstört. „Tut mir leid, ich bin ein bisschen aus der Fassung. Bist du auf einer Mormonenmission oder so etwas? Was hast du mit deinen Haaren gemacht?"

Ihre Frisur fand er zum Weinen. Alle Locken waren geglättet, er kannte das Verfahren, weil seine Schwestern es bei ihren wilden schwarzen Locken praktiziert hatten. Die Farbe war zum Glück noch dieselbe, allerdings trug Donna ein Haarband, das viel von dem wundervollen Rot versteckte. Ein Haarband! Außerdem war ihr Haar auch zu kurz. Sie hatte es bis auf Schulterlänge abgeschnitten. All das wilde, schöne Haar lag jetzt irgendwo auf dem Fußboden eines Frisiersalons.

„Warte, lass mich raten. Du bist auf dem Weg zu einer enzyklopädischen Versammlung."

Verärgert schob sie sich an ihm vorbei. Er nahm den frischen Waldduft wahr. Zumindest das hatte sich nicht verändert. Sie spähte in den Kia, und er folgte ihrem Blick. In einem Kindersitz auf der Rückbank saß eine schlafende kleine Gestalt. Das Fenster war halb geöffnet, sodass das Kind genug Frischluft bekam. Der Junge hatte rote Haare, und sein Mund stand offen.

„Ist das der Hai?"

Zum ersten Mal sah Donna ihn freundlich an. „Du erinnerst dich an den Hai?"

„Klar. Du bist sein Kindermädchen. Kann man kaum vergessen. Das Gleiche gilt für alles andere." Er hob vielsagend eine Braue, aber sie ignorierte diese Anspielung. Sein Verdacht, dass irgendetwas nicht mit ihr stimmte, verstärkte sich. Damals hatte sie keine Chance, mit ihm zu flirten, ausgelassen.

„Ich bin kein Kindermädchen mehr", erklärte sie und ging auf die Fahrerseite. „Ich arbeite jetzt am Empfang in einer Zahnarztpraxis. Du solltest mal vorbeikommen. Wir sind berühmt für unsere Wurzelbehandlung."

Sie hielt Kaffeebecher und Tüte mit einer Hand gegen die Brust gedrückt, während sie den Schlüssel in das Schloss an der Fahrertür steckte. Verdammt. Sie würde gleich wegfahren, und er hatte keine Ahnung, wann er sie wiedersehen würde.

„Na ja, ich könnte eine vernünftige Zahnreinigung gebrauchen. Auf der Riesenleinwand im Stadion sehen meine Zähne grün aus. Wo liegt denn die Praxis?"

„Oh. Wo? Die, äh, liegt an der Ecke Zwölfte und Vergiss Es."

„Autsch. Aber das ist schon eher die Donna, die ich kenne."
Sie kämpfte mit dem Türschloss. „Tja, vergiss sie."
„Das habe ich versucht. Hat keinen Spaß gemacht."
Sie sah ihn an, mit zusammengekniffenen Augen, und da war dieses Knistern zwischen ihnen wieder. Zum ersten Mal, seit er zurück nach Kilby gekommen war, fühlte Mike sich glücklich. Er sprintete um den Wagen und nahm ihr den Kaffee ab. „So besser?"

„Du brauchst mir nicht zu helfen. Ich komme klar. Hast du nicht ein paar Bälle, mit denen du spielen kannst?"

„Schon wieder autsch. Da ist die alte Donna wieder." Er betrachtete sie. „Trägst du da etwa eine Football-Anstecknadel? Jetzt brichst du mir echt das Herz."

„Willkommen in Texas", erklärte sie. „Wo Football König ist und Baseball bloß der schrullige Nachbar, mit dem deine Mutter dich zu spielen zwingt."

„Das ist eine Kampfansage, Donna MacIntyre. Du kannst so etwas nicht von dir geben und mir dann die Chance verweigern, dir zu beweisen, wie überlegen Baseball ist. Und zwar in jeder Hinsicht."

Sie drehte den Schlüssel im Schloss und öffnete die Tür. Mike wich zurück, um das koreanische Autoblech nicht schwungvoll in den Schritt gerammt zu bekommen. Im Kindersitz zuckte der Junge mit den Beinen und fing an zu jammern.

„Ich muss los", sagte Donna und schien es plötzlich sehr eilig zu haben. „War nett, dass wir uns über den Weg gelaufen sind und so. Ich wünsch dir eine gute Saison."

„Mama!", schrie der Junge. Ein Junge mit hellroten Haaren. Exakt die gleiche Farbe wie Donnas.

„Ruhig, Schätzchen. Alles okay. Ich bin hier und habe dir Milch mitgebracht." Sie steckte einen Strohhalm in den Becher und gab ihn dem Jungen.

Sofort hörte das Jammern auf. Donna warf Mike einen Blick zu, in dem er alles Mögliche entdeckte – Bedauern, eine Warnung, ein Flehen. Dann warf sie die Tür zu.

Er schaute ihr hinterher, als sie davonfuhr, und seine Gedanken arbeiteten auf Hochtouren. Donna hatte also ein Kind. Das hatte sie nie erwähnt. Auch Caleb und Sadie schienen davon nichts gewusst zu haben. Ein Kind also. Einen kleinen Jungen. Nicht, dass es ihn etwas anginge.

Es sei denn ... nun, er wollte, dass es ihn etwas anging. Wie viele Zahnarztpraxen gab es wohl in Kilby, Texas?

4. KAPITEL

Das würde ihr hoffentlich eine Lehre sein, dachte Donna. Von jetzt ab waren Bayrische Sahnedonuts von ihrem Speiseplan gestrichen. Ausgerechnet nachdem Zack bei ihr übernachtet hatte, musste sie Mike Solo über den Weg laufen. Und der war noch verlockender als jeder Donut. Du liebe Zeit, sah der Typ gut aus! Diese dreisten grünen Augen, dieses Grinsen. Insgesamt war Mike noch ganz der alte, auch wenn ihr einige kleinere Veränderungen aufgefallen waren: Das schwarze Haar war jetzt kürzer, und er schien ein paar Fältchen bekommen zu haben. Grübchen und Vertiefungen unter den Wangenknochen. Ach ja. Und noch mehr Muskeln hatte er inzwischen. Vor allem an den Schultern und den Oberschenkeln.

Kurz: Dieser Mann bedeutete hundertprozentig Ärger.

Sie fuhr vom Parkplatz des Schnellrestaurants. „Trink deine Milch, Zack-a-doodle", sagte sie über die Schulter. „Ich habe dir auch Donuts mitgebracht." Sie griff in die Tüte, brach ein Stück Donut ab und gab es ihm.

„Wo ist denn das Loch?" Zack betrachtete es von allen Seiten, mit einem so verwirrten Gesichtsausdruck, dass sie lachen musste.

„Gute Frage, Schätzchen. Hey, während du geschlafen hast, habe ich im Radio gehört, dass der Zoo einen neuen Tiger bekommt. Einen weißen Tiger. Wollen wir uns den ansehen, sobald er da ist?"

„Ja!"

Während Zack seinen Strohhalm knickte und in ein Paar Reißzähne verwandelte, um dann im Spiegel Grimassen zu ziehen, fuhr Donna zu den Hannigans, in Gedanken bei Mike Solo. In seinem weiten blauen Hemd über dem weißen T-Shirt und seiner Jeans hatte er lässig und lecker ausgesehen, dass sie ihn am liebsten abgeschleckt hätte.

Nein, kein Schlecken. Nein, Donna. Nein, nein, nein.

Miss Griswold war in diesem Punkt absolut strikt gewesen. „Tun Sie so, als wären Sie eine Nonne. Ich meine es ernst. Keine Männer. Keine Partys. Sie sind der reinste Engel. Und wenn das vor vier Jahren anders war, tja, dann wurden Sie damals eben ausgenutzt. Seitdem haben Sie Ihr Leben vollkommen geändert und wollen nur noch eines."

Einen großen Penis, behauptete das Teufelchen in ihr. Aber Donna lächelte nur sittsam und sagte: „Alles, was ich will, ist mein Sohn."

„Ganz genau. Alles, was Sie wollen, ist Ihr Sohn. Vergessen Sie das nicht."

„Natürlich werde ich das nicht vergessen. Es stimmt ja. Aber warum muss ich mich wie eine jungfräuliche Heilige benehmen, um Zack zurückzubekommen?"

„Jungfräuliche Heilige, das gefällt mir. Damit können wir arbeiten. Die Sache sieht so aus, Donna." Die Anwältin legte die Finger aneinander und klickte mit den orange lackierten Nägeln. „Sie sind die Mutter, deshalb sind Sie in unserem Rechtssystem schon mal im Vorteil."

„Das ist doch gut, oder?"

„Ja, in gewisser Hinsicht. Es bedeutet aber auch, dass Sie der Angriffspunkt bei einem Gerichtsverfahren sind. Ihr Charakter wird alles entscheiden. Und wenn die Gegenseite sich zu einem schmutzigen Spiel entschließt, haben die genügend Material, um Sie in der Luft zu zerreißen. Ihr Vorliebe für Partys. Die Schlägerei im Roadhouse. Die Tatsache, dass Sie während Ihrer Schwangerschaft ins Krankenhaus mussten. Die werden Sie als eine Art Lindsay Lohan von Kilby, Texas, hinstellen. Ach", fügte die Anwältin hinzu und hob mahnend den Zeigefinger. „Und tragen Sie die ganze Zeit Unterwäsche."

Das Teufelchen in Donna rebellierte. „Ist essbare Unterwäsche okay?"

„Die Lage ist ernst, Donna. Keine Scherze mehr. Man macht schließlich auch keine Scherze über Bomben am Flughafen, oder? Das Prinzip ist das gleiche. Also machen Sie keine Witze über essbare Unterwäsche, wenn Sie das Sorgerecht für Ihren Sohn zugesprochen bekommen wollen."

„Ja, Ma'am", hatte Donna kleinlaut geantwortet.

Vor dem Haus der Hannigans schnallte sie Zack los und ließ ihn zu Mrs. Hannigan laufen, deren Lächeln nicht mehr so freundlich wie früher war. Der Kampf um Zack forderte seinen Preis, und das war Donna zuwider.

„Hab dich lieb, Zack-a-roonie", rief sie ihm hinterher, während er einen seiner verrückten kleinen Tänze auf dem Pfad aufführte, an dessen Ende Mrs. Hannigan wartete. Er liebte es, wenn seine Mutter Wortspiele mit seinem Namen veranstaltete, doch trotz ihres Einfallsreichtums gingen ihr allmählich die Ideen aus.

Lediglich drei Minuten zu spät – ein Wunder, wenn man bedachte, wie schwer ihr der Abschied von Zack fiel – trat sie ihre Arbeit hinter dem Empfangstresen von Dental Miracles an. Sie richtete den Blick auf eine anatomisch korrekte Zeichnung eines vereiterten Zahns. Wenn das sie nicht von Mike Solo ablenkte, dann half vermutlich gar nichts mehr. *Bakterien dringen in den Blutkreislauf ein. Antibiotika.*

„Ich hätte gern einen Termin", sagte eine sanfte, amüsierte Stimme. Erschrocken sah Donna auf.

Mike Solo.

„Was machst du hier?", zischte sie und schaute sich rasch um, als könne man sie bei etwas Verbotenem ertappen.

„Och, nichts. Ich suche nur nach einer unverschlossenen Putzmittelkammer." Er zwinkerte. Donna überlief es heiß.

„Unpassend. Ich arbeite hier. Was machst du? Verfolgst du mich?"

„Wie bitte? Ich bin hier, um mir einen Termin geben zu lassen", erwiderte er ganz unschuldig. „Hallo", sagte er zu einem Patienten auf der Couch im Wartezimmer. „Ich bin Mike Solo von den Kilby Catfish. Wie geht es Ihnen?"

„Lass die Patienten in Ruhe. Was willst du?"

„Genau das, was ich gesagt habe. Ich hätte gern einen Termin. Die vergibst du doch hier, oder?"

„Selbstverständlich vergebe ich die." Donna schlug einen großen Kalender auf. „Was möchtest du? Eine Zahnreinigung, sagtest du? Röntgen? Ordentlich den Hintern versohlt bekommen?"

Obwohl sie diese letzten Worte leiser gesprochen hatte, waren sie ihm nicht entgangen. Natürlich nicht. Mike entging nie ein Scherz. „Jetzt wird's interessant. Aber nein. Nichts dergleichen. Ich dachte eher an eine private Verabredung. Du und ich. Ein bisschen über alte Zeiten plaudern. Uns Dinge erzählen, die wir noch gar nicht voneinander wussten."

„Bin nicht daran interessiert."

„Lügnerin."

„Verschwinde, Mike. Das ist keine gute Idee."

„Warum? Was ist denn schon dabei? Du weißt, dass Sadie und Caleb demnächst heiraten. Und wir werden beide eingeladen sein. Wir werden uns sehen, also wäre es doch schlauer, wir würden diese Befangenheit vorher aus dem Weg räumen."

„Welche Befangenheit?"

Er erhob seine Stimme ein wenig, sodass man ihn besser in der Praxis verstehen konnte. „Soll ich wirklich noch einmal erzählen, was in der Kilby Community Library passiert ist? Macht mir nichts aus, denn es gehört zu meinen liebsten Erinnerungen. Andererseits, ich bin ein Mann, und uns sind solche Dinge nicht peinlich. Ich denke da eher an dich. Frauen können in diesen Sachen sehr eigen sein. Als wäre es nicht das Normalste von der Welt, wenn ..."

Sie unterbrach ihn, indem sie zischte: „Schon gut. Wir verabreden uns. Wann hast du Zeit? Ich weiß, dein Terminkalender ist voll wegen der Catfish-Spiele und der albernen Streiche, die ihr dauernd anstellen müsst. Moment, seid ihr nicht bald unterwegs zu einer Reihe von Auswärtsspielen?"

„Oh, hast du dir den Spielplan angesehen, ja?"

„Nein", fuhr sie ihn an. „War nur Wunschdenken."

Als sie seine gekränkte Miene sah, fragte sich Donna, ob sie sich eventuell gerade idiotisch benahm. Mike Solo hatte ihr nichts getan, außer ihr zufällig vor Dunkin' Donuts zu begegnen. Es war doch nicht seine Schuld, dass er zum Anbeißen aussah. Und es war auch nicht seine Schuld, dass sie seit dieser verdammten Putzmittelkammer von ihm fantasiert hatte. Na ja, und vorher schon.

„Wie wäre es heute Abend?"

„Ich habe heute Abend ein Spiel. Hinterher?"

„Ich gehe um neun ins Bett."

„Um neun?"

Sein ungläubiger Blick brachte sie zum Lachen. „Einige Dinge in meinem Leben haben sich geändert."

„Gut, dann sag mir doch einfach, wann die nächste Lücke in deinem Terminkalender auftaucht. Kannst du jetzt eine Kaffeepause machen?"

„Ist das der schnellste Weg, um dich loszuwerden?"

„Vorläufig, ja."

„Fein." Nachdem sie Ricki, die für die Rechnungen zuständig war, gebeten hatte, sie kurz zu vertreten, führte sie Mike in den Pausenraum. Sofort stieg ihr der unverwechselbare Geruch des verbrannten Kaffees in die Nase, der am Boden der Glaskaraffe klebte, die nie jemand sauber machte. Mike Solo füllte den kleinen Raum grandios aus, seine schwarzen Locken streiften beinah die Decke. Möglicherweise, dachte Donna, pumpte ihre Fantasie den Kerl aber auch nur zu diesen göttlichen Proportionen auf.

In ihrem Bauch kribbelte es vor Lust. Verdammt, es war besser, das hier zu beenden, bevor sie noch schärfer auf ihn wurde. „Weißt du noch, wie ich sagte, einige Dinge in meinem Leben hätten sich verändert?"

„Ja. Das war vor ungefähr einer Minute. Ich kann mich sogar viel weiter zurückerinnern." Er bedachte sie mit einem sinnlichen Blick.

Sie hob die Hand, um ihn nicht ansehen zu müssen. „Eines dieser Dinge ist: Keine Männer mehr."

„Oh? Stehst du jetzt auf Frauen?"

„Wie? Nein. Frauen auch nicht. Überhaupt kein Sex. Ich mache einen Neuanfang."

Er musterte sie nachdenklich, und seine grünen Augen nahmen die Farbe eines Nadelwaldes an. „Hat das etwas mit dem kleinen Jungen in deinem Auto zu tun? Er ist dein Sohn, oder?"

„Ja, das ist er." Sie konnte den Stolz in ihrer Stimme nicht unterdrücken. „Zack ist mein Sohn. Er ist vier. Und ja, ich mache seinetwegen einen Neuanfang." Mehr Details wollte sie ihm nicht anvertrauen. Das dürfte genügen, damit er sie von jetzt an in Ruhe ließ. Die Verbindung zwischen ihr und Mike basierte auf sexueller Anziehung. Da es nun keinen Sex mehr gab, würde auch Mike umgehend verschwinden. Vor allem nachdem er jetzt von Zack wusste. Welcher aufregende Baseballstar wollte sich schon mit der Mutter eines vierjährigen Jungen einlassen, wenn nicht einmal Sex in Aussicht stand?

„Bring ihn doch mit zum Spiel", sagte Mike, kramte in seiner Tasche und zog einen kleinen zusammengefalteten Plan heraus, auf den er seine Telefonnummer schrieb. „Mein Dad hat mich in dem Alter zu meinem ersten Cubs-Spiel mitgenommen. Überleg dir, wann du Zeit hast, dann ruf mich an. Ich werde Tickets für dich hinterlegen."

„Aber ... ich habe dir gerade gesagt: Kein Sex."

„Perfekt. Hast du meinen Eid schon vergessen?" Er grinste, und da fiel es Donna wieder ein: der Enthaltsamkeitsschwur. „Bei mir bist du vollkommen sicher, kleine Eisprinzessin."

„Ich bin keine ..."

„Hey, kann ich dich Frozen nennen? Nach der süßen Kleinen in ‚Die Eiskönigin'?"

Er breitete die Arme aus und fing an zu singen: „Let it go. Let it go."

Unwillkürlich musste Donna lachen. Das war ja klar. Wenn Mike sie schon mit einer Filmfigur verglich, dann mit der albernsten Disney-Prinzessin aller Zeiten. Und was hatte er da gerade behauptet? Bei ihm wäre sie sicher? Das glaubte er ja selbst nicht!

Nachdem er schließlich gegangen war, schrieb sie Sadie eine Textnachricht.

Rate mal, wen ich gesehen habe.

Den Weihnachtsmann? Schon wieder?

Mike Solo. Und er hat Z gesehen.

Und? Du solltest ihm alles erzählen. Er ist ein guter Typ.

Donna wählte die Emoticons für „Cat" und „Fish" und fügte dann einen finster blickenden Smiley hinzu.

Sadie schickte eine Reihe von Herzen, Blumen, Smileys und Champagnerkorken zurück. Schließlich war sie mit einem ehemaligen Catfish verlobt. Ihre Nachricht endete mit einem kleinen animierten Icon zweier Leute, die sich immer wieder umarmten.

Lächelnd steckte Donna ihr Handy ein. Zum Glück waren die dunklen Zeiten ihrer Freundschaft vorbei.

Sadie war seit der fünften Klasse ihre beste Freundin, doch im letzten Highschooljahr war Sadie mit Hamilton Wade zusammengekommen, während Donna sich in Harvey verliebt hatte. Da Donna die Wades nicht ausstehen konnte und Sadie Harvey nicht, hatten sie die Kommunikation vorübergehend eingestellt. Sadie war aufs College gegangen und hatte ihren Abschluss gemacht, während Donna gefeiert und geraucht hatte, immer wilder geworden war. Und schließlich schwanger.

Das totale Klischee. Als hätte sie es nicht besser gewusst. Ein gewisses Pharmazieunternehmen hatte da einiges zu erklären.

In ihrem zweiten Trimester war sie von einer grauenvollen Übelkeit überfallen worden. Die hatte eine medizinische Bezeichnung – Hyperemesis gravidarum, was nichts anderes hieß als exzessives Erbrechen während der Schwangerschaft. In ihrem Fall geradezu absurd heftig. Nachdem das einige Wochen so gegangen war, hatte Carrie, ihre Stiefmutter, sie kurzerhand aus dem Haus geworfen wegen des ständigen Geruchs.

Ohne Sadie an ihrer Seite war Donna nichts anderes übrig geblieben, als sich an Harvey zu wenden, obwohl er mit ihr Schluss gemacht hatte. Sie wollte sich eine eigene Wohnung suchen, aber das ständige Erbrechen machte die Wohnungssuche unmöglich. Damit nicht genug, bekam sie als Begleiterscheinung ihrer Hyperemesis auch noch ernste Depressionen – was eigentlich gar nicht zu ihrer ansonsten quirligen Art zu passen schien. Schließlich hatte Harvey sie auf sein Motorrad und dann zu Hause abgesetzt, woraufhin ihr Vater Donna zu ihrer Mutter nach Los Angeles geschickt hatte, obwohl sie sich geschworen hatte, niemals zu ihr zu gehen.

Background-Sängerinnen, die ständig auf Tour waren, gaben nicht unbedingt die fürsorglichsten Mütter ab, trotzdem hatte ihre Mom getan, was sie konnte. Am Ende hatte sie Donna in ein Krankenhaus einweisen lassen, wo man sie an den Tropf gelegt und ihr angstlösende Mittel, Antidepressiva sowie ein Medikament gegen die Übelkeit gegeben hatte.

Als das Baby endlich gekommen war, hatte Donna derart viele Medikamente intus gehabt, dass sie kaum Worte formulieren, geschweige denn Pläne machen konnte. Also hatten andere über die Zukunft ihres Kindes entschieden, und als sie ihre Depression endlich überwunden hatte, lebte ihr kleiner Zack bereits bei Harveys Eltern. Die Hannigans waren ein wohlhabendes, konservatives Paar, das regelmäßig zur Kirche ging. Sie kamen für Donnas gesamte Behandlungskosten auf und boten an, Zack in ihrer prunkvollen Villa, die in der besten Gegend Kilbys lag, aufzuziehen. Donna hatte gegen dieses Arrangement protestieren wollen, war jedoch so schwach und erschöpft gewesen, dass niemand ihre Zweifel ernst genommen hatte. Ihre Mutter, ihr Vater, ihre Stiefmutter, Harvey – sie alle hatten ihr immer wieder versichert, es sei das Beste und würde Zack eine vielversprechende Zukunft eröffnen. Sie solle darüber hinwegkommen, sie sei schließlich noch jung.

Für Donna hatte es sich angefühlt, als kämpfe sie gegen eine Lawine. Wobei das alles ja der Wahrheit entsprach. Wie konnte sie Zack großziehen, wenn sie keine Arbeit hatte und keine Wohnung? Und überdies keine Ahnung von Kindern? Die Hannigans konnten Zack viel mehr bieten als sie.

Während sie sich auf der Couch in der Eigentumswohnung ihrer Mutter in Los Angeles erholt, die vernachlässigten Pflanzen gegossen und literweise Kokoswasser getrunken hatte – wegen der Vielzahl an Elektrolyten –, hatte sie schließlich einen Plan gefasst. Einen sehr einfachen.

Schritt eins: Nach Kilby zurückkehren.
Schritt zwei: Einen Job besorgen.
Schritt drei: Lernen, eine gute Mutter zu sein.
Schritt vier: Zack zurückholen.

Vor ihrer Rückkehr nach Hause hatte sie die letzten Kräfte für den entscheidenden Kampf gesammelt, und es hatte funktioniert, auch wenn es sie fast umgebracht hatte. Die Hannigans hatten zugestimmt, dass sie Zack jede Woche sah. Im Gegenzug hatten sie Donna darum gebeten, dass sie den Klatsch minimierte, indem sie ihre Verbindung zu Zack nicht überall hinausposaunte. Die Einwohner von Kilby liebten einen saftigen Skandal, und wenn man kein Gerede wollte, musste man am besten selber auch schweigen. Deshalb hatte sie auch lange nicht gewagt, Sadie alles zu erzählen, besonders da Sadie zu diesem Zeitpunkt eine Beziehung mit Hamilton Wade gehabt hatte. Und den Wades konnte man nicht trauen.

In vier Jahren hatte Donna nicht einen einzigen Besuch bei Zack ausgelassen. Und irgendwann hatte sie Sadie die ganze Geschichte erzählt, was nicht einfach gewesen war, da es Sadie schrecklich gekränkt hatte, dass Donna Zack vor ihr geheim gehalten hatte. Andererseits war es wundervoll für Donna gewesen, sich endlich jemandem anvertrauen zu können.

Aber Mike alles erzählen? Das war Unsinn. So eine Beziehung hatten sie doch gar nicht. Oder überhaupt eine.

Sie entfaltete den kleinen Plan, den er ihr gegeben hatte, mit dem cartoonartig gezeichneten Wels/Catfish vorne drauf. Ein Spiel konnte doch nicht schaden, oder? Sie überflog den Plan und sah, dass das Team ein Heimspiel gegen die Albuquerque Isotopes absolvieren würde, wenn sie Zack das nächste Mal hatte. Sie würde mit ihrem Sohn zu dem Spiel gehen, ihm Cracker Jacks kaufen und zeigen, wie eine der Lieblingsfreizeitbeschäftigungen Amerikas aussah.

Leider war es nicht Football, dann hätte sie das Richter Quinn gegenüber erwähnen können.

5. KAPITEL

Die erste Auswärtstour der Catfish führte sie nach Las Vegas, Tucson und Fresno. Joey und sein Freund Jean-Luc, der zufällig wegen einer Technikkonferenz in San Francisco weilte, besuchte das Fresno-Spiel. Mike schaffte den ersten Homerun des Jahres gegen einen unsicheren Werfer, der sich von einem Fastball überrumpeln ließ. Er würde lernen, da gab Mike sich keinen Illusionen hin.

Auch was den Yazmer-Job betraf, gab Mike sein Bestes. Aus dem Mannschaftsunterstand heraus studierte er den Neuling genau, seine Bewegungen und die Auswahl seiner Wurftechniken. Oft ließ sich durch die genaue Beobachtung der gegnerischen Pitcher etwas entdecken, das die Catfish weiterbringen konnte.

Schließlich ließ Mike sich auf die Bank neben Yazmer sinken und sagte: „Du hast doppelt so viel auf dem Kasten wie dieser Werfer. Aber eines kann er. Hast du sein flottes Tempo bemerkt? Er wirft, bekommt den Ball zurück, wirft gleich wieder, immer in kurzen Intervallen, ohne viel Tamtam. Das treibt die Schlagmänner in die Defensive und lässt ihnen keine Zeit, sich richtig auf ihn einzustellen. Ein ziemlich guter Trick."

„Hab auch 'nen Trick." Yazmer spannte den linken Bizeps an. „Sonic Boom. Bedeutet ‚Überschallgeschwindigkeit'."

„Du hast deinem Arm einen Namen gegeben?"

„Hat er selbst gemacht, Mann." Yazmer hob zwei Finger an die Lippen und küsste sie. „Sonic B und ich. Mehr is' nich' nötig. Wir schaffen's bis ganz nach oben."

Mike riss sich zusammen. Eine Unterhaltung mit Yazmer war wie ein Spaziergang durch einen Irrgarten bei aufziehendem Nebel. Werfer und Schlagmänner mussten miteinander kommunizieren, doch wie sollte das wohl funktionieren, wenn sie nicht einmal die gleiche Sprache zu sprechen schienen?

„Du hast einen großartigen Arm, keine Frage. Sonic Boom, nichts für ungut, aber zum Werfen gehört noch ein bisschen mehr. Die richtige Position, die Strategie. Wirf, um zu treffen. Schon mal davon gehört? Wie Greg Maddux sagte: Das beste Inning besteht aus drei Würfen, die der Schlagmann alle versemmelt. Dann bist du innerhalb von Minuten wieder im Unterstand."

Yazmer vollführte weitere merkwürdige Gesten, die für Mike keinen Sinn ergaben, bis er begriff, dass der andere eine gestische Unterhaltung mit einem Fan führte, der sich über das Tribünengeländer lehnte.

Mike gab es auf und ging zu Lieberman. Vielleicht würde der ja seine Weisheiten zu würdigen wissen.

„Wenn du zur ersten Base kommst, versuch dir gleich die zweite zu schnappen." Der Shortstop hatte in letzter Zeit über seine Statistik „ermöglichter Runs" gejammert. „Dieser Typ da lässt sich ablenken und vergisst seine Base Runner."

„Er vergisst sie? Woher weißt du das? Kannst du seine Gedanken lesen?"

„Ja, das kann ich. Und deine auch. Du denkst an das PR-Mädchen in Kilby, richtig?"

Lieberman wurde rot. „Sie ist eine Göttin."

„Frag sie, ob sie mit dir ausgeht."

„Ich glaube, Trevor mag sie."

„Trevor mag niemanden außer sich selbst. Stimmt's, Stark?"

Am anderen Ende der Bank saß Trevor, die langen Beine vor sich ausgestreckt, die Kappe tief ins Gesicht gezogen, während er träge einen Kaugummi kaute. Mike fiel jedoch nicht darauf herein. Trevor achtete sehr genau auf alles, was um ihn herum vorging. Und dann tat er sein Bestes, um für Unruhe zu sorgen.

„Irrtum. Mir gefällt Angeline", erwiderte er Kaugummi kauend.

Lieberman wirkte entmutigt. „Siehst du."

„Ist doch egal, Mann. Vielleicht steht sie eher auf brillante kleine Shortstops als auf idiotische Schlagmänner. Du solltest es versuchen. Mehr als Nein sagen kann sie nicht."

„Ich habe ein Gedicht für sie geschrieben." Rote Flecken erschienen auf Liebermans Wangen, als bekäme er gerade komische Hautprobleme. „Na ja, es ist eher eine epische Saga."

„Eine epische Saga?"

„In drei Teilen. Teil eins ist dem Moment gewidmet, als ich sie zum ersten Mal sah. Teil zwei dreht sich um unsere erste Unterhaltung, als ich mit ihr über diese Sache mit George Costanza und den Yankees gesprochen habe. Ich dachte, das würde mich ganz gut aussehen lassen."

Mike konnte darauf nichts erwidern, er befürchtete, sonst laut loslachen zu müssen.

„Teil drei ... nun, der dritte Teil ist mehr eine fantastische Sequenz. Daran habe ich jede Nacht gearbeitet."

Jetzt musste Mike doch lachen, kaschierte es jedoch mit einem rauen Husten und indem er sich die Hand vor den Mund hielt. Der junge Pitcher auf dem Feld warf ihm einen finsteren Blick zu, als sei er persönlich beleidigt, dass Mike das Spiel nicht aufmerksam verfolgte. Der nächste Wurf wird ein wunderschöner Curveball, dachte Mike. *Bringt mir einen Strike.*

Er sah kurz den Werfer an und tippte sich an den Schirm seiner Kappe. Anschließend fragte er Trevor: „Das kannst du wohl kaum überbieten, Stark, oder? Eine epische Saga in drei Teilen. Was machst du denn für die liebreizende Angeline?"

„Nehm sie mit zu Hooters."

Lieberman verschluckte sich beinah an einer Erdnuss. Mike schüttelte traurig den Kopf und beobachtete, wie der Neuling Ramirez mit einem Strike rauswarf und damit den Durchgang beendete. Das Leben war einfach nicht fair, jedenfalls nicht, wenn es um Baseball oder Frauen ging.

Trotzdem war es ein gutes Spiel, das anschließend von einem Abendessen mit seinem Bruder gekrönt wurde. Er traf Joey und seinen langjährigen Partner Jean-Luc in einem der Restaurants, die sie bevorzugten – mit weißen Tischdecken und metrosexuellen Bartendern. Joey erhob sich am Tisch und breitete die Arme aus. Mike klopfte ihm auf den Rücken und empfand die übliche

Dankbarkeit, dass seine Niere eine Chance für Joey war und dass sein Bruder diese Chance ergriffen hatte. Zuerst hatte Joey die Niere gar nicht nehmen wollen, da er wusste, wie sehr ihr Vater gegen die Organspenden war.

Doch Joey war immer für Mike da gewesen, und er hatte keinesfalls zulassen wollen, dass sein Bruder starb. Als er schließlich damit gedroht hatte, seine Niere jemand anderem zu spenden, falls Joey sie nicht nahm, hatte der schließlich nachgegeben. Mike fand, die Welt war besser dran mit Joey als ohne ihn. Joey wusste nicht einmal, wie man böse oder gemein war. Mike kannte niemanden, der mitfühlender war. In Joeys Gegenwart fühlte jeder sich gut, und das war eine Gabe.

Während Mike seinen Bruder umarmte, fühlte er Knochen, wo früher Muskeln gewesen waren. Alarmiert hielt er Joey auf Armeslänge von sich. „Was ist los? Befolgst du etwa meinen Trainingsplan nicht?"

„Mach dir keine Sorgen." Joey lächelte beruhigend. „Nur eine kurze Magen-Darm-Grippe. Meine Studentinnen finden, ich sehe auf romantische Weise tragisch aus, also ist es gar nicht so schlimm."

„Mehr als die übliche Anzahl von Schwärmereien?"

„Traurig, aber wahr."

„Es ist schon tragisch, wenn ein schwuler Wirtschaftsprofessor mehr weibliche Fans hat als ein toller Baseballspieler." Mike schüttelte Jean-Luc die Hand, und alle setzten sich. Jean-Luc, der eine Mischung aus Zurückhaltung und geheimnisvoller Kultiviertheit ausstrahlte, beobachtete Joey aus den Augenwinkeln. Von Beruf war er Technik-Investor, aber seit Joeys erster E.-coli-Infektion hatte er sich in eine Krankenschwester, einen Pfleger, Koch und Physiotherapeuten verwandelt.

„Ich glaube nicht, dass du dir in dieser Hinsicht jemals Sorgen machen musstest", meinte Joey trocken. „Wie geht's dir?"

„Ich sage nur ‚Homeruns'."

„Deine zusätzliche Muskelmasse zahlt sich aus, was?"

Mike wünschte, er könnte Joey ein paar von seinen Muskeln abgeben. Sein Bruder war zu dünn. Was würde passieren, wenn er wieder krank wurde? Mike wollte lieber nicht daran denken. „Wie läuft's in Chicago?"

Den Rest des Abendessens verbrachten sie damit, sich über neue Apps zu unterhalten, die Jean-Luc mitfinanzierte, sowie über die geplante Reise nach Frankreich zu Jean-Lucs Familie, sobald es Joey wieder besser ging. Joey erzählte, was Rita und Marie – ihre beiden Schwestern, die in Chicago lebten – beim letzten Anruf berichtet hatten. Nachdem sie ihre letzten Bissen nur ganz leicht angebratenen Steaks aufgegessen hatten, tupfte Joey sich den Mund mit der Serviette ab und sagte: „Ich habe nachgedacht. Du solltest nachsichtiger mit Dad sein."

„Nachsichtiger? Auf keinen Fall. Er hätte dich sterben lassen, und er hält mir immer noch Vorträge wegen der Niere."

„Er hat nun mal seine Überzeugungen. Das kann ich ihm nicht übel nehmen. Und du solltest es auch nicht. Ich bitte dich darum. Er ist dein Vater. Unser Vater. Und ihn zu hassen ist nicht gut für dich, mein Bruder."

„Es ist, wie es ist."

„Nun, denk darüber nach. Es ist wichtig für mich. Es ist wichtig für die Familie. Rita meint, er hält immer noch alle deine Aussagen in einem Notizbuch fest. Er liest *Sporting News* und verfolgt die Transaktionen der Friars genau."

„Ich hab's verstanden. Lass uns bitte das Thema wechseln." Es zerriss Mike innerlich, dass die Liebe und der Stolz seines Vaters nur dem einen Sohn galten, nicht dem anderen. „Reden wir doch über etwas Erfreulicheres. Ebola zum Beispiel."

„Wie wäre es mit der Frau, die du erwähnt hast? Die aus Kilby?" Jean-Luc sprach mit einem leichten französischen Akzent, obwohl er seit vielen Jahren in den USA lebte.

„Wie kommst du denn von Ebola auf Donna? Obwohl, wenn ich darüber nachdenke, liegt der gemeinsame Faktor wohl darin, dass sie mich unter Quarantäne gestellt hat."

„Du wirst sie zermürben", prophezeite Joey. „Frauen finden dich unwiderstehlich. Das liegt am Enthaltsamkeitsschwur. Frauen lieben Herausforderungen."

Aber Donna war nicht irgendeine Frau. Sie war ... Donna. Die lebenslustige, mutige Donna. Und sie hatte mit einer großen Sache zu kämpfen, das sagte ihm sein Gespür. Sein Verstand riet ihm, sie lieber nicht zu bedrängen. Sein Beschützerinstinkt – eine weitere Seite von ihm, die er einfach nie zum Schweigen bringen konnte – verlangte hingegen zu erfahren, was los war und wie er helfen konnte.

„Jean-Luc hat mich darauf aufmerksam gemacht, dass du Donna öfter erwähnt hast als irgendeine andere Frau seit Angela." Joey hob eine Braue. „Und in diesem Tonfall hast du über Angela auch nie gesprochen."

„In was für einem Tonfall habe ich denn über Angela gesprochen?"

Jean-Luc antwortete: „Irgendwie andächtig. Als würdest du auf Zehenspitzen durch eine Kirche schleichen."

„Wie bitte?"

„O ja." Joey und Jean-Luc klatschten sich ab. „Gute Formulierung, für einen Franzosen."

Mike trank einen großen Schluck Wein. Vielleicht stimmte es, dass er überhaupt von Angela nicht viel erzählt hatte. Er war verrückt vor Liebe gewesen und vollkommen verzaubert. Wenigstens war das jetzt vorbei. Und was Donna betraf, so war er kein einziges Mal auf Zehenspitzen andächtig um sie herumgeschlichen. Aber das lag daran, dass er nicht in sie verliebt war.

Manchmal fragte er sich, ob die Ärzte zusammen mit seiner Niere auch sein Herz entnommen hatten, denn seit Angela hatte er sich nicht einmal annähernd in jemanden verliebt. Flirts und Sex, klar. Jede Menge, zumindest außerhalb der Saison. Lust, natürlich. Besonders in Gegenwart Donna MacIntyres. Aber Liebe ... das war tabu. Passierte nicht.

Zack war so aufgeregt wegen seines ersten Baseballspiels, dass Donna nicht verstehen konnte, warum sie ihn nicht schon früher mit ins Stadion genommen hatte. Sie besorgten sich Cracker Jacks und Hot Dogs und große Becher Sprite. Glücklicherweise interessierte er sich nicht für die Komplexität des Spiels, denn sie kannte sich mit den Baseballregeln selbst nicht allzu gut aus. Sie zeigte auf Mike in seiner hummerartigen Catchermontur und sagte, er sei ein Freund. Als er im dritten Inning einen Homerun schaffte, sprangen sie beide auf und jubelten. Zack verteilte dabei seine Cracker Jacks in einem Umkreis von drei Metern.

Der Veranstalter gab sich allergrößte Mühe, dass die Kinder Spaß am Spiel hatten. Ein blondes Mädchen tauchte immer wieder auf dem Großbildschirm auf und verkündete neue Dinge: „Hallo, Kids! Habt ihr im April Geburtstag? Dann kommt runter aufs Spielfeld!"

„Mama! Wann ist mein Geburtstag?"

„Im September, Schätzchen. Möchtest du dann wieder hierher, damit du auch aufs Spielfeld kannst?"

„Ja!"

„Vielleicht kann Mike uns mitnehmen." Na, sieh mal einer an, jetzt tat sie bereits, als seien sie und Mike so gute Freunde, dass er alles für sie tun würde.

„Nein, nur wir beide sollen hingehen."

„Na gut." Sie warf sich eine Erdnuss in den Mund, um bei Mikes Anblick, wie er um die Bases rannte, nicht zu sabbern. Es hatte etwas sehr Erregendes, jemanden etwas so gut tun zu sehen. Sicher, er war unglaublich trainiert und muskulös, und er verstand es, seinen Körper kontrolliert und effizient einzusetzen. Aber es war noch mehr als das. Es war die blitzschnelle Auffassungsgabe, bei der es um Sekunden ging. Es war die Art, wie er sich bemühte, einen Ball noch zu erwischen, der schon fast unerreichbar war. Es war die Art, wie er mit seinem Pitcher kommunizierte, einem jungen Mann mit kupferfarbener Haut, der sehr nervös wirkte. Mike ging immer wieder zum Werferhügel, um sich mit ihm auszutauschen.

Hinterher warteten Donna und Zack am Spieleraugang. Als

Mike herauskam, waren seine Haare noch feucht vom Duschen. Er wirkte zufrieden wegen des guten Spiels. Donna bekam Herzklopfen, und sie fragte sich, ob sie die Schwärmerei der vergangenen Saison eigentlich überwunden hatte.

Mike ging vor Zack in die Hocke und bot ihm die Hand. „Du musst Zack sein. Ich bin Mike Solo."

Zack schaute misstrauisch auf die ihm hingehaltene Hand. „Was ist das weiße Zeug?"

Mike spreizte die Finger seiner rechten Hand, und Donna musste unwillkürlich daran denken, wie diese Hände sich auf ihrem Körper angefühlt hatten. „Das ist ein Rest von Tipp-Ex. Damit male ich eine Linie auf jeden Finger, damit der Pitcher meine Signale gut erkennen kann. Manchmal, wenn ich mein Tipp-Ex nicht finden kann, tauche ich meine Hand in die Kreide, mit der die Baseline gezogen wird. Hm, ich sollte wohl meine Hand noch mal waschen, was?"

Zack hörte so fasziniert zu, dass er nicht einmal ein komisches Gesicht zog. Donnas Blick wanderte zu Mikes Oberschenkeln, deren Muskeln sich in dieser Position besonders deutlich unter der Jeans abzeichneten. Er musste in phänomenaler körperlicher Verfassung sein.

„Hey, ich hab da was für dich." Mike zog einen Baseball aus der Tasche und gab ihn Zack. „Sieh mal, da steht dein Name drauf. ‚Von Mike Solo für Zack'."

„Sag Danke", ermahnte Donna ihren Sohn, als der nur stumm dastand und begeistert auf den Ball starrte.

„Danke-wo-ist-der-Hummer?"

„Hummer?" Mike schaute hoch zu Donna.

Sie prustete. „Deine Fänger-Schutzkleidung vor der Brust. Er fand, die sieht aus wie ein Hummer. Genauer gesagt wie Larry the Lobster, eine Figur aus einem seiner Kinderbücher. Einen echten Hummer hat er noch nie gesehen."

„Tja, dann kenne ich ja schon unsere nächste Mission." Mike richtete sich auf. „Es muss ein Restaurant in dieser Stadt geben, in dem Hummer serviert wird."

„O nein. Nein, Mike, wir gehen nicht Hummer essen."

Er machte ein unschuldiges Gesicht. „Ich hatte etwas anderes im Sinn." Zehn Minuten später standen sie im Foyer von Captain Scrugg's und schauten sich die Hummer in dem großen Aquarium an. Zack drückte das Gesicht an die Scheibe und zog Fratzen für die Kreaturen mit den Knopfaugen.

„Ich dachte an Cheeseburger, nachdem wir das hier gesehen haben", schlug Mike leise vor. „Ich kann mich nicht erinnern, als Kind gern Fisch gegessen zu haben."

„Du musst das nicht tun, Mike."

„Entspann dich, Mutter Oberin. Ich bin hungrig. Homeruns kosten Kraft."

„Das war wirklich aufregend. Es hat Zack sehr viel Spaß gemacht."

„Und was ist mit dir? Hat es dir auch gefallen?" Er sprach die Worte leise in ihr Ohr, sodass sein warmer Atem ihren Hals kitzelte.

„Natürlich. Wie sollte mir ein Kerl, der in hautenger Hose auf dem Spielfeld herumrennt, nicht gefallen? Mir gefiel besonders, wie du immer wieder zu dem Werfer gegangen bist. Worüber habt ihr gesprochen? Habt ihr Rezepte ausgetauscht? Und wie hat er sich dieses Muster in die Frisur rasiert?"

Mike sah nicht so amüsiert aus, wie sie erwartet hatte. „Nicht ganz. Er benahm sich dämlich, und das musste ich mit ihm klären."

„Im Ernst? Das klingt interessant. Drama auf dem Baseballspielfeld?"

„Du hast ja keine Ahnung. Bei uns gibt es mehr Dramen als in einer Soap. Das war Yazmer, und er hält sich für den Größten. Guter Curveball und Changeup. Sein Fastball ist anfangs stark, aber um das fünfte Inning herum lässt er nach. Auf diese Weise wird er es nie in die Major League schaffen. Seine Würfe im fünften Durchgang müssen besser werden, wenn nicht schon vorher. Die Gegner werden sonst dahinterkommen und aufs fünfte Inning warten, um ihn fertigzumachen. Außerdem muss er schneller werden. Ich habe ihm den Ball nach anderthalb Sekunden zurückgeworfen, damit er das begreift. Aber glaubst du, er beachtet mich? Nein, denn ich bin ja bloß irgendein Loser, der schon viel zu lange für die Kilby Catfish fängt."

Die Bitterkeit in seiner Stimme überraschte sie. „Was ist denn zu lange?"

„Kommt drauf an." Er schüttelte den Kopf, als wollte er diesen Anflug von schlechter Laune abschütteln. „Die Friars haben zwei großartige Catcher, also gibt es für sie keine Eile, mich ins Team zu berufen. Von mir erwarten sie, dass ich mit Stars wie Yazmer arbeite, der in San Diego werfen wird, noch ehe die Tinte auf seinem Vertrag trocken ist. O Mann, klingt das bitter? Ist es nicht. Ich bin nicht verbittert. Das ist eben Baseball, und ich liebe es. Ich kann bloß Yazmer nicht leiden."

„Ich auch nicht", sagte sie spontan. „Mi enemy es su enemy – dein Feind ist auch mein Feind, lautet ein Motto von mir."

Er lachte rau. „Ich glaube, das weiß ich bereits."

Zack zog an ihrer Hand. Erschrocken stellte sie fest, dass sie vergessen hatte, wo sie sich befanden, nämlich vor einem Aquarium des Fischrestaurants in Kilby, Texas. Sie hätte ebenso gut den Mond umkreisen oder in der Karibik segeln können – das Einzige, was sie wirklich wahrnahm, war Mike Solo. Sie hatte ja sogar Zack beinah vergessen!

Schuldbewusst kniete sie sich vor ihn. „Was denn, Schätzchen?"

„Können wir ihn mit nach Hause nehmen? Er hat niemanden zum Spielen." Er hielt seinen Baseball hoch und rollte ihn an der Glaswand des Aquariums entlang. „Hier, Hummer."

Sanft zog sie seine Hand fort vom Aquarium. „Wir können ihn nicht mit nach Hause nehmen, Sweety. Wo soll er denn wohnen? In der Badewanne der Hannigans?"

„Ja! Dann kann ich mit ihm baden!"

Donna versuchte sich vorzustellen, wie Mrs. Hannigan auf diesen neuen Hausgenossen reagieren würde, doch es gelang ihr nicht. „Ich würde sagen, das ist ein Nein, Zackster."

Er murmelte etwas über Bonita, und Donna spürte, wie sich ihr Magen zusammenkrampfte. O nein. Fing ihr Sohn etwa schon an, sich in Streitfragen auf Bonita zu berufen? Und dachte er wirklich, dass Mrs. Perfect ihm erlauben würde, den Hummer mit nach Hause zu bringen? „Du kannst Bonita ja fragen. Möge die Macht mit dir sein. Hey, bist du bereit für einen Cheeseburger?"

Mike hatte natürlich alles mit angehört. „Wer ist Bonita?", erkundigte er sich mit leiser Stimme.

„Du willst die komplizierten Familienverhältnisse nicht kennen."

„Doch, will ich. Das interessiert mich. Ist das Nächstbeste nach Sex."

„Vorsicht, hier ist ein Kind anwesend."

„Na schön, dann eben das Nächstbeste nach Baseball." Beim Wort „Baseball" deutete er mit den Fingern in der Luft Gänsefüßchen an und zwinkerte ihr zu. „Diese Basic-Sportart, bei der man immer ganz außer Atem gerät, wenn du verstehst, was ich meine."

„Bonita" – sie bedachte ihn mit einem strengen Blick – „ist Harveys Verlobte. Harvey ist Zacks Vater. Zack lebt bei Harveys Eltern. Vorläufig."

Danach weigerte sie sich, noch mehr zu erzählen. Wenn dieser klitzekleine Einblick in ihr Leben nicht genügte, um ihn abzuschrecken, dann konnte sie ihm davon jederzeit mehr bieten.

Mike half Donna dabei, Zack in seinem Kindersitz auf dem Rücksitz des roten Kia anzuschnallen. Wie sie es schaffen sollten, sich alle drei in dieses Auto zu quetschen, war ihm ein Rätsel. Aber irgendwie gelang es ihnen, und das Ergebnis konnte man als ... kuschelig bezeichnen. Donna fuhr ihn zurück zum Catfish-Stadion, wo er seinen Wagen stehen gelassen hatte. Während der gesamten Fahrt dachte er darüber nach, wie er sie dazu bringen konnte, noch einmal mit ihm auszugehen. Sie schien geradezu verzweifelt entschlossen zu sein, auf Distanz zu bleiben. War es ihr etwa peinlich, dass sie ein Kind mit jemandem hatte, mit dem sie nicht verheiratet war?

Sicher, seine Eltern wären nicht unbedingt beeindruckt, aber er erlaubte sich kein Urteil über solche Dinge. Auf jeden Fall wollte er mehr über diesen Harvey erfahren und warum der die Mutter seines Kindes nicht geheiratet hatte. Musste ein Feigling sein. Nur wollte Donna nicht darüber sprechen, und er hatte ihre Privatsphäre zu respektieren.

Als sie sich dem großen Betonbauwerk mit den blauen, im Wind flatternden Catfish-Flaggen näherten, schaute Donna nach hinten zu Zack. „Hast du etwas dagegen, wenn wir ein paarmal das Stadion umrunden?", fragte sie dann leise Mike. „Der kleine Kerl hier könnte ein Nickerchen gebrauchen. Das Spiel hat ihn geschafft."

„Gern." Würde es sie in Verlegenheit bringen, wenn er gestand, dass er glücklich wäre, das Stadion in diesem winzigen Auto diverse Male zu umrunden? Denn irgendwie gefiel ihm das: Donnas Haare, die im Schein der Armaturenbrettbeleuchtung schimmerten, und Zacks sanftes Schnarchen vom Rücksitz. Er wollte sich noch nicht von Donna verabschieden; er hatte noch viel zu viele offene Fragen. Warum sollte er die Gelegenheit nicht nutzen, solange sie in diesem Wagen hockten, damit Zack schlafen konnte?

„Tja, also, mir ist aufgefallen, dass du heute zum Spiel einen Hosenanzug anhattest. Einen dunkelblauen Hosenanzug. Wirkte irgendwie ... förmlich. Hm, wie ein Eimer Eiswasser, der einem über den Kopf gegossen wird."

Ein Grübchen erschien auf ihrer Wange. „Ja ... in meinem Schrank gibt es neuerdings sehr viel Blau."

„Ich weiß noch genau, was du anhattest, als ich dich zum ersten Mal gesehen habe. Eine hautenge Hose und ein weißes Top. Wahnsinnig sexy."

„Hey!"

„Er schläft doch."

„Ich will auch nicht, dass schlimme Worte in sein Unterbewusstsein dringen. Dass er irgendwelche Sachen vor seinen Großeltern wiederholt, ist das Letzte, was ich gebrauchen kann. Denn rate mal, wer die Schuld für so was bekommt."

„Tut mir leid, ich werde darauf achten. Aber du wechselst das Thema. Was ist aus der Donna geworden, die ich in der vergangenen Saison kennengelernt habe? Aus dem verrückten wilden Huhn im Roadhouse?"

„Pass auf." Sie warf einen kurzen Blick in den Rückspiegel auf Zack. „Wenn du die verrückte, wilde Donna suchst, vergiss es. Diese Person bin ich nicht mehr. Ich bin eine Mutter, eine verantwortungsbewusste, Steuern zahlende, *Football liebende* Bürgerin. Und ich würde es dir nicht übel nehmen, wenn du jetzt aus dem Auto aussteigst und dir jemand anderen suchst, mit dem du feiern kannst."

„Das meine ich nicht. Es ist nur eine ziemlich radikale Veränderung, und ich frage mich, was dahintersteckt. Es wirkt so, als würdest du verzweifelt versuchen, jemand zu sein, der du gar nicht bist."

„Woher willst du denn wissen, wer ich bin und wer nicht? So gut haben wir uns nie kennengelernt." Sie lenkte heftig in eine Kurve, verlangsamte anschließend sofort die Fahrt und schaute nach Zack.

„Gutes Argument. Ich wusste ja nicht einmal, dass du ein Kind hast."

„Nimm es nicht persönlich. Nicht mal Sadie wusste es."

„Im Ernst? Deine beste Freundin?"

„Glaub mir, ich habe mir deswegen von Sadie genug anhören müssen. Letztlich hat sie es aber verstanden. Und heute steht sie hundertprozentig hinter mir."

„Vielleicht musst du den Leuten einfach eine Chance geben. Vielleicht könnte ich dir helfen. Ich könnte ihn ab und zu mit zu einem Spiel nehmen. Mit ihm Fangen spielen."

„Warum?" Sie fuhren erneut am Hintereingang des Stadions vorbei; Mike sah den oberen Teil des Riesenbildschirms hinter den Außenmauern, der den Blick auf einen Teil des Sternenhimmels verstellte. „Warum würdest du das tun wollen?"

„Er ist ein cooler Junge. Warum sollte ich das nicht wollen?"

„Was genau hast du eigentlich vor, Solo? Um Sex geht es nicht. Um Partys und ein bisschen Spaß auch nicht. Wenn die Gerüchte stimmen, bist du bald unterwegs nach San Diego. Ich verstehe es nicht. Ich bin eine langweilige Rezeptionistin in einer Zahnarztpraxis, die blaue Hosenanzüge und Großmutterunterwäsche trägt. Ich kann unmöglich dein Typ sein."

Er erwiderte ihren Blick. „Du erwartest von mir, dass ich dir das glaube?"

„Du hast doch gesehen, wo ich arbeite. Warum solltest du mir nicht glauben?"

„Den Teil glaube ich dir ja. Aber nichts von dem, was du sagst, wird mich davon überzeugen, dass du Großmutterunterwäsche trägst. Wenn du willst, dass ich dir das glaube, musst du sie mir zeigen."

Sie lachte. Nur ein bisschen zuerst, vielleicht aus Überraschung. Dann wurde daraus ein glucksendes, aus dem Bauch kommendes Lachen, unverstellt und fröhlich, als hätte sie schon zu lange nicht mehr richtig gelacht. „Ich werde dir meinen Slip nicht zeigen, Solo."

„Mama?", kam Zacks verschlafene Stimme von hinten.

Am nächsten Stadiontor hielt sie. „Du solltest gehen."

„Vielleicht rufe ich dich später an."

„Vielleicht melde ich mich, vielleicht auch nicht."

Da ein wahrer Gentleman der Dame das letzte Wort überlässt, stieg er aus dem Kleinstwagen und ging zur Fahrerseite. Er winkte Zack zu und suchte in seinen Taschen nach seinem Autoschlüssel. Als Donna den Gang eingelegt hatte, kurbelte sie die Scheibe herunter und lehnte sich ein Stück heraus.

„Roter String", flüsterte sie und fuhr davon.

Verdammt. Und ob er sie anrufen würde. Da hatte es nie auch nur den geringsten Zweifel gegeben.

6. KAPITEL

Donna schätzte ihre Chancen, Mike zu widerstehen, auf etwa zweiundsechzig Prozent. Immerhin hatte sie eine starke Motivation, ihr Leben fest in den Griff zu bekommen. Dagegen stand die unglaubliche Versuchung, die dieser Mann darstellte. Sein Enthaltsamkeitsschwur half definitiv. Sie wusste, dass er das ernst nahm. Sie hatte auch keine Angst davor, mit ihm im Bett zu landen. Es war die Ablenkung, vor der sie sich fürchtete, und was die Leute denken würden, wenn man sie zusammen sah.

Um ganz sicher zu sein, rief sie Miss Griswold an und schilderte ihr die Situation.

„Sie sagen, er sei sexy? Das heißt, die meisten Leute würden ihn so beschreiben?"

Miss Griswold war eindeutig eine seltsame Anwältin. „Und wie."

„Aber er ist bekannt für seinen Enthaltsamkeitsschwur? Ist das ein offizieller Eid, den er vor einem Geistlichen ablegt?"

„Ich glaube schon."

„Und Sie haben in der Vergangenheit miteinander geschlafen?"

„Nein, so weit ging es nie. Wir sind nicht mal in die Horizontale gegangen."

„Es gab also Intimitäten?"

Donna hasste es, im Zeugenstand zu stehen und von Miss Griswold verhört zu werden. „Ja. Niemand wusste davon. Obwohl der Bibliothekar uns komisch angesehen hat, als wir aus dem Wandschrank kamen."

„Besteht irgendeine Chance, dass es etwas Ernstes wird?"

„Um Himmels willen, nein."

„Wie schade. Dieses Szenario hätte nämlich Potenzial." Die Anwältin schnaufte enttäuscht. „Na schön. Unter diesen Umständen würde ich die ganze Sache so einschätzen: Wir reden hier über Risiko versus Vorteil. Das Risiko einer Fehldeutung, wenn man Sie zusammen sieht, ist hoch. Niemand wird diesen Zölibat-Quatsch glauben. Wir leben ja nicht im Mittelalter. Das Risiko ist also hoch. Und dem steht leider nur ein sehr geringer Vorteil gegenüber."

„Wie meinen Sie das?" Aus Donnas Sicht gab es eine Menge Vorteile, mit Mike zusammen zu sein. Es fühlte sich sowohl ganz neu als auch vertraut an. Sie konnte mit ihm reden, als wären sie schon ewig Freunde. Trotzdem gab er ihr das Gefühl, hellwach zu sein, als wollte sie auf keinen Fall, dass ihr irgendetwas entging.

„Wenn dieser Eid echt ist, gibt es keinen Sex, oder? Ihr Ruf könnte ruiniert werden, und das für nichts und wieder nichts. Sie bekämen zur Entschädigung nicht einmal Sex."

In Donnas Kopf begann sich alles zu drehen. „Ist das jetzt ein ernst gemeinter juristischer Rat, oder nehmen Sie mich auf den Arm?"

„Ich mache die Regeln nicht. Wir haben eine Situation, in der es nur Verlierer gibt. Halten Sie sich von ihm fern. Das ist mein offizieller Rat als Ihre Anwältin an Sie. So, und waren Sie inzwischen schon mal beim Tierheim, um dort ehrenamtlich mitzuhelfen?"

„Nein, war ich nicht. Das ist doch scheinheilig. Kann ich nicht einer anderen freiwilligen Arbeit nachgehen, die mir näherliegt? Vielleicht etwas mit Kindern oder älteren Menschen? Das kann ich gut. Ich bin allergisch gegen Haustiere."

„Nein, Tierheime sind im Augenblick schwer angesagt. Alle machen das. Zum Beispiel die Mütter in der Junior-League. Befolgen Sie meinen Rat, denn ich bin dazu da, um Ihnen Ratschläge zu geben."

„Ich bin nicht gerade die typische Junior-League-Mom."

„Daran arbeiten wir doch, oder nicht? Haben Sie übrigens schon Ihr Outfit für die morgige Anhörung?"

„Ja, Sackleinen und Asche. Ich überlege bloß noch, ob ich mir auch eine Büßerfrisur zulegen und meine Haare abrasieren soll."

„Hauptsache, Sie halten dieses Mundwerk im Zaum, Donna."

O verdammt, das war einfach unmöglich. Es war unerträglich, die eigene Persönlichkeit dauerhaft zu verleugnen, aber für Zack würde sie ihr Bestes versuchen.

Die Anhörung sollte klären, wie das Besuchsrecht in Zukunft geregelt wurde. Also saß Donna am nächsten Tag brav auf ihrem Platz, die Hände im Schoß gefaltet, während Miss Griswold für drei Besuche pro Woche plädierte, um Zack darauf vorzubereiten, dass er möglicherweise ganz bei seiner Mutter leben würde. Es gelang der Anwältin sehr geschickt, Donnas neuen Job in der Zahnarztpraxis einfließen zu lassen, ihre Arbeit im Tierheim sowie die Möbel in ihrer Wohnung, die alle einen Bezug zu Football hatten.

Auf der anderen Seite des Gerichtssaals hing Bonita an den Lippen des Richters und machte sich Notizen, als befände sie sich in der Schule. Die langen schwarzen Haare hatte sie zu einem Pferdeschwanz zusammengebunden, der sie irgendwie überlegen wirken ließ. Selbst wenn Miss Griswold sprach, weigerte sie sich, zu Donnas Seite des Gerichtssaals zu schauen, als bekäme sie davon Läuse. Harvey sah gelangweilt aus, er hatte die Beine ausgestreckt und an den Knöcheln übereinandergeschlagen, die Arme vor der Brust verschränkt. Donna fragte sich, was die beiden im jeweils anderen sahen, weil sie ihr wie völlige Gegensätze vorkamen – die Überehrgeizige und der Schlaffi. Aber vielleicht war es ja gerade das. Bonita brauchte jemanden, den sie herumkommandieren konnte, und Harvey brauchte jemanden, der ihn herumkommandierte.

Nachdem er beide Parteien angehört hatte, entschied Richter Quinn, dass Donna Zack zweimal pro Woche sehen durfte, und setzte die nächste Anhörung für Ende Juni fest.

Bonita sprang auf. „Der sechsundzwanzigste Juni ist unser Hochzeitstermin!"

„Ja, dessen ist sich das Gericht bewusst. Sie müssen nicht anwesend sein, falls es Ihnen Unannehmlichkeiten bereitet. Die Anwesenheit Ihres Rechtsbeistandes genügt vollauf."

„Nein, nein, das meinte ich gar nicht. Ich meinte ..." Bonita setzte sich abrupt wieder, da ihr Anwalt sie am Ärmel herunterzog. Donna wusste, was sie meinte. Sie wollte, dass die Anhörung erst nach der Hochzeit stattfand. Verheiratet würden sie ein Bilderbuchpaar abgeben. Der Traum eines jeden Familiengerichts.

Nach der Verhandlung blieb Donna auf dem Flur des Gerichtsgebäudes am Wasserspender stehen, um zu trinken. Als sie sich wieder aufrichtete, erschrak sie; Bonita stand neben ihr und musterte sie hochnäsig. „Netter Versuch, Donna MacIntyre. Ich durchschaue sehr wohl, was es mit deinem neuen Aussehen auf sich hat. Aber du führst niemanden hinters Licht."

„Ich versuche gar nicht, irgendwen hinters Licht zu führen. Ich will nur mein Kind."

„Du hast dein ganzes Leben in Kilby verbracht. Meinst du, da vergisst einer, wie du wirklich bist?" Bonita strahlte eine Selbstsicherheit aus, als sei alles, was sie von sich gab, automatisch wahr, nur weil sie es aussprach.

Donna hielt sich am Rand des Wasserspenderbeckens fest. Noch nie hatte sie sich so klein gefühlt. „Du kennst mich nicht."

„Klar kenne ich dich. Du bist ein Partyflittchen und wirst es immer sein." Bonita hob eine schmale, sorgfältig gezupfte Braue, während sie Donnas Outfit verächtlich musterte. „Und ich bin mir ziemlich sicher, dass ich dieses Kostüm für fünf Dollar auf dem Kirchenbasar gesehen habe."

Donnas Geduldsfaden riss allmählich, und sie vergaß ihre guten Vorsätze. „Na ja, ist doch nichts dabei, etwas wiederzuverwenden, was ein anderer abgelegt hat, oder?"

Das Timing dieses Tiefschlages hätte schlechter nicht sein können, denn Harvey gesellte sich genau in diesem Moment zu Bonita.

„Hey", protestierte er, während seine Freundin leichenblass wurde.

„Begreifst du jetzt, wie sie ist?", murmelte Bonita und legte die Stirn an Harveys Schulter. „Sie hat einen schlechten Einfluss auf Zack, Honigbär. Sie ist viel zu impulsiv und vorlaut. Deswegen können wir mit geteiltem Sorgerecht nicht einverstanden sein."

Donna ballte die Hände zu Fäusten und ärgerte sich darüber, dass sie sich von Bonita hatte provozieren lassen. „Ich entschuldige mich", zwang sie sich zu sagen. „Ich wollte dich nicht beleidigen."

„Du musst eben nachdenken, bevor du jemandem etwas an den Kopf wirfst", riet Harvey ihr in jenem herablassenden Ton, bei dem sie am liebsten laut geschrien hätte. „Wir müssen Zack ein gutes Beispiel geben."

„Das stimmt", brachte Donna mühsam heraus, doch ihre Stimme brach dabei. Wie konnte sie sich von Bonita dermaßen ausmanövrieren lassen? „Und genau das versuche ich auch."

„Nun, ich werde ein scharfes Auge darauf haben. Und meine Familie auch." Bonita sah Donna durchdringend an. „Wir reden noch über diesen Abend letztes Jahr im Roadhouse. Die Wades vergessen nicht so schnell."

Anscheinend sprach noch immer jeder in Kilby über diese Kneipenschlägerei. Du liebe Zeit, dachte Donna, sie hatte doch nur eine Freundin verteidigt! „Diese Sache geht die Wades überhaupt nichts an. Die Entscheidung liegt ganz allein bei Richter Quinn."

„Ach, und du glaubst, *das* da wird dir Sympathien bei ihm einbringen?" Bonita zeigte auf die Texas-A&M-Nadel an Donnas Revers. „Als hättest du dich jemals für Football interessiert. Warst du nicht letztes Jahr dauernd mit diesem Catfish-Spieler zusammen? Zumindest habe ich das gehört."

„Ich war nicht ‚dauernd' mit einem Catfish-Spieler zusammen. Du solltest dir wirklich nicht jeden Tratsch anhören, Bonita." Erhobenen Hauptes schob Donna sich an ihr vorbei. „Das ist schlecht für deine Seele."

In Anbetracht ihrer Situation wusste Donna sehr wohl, dass es geradezu kriminell dumm wäre, Mike wiederzusehen. Als er sie am nächsten Tag anrief, während sie ihre Fußnägel lackierte – in einem Braunrot, das die alte Donna nicht ertragen hätte –, erklärte sie ihm rundheraus, dass sie es sich nicht leisten konnte, mit ihm in der Öffentlichkeit gesehen zu werden.

„Kein Problem. Ich kann dein schmutziges Geheimnis sein. Klingt doch aufregend."

Warum musste seine Stimme auf sie wirken wie geschmolzene Schokolade auf der Zunge? „Vergiss es. Du verschwendest nur deine Zeit."

„Hey, es ist meine Zeit. Ich kann damit machen, was ich will. Jedenfalls vor dem Training und nach den Spielen. Und wenn ich nur reden will? Dich besser kennenlernen?"

Das Telefon begann ihr von der Schulter zu rutschen. Sie klemmte es mit dem Unterkiefer ein, um es festzuhalten. „Da gibt es nichts ..." Die Worte klangen komisch, da sie den Mund nicht zumachen konnte, ohne das Telefon zu verlieren. Sie nahm es in die rechte Hand, in der sie schon den Nagellackpinsel hatte. „... kennenzulernen."

„Ist alles in Ordnung bei dir?"

„Ja." Nun ja, bis auf die Tatsache, dass sie sich Nagellack auf die Wange gemalt hatte. Durfte Nagellackentferner eigentlich an die Gesichtshaut gelangen?

„Also, Rotschopf", sagte Mike, „ich will dich nicht Lügnerin nennen, aber das scheint mir absolut nicht zu stimmen. Verrate mir eins: Wie hast du Zacks Vater kennengelernt, und wieso bist du nicht mit ihm zusammen?"

„Wow, du gehst gleich in die Vollen, was?" Sie stand auf, um den Schaden im Spiegel zu begutachten. Tatsächlich, ein braunroter Klecks direkt auf ihrem rechten Wangenknochen.

„Ja, ich mache ungern Kompromisse. Immer die Zielgerade im Auge, um mal ein Bild aus dem Sport zu benutzen."

Donna betrachtete sich finster im Spiegel. Vielleicht sollte sie ihre Haare in dem gleichen Farbton wie die Fußnägel färben. Oder noch besser in Braun und Weiß, den Farben von Texas A&M. „Wie wäre es mit: Schlusspfiff zu diesem Thema?"

„Auch nicht schlecht. Und wie wäre das: Ich erzähle dir eine große Sache, und du erzählst mir eine große Sache."

„Wie kommst du darauf, deine große Sache könnte mich interessieren?"

Ein vielsagendes Schweigen folgte. Donna versuchte, nicht zu lachen. Sie gab sich wirklich alle Mühe und biss sich auf die Unterlippe, bis sie schon ganz rot im Gesicht war. Der braunrote Klecks stach wie eine Narbe hervor.

„Das ist gemein, Donna MacIntyre. Du interessierst dich nicht für meine große Sache? Du verstehst es wirklich, einen Mann zu kränken."

Sie gab es auf und lachte los. Es kam ihr mittlerweile so vor, als würde sie überhaupt nicht mehr lachen. Außer mit Mike. „Schön, ich geb's auf. Lass uns Geschichten austauschen."

„Ausgezeichnet. Du fängst an, denn ich habe zuerst gefragt. Und ich will wirklich wissen, wie das mit Zack war, denn er scheint ein toller Junge zu sein."

Komplimente zu Zack waren ein sicherer Weg, ihr Herz zu öffnen. Sie setzte sich auf den Toilettendeckel und schlug ein Bein über das andere. „Zacks Vater ist Harvey Hannigan. Als naive Achtzehnjährige dachte ich, ich sei in ihn verliebt."

„Warst du aber nicht?"

„Um ehrlich zu sein, es ging mir hauptsächlich um seine Harley und darum, meine Stiefmutter zu ärgern. Außerdem gefiel mir, wie seine Haare sich am Ansatz wellten."

„Ach ja, die gute alte Haaransatzwelle. Da werden die Mädels immer schwach."

„Ja. Ich hielt das für ein Zeichen von Sensibilität, gepaart mit einer poetischen Veranlagung. Wie Edward in *Twilight*. Na ja, jedenfalls wurde ich schwanger, trotz Verhütung. Manchmal passieren solche Sachen eben. Er hat dann sofort Schluss gemacht."

„Warum?"

„Er wollte kein Baby, weil er gerade viel zu sehr mit der Restaurierung seines Motorrads beschäftigt war. Und nein, das denke ich mir nicht bloß aus. Er wollte, dass ich eine Abtreibung vornehmen lasse. Aber irgendwie ist mir, schon als ich den Schwangerschaftstest machte, der Name Zack in den Sinn gekommen. Ein blaues Pluszeichen auf dem Teststreifen, und ich dachte: Zack. Ich wusste nämlich, dass es ein Junge werden würde. Hört sich verrückt an, oder?"

Offenbar stiegen ihr die Nagellackdämpfe zu Kopf. Das alles hatte sie nie zuvor jemandem erzählt.

„Finde ich nicht. Ich treffe sehr viele Entscheidungen aus dem Bauch heraus. Du hattest dich also entschieden, das Baby in jedem Fall zu bekommen. Aber warum lebt Zack nicht bei dir?"

Sie war noch nicht bereit, auch diesen Teil der Geschichte zu erzählen. „Keine Chance, Freundchen. Das wäre schon die zweite große Geschichte. Jetzt bist du erst mal an der Reihe. Spuck's aus, Solo. Welches dunkle Geheimnis verbirgst du vor der Welt?"

„Tja ..." Er zögerte einen langen Moment, sodass sie schon glaubte, er würde sich drücken. Doch dann sagte er: „Mir wurde eine Niere entfernt. Ich habe sie gespendet. Meinem Bruder."

„Was?" Sie hielt mit dem Nagellackpinsel in der Luft inne.

„Ich bin ein Ein-Niere-Wunder. Aber keine Sorge, meine anderen Organe sind alle noch intakt."

„Mach keine Witze darüber. Wann ist das passiert? Bist du wieder okay?"

Ein raues Lachen war am anderen Ende der Leitung zu hören. „Bist du etwa besorgt, Süße? Möchtest du vorbeikommen, um meine Bettpfanne zu leeren?"

„Keine Scherze! Das meine ich ernst. Bist du in Ordnung?" Sie erinnerte sich daran, wie Mike sich für sie im Roadhouse geprügelt hatte. Was, wenn er verletzt worden wäre?

„Mir geht's bestens, ehrlich. Das liegt vier Jahre zurück, und heute ist davon nur noch eine Narbe übrig."

„Wow, Mike." Tränen stiegen ihr in die Augen, was überhaupt keinen Sinn ergab. Warum weinte sie über Mike Solo und seine Niere? Wo sie ihn doch kaum kannte. Aber möglicherweise kannte sie ihn bereits besser, als sie dachte. Denn es überraschte sie kaum, dass er seinem Bruder eine Niere gespendet hatte.

„Verdammt, ist das eine sehr gefährliche Operation?"

„Du bist ernsthaft besorgt." Er klang gerührt, was bei ihr zu weiteren Tränen führte. Sie rammte den Pinsel in das Nagellackfläschchen und wischte sich die Feuchtigkeit von den Wangen.

„Ja, ich bin besorgt", gestand sie. „Wegen der Kilby Catfish. Ist es nicht schwer, mit nur einer Niere Baseball zu spielen? Wirst du dadurch nicht zum Problem für das Team meiner Heimatstadt?"

„Du machst mir nichts vor, Donna MacIntyre. Du hast sogar geweint, nicht wahr? Ich habe eine Träne fallen gehört. Du hast geweint, weil du mich magst."

„Na ja, du hast mich gegen die Wades verteidigt. Könnte sein, dass ich deswegen eine kleine Schwäche für dich habe."

„Schon kapiert. Eine kleine Schwäche ist besser als ein Loch im Kopf."

„Du musst alles lächerlich machen, oder?"

„Tja, wie das geht, weißt du ja selbst, Miss Haaransatzwelle."

Sie stand vom Toilettensitz auf und verstaute ihre Utensilien zum Nägellackieren im Medizinschrank, während sie das Telefon zwischen Wange und Schulter eingeklemmt hielt. Sie hatte vor langer Zeit herausgefunden, dass man mit Scherzen gut Tränen kaschieren konnte. Nicht, dass sie wegen Mike Tränen vergoss. Okay, ein paar vielleicht, denn er war ein guter Kerl, und sie wollte nicht, dass er litt.

„Ich sollte jetzt Schluss machen, Single-N."

„Ich dachte, mein Spitzname sei Priester."

„Du hast dir gerade selbst zu einem neuen verholfen. Herzlichen Glückwunsch."

„Mal ein anderes Thema – wo befindet sich eigentlich der Waschsalon in diesem Ort? Es klingt verrückt, aber es ist die Hölle, mit nur einer Niere die Wäsche zu machen."

„Sehr witzig."

Doch bevor sie sich bremsen konnte, erklärte sie sich schon einverstanden, ihm am nächsten Tag bei der Wäsche zu helfen.

Wie verfänglich konnte es schließlich werden, mit einem Mann Wäsche zu waschen, egal wie sexy er war?

„Im Ernst? Ich hätte dich als Boxershorts-Typ eingeschätzt." Donna betrachtete den Wäscheberg, den Mike gerade auf den Tisch im Suds-o-Rama-Waschsalon gehievt hatte.

„Nein, Boxer-Briefs, Baby. Wir können ja nicht alle rote Strings tragen." Er zwinkerte ihr zu. „Wieso landen wir eigentlich immer beim Thema Unterwäsche?"

„Na, dann wechseln wir das Thema doch einfach und sprechen über deine Socken. Wie viele besitzt du?"

„Pass mal auf. Ich mag Wäschewaschen nicht, und mein Vertrag garantiert mir viel Geld. Sobald mir die Socken ausgehen, kaufe ich mir eben neue. Auf diese Weise sind es ein bisschen mehr, das stimmt." Er nahm einen Armvoll Schmutzwäsche und stopfte sie in eine Waschmaschine. „Gib es zu, du bist hin und weg vom glamourösen Lebensstil eines Minor-League-Baseballspielers."

„Absolut. Ich ziehe in Erwägung, das live zu twittern."

„Da wäre ich glatt besorgt, aber ich weiß ja, dass du nicht willst, dass irgendwer von uns beiden weiß. Oder hast du deine Meinung geändert?" Er öffnete die Packung Waschmittel, die er aus dem Automaten gezogen hatte, und kippte es in die Maschine.

„Nein, habe ich nicht. Ich glaube nur nicht, dass uns hier jemand sehen wird. Das heißt, jemand, den es interessiert." Das Suds-o-Rama lag auf der anderen Seite der Stadt, außerdem würde keiner der Wades sich auch nur in die Nähe eines Waschsalons begeben.

„Gut. Dann kannst du ja mit mir zusammen sein."

„Nicht lange, denn ich habe noch einiges zu erledigen."

„Aber einen Waschdurchgang hast du Zeit?"

„Bis zum Schleudergang, maximal."

„Na schön. Da bleibt uns immerhin Zeit hierfür." Er nahm einen isolierten flachen Karton von ganz unten aus seiner Wäschetasche. Als er den Reißverschluss der Thermoverpackung öffnete, strömte Donna ein köstlicher Duft in die Nase, der sich mit dem seifigen Wäschegeruch vermischte.

„Du hast Pizza mitgebracht?"

„Nicht irgendeine Pizza, sondern Tombstone, die beste Tiefkühlpizza auf diesem Planeten. Ich lasse mir zu Beginn jeder Saison einen Vorrat schicken, und dann gönne ich sie mir zu besonderen Anlässen. Männer aus Chicago und ihre Pizza, weißt du. Ich habe sie in der Mikrowelle aufgewärmt, bevor ich die Wohnung verlassen habe."

Sie beugte sich darüber und atmete den tomatigen, würzigen Duft ein, bei dem ihr das Wasser im Mund zusammenlief. „Dies ist also ein besonderer Anlass? Wäschewaschen?"

„Wäschewaschen mit *dir*." Da war es wieder, dieses Lächeln, das ein Grübchen auf seine Wange zauberte und Donna kribbelnde Handflächen bescherte. „Für mich ist dieser Anlass besonders genug." Er hob die Stimme, damit die anderen Kunden ihn hören konnten. „Ist jemand hier Fan der Kilby Catfish?"

„Klar, Mann …"

„Und ob. Das wird eine tolle Saison …"

„Nee, ich bin Football-Fan", lauteten die Antworten.

„Ist dicht genug dran. Ich spendiere Pizza, Leute. Nehmt euch ein Stück und denkt nur das Beste über uns Catfish."

Er holte Pappteller aus der Tasche, legte ein paar Stücke für sich und Donna zurück und verteilte den Rest.

„Hab gehört, Crush Taylor will das Team verkaufen", meinte ein harter alter Bursche mit Cowboyhut auf dem Kopf. „Verlangt eine Million Dollar."

„Ohne Crush wären es nicht mehr die Catfish", sagte eine farbige Frau, die von Kopf bis Fuß in Knallpink gekleidet war. „Man hat sich doch schon an all die verrückten Sachen gewöhnt, die die immer anstellen. Wer würde schon Leuten im Waschsalon eine Pizza spendieren? Ich sehe jedenfalls keinen Spieler der New York Yankees hier, oder?"

„Wenn hier einer wäre, gäb's 'ne hübsche altmodische Keilerei", erwiderte der Mann mit dem Cowboyhut. Donna und Mike tauschten einen Blick.

„Ehrlich gesagt, versuchen wir gerade, unseren Ruf zu bessern. Keine Partys mehr, keine Raufereien im Roadhouse. In diesem Jahr werden wir bloß Baseball spielen und hoffentlich die Meisterschaft gewinnen." Da die Leute nicht beeindruckt zu sein schienen, erstarb sein Lächeln. „Was ist denn los? Wollt ihr die Meisterschaft etwa nicht?"

„Wie ich schon sagte", meinte die farbige Frau, „wir mögen unsere Catfish so, wie sie sind. Die sind wie unsere Lieblings-Soap-Opera, nur dass es eben alles Männer sind und die reinste Augenweide. Das gilt auch für Sie", fügte sie großzügig hinzu. „Sie sind nicht schlecht, aber Dwight Conner, das ist mein Typ."

„Gute Wahl", pflichtete Mike ihr bei. „Wollen Sie seine Nummer?"

Donna lachte, während Mike und die Frau freundschaftlich ihre Fäuste aneinanderstießen. Ein warmes Gefühl durchströmte sie, während sie beobachtete, wie Mike den langweiligen Waschsalon in dieser lausigen Gegend in den einzigen Ort verwandelte, an dem man an einem Samstagmorgen sein wollte. Zumindest der einzige Ort, an dem Donna sein wollte. Sie hätte den Rest des Tages hier verbringen können, über seine Schlagfertigkeit lachend und sein freches Grinsen genießend.

Als er ihr den Arm um die Schulter legte und sie an sich zog, kam es ihr vollkommen natürlich und unvermeidlich vor. Es war, als würde sie nach einem langen, rauen Winter endlich heimkehren. Es war so lange her, dass sie die Gegenwart eines Mannes genossen hatte. Und dieser war nicht irgendein Mann. Dies war der Mann, dessen grüne Augen und muskulöser Körper ihr seit letztem September nicht mehr aus dem Kopf gegangen waren. Jetzt war er hier, und er schien sie zu mögen, obwohl nicht die geringste Chance auf Sex bestand.

Ein hilfloses Lächeln breitete sich auf ihrem Gesicht aus, und sie entspannte sich. Er fühlte sich so fest und stark an. Es konnte doch nicht schaden, das einen winzig kleinen Moment lang zu genießen, oder? Sie und Mike würden ja nichts anderes machen als die Wäsche, mit einem unterschwelligen erotischen Kick. Dazu noch etwas Pizza und ein paar soziale Kontakte – Crush Taylor wäre vermutlich stolz auf sie. Was konnte denn an diesem Szenario schon schlimm sein?

7. KAPITEL

Die Idee mit dem Waschsalon war genial gewesen. Wäsche zu waschen war etwas ganz Normales und Alltägliches. Na ja, nicht für Mike, denn er hasste es, Wäsche zu waschen. Früher hatte er seinen Schwestern gegenüber immer behauptet, vom Wäschewaschen schrumpften seine Hoden, worauf sie kreischten, ihm vorwarfen, wie eklig er sei, und dann irgendwann doch seine Wäsche wuschen. Während der Saison gab er seine Wäsche in die Reinigung oder im Clubhaus ab. Er selbst wusch nie. Aber dafür, dass Donna endlich damit aufhörte, ihn anzusehen, als sollte er ihr bloß vom Leib bleiben, hatte sich der Besuch des Waschsalons gelohnt.

Warum er all das auf sich nahm, konnte er gar nicht genau sagen. Nur verging die Zeit mit ihr wie im Flug, als rauschten sie einen funkelnden Fluss in einem Ruderboot für zwei hinunter. Und sie lenkte ihn ab. Sie lenkte ihn ab von seinen Sorgen um Joey.

Die jüngsten Neuigkeiten von Jean-Luc lauteten, dass Joey mit hohem Fieber in die Notaufnahme gemusst hatte und weitere drei Pfund Gewicht verloren hatte.

„He, Solo!" Donna schnippte mit den Fingern, um seine Aufmerksamkeit zu erlangen. „Träumst du von deiner verlorenen Niere?"

„Haha, sehr lustig." Das war auch so eine Sache. Was hatte ihn nur dazu getrieben, Donna MacIntyre von seiner Operation zu erzählen? Wollte er damit ihr Mitgefühl wecken? Oder beweisen, dass er mehr als nur der „Sexy McCatcher" war? Er hatte nicht darüber nachgedacht, nur gewollt, dass sie es erfuhr. „Vielleicht denke ich ja darüber nach, wie ich dich dazu bringe, bis zum Trocknerdurchgang zu bleiben."

„Du Süßholzraspler. Wie kann eine Frau dir nur widerstehen?" Sie sah ihn mit diesen funkelnden Augen an, deren Farbe wechseln konnte. Momentan waren sie grau. Heute hatte Donna, dem Himmel sei Dank, die Strumpfhose und das Verkäuferinnen-Kostüm zu Hause gelassen. Stattdessen trug sie eine süße karierte, tief auf den Hüften sitzende Hose, Turnschuhe und ein enges ärmelloses Top, das ihre mit Sommersprossen bedeckten Schultern frei ließ. Ihr Körper war äußerst wohlgeformt, auf eine Weise, die einen Mann glatt um den Verstand bringen konnte. Allerdings kleidete sie sich nicht, um ihre Kurven hervorzuheben.

Nun, bis auf ihre erste Begegnung damals im Roadhouse. Und als Mike sie und ihre Freundin Sadie zu Crushs legendärer All-Star-Party mitgenommen hatte. Kein Zweifel, Donna konnte ein sexy Outfit tragen, wenn sie wollte.

„Ich habe keine Ahnung. Du wirst allen Frauen Tipps geben können."

„Ich? Ich bin doch die Frau, die blöd genug ist, mit in den Waschsalon zu kommen, obwohl nicht die kleinste Aussicht auf Sex besteht." Sie warf die Haare über die Schulter und Mike einen neckenden Blick zu. Ihre Miene war die einer Frau, die genau wusste, dass sie ihn reizen konnte, ohne sich vor den Konsequenzen zu fürchten.

Er wickelte sich eine ihrer Locken um den Zeigefinger und zog sanft daran. „Glaub mir, wenn wir Sex hätten, würdest du das Wort ‚kleinste' nicht benutzen." Ihre Lider flatterten, ein Nerv neben ihrem Mund zuckte. O verdammt. Er hatte schon ganz vergessen, wie schnell sie beide in der Kilby Community Library Feuer gefangen hatten.

„Hör auf damit", forderte sie ihn mit schwacher Stimme auf und schaute sich im Suds-o-Rama um, wo sich jeder glücklicherweise wieder dem Zusammenlegen der eigenen Wäsche widmete oder mit dem Handy beschäftigt war.

„Tut mir leid", sagte er und nahm seine Hand fort, aber so, dass er zufällig ihren Nacken streichelte. Die feinen Härchen dort richteten sich auf, und ein Schauer überlief sie. Zum ersten Mal störte ihn das Fehlen ihrer langen Mähne nicht.

„Was führst du im Schilde, Teufel?"

„Noch ein neuer Spitzname?", flüsterte er ihr ins Ohr, das er mit seinen Lippen berührte. „Immer noch besser als ‚Priester', so viel ist mal sicher."

„Oh, auf ‚Priester' hast du kein Recht mehr." Sie löste sich hastig von ihm, trat einen Schritt zurück und brachte einen Wäschewagen zwischen sich und ihn. „Nicht mehr seit dem Putzmittelschrank in der Bibliothek."

Es durchfuhr ihn heiß, als hätte man eine Fackel an einen Stapel Anzündholz gehalten. „Du musstest natürlich den Schrank wieder erwähnen, klar."

„Ach, ist dieses Thema tabu? Mein Fehler." Sie setzte eine übertrieben schuldbewusste Miene auf.

„Tu mir einen Gefallen und lass uns nicht darüber reden. Ich bin ein ziemlich visueller Mensch, und das Oberteil, das du da trägst, umschmiegt deinen Körper regelrecht. Von dem schmalen Streifen Haut oberhalb deiner Shorts reden wir lieber auch nicht."

Etwas glomm in ihren Augen auf – ein übermütiger Ausdruck, an den er sich noch erinnerte. Verführerisch lächelnd lehnte sie sich an eine Waschmaschine. „Was hast du für ein Problem, Solo? Darüber zu reden ist völlig unbedenklich. Oder schließt dein Enthaltsamkeitsgelübde reden mit ein?"

„Nein, aber reden führt zu …" Er verstummte unvermittelt. Momentan führte reden zu einer Erektion. Das war das Letzte, was er brauchte. Lieber nicht mehr reden.

„Was schließt denn der Eid eigentlich alles ein? Nur das volle Programm, sozusagen?" Sie ließ den Blick an seinem Körper hinuntergleiten. „Was ist mit gewissen … Teilaspekten?"

Er verlagerte das Gewicht von einem Fuß auf den anderen wegen der zunehmenden Erektion. *Ruhig, Junge, ruhig.* „Wir gehen nicht ins Detail, wenn ich den Eid ablege."

„Was wir zum Beispiel in dem Schrank gemacht haben …"

„Nicht erlaubt."

„Ehrlich?" Sie schnurrte und fuhr sich mit der Hand über ihren Bauch. Mike verfolgte diese Bewegung genau. „Und warum nicht?"

„Weil es schlüpfriges Gelände ist."

Ihre Augen leuchteten amüsiert. „O ja, es ist bestimmt ganz schön schlüpfrig. Feucht und schlüpfrig und ..."

Das reichte. Er musste sie zum Schweigen bringen, sofort. Er stieß den Wäschewagen zur Seite und zog Donna an sich. „Du versuchst, mich um den Verstand zu bringen, nicht wahr?", raunte er ihr ins Ohr.

„Ich versuche nur, die Lage zu peilen." Sie klimperte mit den Wimpern, doch konnte sie nicht verbergen, dass ihre Pupillen sich weiteten. Die Geschwindigkeit, mit der sie sich gegenseitig erregten, machte ihn ganz benommen.

„Würdest du bitte aufhören, sexy Sachen zu sagen?"

Für einen Moment schien sie regelrecht dahinzuschmelzen. Ihre vollen Brüste wurden gegen seine Brust gepresst, und ihre Brustwarzen richteten sich auf. Du lieber Himmel, was gäbe er jetzt darum, ihr knappes Top hochschieben und seine Hände um diese aufregenden Hügel schließen zu können. Die Erinnerung daran, wie ihre Haut sich angefühlt hatte, war wie eine Droge. Zart und seidig, als hätte sie den ganzen Tag in Milch gebadet.

„Donna", flüsterte er. „Du machst mich verrückt."

„Du hast damit angefangen. Du hast mir ins Ohr geflüstert. Das ist eine meiner erogenen Zonen." Ihr Flüstern klang ein wenig heiser, auf eine Weise, die sein bestes Stück zucken ließ. Mit der einen Hand bugsierte er den Wäschewagen so, dass die Sicht auf sie beide versperrt war – zumindest von der Taille abwärts. Donna schob die Hände unter sein T-Shirt und streichelte seinen Rücken. Mike rang um Beherrschung und wiederholte in Gedanken seinen Eid. Doch die Worte kamen ihm so weit weg vor und beinah bedeutungslos, als Donna ihr Becken gegen seines drängte. Inzwischen war seine Erektion gigantisch angewachsen, was Donna zu faszinieren schien. Sie hörte nicht auf, ihr Becken an seinem zu bewegen, in kleinen Wellenbewegungen, die ihm die Tränen in die Augen trieben.

Mike packte ihren Po und genoss dieses Gefühl, das ihn dazu anspornte, sich weiter danebenzubenehmen. Zum Beispiel, indem er sie auf eine Waschmaschine warf und ihren wundervollen aufregenden Körper entkleidete.

Wessen dämliche Idee war eigentlich dieser Schwur in Sachen Enthaltsamkeit gewesen? Würde es wirklich jemanden kümmern, wenn er ihn brach? Würde Gott seine Baseballkarriere zerstören, wenn er vom Pfad der Tugend abwich? Und kümmerte es ihn?

Er hatte gerade beschlossen, dass es ihm egal war, als Donna einen Seufzer von sich gab und die Hände langsam unter seinem T-Shirt hervorzog. Sie stopfte sogar sein T-Shirt am Rücken in die Jeans, als wollte sie jeden Zugang zu seinem Körper versperren.

„Dich dürfte man eigentlich gar nicht in die Nähe einer zeugungsfähigen Frau lassen", bemerkte sie, mit geröteten Wangen und einem Ausdruck des Verlangens in den Augen. „Das ist einfach nicht fair."

„Du bist nicht die Einzige, die hier leidet. Ich habe einen Hormonstau und ..."

Sie legte ihm die Hand auf den Mund, damit er still war. Mike biss zärtlich in ihre Handfläche. Ihr Blick verschleierte sich. „Wenn du noch ein einziges Wort sagst, komme ich direkt hier im Suds-o-Rama", zischte sie.

„Niemand kann es sehen." Da war er sich gar nicht sicher, denn er konnte den Blick nicht abwenden von ihrem leicht geröteten Gesicht und den feuchten Lippen. Er sehnte sich danach, sie zu küssen. Küssen durfte er sie doch, oder? Der Eid sagte nichts übers Küssen. Vielleicht konnte er einfach an ihrer Unterlippe lecken, das war sicher nicht zu schlimm. Genau das tat er, und es war wie der erste Zungenschlag an einem Eis. Das Aroma süßer, wilder Verheißung überflutete seine Sinne. Er teilte ihre Lippen mit seinen und stieß sacht mit der Zungenspitze vor.

Donna erschauerte und ließ den Kopf nach hinten sinken. Er liebte es, zu küssen, immer schon, denn da er katholisch erzogen worden war, hatten die Mädchen viele Jahre lang nichts anderes zugelassen. Und nun mündeten all die vielen Knutschübungen seiner Jugend in diesen einen wundervollen Moment. Mit dieser Frau, deren aufregender Körper sanft erbebte, während er sich mit seiner Zunge auf eine erotische Erkundungsreise begab. Mehr und mehr überließen sie sich der sinnlichen Wirkung dieses Kusses, schienen immer tiefer zu fallen, hinein in eine Welt, die sie gemeinsam erst erschufen und die ganz aus Sinnlichkeit, Vertrauen und Begierde bestand …

„Mike …", flüsterte Donna. „Wir müssen aufhören."

Er fühlte, wie ihre Lippen sich bewegten, hörte die Worte, doch es brauchte Zeit, bis sie ihren Weg in sein Gehirn fanden. Er atmete tief ein, mobilisierte seine gesamte Willenskraft und schaltete von leidenschaftlich auf zärtlich um, sodass sich ihre Lippen nur noch sacht berührten. „Ich weiß", raunte er. „Ich höre sofort auf. In einer Sekunde. Okay, jetzt."

Sie lösten sich voneinander. Die Verbindung zwischen ihnen war so stark, dass es ihm vorkam, als würde die Unterbrechung so was wie einen Blitz verursachen, ähnlich einem elektrischen Kurzschluss.

Nein, eher wie eine Art kosmischer Blitz.

Oder war es doch das Blitzen einer Kamera?

Mike wirbelte herum und versperrte so die Sicht auf Donna. Eine große attraktive Frau mit langen schwarzen Haaren winkte hinter der Digitalkamera. „Hallo, ihr da. Kümmert euch gar nicht um mich. Ihr zwei seid richtig fotogen zusammen. Material für die Titelseite."

Donna wich erschrocken zurück und stieß dabei gegen den Wäschewagen. Sie ruderte wie wild mit den Armen, landete aber dennoch mit dem Po in dem Karren, der mit einem leisen *Wumms* gegen die Trockner rollte. Sofort sprang sie wieder auf. „Verdammter Mist!"

„Hm, fluchen und fummeln im Waschsalon? Richter Quinn wird das sicher interessieren."

„Das ist selbst für deine Verhältnisse ziemlich mies."

„Ich habe dich gewarnt." Die Frau steckte die Schutzkappe

auf die Kameralinse und verstaute den Fotoapparat in einer Umhängetasche mit Zebramuster.

Mike trat auf sie zu. Er hatte keine Ahnung, wer die Frau war und was sie vorhatte. Aber Donna war aufgebracht, und mehr musste er nicht wissen. „Hören Sie, Miss, dies war ein privater Moment, und Sie hatten kein Recht, uns zu fotografieren. Wenn Sie das Bild jetzt gleich löschen, haben wir kein Problem."

„Ich lösche hier gar nichts. Ich wusste, dass sie sich einen Schnitzer leisten würde. Ein Leopard behält eben immer seine Flecken, und Donna MacIntyre wird immer das bleiben, was sie war – ein verantwortungsloser, rücksichtsloser Mensch."

Donnas Gesicht wurde fast so rot wie ihre Haare. „Das ist nicht wahr." Kein besonders einfallsreicher Konter; sie musste wirklich aufgewühlt sein.

„Ich weiß, was ich sehe. Sie sind Mike Solo, oder? Der Catfish-Spieler."

Es schien nichts Verfängliches zu sein, daher bestätigte er es. „Wenn Sie daran denken, das Foto an die Presse weiterzugeben, vergessen Sie es. Ich bin kein Trevor Stark. Niemand interessiert sich für das, was ich abseits des Spielfeldes treibe."

„Sie haben recht, das interessiert niemanden. Sie werden aus Kilby verschwunden sein, noch bevor ich mir die Mühe gemacht habe, mir Ihren Mittelnamen zu merken. Doch manche Leute interessieren sich für das, was Donna treibt. Und einige dieser Leute sind Mitarbeiter unseres Rechtssystems." Sie schulterte die Tasche, strich sich die Haare mit einer selbstgefälligen Geste glatt, die Mike sofort nervtötend fand, und huschte aus dem Suds-o-Rama. Rechtssystem? Verdammt, sie hatten doch nichts Kriminelles getan.

„Xavier", rief er ihr hinterher. „Mein Mittelname ist Xavier." Manchmal musste ein Mann einfach das letzte Wort behalten.

Donna schaute der Frau mit der Kamera entsetzt hinterher.

„Wer war das?"

„Ihr Name ist Bonita. Sie ist die Verlobte meines Ex." Mike trat zu ihr, um Donna zu trösten, allerdings wich sie zurück.

„Das ist übel. Richtig übel. Was meinst du, was für Fotos sie gemacht hat? Meine Augen waren zu, deshalb habe ich sie erst bemerkt, nachdem wir schon aufgehört hatten, uns zu küssen."

„Ich auch. Das ist vermutlich alles, was sie auf ihr dämliches Bild bekommen hat. Dieser eine Kuss." Er begriff es immer noch nicht. Warum durfte Donna denn niemanden küssen?

„Nein, die sah viel zu selbstzufrieden aus. Sie muss mehr haben. Zum Beispiel ein Foto, auf dem zu sehen ist, wie deine Hände auf meinem Hintern liegen."

Die farbige Frau in Pink rief durch den Waschsalon: „Die hat schon eine ganze Weile fotografiert. Ich hab mich schon gewundert, dass ihr zwei gar nichts merkt. Soll ich hinterher und ihr die Kamera wegnehmen?"

„Nein, schon gut", sagte Mike, da Donna keinen Ton herauszubringen schien. „Es war nur ein Kuss. Ich verstehe die ganze Aufregung sowieso nicht. Ihr seid doch alle Zeugen, dass wir uns nur geküsst haben."

„Wow, das war aber vielleicht ein Kuss", meinte die Frau beinah wehmütig. „Da würde ich am liebsten nach Hause gehen und meinen Schatz auf den Küchentisch werfen."

Donna hatte immer noch kein Lächeln zustande gebracht. Sie wirkte verloren und verängstigt, was völlig untypisch war für sie. Die furchtlose Donna mit der wilden roten Mähne war ersetzt worden durch eine besorgte Frau mit vor Schreck geweiteten Augen und einem gehetzten Gesichtsausdruck.

Er zog sie beiseite, näher zum Trockner, wo niemand sie hören konnte. „Wir sind erwachsen, haben einvernehmlich gehandelt und sind vollständig bekleidet. Wir haben überhaupt nichts Falsches getan."

Zu seinem Entsetzen brach sie in Tränen aus. „Du verstehst es nicht. Ich habe alles ruiniert." Sie riss sich von ihm los und rannte, schnell wie ein von Caleb Hart geworfener Fastball, aus dem Waschsalon.

Benommen starrte er ihr hinterher. Was zur Hölle ging hier vor? Wollte sie allein sein? Sollte er sie, aufgebracht, wie sie war, einfach gehen lassen? Oder sollte er ihr hinterherlaufen, ob sie ihn nun um sich haben wollte oder nicht?

„Ich kümmere mich um Ihre Wäsche, Schätzchen", rief die Frau in Pink. Als interessiere er sich jetzt noch für seine Wäsche. Es gab genügend andere Socken auf dieser Welt. „Laufen Sie Ihr ruhig nach, und probieren Sie es mit einem weiteren von diesen Küssen. Falls es nicht funktioniert, dürfen Sie es gern bei mir ausprobieren."

Ohne weiter nachzudenken, verließ Mike den Waschsalon. Auf dem Weg hinaus bog er rasch zu der Frau ab und gab ihr einen dicken Kuss auf die Wange.

„Wow, das ist ja schon mal ein Anfang, Baby", rief sie ihm hinterher, als er zur Tür hinausstürmte, direkt in die glühende Texas-Hitze.

Donna hatte Rachevisionen, so lebhaft, dass sie kaum den Gehweg vor sich wahrnahm. Sie würde Bonita einholen und ihre dämliche Kamera an einem Laternenpfahl zerschmettern. Bonita würde heulen, und ihr perfektes Make-up würde in schwarzen Bächen über ihre Wangen laufen. Dann würde Donna in den Sonntagsgottesdienst hineinplatzen und der versammelten Gemeinde einen ausführlichen Vortrag über Bonitas üblen Charakter halten – inklusive Powerpoint-Präsentation. Sie würde ... ach, wem wollte sie denn hier etwas vormachen? Bonita würde ohnehin gewinnen, weil sie rücksichtslos ihre Ziele verfolgte.

„Donna." Mike hatte sie eingeholt und die Hand auf ihre Schulter gelegt. Mike Solo, die Ursache für ihr jüngstes Desaster. Sie ging auf ihn los.

„Das ist alles nur deine Schuld! Dabei hast du einen *Eid* geleistet!"

Er wich zurück. „Und an den halte ich mich. Wir haben uns geküsst, das ist alles. Was ist denn eigentlich los? Ich habe das Gefühl, als fehle mir hier irgendein Puzzleteil."

„Ich wusste, dass ich mich von dir hätte fernhalten sollen."

Er schob die Hände in die Taschen und sah zerknirscht aus. „Es tut mir leid, ehrlich. Ich wollte dir keine Probleme machen."

Dennoch ging er nicht einfach, als fürchte er, sie allein zu lassen. Er schaute sich um, und plötzlich sah Donna die Gegend mit seinen Augen. Unter der Laterne lagen auf dem unebenen Beton Glasscherben. Am Bordstein stand ein Schrottauto auf verrosteten Felgen. Anscheinend dachte niemand daran, es abzuschleppen. „Du kannst gehen, Solo. Ich kenne mich in meiner Stadt aus."

„Sorry, Babe, aber ich werde dich nicht in diesem Zustand allein lassen. Wenn du mich inzwischen nicht mal so gut kennst, dann hast du nicht genug aufgepasst."

Natürlich kannte sie ihn gut genug, um das zu wissen. Schließlich hatte er ihr gegen die Wades beigestanden. Etwas Derartiges hatte noch nie jemand für sie getan. Und mit einem Mal verrauchte ihre Wut. Er hatte ja nichts Falsches getan. Sie hatte ihn gereizt, ständig vom Kuss im Putzmittelschrank in der Bibliothek geredet und mit ihm geflirtet. Sie hatte gewollt, dass er sie küsste. Und sie hatte *ihn* geküsst. Sie hatte sogar noch mehr gewollt, viel mehr.

Sie schlug die Hände vors Gesicht, fassungslos darüber, dass sie alles vermurkst hatte, noch dazu in Rekordzeit. „Es ist meine Schuld. Bonita hatte recht. Ich bin impulsiv und verantwortungslos. Ich werde immer eine Versagerin bleiben. Es würde mir nicht mal was ausmachen, wenn Zack nicht wäre ..." Vor Angst schnürte es ihr die Kehle zu. Wenn sie Zack verlor, nur weil sie die Finger nicht von Mike Solo lassen konnte, würde sie sich für den Rest ihres Lebens hassen.

„Zack? Was hat das denn mit ihm zu tun?"

„Alles."

8. KAPITEL

Zuerst wurde Mike nicht ganz schlau aus der Geschichte, die Donna ihm erzählte. Zack, Harvey, Bonita, der Richter, die Wades – alles verschwamm ein bisschen ineinander. Irgendwann setzte er sie in seinen Land Rover und befahl ihr zu warten, während er seine Wäsche holte. Dann fuhr er mit ihr zum Smoke Pit BBQ. Ihr Blutzuckerspiegel brauchte vermutlich Unterstützung. Ein riesiger Teller mit Spareribs, Fritten und Salat war da vielleicht ein guter Anfang.

„Du versuchst also den Richter davon zu überzeugen, dass du dich geändert hast und bereit bist, das vollständige Sorgerecht für Zack zu übernehmen?"

„So ungefähr. Ich habe das Sorgerecht nie ganz abgegeben. Es war eine inoffizielle Abmachung, und ich habe weiterhin eine feste Rolle in Zacks Leben gespielt, im Gegensatz zu Harvey. Also sollte ich jetzt auch in der Lage sein, Zack ganz zu mir zu nehmen. Deshalb ist Bonita gezwungen, hinterhältige Dinge zu unternehmen, wie zum Beispiel, mich beim Knutschen mit einem Catfish zu fotografieren. Wenn sie beweisen kann, dass ich für die Erziehung meines Kindes nicht geeignet bin, bekommen sie und Harvey das Sorgerecht."

„Was ist mit den Hannigans? Wo stehen die?"

„Die halten sich überwiegend aus der Sache heraus. Sie sind bereit, jemand anderem Zacks Erziehung zu überlassen. Wenn ich mein Leben bloß vorher besser auf die Reihe bekommen hätte, bevor Harvey Bonita kennengelernt hat …" Sie schüttelte wütend den Kopf und schob die Rippchen auf ihrem Teller hin und her. „Bonita ist diejenige, die darauf drängt, das vollständige Sorgerecht zu erhalten. Harvey hätte gegen ein geteiltes Sorgerecht überhaupt nichts einzuwenden. Er würde sich auch mit einem Besuchsrecht zufriedengeben. Er ist eher der lockere Typ, der nichts allzu ernst nimmt. Der fragt sich höchstens mal, was der Junge so treibt, wenn er ihn eine Weile nicht gesehen hat."

Mike konnte diesen Harvey jetzt schon nicht leiden, dabei hatte er ihn noch gar nicht kennengelernt. „Okay, ich glaube, ich bin im Bilde. Aber glaubst du wirklich, ein Kuss lässt dich als unfähig dastehen?"

„Vielleicht nicht. Ich weiß es nicht." Mit unglücklicher Miene trank sie einen großen Schluck von ihrem Eistee. „Es sind die Wades, verstehst du? Bonita ist eine Cousine zweiten Grades oder so was. Sie ist genau wie die. Glaubt, sie beherrscht die Welt. Die Wades sind hinterhältig, und sie tun alles, um zu gewinnen. Ich habe eine ganz andere Einstellung. Ich will nur Zack und niemanden verletzen. Aber für die heißt es immer: alles oder nichts."

Mike schüttelte den Kopf. Er hätte das für eine Übertreibung gehalten, wenn er nicht selbst miterlebt hätte, was die Wades mit Sadie angestellt hatten. „Die machen sich ihre eigenen Gesetze."

Donna stocherte jetzt zornig in dem Fleisch auf ihrem Teller herum. „Die sind nun mal, wie sie sind. Und ich bin Bonita einfach ins Messer gelaufen. Selbst diese Rippchen hier sind schlauer als ich."

Mike hätte alles getan, um wieder das fröhliche Lächeln auf ihr Gesicht zu zaubern. „Hör zu, Donna. Mach dir wegen Bonita keine Sorgen. Wenn es sein muss, spiele ich den Eid aus."

„O ja, dadurch werde ich noch blöder dastehen, nämlich als lockeres Flittchen, das dich zur Sünde verführen will."

„Du misst der Angelegenheit viel zu viel Bedeutung bei. Es handelt sich um einen einzigen Kuss. Das wird niemanden interessieren."

Sie nickte mechanisch, als wünschte sie nur, er würde endlich aufhören zu reden, damit sie sich voll auf ihre Ängste konzentrieren konnte. Er lehnte sich über den Tisch und umfasste ihre Ellbogen. Wenn er nur etwas von seiner Zuversicht auf sie übertragen könnte. „Du bist mir immer furchtlos vorgekommen, Donna MacIntyre. Wo ist die Frau geblieben, die sich mit Kilbys mächtigster Familie angelegt hat und sie als die Armleuchter dastehen ließ, die sie sind?"

„Ich bin nicht furchtlos." Sie hob eine Gabelvoll Salat und ließ sie gleich wieder sinken. „Na schön, die meisten Dinge machen mir keine Angst. Doch vor einer Sache fürchte ich mich wirklich: Zack zu verlieren."

„Donna ..."

„Nein! Du weißt es nicht, Mike. Sag mir nicht, alles wird gut oder es sei alles nicht so schlimm."

Er hob die Hände, obwohl sie recht hatte – genau das hatte er sagen wollen. „Na schön, wie du willst. Es ist also eine Katastrophe."

„Machst du dich über mich lustig?" Sie knallte ihre Gabel hin und beugte sich mit einem Funkeln in den Augen vor. „Ich hätte Zack schon einmal fast verloren. Um ein Haar hätten sie ihn ohne mein Wissen weggegeben."

„Was?"

„O ja. Als ich schwanger war, wurde mir ständig so übel, dass ich ins Krankenhaus kam. Ich war seelisch und emotional am Ende, als säße ich in einem schwarzen Loch, auf das jemand einen schweren Stein gewälzt hat. Ich bekam alle möglichen Medikamente und schlief viel. Aber eines Tages hörte ich meine Mutter im Flur, sie telefonierte mit jemandem. Sie sprachen über mögliche Familien für Zack. Meine Mom meinte, sie könne ihn nicht nehmen, weil sie so viel unterwegs sei. Dann sagte sie, Carrie würde das Kind nicht mal mit Handschuhen anfassen. Carrie ist meine Stiefmutter. Und dann sagte sie: ‚Donna kann das Kind nicht großziehen. Meine Tochter ist ein Schatz, aber die weiß nicht mal, was eine Flasche ist. Es sei denn, es steht Indian Pale Ale drauf.'"

Der Schmerz, der sich auf Donnas Gesicht spiegelte, entfachte Mikes Zorn.

„Darf ich darauf hinweisen", fügte sie mit dem Anflug eines Lächelns hinzu, „dass ich mehr der Shiner-Typ bin. An guten Tagen trinke ich auch mal ein Lone-Star-Bier."

„Du musst keine Scherze darüber machen."

Sie presste die Lippen aufeinander, sichtlich darum bemüht, die Tränen zurückzuhalten. „Lachen, damit man nicht weint, oder? Wie dem auch sei, das nächste Wort, das ich hörte, war ‚Adoption'. Die Person am anderen Ende der Leitung redete, und ich hatte das Gefühl, als würde mein Leben in den Ausguss gespült. Ich wusste, wenn ich mich nicht irgendwie zwinge, aus dem Bett aufzustehen und etwas zu unternehmen, würde ich mein Baby niemals sehen. Man würde es mir wegnehmen und zur Adoption freigeben, und dann würde ich es nie finden."

„Was hast du gemacht?"

„Ich raffte mich auf und verließ das Krankenhausbett. Ich hing am Tropf, weil ich nichts bei mir behalten konnte. Ich kam mir vor wie ein schwangerer Zombie, der sich aus seinem Grab erhebt. Ich sah verschwitzt und ekelhaft aus ... egal, das brauchst du ja alles nicht zu wissen. Hier kommt ein besseres Bild für dich: Ich sah selbstverständlich umwerfend aus in meinem Seidennegligé mit Federboa."

O Donna. Selbst bei einer so schmerzlichen Geschichte musste sie noch etwas Aufheiterndes einflechten. Er fühlte mit ihr.

„Ich konnte nicht mal richtig laufen, weil mir wegen der vielen Medikamente dauernd schwindelig war. Alles drehte sich um mich herum. Irgendwie schaffte ich es auf den Flur, wo meine Mutter mit ihrem Handy telefonierte. Neben ihr stand ein Rollwagen mit lauter Essenstabletts. Ich schnappte mir so ein Plastikbesteck, das in eine Serviette gewickelt war, aber dann hatte ich keine Kraft mehr. Direkt vor meiner Mutter brach ich zusammen und landete sogar halbwegs auf ihren Füßen. Dabei hielt ich die ganze Zeit das Besteck hoch, wie so ein Revolutionär."

Sie umfasste ihre Gabel, um es zu demonstrieren.

„Ich sagte: ‚Keine Adoption. Das werde ich nicht unterschreiben. Lieber verschlucke ich diese Gabel.' Und aus irgendeinem Grund glaubte meine Mutter mir. Vielleicht weil es nicht allzu oft vorkommt, dass eine durchgeknallte schwangere Frau vor einem am Boden liegt. Möglicherweise aber auch, weil ich nach zwei Monaten tiefster Depression wieder wie ich selbst klang."

„Sie ließ die Idee mit der Adoption also fallen?"

„Ja. Da kamen die Hannigans dann ins Spiel. Wofür ich dankbar bin. Wenn ich mir überlege, dass Zack um ein Haar zu fremden Menschen gekommen wäre. Ich hätte ihn nie mehr wiedergesehen ... Überleg mal, was gewesen wäre, wenn ich dieses Telefonat meiner Mutter nicht zufällig mitgehört hätte. Was, wenn ich irgendwelche Papiere unterschrieben hätte, ohne sie vorher zu lesen, weil ich völlig neben der Spur war? Ja, die Vorstellung, Zack zu verlieren, macht mir Angst, Mike. Schreckliche Angst. Es ist, als hätte ich diese dünne Verbindung zu seinem Leben, die jederzeit gekappt werden könnte, sollte ich einen Fehler begehen." Vorsichtig legte sie die Gabel, die sie geschwenkt hatte, wieder hin. „Und deshalb hätte ich im Waschsalon nicht herumknutschen sollen. Oder in der Bibliothek. Zum Glück war Bonita nicht in dem Schrank im Putzeimer versteckt."

„Es tut mir leid", sagte Mike. „Wirklich. Ich hatte keine Ahnung von alldem."

„Ich weiß. Es ist nicht deine Schuld, sondern meine. Ich wusste ja, dass ich mir in deiner Gegenwart selbst nicht trauen kann." Ein Lächeln, irgendwo zwischen verschmitzt und reumütig, erschien auf ihrem Gesicht. „Weißt du, was? Ich glaube, dein Enthaltsamkeitsschwur macht dich noch attraktiver. Und ich kann nicht fassen, dass ich dir das gesagt habe. Oder all die anderen Dinge." Sie atmete schwer aus.

„Ich bin froh, dass du es getan hast." Er dachte daran, wie er Zack und Donna zusammen erlebt hatte. Sie war liebevoll zu ihrem Sohn gewesen, aufmerksam ihm gegenüber und verantwortungsbewusst. Er konnte sich nicht vorstellen, wie irgendwer ihre Eignung als Mutter infrage stellen sollte. „Ich bin mir sicher, der Richter wird das sehen, was ich sehe. Eine Frau, die ihren Sohn liebt und sich um ihn kümmern will."

Eine leichte Röte erschien auf ihren Wangen, und sie schien kurz davor, wieder in Tränen auszubrechen.

„Von meiner Familie bekomme ich in dieser Sache keine Unterstützung. Richter hören aber gern die Aussagen von Familienangehörigen. Meine Mutter befindet sich derzeit in Europa, meine Stiefmutter hasst mich, und meinen Dad kann ich nicht damit behelligen. Der sagt mir nur ständig, ich mache mir unnötige Sorgen. Zumindest deute ich das so, denn wann immer ich mit ihm rede, liegt er unter einem Wagen. Er ist Mechaniker. Falls du mal eine Reparatur an deinem Land Rover benötigst, können wir den Wagen zu ihm bringen. Dann kann ich mal wieder Hallo sagen. Du liebe Zeit, warum kann ich nicht aufhören zu plappern?"

„Vielleicht weil es wichtig ist?"

Sie nickte mehrmals rasch hintereinander. „Mein Gefühl sagt mir, ich könnte Zack verlieren. Und nun habe ich alles noch viel schlimmer gemacht. Bonita wird es aussehen lassen, als spiele ich nur die brave Frau im biederen blauen Blazer. Was irgendwie ja auch stimmt, aber eben nicht ganz. Ich bin *nicht* schlecht." Sie kaute auf der Unterlippe, was ihn sofort an den Kuss im Sudso-Rama erinnerte. „Ich gehe nicht einmal mehr aus. Doch wer wird mir glauben?"

„Ich kann für dich aussagen. Schließlich musste ich so weit gehen, meine Wäsche zu waschen, nur damit du dich mit mir triffst. Das werde ich dem Richter erklären, auch wenn ich dadurch ziemlich erbärmlich dastehe."

„Danke, Solo." Endlich zeigte sich wieder ein echtes Lächeln. „Das ist nett von dir."

„Ich werde dich nach Hause bringen, und da solltest du ein Bad nehmen, eine Tasse Tee trinken und ein Buch lesen. Oder was du sonst tust, um zu entspannen."

„Nine Inch Nails auflegen und Löcher in die Wände boxen?"

„Was auch immer dir guttut. Auf jeden Fall hör auf, dir weiterhin Sorgen wegen dieser Situation zu machen. Ich werde schon einen Weg finden, wie wir am besten damit umgehen."

Sie zuckte mit den Schultern, eine hilflose kleine Geste, die ihn rührte. Donna war nicht daran gewöhnt, dass man ihr half, so viel war klar. Nun, sie würde sich eben daran gewöhnen müssen. Denn unter gar keinen Umständen würde er es tatenlos hinnehmen, dass sie sich in eine traurige und verängstigte Person verwandelte.

Die Frage, wie er Donna helfen konnte, beherrschte seine Gedanken in den nächsten Tagen, sehr zum Nachteil seines Spiels als Catcher.

Sie spielten an drei Tagen Heimspiele gegen die Salt Lake Condors. Mit einem Mann auf der zweiten Base schlug ihr Schlagmann einen langen Ball, dem Dwight Conner im Centerfield hinterherjagte. Er warf den Ball zu Lieberman, der einen exakten Wurf zur Home Plate schaffte, direkt in den Sand, genau wie Mike es mochte.

Tja, und Mike verfehlte ihn. Der Läufer auf der Second Base, ein Typ namens Bates, der Linebacker im Football gewesen war, kam wie ein Tanklaster die Third-Base-Linie entlanggerannt. Mike baute sich entschlossen vor der Plate auf, behielt den auf ihn zufliegenden Ball im Auge, während er gleichzeitig den rasend schnell näher kommenden Zug beobachtete, der ihn gleich über den Haufen fahren würde. Im letzten Moment zuckte er zurück. Statt auf den Ball zu warten, warf er sich ihm entgegen, mit dem Ergebnis, dass er mit keinem Körperteil mehr die Home Plate berührte und sein Fanghandschuh nicht nah genug an Bates war.

Verdammt. Er würde von Duke gleich einiges zu hören bekommen. Ganz zu schweigen davon, dass er und Yazmer überhaupt keinen Rhythmus fanden und nach jedem zweiten Schlag diskutierten. Und tatsächlich, nachdem das Inning beendet war – die Catfish lagen drei Runs zurück –, schnappte Duke sich Mike im Unterstand.

„Meine zehnjährige Nichte schafft das, Solo."

„Wenn du versuchst, mich zu beleidigen, indem du mich mit einem Mädchen vergleichst, kann ich nur sagen: nicht besonders cool."

„Ich vergleiche dich mit einem zehnjährigen Kind, zufällig ein Mädchen. Und hart wie ein Panzer, aber das liegt in der Familie."

„Davon bin ich überzeugt."

Duke senkte die Stimme. „Crush hat mir von der Niere erzählt. Ich habe gesehen, wie du da draußen zusammengezuckt bist. Wie fühlt es sich an? Ich muss fragen."

Dieser verdammte Crush hatte ihn verraten. „Nein, musst du nicht. Es spielt nämlich keine Rolle."

„Kannst du mir das garantieren?"

„Absolut." Was, wenn Crush das noch weiteren Personen erzählt hatte? Bis jetzt wussten die Medien nicht, dass er nur noch eine Niere hatte. Das Letzte, was er gebrauchen konnte, waren Reporter, die in seinem Privatleben herumschnüffelten. Und in Joeys. Wenn es nach ihm ginge, würde er der ganzen Welt verkünden, was für einen tollen Bruder er hatte, der zufällig schwul war. Doch seine Eltern hatten ihn angefleht, nichts über sein Privatleben preiszugeben, und er fühlte sich dazu verpflichtet, das zu respektieren.

„Aber irgendwas ist da los. Du und Yaz, ihr baut Murks."

„Ich weiß, Duke. Wir haben Kommunikationsprobleme." Das war eine Möglichkeit, es zu formulieren. Die andere wäre, zu erklären, dass Yazmer auf niemanden hörte außer auf sich selbst.

„Klär das, Solo. Tu, was immer nötig ist. Macht von mir aus eine Gruppentherapie, nehmt Sprachunterricht, keine Ahnung."

„Geht klar, Duke."

Er ging zum anderen Ende des Mannschaftsunterstandes, wo Yaz allein dasaß, mit dem Wurfarm im Jackenärmel. Sein Kopf wippte zu einem Beat, den nur er hören konnte.

„Yo, Mike-o Solo." Yaz warf ihm einen spöttischen Blick zu. „Schick mir nächstes Mal 'ne Postkarte. Dann weiß ich, wann's losgeht, und häng mich rein."

„Ja, sicher doch. Du willst dir dein teures Gesicht doch nicht ruinieren."

„Ganz genau, Baby, ganz genau. Ich hab mal nachgerechnet, yo, und mein Gesicht ist mehr wert als dein ganzer Körper."

„Da könntest du recht haben." Mike setzte sich neben ihn und bot ihm aus einer Tüte Sonnenblumenkerne an.

„Was soll das sein? So 'ne Art Friedenspfeife? Ich kann Leute nicht leiden, die mir Vorschriften machen wollen."

Mike schaute zum Schlagmal auf dem Spielfeld, wo Trevor stand und den Pitcher der Condors fixierte, der ihn neuerdings auf die Palme brachte. Er lauerte wie ein Löwe, der bereit war, sich auf eine Klapperschlange zu stürzen.

„Das sind Sonnenblumenkerne, Yaz, mehr nicht. Und ich mache niemandem Vorschriften. Ich versuche bloß, meinen Job zu erledigen. Das Tempo des Spiels zu kontrollieren. Meine Erfahrung weiterzugeben. Zum Beispiel, indem ich dir erkläre, dass du Bill Danson nicht mal in die Nähe eines Curveballs kommen lassen darfst, weil der die nämlich zum Frühstück verspeist und Homeruns zum Lunch holt."

„Meinen Curveball nicht. Den hat er versemmelt. Sauste gerade nach oben, wie ein Sektkorken."

„Aber nur, weil er eine verletzte Schulter hat. Ist mir aufgefallen, als er sich aufgewärmt hat. Du hättest leicht out sein können. Aber du musstest ja gleich wieder überheblich werden."

„Was soll's, ein Out ist ein Out. Ich muss ich selbst sein. Ich mach keine schnellen Würfe. Ich will meine Zeit haben. Meine Zeit, um zu glänzen. Yaz muss *der Yaz* sein. Whoo!" Er tippte sich mit dem Daumen gegen die Brust. „Yo, unterschreibst du unsere Petition?"

„Welche Petition?"

„Gegen die Tunten in der Umkleidekabine. Die soll sauber bleiben, Mann."

Ach du Schande. Mike biss die Zähne zusammen vor Wut. „Yazmer, wir sind hier in der Minor League in Kilby, Texas. Es gibt vielleicht zwei Reporter in der ganzen Stadt. Warum machst du dir wegen solcher Sachen Gedanken?"

„Wir müssen auf unser Image achten, Mann." Yazmer warf sich einen Kaugummi in den Mund. „So wie du auf Instagram. Das nenne ich repräsentieren, und zwar sauber."

„Wovon redest du eigentlich?"

„#Suds-o-Rama. #Schmutzwäsche. #Heiße Puppe. #Ihre Hände überall auf deinem ..."

„Schon gut, ich hab's begriffen. Wer hat das weitergeleitet?"

Yazmer verdrehte die Augen. „Weitergeleitet? Das heißt ‚reposted', Mann. Ich war das. Mikey-Boy, der Hengst. Respekt, Alter, Respekt." Er stieß Mike mit der Schulter an.

„Da ist nichts passiert, Yazmer. Ich habe einen Eid geleistet. Das weiß jeder."

„Ich weiß nur, dass Instagram nicht lügt."

O verdammt. Er musste sofort sehen, was Bonita gepostet hatte. Leider waren Mobiltelefone im Mannschaftsunterstand nicht gestattet. Er würde noch drei Durchgänge warten müssen, um zu erfahren, wie übel die Fotos waren und was auf ihnen zu sehen war. Natürlich erinnerte er sich an Donnas Hände auf seinem Rücken, unter seinem T-Shirt, und wie sie sich an ihn gepresst hatte ... so verflucht aufregend. Doch immerhin waren sie vollständig bekleidet gewesen. Wie übel konnten die Fotos also schon sein?

„Schön lächeln." Yazmer stieß ihn erneut mit der Schulter an. „Du bist Baseballspieler. Darauf stehen die Weiber. Einer der Vorteile, yo."

„Hat dir schon mal jemand gesagt, dass du ein Arsch bist?" Mike sagte das mit so viel falschem Humor, wie er aufzubringen vermochte.

Yazmer legte den Kopf schief. „Was hat der Yaz dir getan? Außer dass er dich wie eine Giftwolke abgeschüttelt hat?"

„Ich habe kein Problem mit dir, solange du bei Fastballs und Curveballs bleibst und dich von Kameras fernhältst. Mich interessiert nur Baseball. Ich will alles geben und gewinnen. Fotos auf Instagram und Twitter-Texte brauche ich nicht."

Yazmer kaute auf seinem Kaugummi herum und schaute Mike erneut von der Seite an. „Sorry, alter Dinosaurier, aber von Kameras kann ich mich nicht fernhalten. Es liegt mir im Blut, und diese Gabe muss ich der Welt zeigen. Wie lange bist du schon in der Minor League? Nimm dir mal ein Beispiel an mir. Work hard, play hard. Das ist mein Motto. Und davon rück ich ganz bestimmt nicht ab, Mann." Yazmer war aufgesprungen und boxte in die Luft.

Mike verdrehte die Augen. Dann hörte er die Menge jubeln.

Trevor Stark hatte gerade einen Monsterschlag gemacht, so hoch, dass der Ball glatt einen Vogel hätte treffen können. Jeder sah, wie er stieg und stieg, um sich schließlich Richtung Tribünen zu senken, direkt in Homerun-Territorium, wenn nicht sogar noch weiter. Wie, zum Beispiel, in Richtung Catfish-Rekord.

Stark konnte wirklich schlagen.

Er schaffte es, die Bases ohne hämisches Grinsen zu umrunden, was Mike als persönlichen Triumph wertete. Er hatte Stark immer wieder gesagt, wie dämlich dieses Grinsen war.

Und jetzt hatte Stark ihn gerade gerettet. Die Runs, die Mike durch seinen Home-Base-Fehler verursacht hatte, waren ausgeglichen, die Catfish gingen sogar mit einem Run Vorsprung in Führung. Als Trevor in den Mannschaftsunterstand getrabt kam, klopfte Mike ihm auf die Schulter.

„Fantastische Ergebniskorrektur, Kumpel."

„Ich hab dir ganz schön aus der Patsche geholfen." Stark zwinkerte ihm zu.

„Versuchst du, mir die Show zu stehlen, Alter?"

Mike und Trevor starrten Yazmer verblüfft an. Manchmal war der Typ einfach nicht zu fassen. „Was?"

„Meine Show. Meine Schlagzeilen. Die müssen ‚Yaz' lauten."

Trevor kratzte sich am Hinterkopf. „Wie in: ‚Yaz, das dämliche Arschloch'?"

„Egal, wie die Schlagzeile lautet. Spielt keine Rolle. Bald bin ich eh die Topstory, ich hab nämlich was am Laufen." Er grinste selbstzufrieden. „Braucht ihr aber nichts von zu wissen."

Mike sah zu Trevor, der die Augen verdrehte. „Ja, was auch immer, Yaz. Ich werde dir mal sagen, was ich heute wissen muss. Ich muss wissen, welchen verdammten Ball du wirfst. Können wir wenigstens darüber sprechen?"

„Klar, Baby."

Ramirez schaffte einen Strikeout zum Ende des Innings, und Mike machte sich daran, seine Schutzausrüstung wieder zu befestigen und sich auf das Spielfeld zu begeben. Er lief zur Home Plate und nickte dem jungen Schiedsrichter zu. Es war stets gut, freundlich zu den Schiedsrichtern zu sein.

Yazmer stellte sich als erster Pitcher auf den Werferhügel, und Seth Morton kam zur Home Plate. Mike nahm seine geduckte Haltung ein und stellte Blickkontakt zu Yazmer her. Er signalisierte einen Fastball, weil Morton beim ersten Wurf nie richtig schwang. Hatte er noch nie, kein einziges Mal. Yaz winkte ab. Mike seufzte. Arroganter Mistkerl. Glaubte alles zu wissen. Was hatte er eigentlich mit dieser Bemerkung, er habe da etwas am Laufen, gemeint? Der war ständig scharf aufs Scheinwerferlicht.

Mike gab nach und verlangte einen Changeup, Yaz' verlässlichsten Wurf. Yaz bereitete sich mit einigen Armschwüngen vor, stemmte den Fuß in den Boden und schleuderte den Ball direkt in die Erde. Mike konnte ihn gerade noch erwischen.

Ball Nummer eins. Ein hübsch verpacktes Geschenk für Seth Morton von den Salt Lake Condors.

Mike beherrschte seine Wut und warf den Ball zurück zu Yazmer, ohne eine Miene zu verziehen. *Ich muss mit dem Idioten arbeiten, egal wie dämlich er ist.*

Plötzlich sah er in Gedanken Donnas Gesicht, ihr freches Lächeln, als sie zu ihm sagte: *Mi enemy es su enemy. Mein Feind ist dein Feind.* Die wilde, kämpferische Donna, die bereit war, sich ihrem Kind zuliebe zu ändern.

Und in diesem Augenblick, hinter der Home Plate, stellte Mike eine seiner blitzschnellen Analysen an.

1. Donna liebte Zack.
2. Mike hatte ihr diesen Mist eingebrockt.
3. Er war ein Mann.
4. Ein Mann mit einem angeblichen Superheldenkomplex.

Und plötzlich war ihm glasklar, wie er Donna helfen konnte.

9. KAPITEL

„Wie schlimm ist es?" Donna konnte sich die Fotos nicht einmal ansehen, weshalb Sadie in der Zahnarztpraxis Dental Miracles aufgetaucht war, um sie zum Lunch im Roadhouse zu entführen. Was eine besonders nette Überraschung war, da Sadie nicht einmal mehr in Kilby wohnte. Sie lebte jetzt in San Diego mit Caleb, kam jedoch noch oft zu Besuch, um zu sehen, ob ihre Mutter mit ihrer Abwesenheit zurechtkam.

„Es ist gar nicht so übel. Ich sehe kein tiefes Dekolleté, das ist schon mal gut." Sadie lächelte, strahlend und optimistisch. Doch damit konnte sie Donna nicht täuschen.

„Deswegen mache ich mir auch keine Sorgen. Sehe ich aus wie eine nach Männern verrückte Schlampe, die die Finger nicht von diesem sexy Baseballspieler lassen kann?"

Sadie warf einen Blick auf ihr Handy. „Na ja, niemand kann dir die Schuld geben. Mike Solo ist ein toller Typ und sehr sexy."

„Das soll meine Entschuldigung sein? ‚Richter Quinn, ich möchte extreme Lust geltend machen. Keine Frau, die bei Verstand ist, würde sich die Chance entgehen lassen, mit Mike Solo herumzuknutschen.' Das wird leider nicht funktionieren."

„Die Fotos beweisen doch gar nichts", wandte Sadie ein. „Selbst wenn du mit ihm geschlafen hättest, würden sie nichts bedeuten. Du bist Single, du bist jung, warum solltest du keinen Mann küssen?"

„Ich weiß nicht. Meine Anwältin hat mich damit genervt. Sie hat mich angerufen und mich angeschrien. Wenn ich mich nicht von Mike fernhalte, will sie den Fall abgeben."

„Scheiß drauf", meinte Sadie loyal. „Wir werden eine andere finden."

„Du bist dermaßen nett zu mir, obwohl ich gemein und geheimniskrämerisch dir gegenüber war."

„Würdest du bitte aufhören, dir deswegen weiterhin Vorwürfe zu machen? Du hast nur versucht, die Wünsche der Hannigans zu respektieren. Und ich hatte genug mit meinem eigenen Drama zu tun. Du solltest eher wütend auf mich sein, weil ich so ichbezogen bin."

Donna verzog das Gesicht. „Sei nicht albern. Warum einigen wir uns nicht darauf, auf die Wades wütend zu sein? Die verdienen es wirklich. Und Bonita natürlich. Und Harvey dafür, dass er Bonita einen Antrag gemacht hat. Und Olympus, die die Kamera entworfen haben."

„Was ist mit den Erfindern von Instagram?"

„Keine Ahnung, wie die nachts ruhig schlafen können." Sie grinsten einander an. Sadie schaffte es immer, dass Donna sich besser fühlte; sie war die beste Freundin auf der ganzen Welt.

„Was ist nun mit Mike? Läuft da was zwischen euch?"

„Nein." Donna presste die Lippen zusammen. Sie wollte nicht mehr preisgeben über sich und Mike. Ja, da lief etwas, nur wusste sie nicht, was. Es war anders und ... bedeutungsvoll. Aber unbenennbar. „Wir sind Freunde. Und wegen seines Eides und meiner völlig neuen Lebensführung ist das auch alles, was jemals zwischen uns sein wird."

Sadie schaute auf ihr Handy, auf dem immer noch Mike und Donna in inniger Umarmung zu sehen waren. Dann sah sie Donna wieder an. Ihre skeptische Miene sagte alles.

„Okay, okay", gab Donna nach. „Ich finde ihn attraktiv. Ich mag ihn. Er ist intelligent. Im letzten Herbst hat er mich im Roadhouse verteidigt. Das habe ich nicht vergessen. Was soll ich sagen? Ich bin eine Frau, und wenn ein Mann sich auf diese Weise schützend vor mich stellt, melden sich meine weiblichen Hormone. Das ist alles."

„Hm." Auf Sadies Gesicht war ein selbstzufriedenes Grinsen erschienen. „Hört sich ernst an. Lass dir das von jemandem gesagt sein, der schwerstverliebt ist."

„Ah, du hast es verdient, Süße." Donna erinnerte sich daran, wie sie Sadie und Caleb zuletzt zusammen gesehen hatte, in Sadies Krankenhauszimmer. Er hatte neben ihrem Bett gekniet, sein blonder Kopf neben ihrem dunklen. Sie schienen nur einander wahrzunehmen, und Donna war zu Tränen gerührt gewesen. Sadie verdiente einen wundervollen Mann und eine glückliche Zukunft. Donna wusste genau, was ihre Freundin durchgemacht hatte, bevor Caleb in ihr Leben trat.

Aber ein solches Märchen würde sie nicht erleben, auch wenn sie sich ein wenig danach sehnte. Wie es wohl wäre, wenn ein starker, fürsorglicher Mann sich leidenschaftlich in sie verlieben würde? Wie würde sich das anfühlen, einen solchen Mann dazu zu bringen, vor ihr zu knien?

Als könnte sie ihre Gedanken lesen, meinte Sadie in sanftem Ton: „Du verdienst es auch, Donna. Vielleicht glaubst du es jetzt noch nicht, doch eines Tages wird der Mann deiner Träume auftauchen, und du wirst gar nicht wissen, wie dir geschieht."

Diese prophetischen Worte kamen Donna wieder in den Sinn, als sie später an diesem Abend die Tür aufmachte und Mike Solo auf dem Treppenabsatz stand. Typisch für den Frühling in Texas, war das Wetter innerhalb eines Tages umgesprungen, sodass jetzt Jacken statt Shorts angesagt waren. Ein starker Wind zerzauste ihm die Haare und fegte mondbeschienene Wolken hinter ihm über den Himmel. Mike hielt einen Strauß Flieder, den er mit seinem Körper zu schützen suchte. Die winzigen Blütenblätter erzitterten bei jedem Windstoß.

„Kann ich reinkommen?" Der Wind schien die Worte fortzureißen. „Ist ein bisschen windig hier draußen."

„Ja, sicher." Sie schaute kurz an sich herunter, um sicherzugehen, dass sie einigermaßen anständig bekleidet war: Schlafshorts und ein T-Shirt mit dem Aufdruck *Ein Königreich für ein Lama*. Sie hatte versucht, Kassensturz zu machen, was den Trost ihres Lieblings-Disney-Films erforderte. Misstrauisch beäugte sie den Flieder, als sie Mike hereinließ. Ihrer Erfahrung nach waren Blumen ein schlechtes Zeichen. Sie deuteten auf eine Entschuldigung hin, für irgendein Fehlverhalten. Doch die Blüten dufteten herrlich, wie ein hoffnungsfroher Frühlingsmorgen. „Was hat das alles zu bedeuten?"

Mike rieb sich den Nacken, eine nervöse Geste, die sie bei ihm noch nie gesehen hatte. „Ich ... also ... ich habe etwas Dummes getan."

„Redest du von dem Kuss im Waschsalon? Ich habe dir bereits gesagt, dass ich dir nicht die Schuld dafür gebe."

„Nein, das ist es nicht." Er holte tief Luft, dann schien er sich daran zu erinnern, dass er immer noch die in Klarsichtfolie eingewickelten Blüten hielt. „Nimmst du sie? Du könntest etwas gebrauchen, womit du auf mich einschlagen kannst."

Sie verstand nicht. „Jetzt bin ich wirklich beunruhigt. Spuck's schon aus. Hast du Ärger mit den Catfish? Oder gab's einen Anschiss aus himmlischen Regionen, weil wir geknutscht haben?"

Ein schwaches Lächeln ließ den ernsten Zug um seinen Mund verschwinden. Unglücklicherweise lenkte das ihre Aufmerksamkeit auf ebenjenen Mund und auf den Rest von Mike Solo, aufregender denn je, in schwarzer Jeans und einer Chicago-Bulls-Jacke. Er schaute sich in ihrem Apartment um, betrachtete die Poster des texanischen Spielers J.J. Watt, den wie ein Football geformten Sitzsack sowie den Papierkorb in Form eines Footballhelms.

„Warum sieht es hier aus, als hätte die NFL ihren Krempel abgeworfen?"

Sie verschränkte die Arme. „Weil wir uns in Texas befinden und wir hier Football lieben. Außerdem ist Richter Quinn ein Fan, und ich muss beweisen, dass ich Zack ein geeignetes Zuhause bieten kann."

Mike sah empört aus, daher wechselte sie wieder das Thema.

„Also spuck's aus, Solo. Was ist los?"

Er straffte die Schultern. „Wusstest du, dass Bonita diese Fotos bei Instagram gepostet und mit einem Catfish-Hashtag versehen hat? Ein Haufen Leute haben sie schon gesehen."

„Ja, ich weiß. Sadie hat sie sich für mich angeschaut. Sie meinte, meine Frisur sei toll und ..."

„Ich habe sie neu gepostet. Und behauptet, dass du meine Verlobte bist."

„Du hast *was* getan?"

„Die Leute machten Waschsalon-Witze über schmutzige Wäsche und zerwühltes Bettzeug und derartige Dinge. Ich musste etwas unternehmen, und das habe ich dann auch getan. Jetzt glauben alle, wir seien verlobt." Er sank auf ein Knie und hielt ihr den Blumenstrauß hin. „Also, Donna – willst du mich heiraten?"

Einen Moment lang erlaubte sie sich den verrückten Gedanken, es würde sich um einen echten Antrag handeln. Plötzlich kam ihr diese Frage von vorhin wieder in den Sinn: Wie wäre es wohl, von einem solchen Mann leidenschaftlich geliebt zu werden … Aber hier ging es nicht um Liebe und Leidenschaft. Das hier war irgendein seltsamer Scherz. Sie riss Mike den Strauß aus den Händen und warf ihn quer durchs Zimmer, auf den Sitzsack. Die Blumen rutschten hinunter und landeten kopfüber auf dem Boden.

Für einen Mann, dessen Heiratsantrag gerade brutal zurückgewiesen worden war, sah Mike nicht sehr niedergeschlagen aus. „Vielleicht solltest du noch ein bisschen darüber nachdenken." Seine dunkelgrünen Augen blickten unverwandt in ihre.

„Ich weiß, was los ist. Du spielst den Ritter in schimmernder Rüstung. Genau wie im Roadhouse. Hör mir zu, Solo. Ich brauche dich nicht, damit du mir aus der Klemme hilfst. Ich kann allein damit fertigwerden."

„Du verstehst das falsch."

„Ach ja? Machst du allen Frauen einen Heiratsantrag, nachdem du mit ihnen geknutscht hast?"

„Wohl kaum."

„Das ist kein Witz. Und nein, ich werde dich nicht heiraten. Denn du bist nicht ganz bei Trost, und ich kann meinen Genpool nicht mit noch mehr Verrücktheit beeinträchtigen. Da ist nämlich schon genug vorhanden."

Etwas flackerte in den Tiefen seiner Augen auf. Hatte sie etwa seine Gefühle verletzt? Konnte sie seine Gefühle überhaupt verletzen? Dazu müsste er erst einmal irgendwelche Gefühle für sie haben. Hatte er?

„Ich dachte, es gibt da sehr viel Potenzial zwischen uns. Wir verstehen uns gut. Es knistert."

Alles, was er sagte, machte es nur noch schlimmer. „Halt den Mund, Solo. Halt einfach den Mund. Und steh endlich auf." Um sich abzureagieren, wirbelte sie durch ihre Wohnung wie ein Mini-Tornado. Sie verstanden sich gut? Und deshalb machte er ihr diesen Antrag? „Eher heirate ich eine Zehenhornschnecke."

„Donna, du reagierst emotional. Denk darüber nach."

„Oh, soll ich etwa nicht emotional auf einen Heiratsantrag reagieren?" Es war nicht zu fassen, wie verrückt dieser Kerl war! Ein Heiratsantrag sollte doch wohl romantisch und etwas ganz Besonderes sein, einer der wunderschönsten Momente im Leben einer Frau. Im Leben eines Paares. Aber Mike und sie waren nicht einmal ein Paar!

Sie marschierte zur Wohnungstür und riss diese auf. „Verschwinde, Solo."

Er richtete sich auf, machte jedoch keine Anstalten zu gehen. „Das werde ich. Aber du siehst nicht die ganze Tragweite. Du denkst nicht an Zack."

„Was ist mit Zack?"

„Meinst du nicht, der Richter wird dich in einem völlig neuen Licht sehen, wenn du verlobt bist? Noch dazu mit einem gut bezahlten aufstrebenden Baseballspieler?"

Ein bitterer Geschmack stieg ihre Kehle hoch, und sie rannte zur Toilette. Über die Schüssel gebeugt, würgte sie, doch es kam nichts. *Reiß dich zusammen, Donna. Reiß dich zusammen.*

Das kühle Porzellan des Spülkastens in den Händen, versuchte sie den Schmerz beiseitezuschieben. Das Problem war, dass sie zu viel für Mike empfand und er nicht das Geringste ahnte. Sie war nicht direkt verliebt in ihn, doch ... sein Anblick vor der Tür, mit ernster Miene und dem Strauß Flieder in der Hand ... verdammt! Vielleicht hatte sie sich doch in ihn verliebt. Irgendwie hatte diese dumme Schwärmerei sich in echte Verliebtheit verwandelt.

Aber er wusste nichts davon. Und er würde nie davon erfahren. Sie würde es so lange für sich behalten, bis es aufgehört hatte. Sie würde sich von dieser bescheuerten Verliebtheit selbst heilen. Denn offensichtlich empfand er nicht dasselbe für sie, sonst hätte er das wohl bei seinem Antrag erwähnt. Es gehörte schließlich zu den Dingen, die bei einem Heiratsantrag eine Rolle spielten.

Sie stand auf und betrachtete sich im Spiegel. Was ist mit Zack? hatte Mike gefragt. Ja, was war mit Zack? Sie würde alles für ihren Sohn tun, alles, um ihn nicht zu verlieren. Um ihn zurückzubekommen.

Es wurmte sie, dass Mike nicht ganz unrecht hatte, was den Richter betraf. Eine alleinerziehende Vierundzwanzigjährige mit unsicherem Job, die plötzlich die Verlobte eines Mannes mit strahlender Zukunft wurde? Bonita würde es nicht ertragen können. Für einen Moment schwankte Donna in ihrem Entschluss.

Nein. Nein, das konnte sie nicht. Es war Mike gegenüber nicht fair. Er könnte Hunderte Frauen haben. Ein sexy Baseballspieler, dessen ganze Zukunft vor ihm lag. Warum sollte er sich an sie binden, nur wegen einer spontanen Fummelei im Waschsalon? Andererseits war diese „Verlobung" Mikes Idee. Warum also sollte sie ihn vor irgendetwas bewahren?

Vor allem aber, was war das Beste für Zack in dieser Situation?

Sie spritzte sich Wasser ins Gesicht, holte mehrmals tief Luft und kehrte entschlossen ins Wohnzimmer zurück. Mike stand am Fenster, die Hände in den Taschen, und beobachtete die Pappeln, die sich im Wind wild hin- und herwiegten. Seine ganze Haltung verriet die Anspannung eines Mannes, der seine Pflicht tat.

Erneut bekam Donna einen bitteren Geschmack im Mund.
Denk an Zack.

Mike schien in Gedanken weit weg zu sein, doch sie nahm ihren Mut zusammen.

„Wir könnten so tun als ob", sagte sie. Er drehte sich zu ihr um, mit einem ernsten Ausdruck in den Augen.

„Kommt nicht infrage. Ich kann meiner Familie in einer derartigen Sache nichts vorlügen."

Ihr früherer Spitzname für ihn, „Priester", fiel ihr wieder ein. Für einen Baseballspieler hatte er wirklich erstaunlich strikte Prinzipien.

„Solo, du kannst mich nicht ernsthaft heiraten wollen. Verliebst du dich nicht, bevor du heiratest?" Sie zwang sich, die Frage laut auszusprechen, obwohl jedes Wort schmerzte und stach wie Dornen. Denn sie kannte die Antwort, die sie sich wünschte, die jedoch nicht kommen würde.

„O nein, auf keinen Fall. Ich war mal verliebt. Das reicht mir."

Sie lachte. Typisch Mike, sie auf diese Weise zu verblüffen. „Glaubst du nicht an die Liebe?"

Er schien seine Worte sorgfältig abzuwägen. „Früher schon. Ich war mit meiner Highschool-Liebe verlobt. Wir waren zusammen, bis ich die Navy verließ. Sie wollte nicht, dass ich den Dienst quittiere", erklärte er vage. Den wichtigen Teil der Geschichte schien er auszulassen. „Irgendwann kamen wir zu der Einsicht, dass wir zu unterschiedliche Vorstellungen vom Leben haben."

Sie wartete auf weitere Details, doch seine Miene signalisierte ihr, dass sie lieber nicht fragen sollte. Na schön. Fürs Erste würde sie die Sache auf sich beruhen lassen. Doch Mike hatte nicht die leiseste Ahnung, wie beharrlich sie sein konnte. „Du hast also schlechte Erfahrungen in der Liebe gemacht und willst deshalb ohne sie heiraten. Ist das in etwa eine korrekte Zusammenfassung?"

Er machte eine ungeduldige Geste, als sei all dieses Gerede von der Liebe nur ärgerlich. „Ich glaube bloß nicht an diese Märchenversion. Die Sorte, wo einem die Liebe den Atem verschlägt und so. Das ist alles nur eine große Illusion, die geschürt wird, um Hochzeitskleider zu verkaufen und Flitterwochen auf Jamaika. Sind dir solche Dinge wichtiger als Zack?"

Das saß. Tränen stiegen ihr in die Augen, doch sie verdrängte den Schmerz. Ihre Gefühle spielten hier nicht die entscheidende

Rolle, sondern Zack. Außerdem – hatte sie den Glauben an die Liebe wie im Märchen nicht auch längst verloren? Und zwar, als Harvey darauf verzichtet hatte, mit ihr und Zack eine Familie zu gründen?

„Du willst ein Stiefvater sein? Ein Kind großziehen, das nicht von dir ist?"

Er straffte die Schultern. „Ich glaube, ich würde ein sehr guter Stiefvater sein."

Das bezweifelte sie nicht. Im Gegenteil, sie konnte sich kaum jemanden vorstellen, der besser geeignet wäre, mit Ausnahme vielleicht von jemandem, der richtig in Kilby lebte. Andererseits wäre es möglicherweise sogar von Vorteil, dass Mike nicht hier wohnte. Auf diese Weise würden sie eine Fernbeziehung führen, keine echte Ehe. Die meiste Zeit wären sie und Zack allein. Damit konnte sie vermutlich gut leben.

„Was hast du von der Sache, Solo? Das begreife ich noch nicht ganz."

Ein seltsamer Ausdruck erschien auf seinem Gesicht, als verstünde er das selbst nicht so richtig. „Ich handle rein aus Instinkt. Aber wenn du nicht willst, kann ich auf Instagram posten, dass es vorbei ist zwischen uns. Du hast Schluss gemacht. Oder ich. Letztendlich ist es doch egal, wer von uns beiden."

Ja, das würde wahrscheinlich funktionieren. Es würde für Aufregung und Gerede sorgen, woran Bonita sich weiden könnte. Aber der Klatsch würde sich auch schnell wieder legen. Trotzdem konnte Donna nicht leugnen, dass es sie in gewisser Weise mit Hoffnung erfüllte, mit Mike Solo vor den Richter zu treten. Vielleicht gab es eine Möglichkeit, so zu tun, ohne wirklich so zu tun. „Und wenn wir bis nach der Anhörung verlobt bleiben?"

„Das wird nicht hinhauen. Alle werden misstrauisch sein. Wenn wir uns verloben, müssen wir gleich mit der Planung der Hochzeit beginnen. Es muss echt sein."

Eine Hochzeit. Sie fühlte sich ein wenig benommen und musste sich an der Lehne ihres Lieblingssessels festhalten.

„Danach lassen wir uns aber so bald wie möglich wieder scheiden."

„Ich werde ganz bestimmt nicht mit der Scheidung im Hinterkopf heiraten. Ich bin in vielen Dingen anderer Ansicht als meine Familie, aber das gehört nicht dazu."

Frustriert fuhr sie sich mit beiden Händen durch die Haare. „Du kannst unmöglich davon ausgehen, dass dein Vorschlag die richtige Art ist, eine Ehe zu beginnen."

„Es ist nicht die typische Art, das stimmt. Aber das heißt nicht, dass es nicht funktionieren wird. Ich glaube, es gibt viel mehr, was für uns spricht, als du denkst. Ich respektiere dich. Ich vertraue dir. Es funkt zwischen uns. Ich hatte bisher immer eine gute Zeit mit dir."

„Ich habe eine Menge Fehler", warnte sie ihn. „Ich bin impulsiv und rede, ohne vorher nachzudenken. Dauernd gerate ich in Schwierigkeiten."

„Vielleicht brauchst du nur einen guten Mann an deiner Seite, der ein bisschen auf dich aufpasst."

Das war ja wohl die Höhe! Sie verschränkte die Arme vor der Brust. „Du glaubst, das ist so einfach? Du glaubst, du kannst hier hereinmarschieren und alles in Ordnung bringen? Ich habe da auch noch ein Wörtchen mitzureden."

„Selbstverständlich. Du kannst Nein sagen. Oder du kannst Ja sagen." Ein übermütiger Ausdruck trat in seine Augen. „Ein Ja hätte natürlich eine Menge Vorteile, nach dem zu urteilen, was im Waschsalon passiert ist."

„Lass uns nicht wieder davon anfangen, bitte. Der Punkt ist doch, dass ich immer geglaubt habe, eines Tages einen Mann zu heiraten, den ich liebe. Und der mich liebt. Vielleicht bin ich naiv, aber das scheint die wichtigste Zutat bei der ganzen Geschichte zu sein."

Etwas flackerte in Mikes Augen auf, als sei plötzlich ein Schalter umgelegt worden. „Dann ist die Lösung einfach. Wenn Liebe dir so wichtig ist, muss ich ja nur dafür sorgen, dass du dich in mich verliebst. Problem gelöst. Also abgemacht?"

„Abgemacht? Wie, abgemacht?"

„Wir verloben uns, und zwar richtig. Und wir fangen an, die Hochzeit zu planen. Wir sagen es unseren Eltern, dem Richter und so weiter. Aber wir geben uns erst das Jawort, wenn ich dich dazu gebracht habe, dass du dich in mich verliebst."

Verdammt! Das war doch der pure Wahnsinn. Sie sollte sich in Mike verlieben? Tja, das war schon halbwegs geschehen, nur ahnte er das nicht einmal. Und sie würde es ihm auch ganz bestimmt nicht verraten. „Und wenn das nie passiert? Wenn ich mich niemals in dich verliebe?"

Seine Mundwinkel kräuselten sich zu einem herausfordernden Lächeln. „Donna, du solltest mehr Vertrauen in deinen Mann haben. Was bist du denn eigentlich für eine Verlobte?"

Mein Mann? Wenn er so weitermachte, würde er sie mit diesem Gerede noch um den Verstand bringen. Er war nicht ihr Mann. Und dennoch hatte er diese Worte benutzt. Wie sich das wohl anfühlen würde, wenn Mike Solo tatsächlich ihr Mann wäre? Vergiss es, befahl sie sich.

„Was ich für eine Verlobte bin? Hm, eine unwillige?"

„Tja, dann passt du gut zu den Solos." Er zwinkerte. Plötzlich schien er überglücklich zu sein. „Ich mag eine echte Herausforderung. Und ich glaube, dieser bin ich gewachsen. Wenn ich mir Mühe gebe, kann ich ziemlich charmant sein. Wette lieber nicht gegen mich, Red."

„Du meine Güte. Du bist vollkommen verrückt."

„Was machst du morgen Abend?"

„Warum?"

„Weil ich anfangen will. Wenn ich es mir recht überlege – warum warten?"

Er trat auf sie zu und legte die Arme um sie. Ein warmes Gefühl durchströmte sie von Kopf bis Fuß. Sie wollte protestieren, weil sie sich nach wie vor über die ganze Angelegenheit ärgerte. Die Worte blieben ihr jedoch im Hals stecken, da er ihr Gesicht umfasste und sie anschaute, als wäre sie das Schönste auf der Welt. Dabei war doch *er* derjenige, der unglaublich faszinierend war, mit seinen grünen Augen und seinem Lächeln, das sagte: *Komm, spiel mit mir.*

„Wage es nicht, mich zu küssen, Solo", entgegnete sie. „Ich denke immer noch über alles nach."

Er hielt inne, sein Mund war nur wenige Zentimeter von ihrem entfernt. Es knisterte zwischen ihnen, und zwar ziemlich heftig. Wie leicht wäre es jetzt, sich auf die Zehenspitzen zu stellen und ihn zu küssen. Wie leicht, sich der wilden Lust hinzugeben, die unter der Oberfläche brodelte. Doch Donnas Gefühle waren zu chaotisch, ihre Gedanken zu durcheinander. Sobald Mike Solo sie küsste, würde sie sie nie mehr ordnen können.

Sie hielt seinem Blick stand, dann seufzte sie und machte einen Schritt zurück. Als er ihr Gesicht losließ, fühlte sie sich sofort verlassen und beraubt, was überhaupt keinen Sinn ergab.

„Du wirst Ärger bedeuten als Verlobte", meinte er.

„Verlass dich drauf."

„Oh, das tue ich", erklärte er und lächelte rätselhaft. Dann ging er einfach zur Tür und verließ die Wohnung.

Donna sank auf die Couch. Es kam ihr vor, als wäre gerade ein Wirbelsturm durch ihr Leben gefegt. Was, zur Hölle, war eben passiert? War sie jetzt tatsächlich, mehr oder weniger, verlobt?

Nein. Gefühlt war sie das bestimmt nicht. Vielleicht konnte Mike nicht lügen, aber sie schon. Sie hasste es zwar, doch sie hatte einige Übung darin, die Wahrheit zu verbergen. Immerhin hatte sie Zacks Existenz vor Sadie geheim gehalten. Selbst ihr derzeitiges Leben war in gewisser Hinsicht eine Lüge. Es war ihr zuwider, dunkelblaue Kleidung zu tragen. Und Termine für Wurzelbehandlungen zu vergeben, gefiel ihr auch kein bisschen. Doch für Zack würde sie alles tun.

Es wäre ein Leichtes, so zu tun, als wäre sie nicht bereits bis über beide Ohren in Mike verliebt. Er konnte sich ins Zeug legen, so viel er wollte, um sie dazu zu bringen, sich in ihn zu verlieben. Sie würde ihn schwitzen lassen. Aber die Wahrheit würde er niemals von ihr hören. Nie. Und irgendwann würden sie diese Farce beenden und ohne Groll auseinandergehen.

Mikes schrecklicher Plan sah vor, dass sie sich in ihn verliebte. Davon, dass er diese Liebe erwiderte, war nicht die Rede gewesen. Tatsächlich hatte er die Idee von Liebe völlig ausgeschlossen. Aber sie wollte auf keinen Fall jemanden heiraten, der sie nicht liebte. Selbst wenn sie verrückt nach ihm war. Ganz besonders dann nicht, wenn sie verrückt nach ihm war.

10. KAPITEL

Das erste Date verlief nicht so, wie Mike es geplant hatte. Wieder stand er mit Blumen vor Donnas Tür. Diesmal waren es Rosen, die perfekt zur Farbe ihrer Lippen passten. Er wollte ihr genau das sagen, doch kaum hatte sie an den Blumen geschnuppert, begann sie zu niesen. Aber nicht leise, sondern laut und energisch. Es klang wie das Bellen eines Chihuahuas.

„Ist alles in Ordnung mit dir?"

„Ich ... ja. Die sind wundervoll. Wow, Mike." Sie bekam erneut einen Niesanfall. „Jetzt liebe ich dich definitiv."

„Haha. Bist du allergisch gegen Rosen? Beim Flieder gestern hattest du keine Probleme." Er dachte an die Blumen, die sie von sich geschleudert hatte bei seinem Heiratsantrag.

„Das passiert nur ... *hatschi!* ... bei bestimmten Blumen."

Er zögerte, da er nicht sicher war, was er nun mit den Rosen machen sollte. In ihrer Wohnung konnte er sie nicht wegwerfen, denn die war so klein, dass Donna die Blumen trotzdem weiterhin riechen würde. „Warte. Bleib hier stehen. Du siehst übrigens toll aus."

Das stimmte. Sie trug ein saphirblaues rückenfreies Kleid, das im Nacken zusammengebunden war, ihr Dekolleté betonte und viel Bein zeigte. Mike riss sich mühsam von diesem Anblick los und lief zur unteren Wohnung. Dort wohnte eine ältere Dame; er hatte gesehen, wie sie zwischen den Gardinen hindurchspähte. Er klopfte an ihre Tür und präsentierte ihr den Strauß mit einem Lächeln und einer Verbeugung. Ihre Miene hellte sich auf, was ihn mit der tröstlichen Gewissheit erfüllte, heute wenigstens eine Lady glücklich gemacht zu haben.

Donna stand oben am Treppenabsatz und beobachtete ihn mit gerunzelter Stirn. „Toller Auftritt, Solo. Aber ich bin immer noch nicht verliebt in dich."

„Kein bisschen?" Er schaute von unten hoch zu ihr und kam sich wie eine Art Romeo vor. „Vielleicht schon zehn Prozent? Zwanzig?"

„Hatschi!"

Natürlich musste Donna MacIntyre die Dinge schwierig machen. War ja nicht anders zu erwarten gewesen.

Als er sie kurz darauf auf die Terrasse seines Lieblings-Tex-Mex-Restaurants La Gallina führte, blieb sie plötzlich stehen.

„Ich weiß nicht, ob ich das tun sollte", meinte sie in warnendem Ton.

„Was tun?"

„Na ja, manchmal reagiere ich echt komisch auf mexikanisches Essen."

„Niest du davon auch wie ein Chihuahua?"

Sie stutzte. „Nein, nichts dergleichen. Du wirst schon sehen. Oder auch nicht – es passiert nicht immer. Es hängt davon ab, welche Maisart sie verwenden. Wir riskieren es einfach, was? Ich dachte nur, ich warne dich lieber vorher."

„Na schön." Mike kam langsam der Verdacht, dass sie ihn auf den Arm nahm, doch er verdrängte diesen Verdacht und winkte der Kellnerin, die sie zu einem ruhigen Tisch in der Ecke hinter der alten Tortillapresse führte. Das La Gallina wurde in der dritten Generation im Familienbesitz geführt, in einem alten Ranchhaus, mit nur zehn Tischen und Spitzengardinen an den Fenstern.

„Wie war das, in Texas aufzuwachsen?", fragte er, nachdem sie die Spezialität des Hauses bestellt hatten, Hühnchen-Enchiladas mit Mole, einer für die mexikanische Küche typischen Sauce. „Du und Sadie, ihr wart beste Freundinnen, richtig?"

„Seit der fünften Klasse. Es fing holprig an mit uns, weil wir beide springen wollten und stattdessen das Seil drehen mussten."

„Wie bitte?"

„Ich rede vom Seilspringen. *Double Dutch*. Wir waren besessen davon. Nachdem wir beste Freundinnen geworden waren, übten wir ständig. Ich glaube, Kilby ist ein guter Ort, um dort aufzuwachsen, bis man ungefähr vierzehn ist. Dann wird man ein bisschen irre, weil man jeden mehr oder weniger kennt. Und die anderen kennen einen. Man ahnt, dass es noch mehr gibt in der Welt, aber schon in die nächste Stadt, nach Houston, sind es vier Stunden mit dem Auto. Also geht man auf Partys, nur um mal etwas zu erleben. Man trinkt zum ersten Mal Bier oder Whiskey, man fährt auf dem Motorrad mit. Man macht Blödsinn, wie zum Beispiel eine Furche in den Rasen der Nachbarin oder schmeißt Eier auf den Streifenwagen, der vor dem Dunkin' Donuts geparkt ist ... Ich erzähle dir alle meine Fehler, Solo. Wenn du also noch einen Rückzieher machen willst, tu es jetzt."

„Ich mache keinen Rückzieher." Tatsächlich liebte Mike es geradezu, ihr zuzuhören, ganz egal worüber sie sprach. Er fühlte sich wohl in ihrer Gegenwart, nicht wie bei Angela, die stets unberührbar und distanziert gewirkt hatte. Und rein.

Donna war keineswegs unberührbar. Oder distanziert. Oder rein – es sei denn, man zählte reines Vergnügen mit. Sie war echt und ungekünstelt, und sie liebte es, sich herausfordernd zu verhalten.

Ungefähr in der Mitte des Essens, während Mike ihr Geschichten aus dem Clubhaus erzählte – von seinen Problemen mit Yazmer und Liebermans Bitte, „What the Jeter" der englischen Sprache hinzuzufügen –, senkte sie die Lider über ihren haselnussbraunen Augen. Sie fuhr sich mit der Zunge über die Lippen, sodass sie pink und glänzend wurden. „Mike, ich ... äh ... ich tue das nur ungern, aber ich finde, wir sollten jetzt gehen."

„Gehen? Warum?"

„Ich habe dich wegen des Mais gewarnt. Bestimmte Maissorten ... machen mich sehr ... sehr ..." Unter dem Tisch mit der rot-weiß gestreiften Tischdecke legte sie ihre Hand auf Mikes Oberschenkel. „... wild."

„Mais macht dich wild?"

„Mhm." Sie schob die Hand sein Bein weiter hinauf. Prompt reagierte sein Schwanz. „Extrem. Weißer Mais mehr als gelber Mais, und ganz besonders, wenn er genmanipuliert und nicht biologisch angebaut ist." Sie fuhr mit den Fingern über den Reißverschluss seiner Jeans.

„Donna, hör auf damit. Wir befinden uns in der Öffentlichkeit." *Wieder einmal.* „Was ist mit Bonita? Die könnte erneut mit der Kamera hinter uns her sein."

„Na und? Wir sind schließlich verlobt, oder? Außerdem kann uns hier hinten doch sowieso niemand sehen."

Sie strich über die Ausbuchtung seiner Hose. O verdammt! „Donna, du musst aufhören damit. Hast du meinen Eid vergessen?"

„Aber wir ... wir sind verlobt. Hast du das etwa vergessen?"

„Verlobt ist nicht verheiratet." Er hielt ihre Hand fest. „Und wir befinden uns immer noch in der Öffentlichkeit. Ich glaube, du solltest keine Tortillas mehr essen."

Sie zog einen Schmollmund. In ihren Augen spiegelte sich das Kerzenlicht. Plötzlich sehnte er sich danach, sie in den Armen zu halten und ihren wunderbaren Körper an seinem zu spüren. „Ach, vergiss es. Verschwinden wir von hier", stieß er hervor.

„Ja! Tut mir leid, aber ich habe dich gewarnt. O Mike, bring mich nach Hause, du aufregender Mann."

Er warf ein paar Scheine auf den Tisch und führte Donna aus dem La Gallina. Doch als sie bei ihrem Haus angekommen waren, hatte die Wirkung des Mais offenbar nachgelassen. Donna gähnte, ließ den Kopf hängen und die Finger von seiner Jeans. Stattdessen streckte sie sich auf der Couch aus. „Weißt du, was dazu führen könnte, dass ich mich eventuell in dich verliebe? Eine Fußmassage."

„Eine Fußmassage." Seine Erektion pochte immer noch. Wie sollte er denn bloß ihren Fuß massieren, wenn er sie am liebsten jetzt und auf der Stelle nehmen wollte? Pech, aber er hatte nun mal einen Eid geschworen. Und er würde sie dazu bringen, sich in ihn zu verlieben. *Reiß dich zusammen, Solo, und massiere diese Füße.* „Also gut. Kann ich machen. Die Physiotherapeutin im Stadion hat mir ein paar Tricks gezeigt."

Nur funktionierten diese Techniken nicht bei Donna, denn kaum berührte Mike sie, musste sie erst kichern, um dann laut zu lachen. Anscheinend waren ihre Füße hypersensibel. „Lassen wir das mit der Fußmassage also", sagte er grimmig. „Soll ich dich unter die kalte Dusche stellen, damit du aufhörst zu lachen?"

„Nein", erwiderte sie keuchend. „Leg einen Film ein. ‚Die Eiskönigin' wäre nicht schlecht."

„‚Die Eiskönigin'? Im Ernst? Ich habe ihn einmal gesehen und fand das schon zu viel."

„Bitte."

Also schauten sie sich gemeinsam „Die Eiskönigin" an, das heißt, nach fünfzehn Minuten war Donna eingeschlafen, quer über ihm liegend. In dieser Position konnte Mike sich nicht bewegen, ohne sie aufzuwecken, deshalb endete es damit, dass er sich den ganzen Film ansah. Allein.

Das nächste Date verlief ähnlich. Mike musste sich „Die Eiskönigin" ein weiteres Mal ansehen, weil Donna ja beim ersten Mal eingeschlafen war. Wie oft konnte ein Mann sich eigentlich diese verdammte Prinzessin anschauen? Außerdem waren Tulpen doch ganz andere Blumen als Rosen, oder etwa nicht? Wieso löste der neueste Strauß, den er mitgebracht hatte, dann auch den Chihuahua aus?

Wenn das so weiterging, würde die ältere Dame in der Wohnung unter Donnas bald einen Blumenladen aufmachen können.

Bei ihrem dritten Date ließ er die Blumen weg und brachte stattdessen chinesisches Essen mit. Wie sich zeigte, hatte Glutamat die gleiche Wirkung wie Blumen. Um sich von den unkontrollierbaren Niesern abzulenken, legte Donna eine DVD ein – „Die Eiskönigin", was sonst.

„Wenn ich mich danach in eine Disney-Prinzessin verwandle, musst du es Duke beibringen", warnte Mike sie.

„Hatschi!"

Er machte es sich auf der Couch neben ihr bequem. Inzwischen wussten sie genau, welche Position sie einnehmen mussten, wenn sie nebeneinandersaßen. Ihr gefiel es, die Beine anzuwinkeln, während er gern die Beine ausstreckte. Oft saß sie dann an ihn geschmiegt, und Mike dachte, dass es vielleicht doch etwas Positives daran gab, sich zum millionsten Mal „Die Eiskönigin" anzusehen. Dadurch bekam er Zeit, es mit ein bisschen Händchenhalten zu probieren.

Während der kleine Schneemann sich die Seele aus dem Leib sang, schob Mike unauffällig seine Hand auf Donnas zu. Sie schien nichts zu merken, weil sie gebannt auf den Bildschirm schaute und stumm Olafs Worte mit den Lippen formte. Mike wartete den richtigen Moment ab, um ihre Hand in seine zu nehmen.

Bzzzzz.

Ein lautes Summen ließ ihn vor Schreck hochfahren. Ein verdammter Summer in ihrer Hand. Dieses kleine …

„Jetzt reicht's." Er rollte sich auf sie, hielt sie mit seinen Beinen in Schach und hatte – endlich – der Eiskönigin den Rücken zugekehrt. „Du machst das alles absichtlich, nicht wahr? Die Allergien, der Mais, die Eiskönigin. Das gehört alles zu deinem Plan."

Sie blinzelte unschuldig wie ein kleines Kätzchen. „Du meine Güte, Solo. Ich habe ehrlich keinen Jeter, wovon du eigentlich sprichst."

Er stutzte, dann prustete er los und lachte, bis ihm die Tränen übers Gesicht liefen und die Rippen wehtaten. Donna stimmte in sein Lachen ein, und Schadenfreude schwang darin mit. Als Mike nicht mehr konnte, sank er neben sie auf die Couch.

„Du hast mich echt reingelegt. Muss ich zugeben. Das mit dem Mais? Nicht Bio und genmanipuliert?"

„Klang gut, oder? Dabei habe ich mein ganzes Leben lang Tortillas gegessen."

Er wischte sich eine Träne von der Wange. „Du bist ganz schön ausgebufft, weißt du das? Du hast mich die ganze Zeit auf den Arm genommen. So viel zu meinen Tricks. Wenn ich so weitermache, gibt es eine größere Chance, dass du dich *nicht* in mich verliebst."

„Das könnte bedeutend weniger anstrengend sein", meinte sie nüchtern.

Danach verzichtete er auf die Umsetzung irgendeines Planes und verhielt sich unauffällig, wenn er mit Donna zusammen war. Er stellte ihr viele Fragen, hörte aufmerksam zu und beobachtete. Er erfuhr von ihrem Schmerz, als ihre Mutter sie verlassen hatte, die Weltenbummlerin Lorraine MacIntyre. Er erfuhr alles über Donnas Vater, einen ruhigen Mann, der die meiste Zeit in seiner Werkstatt unter Autos liegend verbrachte. Sie erzählte ihm auch von ihrer wilden Partyzeit, ihrer Freundschaft mit Sadie, ihrer Abneigung gegen Vorschriften und Tyrannen, ihrer tiefen Liebe zu ihrem Sohn. Auf der Highschool hatte sie herausragende Noten gehabt, aber trotzdem nicht aufs College gehen wollen. Im Laufe der Zeit lernte er ihr Talent zur Nachahmung kennen, ihren schlagfertigen Humor, und er wusste, dass sie Lachen Traurigkeit vorzog. Wenn sie sich zwischen sexy und witzig hätte entscheiden müssen, hätte sie jederzeit witzig gewählt.

Das machte sie für Mike allerdings kein bisschen weniger sexy. Doch in dieser Hinsicht hielten sie Abstand voneinander. Seltsam, jetzt wo sie „verlobt" waren, kam ihm das fast zu ... intim vor.

Etwa eine Woche nach der „Verlobung" rief Joey an. Mike war gerade unterwegs zum Clubhaus, um sich für das Training umzuziehen. Mike meldete sich mit seiner üblichen Begrüßung. „Wie geht's meiner Niere?"

„Was, um alles in der Welt, treibst du? Rita sagte, du bist verlobt."

Mike verzog das Gesicht und fühlte sich wegen dieser Entscheidung zum ersten Mal komisch. Joey war wie die Stimme seines Gewissens. „Ja, aber so, wie die Dinge laufen, weiß ich nicht, ob meine Verlobte die Hochzeit überleben wird. Wusstest du, dass manche Menschen Schokolade nicht verdauen können? Was für ein Leben ist das denn?" Am Abend zuvor hatte Donna ihm einen weiteren Streich gespielt, als er ihr eine Schachtel Pralinen mitgebracht hatte.

„Ich meine es ernst, Mike. Was soll das?"

„Das hört sich an, als sei zu heiraten ein geniales Täuschungsmanöver."

„Genau das frage ich mich."

„Ich versichere dir, ich bin wirklich verlobt. Mama ist glücklich. Sie ist bereit, über die Tatsache hinwegzusehen, dass Donna nicht katholisch und eine alleinerziehende Mutter ist. Dad sieht die Sache ein wenig anders, aber das ist ja keine große Überraschung."

„Liebst du sie?"

„Du weißt, wie ich darüber denke."

„Mike." Selbst am Telefon bewirkte Joeys ruhige und sanfte Art, dass Mike sich innerlich krümmte. „Willst du wirklich zulassen, dass deine Erfahrung mit Angela den Rest deines Lebens trübt?"

„Es ist, wie es ist, Joey." Konnte er etwas dafür, dass Angela ihm das Herz gebrochen hatte und nichts mehr davon übrig geblieben war? „Wie dem auch sei, Donna ist völlig anders als Angela. Du würdest sie mögen. Sie ist ein kleiner Feuerkopf."

„Du magst sie also."

„Natürlich mag ich sie. Sie ist witzig und, na ja, sehr eigen und furchtlos. Und loyal."

„Loyal", wiederholte Joey nachdenklich. „Also nicht die Sorte Frau, die dich fallen lassen würde, nur weil du einen anderen Beruf wählst."

„Nicht sehr wahrscheinlich." Jedenfalls nicht die Donna, die für ihre Freundin eingetreten war, als niemand sonst es getan hatte. Er versuchte sich Angela vorzustellen, wie sie auf einen Tresen stieg, um den Ruf einer Freundin zu verteidigen, aber das gelang ihm nicht. Andererseits trank Angela nicht. Sie war kühl, ernst, geschliffen. Seit er in der zweiten Klasse hinter ihr gesessen hatte, war er hoffnungslos in sie verliebt gewesen. Das gesamte Schuljahr hatte er damit verbracht, ihren langen dunklen Zopf anzustarren. Als sie in der siebten Klasse mit ihm auf dem Schulball getanzt hatte, war er verblüfft gewesen. Noch überraschter war er allerdings gewesen, als sie mit neunzehn seinen voller Verehrung vorgetragenen Heiratsantrag angenommen hatte.

Doch am Ende war sie ihm entglitten, und die Verachtung in ihren dunklen Augen hatte ihn im Innersten getroffen.

„Wenn sie dich Angela vergessen lässt, hat sie meinen Segen", meinte Joey.

„Das hat nichts damit zu tun, was ich für Angela empfunden habe. Das ist eine ganz eigene Sache. Es ist anders. Es ist das Richtige. Ich habe sie in Schwierigkeiten gebracht, deshalb ist es meine Pflicht, die Dinge wieder in Ordnung zu bringen. Auf diese Weise kann sie ihren Sohn zurückbekommen, den sie aufrichtig liebt."

„Das bedeutet Ehe für dich? Pflichterfüllung? Hört sich nicht nach Spaß an."

„Deswegen mach dir mal keine Sorgen. Donna und ich haben viel Spaß."

„Vielleicht liebst du sie ja doch."

Mike hielt das Handy ungeduldig vom Ohr weg, während er durch die Tür des Clubhauses zu gelangen versuchte. Als sie nachgab und aufschwang, stand er Yazmer gegenüber, der ihn dreist angrinste. „Ich muss Schluss machen, Joey. Warum gratulierst du mir nicht einfach und belässt es dabei?"

„Ehrlich, ich verstehe nicht, warum so viele sich wegen der Ehe zwischen Schwulen Gedanken machen, wenn heterosexuelle Männer, wie du, sie gar nicht mehr ernst nehmen", murrte Joey, bevor er auflegte.

Mike schaltete das Telefon aus und schob den Tragegurt seiner Sporttasche die Schulter weiter hinauf. Yazmer musterte ihn befremdet, als hätte er Mike noch nie gesehen. Hatte er Joeys letzte Bemerkung gehört? Würde er sich zusammenreimen, dass Mike einen schwulen Bruder hatte?

Wütend darüber, dass er sich überhaupt darüber Gedanken machte – wen kümmerte es schon, was Yazmer dachte? –, marschierte er an dem Werfer vorbei. „Das war mein Bruder", erklärte er herausfordernd. „Aus Chicago."

„Okay." Yaz folgte ihm. „Hab gehört, du hast deiner Affäre einen Ring aufgesteckt."

„Was?"

„Ich sag nur ein Wort: Ehevertrag."

„Oh, ach so. Ja, ich bin verlobt."

„Und wer ist die Dame?" Yazmer machte ein Plattenkratzgeräusch.

Um ein Haar hätte Mike trotzig erwidert: *Um ehrlich zu sein, Yazmer, es handelt sich um einen Mann. Ich hoffe doch sehr, du schaffst es zur Hochzeit.* Aber er nahm sich zusammen. „Ein Mädchen hier aus Kilby. Es gibt noch kein Hochzeitsdatum, du kannst dich also mit der Hochzeitsgeschenkeliste noch zurückhalten."

„Willst du mir die Show stehlen? Vergiss es, Mann. Der Yaz ist der Yaz. Alle wollen ein Stück von mir. Können sie auch haben. Solange sie Silber rüberwachsen lassen. Plastik auch. Der Yaz akzeptiert Plastik."

„Na schön. Wir sehen uns auf dem Platz, Yaz."

„Ich komme später, mein Agent hat angerufen."

Was auch immer. Es war sein Training. Mike ging zu seinem Spind und zog sich Trainingskleidung an – gepolsterte Unterhose, Baseballhose, ein weites T-Shirt und Stollenschuhe. Dann lief er hinaus aufs Spielfeld, wo T.J. Gates, Ramirez und ein paar andere Wurfübungen absolvierten. Die Geräusche und Rhythmen des Baseball wirkten sofort beruhigend auf Mike. Er schloss die Augen, hörte das Geräusch eines Balles, der in einem Fanghandschuh landete, und das Krachen eines Schlägers, der einen Ball traf. Fastball, Curveball – er konnte sie allein schon dadurch unterscheiden, wie sie den Handschuh trafen. Wilder Wurf in den Sand. Harter Wurf Richtung Home Plate.

Baseball. Er liebte dieses Spiel. Als die Navy ihn entlassen hatte, hatte Baseball ihn gepackt. Er vermisste das Soldatenleben immer noch, die Disziplin, das Adrenalin, aber Baseball … war auch nicht schlecht.

Er machte die Augen wieder auf. Die helle Sonne spiegelte sich in Ramirez' Sonnenbrille und in den Zahnklammern des Neulings. Der Junge war nicht älter als neunzehn. Mike fühlte sich plötzlich alt. Auf der anderen Seite des Spielfeldes lehnte Crush am Zaun und unterhielt sich mit Mitch, dem Trainer der Werfer. Crushs stets präsenter silberner Flachmann schaute aus seiner Gesäßtasche. Er drehte sich um, entdeckte Mike, winkte ihn zu sich.

„Solo", begrüßte Crush ihn. „Hab eine Frage an dich." Er sah zu den Infielders, die sich mit Ballwürfen aufwärmten, und führte Mike zum äußersten Rand der rechten Feldseite. „Läuft da was wegen Yaz?"

„Frag mich nicht. Ich verstehe ohnehin nur die Hälfte von dem, was er sagt."

„Angeblich gibt er bald ein wichtiges Statement ab, und mein Gefühl sagt mir, dass mir das nicht besonders gefallen wird. Du solltest nahe an ihm dranbleiben und deinen Voodoo-Fänger-Zauber auf ihn wirken lassen."

„Ich ... äh ... komme langsam voran. Seine Wurfquote wird besser. Ich treibe ihn zu mehr Tempo an, aber dann hat er es übertrieben."

„Habe ich bemerkt. Sein letzter Auftritt dauerte nur anderthalb Stunden. Die Fans hätten sich verschaukelt gefühlt, wenn er nicht eine zusätzliche halbe Stunde nach dem Ende des Spiels auf dem Feld geblieben wäre, um seine Tanzschritte vorzuführen."

„Ja, er trägt gern dick auf, würde ich sagen."

„Tja, halt die Ohren offen. Wär gut. Und jetzt lass uns mal über deine Hochzeit reden. Ich halte ja nicht allzu viel von der Ehe, obwohl ich immerhin dreimal geschieden bin, wie du weißt. Aber wenn es dir ernst ist, kannst du ebenso gut von der Second Base zur Third Base weiterlaufen, sozusagen."

„Wovon, zum Jeter, sprichst du eigentlich?"

Crush stutzte und schüttelte dann den Kopf, als versuche er, diesen Ausdruck wieder zu vergessen. Mike musste grinsen.

„Von der Catfish-Hochzeit des Jahrzehnts", meinte Crush mit großer Geste.

„Was?"

„Lass uns eine richtig große Feier veranstalten. Eine solche Hochzeitsfeier wäre auch gut für die Beziehung zwischen Team und Stadt. Und du weißt ja, wie verbesserungsbedürftig die in letzter Zeit war."

Mikes Miene verfinsterte sich. „Du meinst, es wäre gut für deine Kampagne, um die Catfish zu behalten?"

Crush redete einfach unbeirrt weiter und ignorierte wie üblich, was er nicht hören wollte. „Wir werden die Zeremonie hier auf dem Spielfeld abhalten. Die Einladungen sollten aussehen wie Tickets. Wir werden an alle Gäste Bälle als Souvenir verteilen und dem *Kilby Press Herald* ein Exklusivinterview geben. Die werden sich darauf stürzen."

Mike klopfte mit dem Schläger gegen seinen Spann. „Ich muss erst mit Donna darüber sprechen." Da sie – technisch gesehen – seinen Heiratsantrag noch gar nicht angenommen hatte, dürfte das eine interessante Unterhaltung werden.

„Na, sicher doch. Mach dir keine Sorgen wegen der Kosten. Ich kümmere mich darum. Dein Mädchen soll sich das schönste Kleid in der Stadt aussuchen. Das macht die Sache attraktiver." Er zwinkerte.

Wollte er damit andeuten, dass Mike ihr das Angebot versüßen musste? „Danke für dein Vertrauen."

„Na klar, das hast du, Junge." Crush klopfte ihm auf die Schulter.

Mike ging zurück zum Unterstand, nahm sein Handy aus seiner Sporttasche und rief Donna an. Es war besser, sie zu informieren. Ihr Anrufbeantworter sprang an, und ihre fröhliche Stimme sagte: „Hier ist Donnas Anschluss. Hinterlassen Sie Ihre Nummer, ich rufe Sie zurück, wenn ich mal Lust habe, mit Ihnen zu reden."

Er lächelte. Donna war einzigartig, so viel stand fest. In leisem, sinnlichem Ton sagte er: „Hier spricht dein Verlobter. Ich weiß, dass du Lust hast, mit mir zu telefonieren, weil Reden zum Küssen führt und zu anderen Berührungen, und wenn die richtig ausgeführt werden – und du weißt, dass ich das kann –, führen sie zu ‚O Mike, hör nicht auf!', und das wiederum führt zu ... wie dem auch sei, ruf mich zurück."

Grinsend legte er auf. Nachrichten auf Donnas Anrufbeantworter zu hinterlassen machte Spaß.

11. KAPITEL

Später an diesem Abend machte Mike ein Shiner-Bier auf und stellte es auf Donnas Couchtisch, neben eine Schachtel Rippchen aus dem Smoke Pit BBQ. „Bitte sehr", verkündete er triumphierend. „Damals, bei der Schlägerei im Roadhouse, hast du ein Shiner getrunken. Und ich habe selbst schon gesehen, wie du dich über diese Rippchen hergemacht hast. Es handelt sich also um eine garantiert allergenfreie Mahlzeit. Denk nicht mal dran, mir wieder was vorzuniesen."

Donna, die eine weite Pyjamahose und ein T-Shirt mit dem Aufdruck *Ich schwöre feierlich, dass ich nichts Gutes im Schilde führe* trug, betrachtete das Essen glücklich. „Ein Punkt geht an Solo."

„Allerdings. Du weißt, was das bedeutet. Sobald du denen das Mark ausgesaugt hast, werden wir ein bisschen knutschen."

„Wie hast du das erraten?" Sie aß bereits, ein Rippchen in der einen, das Bier in der anderen Hand. Mike versuchte vergeblich, sich Angela vorzustellen, wie sie sich mit Heißhunger über Rippchen hermachte.

„Meine wichtigsten Waffen, um deine Zuneigung zu gewinnen, werden offenbar meine unglaublichen Fähigkeiten beim Küssen und mein unwiderstehlicher Körper sein. Du schuldest mir eine Chance, es wenigstens auszuprobieren."

„Wir haben schon geknutscht", erinnerte sie ihn.

„Ja, ich weiß." Sein bestes Stück hatte das auch nicht vergessen; das befand sich in halb erigiertem Zustand, seit Mike Donnas Apartment betreten hatte. Was ein wenig seltsam war, da die schiere Menge an Footballbildern hier eher stimmungstötend war.

„Pass mal auf. Wir können herumknutschen, nachdem du mir erzählt hast, welche Erfahrung deinen Glauben an die Liebe nachhaltig erschüttert hat." Sie hob die Flasche an den Mund und trank, wobei sie ihm einen ernsten Blick zuwarf.

„Alte Geschichte."

„Du erwähntest, sie sei deine Highschool-Liebe gewesen. Wenn wir uns verloben wollen, und sei es nur zum Schein, muss ich diese Geschichte kennen. Wer hat dir das Herz gebrochen, Mike Solo?"

Er nahm ein weiteres Bier aus dem Sechserpack und öffnete es. Sie hatte recht. Es sollte keine Geheimnisse zwischen ihnen geben. Und warum sollte er die Geschichte zwischen ihm und Angela überhaupt für sich behalten? „Zunächst einmal hast du recht, sie hat mir das Herz gebrochen. Aber nur, weil ich zu idealistisch war. Ich weiß, dass du es wissen willst, deshalb werde ich es dir jetzt und hier sagen. Ich liebe sie nicht mehr. Punkt. Sie hat mir jede Illusion, was Frauen angeht, geraubt, denn ich habe immer angenommen, Frauen seien Göttinnen hier auf Erden."

Donna aß einen großen Bissen saftiges Fleisch. „Nur einige von uns, Solo. Nur einige von uns."

Er ignorierte das. „Ihr Name war Angela DiMatteo, und ich verliebte mich in der zweiten Klasse in sie. Sie war vollkommen. Ihr Haarband löste sich nie, und ihre Kniestrümpfe rutschten nie. Das weiß ich, weil ich meinen linken Hoden dafür gegeben hätte, ihre Beine zu sehen."

„Du kanntest sie schon in der Schule?"

„St. Paul's School für katholische Jungen und Mädchen. Sie war mit ihrer Familie aus Italien nach Chicago gezogen. Ich verbrachte einen Monat damit, zu üben, wie man ‚Willst du meine Freundin sein?' auf Italienisch schreibt."

„Hat sie Ja gesagt?"

„Irgendwann, ja. Die ganze Grundschule hindurch und noch zu Beginn der Highschool hat sie mich allerdings zappeln lassen."

„Und dann?"

„Verlobten wir uns, und ich ging auf die Navy-Akademie. Wir sahen uns nur noch, wenn ich freihatte. Wir machten Ausflüge und aßen mit ihrer Familie zu Abend. Ihre Großmutter sah mich immer finster an und murmelte Flüche auf Italienisch. Mir war das egal. Ich sah während des ganzen Essens nur Angela an. Ich dachte, meine Zukunft sei geregelt. Ein Leben mit meinem ganz persönlichen Engel. Aber dann wurde mein Bruder krank, ich spendete ihm eine Niere, und das war's. Sie erklärte mir, ihre Familie könne meine Entscheidung nicht akzeptieren, und sie würde sich nicht mit ihrer Familie anlegen."

Donna hatte Bier und Rippchen sinken lassen und sah ihn fassungslos an. „Die Familie hat deine Entscheidung nicht akzeptiert? Ich verstehe nicht ganz."

Mikes Brust fühlte sich an wie zusammengeschnürt. Er war nicht daran gewöhnt, über diese Dinge zu sprechen. Er zwang sich, tief einzuatmen. Wenn Donna ihn heiraten würde, verdiente sie es auch, alles zu erfahren. „Nun, es war wegen meinem Bruder. Ihre Familie ist extrem traditionell. Meine Familie ist ebenfalls sehr konservativ, aber gegen die DiMatteos wirken meine Leute wie Hippies."

„Okay, ihr stammt also beide aus konservativen Familien." Sie zog ein Bein unter sich und neigte sich in Mikes Richtung. „Sind sie gegen lebensrettende medizinische Eingriffe?"

„Nein, das ist es nicht." Wow, er konnte kaum glauben, wie nervös er war. Dieses Gespräch brachte Erinnerungen zurück an den Moment, als er Angela davon erzählt hatte und daran, wie ihre Miene gefroren war. „Wie schon gesagt, es war wegen meinem Bruder."

„Mensch, Solo, was stimmt denn nicht mit deinem Bruder? Meine Fantasie läuft gerade heiß. Sitzt er im Gefängnis? Ist er ein Serienkiller? Ein Drogensüchtiger?"

„Um Himmels willen, nein. Joey ist Wirtschaftsprofessor an der University of Chicago, spezialisiert auf die Ökonomien der Dritten Welt. Deshalb war er auch damals in Afrika, um für seine Doktorarbeit zu recherchieren. Dort infizierte er sich mit E. coli, wurde nicht rechtzeitig und richtig behandelt, und ..." Er holte tief Luft. „Also, er ist schwul."

Ihre Miene veränderte sich nicht. „Das ist alles? Er ist schwul?"

„Die DiMatteos und meine Eltern fanden, ich sollte meine Karriere bei der Navy nicht aufgeben für einen Homosexuellen. In ihren Augen ist er ein Sünder."

Langsam schien es ihr zu dämmern, und das Entsetzen, das sich auf ihrem Gesicht abzeichnete, entsprach dem, was er damals empfunden hatte. „Wäre es denn nicht viel schlimmer, den eigenen Bruder sterben zu lassen?"

„Dachte ich auch. Aber wir reden hier über strenggläubige Katholiken, sehr konservativ. Ich weiß nicht, ob andere Katholiken diese Einstellung teilen würden, aber es war nun einmal die Einstellung meiner Familie. Und mein Vater ist sehr stur."

Schweigend zupfte sie am Etikett ihrer Bierflasche, ehe sie sie mit einem letzten langen Schluck leerte. „Das ist ... wirklich hart, Mike. Wie läuft es heute mit deiner Familie?"

„Schwierig. Mein Vater will Joey nicht sehen, und das macht mich verdammt wütend. Sobald sein Name fällt, endet es im Streit. Also sprechen wir gar nicht mehr über ihn. Es bricht mir das Herz."

Sie drückte seine Hand. „Du hast das Richtige getan. Es tut mir leid, dass du deshalb so viel verlieren musstest. Geht es Joey denn jetzt gut?"

„Es geht auf und ab." Seine Standardantwort, aber dabei beließ er es diesmal nicht. „Ich wünschte, die Niere hätte alles wieder ins Lot gebracht, aber das war nicht der Fall. Er fängt sich jeden Virus in einem Umkreis von zwanzig Meilen ein. Sobald er ins Krankenhaus muss, mache ich mir Sorgen wegen der vielen Keime dort."

Sie hob seine Hand an ihre Wange – die süßeste Geste, die er jemals gesehen hatte. Sie sagte nicht, dass alles wieder gut werden würde, auch nicht, er solle sich keine Sorgen machen. Sie zeigte ihm einfach ihr Mitgefühl und berührte ihn sanft. Eine Weile saßen sie nur da, dann lachte Donna leise.

„Wenn deine Familie dermaßen traditionell eingestellt ist, bin ich bestimmt ihr Typ. Gehören Schwule und alleinerziehende Mütter für die nicht in denselben Höllenkreis?"

„Das muss ich mit Pater Kowalski klären."

„Vielleicht ist es der lustige Kreis", überlegte sie, „wo es Bier und Barbecue gibt."

Mike spürte, wie seine Anspannung nachließ. „Ich hoffe, du lernst Joey bald kennen. Du magst ihn bestimmt."

Sie stieß ihre Flasche gegen seine. „Ich weiß zumindest schon, dass ich seine Niere mögen werde."

Er lachte. Genau die Art von Scherz, die Joey und er gern machten. Und Donnas Reaktion auf die Information über Joey war ziemlich genau das Gegenteil davon, wie Angela damals reagiert hatte. Ein merkwürdiger Gedanke schoss ihm durch den Kopf, so absurd, dass er sich schnell den Mund mit gegrilltem Fleisch füllen musste, um ihn zurückzuhalten. War es tatsächlich möglich, dass Donna die perfekte Frau für ihn war? Und dass Angela das nie gewesen war?

Ein stiller Moment auf der Couch hatte mehr dazu beigetragen, dass Donna sich in Mike verliebte, als alle Blumen dieser Welt es vermocht hätten. Nur gut, dass er keine Ahnung hatte, wie wundervoll und anziehend er war, wenn er über seinen Bruder sprach. Ihrer Ansicht nach war er ein Held, wegen der vielen Opfer, die er für Joey gebracht hatte. Nicht nur die Niere, sondern auch den Beruf, den Familienfrieden und sogar seine große Liebe.

Dieser Gedanke schmerzte allerdings. Was immer auch zwischen ihr und Mike sein mochte, es war nichts im Vergleich zu seinen jahrelangen Gefühlen für seine Exverlobte. Was bedeutete, dass er, während sie sich immer heftiger in ihn verliebte, außer Reichweite blieb.

Na klasse.

„Hast du gehört, was ich gesagt habe?" Mike stupste sie in die Seite.

„Autsch. Nein. Irgendetwas über Crush Taylor und eine Hochzeit?"

„*Unsere* Hochzeit. Er will eine richtig große Sache daraus machen. Er glaubt, das sei gut für das Image der Catfish. Du weißt schon, nach dem Motto: Junge Frau von hier schnappt sich Catfish-Superstar."

„O Mike. Willst du mir zu verstehen geben, dass ich dich für einen Catfish-Superstar verlassen soll? Etwa Trevor Stark?" Es gelang ihr, einen übertrieben hoffnungsvollen Unterton mitschwingen zu lassen.

„Haha. Nicht witzig." Er hielt ihre Handgelenke mit einer starken Hand fest. „Du gehörst nicht zu diesem Typen. Eher würde ich eine weitere Niere hergeben, als dass ich das zulassen würde."

Sein Besitzergreifen hatte eine so erregende Wirkung auf sie, dass sie für einen Moment sprachlos war.

„Überleg doch mal", fuhr er fort. „Eine große Hochzeit wäre auch gute Werbung für dich. Stell dir einen Bericht im *Kilby Press Herald* vor, mit Foto, wie wir beide Hochzeitstorten und Brautschleier testen. Und die Schlagzeile könnte lauten: ‚Mädchen aus Kilby findet ihren Bräutigam im Catfish-Stadion'. Ich wette, Harvey und Bonita werden nicht so viel Aufmerksamkeit bekommen. Möglicherweise wird der Richter von einer großen, aber schlichten Baseball-Hochzeit beeindruckt sein."

O verdammt. Alles, was Mike sagte, klang schlüssig. Bonita würde es nicht ertragen, wenn Donna es mit ihrer Hochzeit in die Zeitung schaffte. Wichtiger wäre jedoch, dass Richter Quinn Donna mit ganz anderen Augen sehen würde. Aber eine echte Hochzeit ... Plötzlich war alles viel zu real.

„Wann? Was stellt er sich denn vor?"

„Das hat er nicht gesagt. Es liegt bei uns, aber ich nehme an, er möchte, dass es möglichst bald passiert. Nach dem Wettskandal im vergangenen Jahr und der Schlägerei im Roadhouse braucht er gute Publicity."

Sie verzog das Gesicht. Diese Schlägerei würde sie vermutlich bis in alle Ewigkeit verfolgen. Sie fühlte sich verantwortlich für diese verrückte Episode, aber schuldete sie Crush deswegen gleich eine Hochzeit? „Mike, bist du dir sicher, dass du das willst? Aus einer Ehe diskret herauszukommen wird viel schwieriger sein, wenn wir eine Riesenfeier machen."

„Ich will da gar nicht mehr heraus. Du etwa?"

„Ich bin ja nicht einmal drin!"

„Laut Instagram schon. Und Twitter und Facebook. Und laut der Kassiererin bei Kroger's."

Stöhnend schlug sie die Hände vors Gesicht. „Was haben wir nur getan?"

Er streichelte ihren Rücken auf eine Weise, die ein Kribbeln auf ihrer Haut auslöste. „Denk einfach in Ruhe darüber nach. Du musst es nicht jetzt entscheiden. Wir können morgen wieder darüber sprechen."

„Ich kann nicht. Morgen habe ich Zack."

„Was für ein Verlobter wäre ich, wenn ich keine Zeit mit Zack verbringen wollte? Darum geht es doch bei dieser Verlobung. Ich muss ihn besser kennenlernen, und er mich. Das ist mir sehr wichtig."

Wie stellte Mike das nur an? Wie schaffte er das, sich in ihr Herz zu schleichen, noch dazu, ohne es krampfhaft und allzu offensichtlich zu versuchen?

Und jetzt wollte sie ihn küssen. Sie wollte ihre Lippen auf die ebenmäßigen Züge seines attraktiven Gesichts pressen und mit den Fingern durch die bis in den Nacken fallenden schwarzen Locken streichen. Ihr Gesichtsausdruck musste sie verraten haben, denn Mike rückte näher heran. Sie seufzte, bereit, sich an ihn zu schmiegen, sich ihm ganz hinzugeben. Sein herber Duft umgab sie, und all ihre Sinne schrien nach Kontakt, nach Nähe, danach, ihn Haut an Haut zu spüren. Doch ihr Verstand sandte eine andere Botschaft. *Warnung! Warnung! Gerätst du zu tief hinein, gibt es keinen Weg mehr hinaus.*

Sie rückte von Mike ab, Richtung Couchlehne. „Zeig mir mal deine Narbe. Von der Nierenoperation."

Er stutzte, seine grünen Augen wirkten tief und dunkel. „Warum?"

„Ich will sie einfach mal sehen. Interessiert mich eben." In diesem Moment hätte sie alles als Ablenkung benutzt.

Langsam schob er sein T-Shirt hoch. Donna schluckte. Gefühlt hatte sie seinen muskulösen Brustkorb schon mehrmals, nackt erblickt jedoch nicht. Mike sah fantastisch aus, seine Muskeln waren klar definiert, mächtig und beeindruckend. Er hatte den Körper eines Gladiators, eines Superhelden. Unterhalb seiner Bauchmuskeln, ein Stückchen rechts vom Nabel, zog sich eine dunklere Linie, vielleicht zwölf Zentimeter lang, über die Haut.

„Tut es weh?"

„Nein. Anfangs war es ein bisschen taub, aber jetzt ist alles wieder normal. Ehrlich gesagt ..." Er zögerte.

„Was?" Sie konnte den Blick von der Narbe nicht abwenden, die Mikes ganzes Leben verändert hatte. Sie war wie eine Trennlinie. Auf der einen Seite war das Leben, das er geplant und sich erhofft hatte. Auf der anderen war das Leben, das er jetzt führte.

„Es ist dieser eine Baseball-Aberglaube, den ich habe. Eher eine Art Ritual. Bevor ich auf den Platz gehe, lege ich jedes Mal meine Hand auf den Bauch, dahin, wo die Narbe ist. Ich kann sie durch mein Trikot und die Schutzkleidung hindurch nicht spüren, aber ich weiß, dass sie da ist, und sie ... Na ja, es löst etwas bei mir aus. Vielleicht, weil sie mich an Joey erinnert. An alles, was mir wichtig ist."

Eine Vielzahl an Emotionen stieg in Donna auf und schnürte ihr die Kehle zu. Gefühle für diesen Mann, dessen Herz niemals ihr gehören würde. Brennend heiße Gefühle, die sie zu überwältigen drohten.

„Möchtest du sie mal anfassen?", fragte er sanft.

Und was jetzt? Donna merkte, wie sie in Panik geriet. *Reiß einen Witz.* Darauf war stets Verlass. „Ich hatte gerade eine unschöne Erinnerung an Reggie Dean hinter der Turnhalle in der sechsten Klasse. Vielen Dank, Solo."

Lachend ließ er das T-Shirt wieder sinken und bedeckte diese unglaublichen Muskeln. „Muss ich Reggie verprügeln?"

„Darum habe ich mich schon selbst gekümmert. Obwohl ich klein bin, kann ich kämpfen."

Er rutschte wieder heran, und sie spürte seine verlockende Körperwärme. Vielleicht war es an der Zeit, dem Verlangen nach ihm einfach nachzugeben, damit es nicht völlig außer Kontrolle geriet.

„Fast hätte ich es vergessen", sagte er. „Hast du Samstag schon etwas vor? Ich habe Tickets für Crushs Wohltätigkeitsveranstaltung. Ich fand, das wäre eine gute Gelegenheit, um eine Erklärung abzugeben."

„Eine Erklärung?"

„Die Bekanntmachung unserer Verlobung. Mike und Donna, auch bekannt als … ‚Madonna'. Ach nee, das haut nicht hin."

Sie runzelte die Stirn. „Wie wäre es mit ‚Dike'?"

Sie lachten beide. „Ist ja noch schlimmer", sagte Mike. „Egal, wir bleiben einfach bei Mike und Donna. Donna und Mike."

Mike und Donna. Das klang wirklich nicht schlecht. Verdammt, wie sollte sie es nur schaffen, sich nicht in Schwierigkeiten zu bringen? War das überhaupt möglich, bei dieser Anziehung zwischen ihr und diesem Mann?

12. KAPITEL

Crush Taylor würde in der Welt des Baseballs immer berühmt sein für seine Fähigkeiten als Werfer. Aber in den letzten Jahren war Crush auch noch durch eine andere Fähigkeit zu Ruhm gelangt: seine legendären Partys, die er zu Hause auf der Bullpen Ranch gab. Hauptsächlich boten diese Partys die Gelegenheit, mit den Catfish zu feiern oder mit anderen Personen aus der Sportwelt. Wobei die Tür interessierten weiblichen Wesen stets offen stand. Einmal im Jahr jedoch gab er eine Party für die Gemeinde Kilby, um Geld für einen wohltätigen Zweck zu sammeln. Das Kilby Burn Center, die neue Bibliothek oder die Paralympics waren alle bereits Nutznießer gewesen.

In diesem Jahr sollten die Spenden an eine Stiftung zur Nierenerforschung gehen.

Natürlich steckte Mike dahinter, denn er hatte Crush erklärt, dass es klug wäre, dieses Jahr die Kidney Research Foundation auszuwählen. Zumindest, wenn Crush wirklich wollte, dass die Catfish-Hochzeit des Jahrzehnts stattfand.

Vielleicht hätte er sich eher für die Leberforschung entscheiden sollen, dachte Mike, als er sah, wie Crush sich an der Bar neben dem massiven Steinkamin einen ordentlichen Bourbon einschenkte. Eine frühe Hitzewelle hatte die Gäste gezwungen, nach drinnen zu gehen, sodass jeder die Gelegenheit bekam, die spektakuläre Einrichtung des Ranchhauses zu bestaunen. Hohe Decken mit Stahlträgern neigten sich hinunter zu Glasfronten, die einen Ausblick auf die frühlingsgrünen Weiden boten. Die Sitzmöbel waren allesamt groß und mit Wildleder, Kuhfell oder beige-grauer Knötchenwolle bezogen. In jedem Raum gab es eine Bar, und überall standen Aschenbecher herum. Die Bullpen Ranch war definitiv eine Männerwelt.

Vor allem aber war sie Crushs Welt, den aufgereihten Trophäen nach zu urteilen, und den Fotos des ehemaligen Pitchers, auf denen er mit Leuten wie Catfish Hunter, Nolan Ryan und Dwight Gooden zu sehen war. Ganz zu schweigen von den vielen Frauen, mit denen er im Lauf der Jahre zusammen oder verheiratet gewesen war.

Es schien, als seien sämtliche Einwohner Kilbys zu dieser Veranstaltung gekommen, zu der eine Cash-Bar gehörte, an der man jedes Getränk für den wohltätigen Zweck bezahlte, ein Dinner, eine verdeckte Auktion und eine Country-Swingband namens Kissing Cowboys. Alle Catfish-Spieler waren in ihrem besten Outfit erschienen, das von Yaz' violettem Lederschlips bis zu Liebermans schwarzem Jackett reichte.

„Hast du das Teil zu deiner Bar-Mizwa getragen?", ärgerte Mike ihn. Dabei musste er gerade spotten, trug er selbst doch den gleichen Blazer, den er bei seinem Highschool-Abschluss getragen hatte. Der spannte inzwischen arg an den Schultern und reichte nicht mehr bis zu den Handgelenken. Seit er die Navy verlassen hatte, gab es nur noch selten Anlass für formelle Kleidung.

„Ich finde, der Anzug steht dir gut", sagte Donna zu Lieberman, der prompt dunkelrot anlief. „Du siehst aus wie der junge Cary Grant."

Ein Miniatur-Cary-Grant vielleicht, dachte Mike mit einem Anflug von Eifersucht. Donna sah unglaublich aus. Er konnte nicht aufhören, sie immer wieder anzusehen. Sie hatte die Haare zu einem wuscheligen Arrangement hochgebunden und trug ein schulterfreies schwarzes Kleid, das ihre Haut wie Perlen und ihre Augen wie Gold schimmern ließ.

Ursprünglich hatte sie das schreckliche unförmige dunkelblaue Kostüm anziehen wollen, doch er hatte sie daran erinnert, dass die Dinge jetzt anders lagen. Sie waren ein verlobtes Paar, das einen bestimmten Eindruck auf die einflussreichen Leute Kilbys machen wollte. Donna war für diesen Anlass perfekt gekleidet, nur hatte Mike nun das Problem, dass er sie dauernd anfassen musste. Seit sie hereingekommen waren, hatte er noch kein einziges Mal ihre Hand losgelassen, nur einmal, und da auch nur, um stattdessen ihren Ellbogen festzuhalten oder um ihr die Hand auf den Rücken zu legen, wo er die Bewegung jedes Muskels spüren konnte. Die schmale Taille lockte ihn zu weiteren Erkundungen, aber dieses Verlangen musste er unterdrücken. Irgendetwas beschäftigte sie; in den vergangenen Wochen hatte er sie gut genug kennengelernt, um diesen Gesichtsausdruck deuten zu können.

Er musste irgendwo allein mit ihr sprechen, um herauszufinden, was los war. Vielleicht, wenn sie sich hier irgendwo in einem Vorratsschrank verstecken könnten …

Er probierte es gerade mit der nächstgelegenen geschlossenen Tür, als ein großes Paar auf ihn und Donna zukam. Die Frau war ihm nur zu gut bekannt. Als Mike sie zuletzt gesehen hatte, hatte sie eine Kamera auf ihn und Donna gerichtet. Bonita trug ein elegantes weißes Schlauchkleid, dazu extrem hohe Stilettos. Der große Mann mit dem verschlafenen Blick in ihrer Begleitung musste Harvey sein. Seine Wildlederfransenjacke sah noch unbequemer aus als Mikes Jackett. Bonita musterte Mike und Donna scharf.

„Verlobt?", meinte sie zweifelnd. „Du erwartest, dass irgendwer das glaubt?"

Donna hob unvermittelt die linke Hand und schien eine obszöne Geste machen zu wollen. Doch stattdessen hob sie den Ringfinger, an dem sie einen funkelnden Zirkonring trug, den sie und Mike gemeinsam ausgesucht hatten. Nichts Teures, denn das hatte sie nicht gewollt.

„Tja, sehen ist glauben", meinte sie in süßlichem Ton.

„Das heißt gar nichts. Richter Quinn wird dem ganz sicher keine Bedeutung beimessen, bevor ihr nicht die Heiratsurkunde unterschrieben habt. Bis dahin wisst ihr hoffentlich, dass alle bloß über euch lachen."

Als Mike Donnas Miene bemerkte – als hätte man vor ihren Augen ihren Lieblingsgoldfisch verschluckt –, griff er entschlossen ein. Diese andere Frau hatte es nicht verdient, das Sorgerecht für Zack zu bekommen. Und sie konnte Donna nicht im Traum das Wasser reichen. „Wir werden dir ein Fax schicken, sobald es offiziell ist", erklärte er. „Wir würden euch ja zur Hochzeit einladen, aber ich fürchte, es gibt nicht genug Platz. Zu viele Major-League-Spieler kommen, ganz zu schweigen von Mitgliedern von Stings Band. Natürlich halten wir einen Platz frei für Sting persönlich, vorsichtshalber."

Bonitas selbstgefälliges Grinsen fiel in sich zusammen. Am liebsten hätte Mike einen kleinen Siegestanz aufgeführt, doch Donnas Fingernägel gruben sich in seine Handflächen. Hoppla? Hatte er etwas falsch gemacht?

„Würdet ihr uns bitte entschuldigen?" Donna zog ihn weg von Bonita und Harvey, der einen sehnsüchtigen Blick zur Bar warf. Mike konnte es ihm nicht verdenken.

Er folgte Donna, die genau zu wissen schien, wohin sie ging. Er erinnerte sich daran, dass sie im vergangenen Jahr auf Crushs All-Star-Party zusammen hier gewesen waren, obwohl die Ereignisse jenes Abends ihm nur verschwommen im Gedächtnis geblieben waren. Nachdem sie die Küche durchquert hatten, wo der Partyservice alle Hände voll damit zu tun hatte, Tabletts mit kleinen, von Speck umwickelten Jakobsmuscheln zu befüllen, stieß sie die Tür zu einer Vorratskammer auf und zerrte ihn mit hinein.

Mike schaute sich um und entdeckte schwach beleuchtete Regale mit Spirituosen, Olivendosen und Nussmischungen in Dosen. Offensichtlich lebte Crush nach der Bar-Snack-Diät.

„Hast du Hunger? Du hättest es mir sagen sollen, dann hätte ich dir einen Teller zurechtgemacht", sagte Mike.

Donna verschränkte die Arme vor der Brust und setzte ein entschlossenes Gesicht auf. Ihr übliches Grübchen erschien nicht. Ihre Haut schimmerte im gedämpften Licht auf eine Weise, die in Mike das Verlangen weckte, an ihrer Wange zu lecken. „Diesmal kommst du mir nicht mit irgendwelchen Scherzen davon. Was sollte das, dir Details über eine Hochzeit auszudenken, die wahrscheinlich nie stattfinden wird? Ich meine, *Sting*?"

„Ich habe gesagt ‚vorsichtshalber'. Ehrlich, man weiß doch nie."

„Du bist kein bisschen ehrlich. Du willst es ehrlich? Wir werden nie heiraten."

Er erstarrte und bemerkte erst jetzt, dass sie wirklich wütend war. „Wie meinst du das?"

„Ich habe unser letztes Gespräch wieder und wieder rekapituliert. Ich habe über alles nachgedacht, was du mir über Angela erzählt hast, über deinen Bruder und deine Familie."

„Und?"

„Du liebst Angela immer noch. Wie kann ich jemanden heiraten, der eine andere liebt?"

Er betrachtete ihre störrische Miene, ihre heruntergezogenen Mundwinkel, die ganz leicht zitterten.

„Ist es das, was dich in den letzten Tagen beschäftigt hat?"

Sie reckte ihr Kinn nach vorn. „Was heißt denn schon ‚beschäftigt'? Es ist eine Information, die ich in meine Überlegungen einbeziehen muss."

Er schlang die Arme um sie und zog sie fest an sich. „Du hast die falschen Informationen. Ich liebe Angela nicht. Wie könnte ich, nachdem ich erlebt habe, wie sie wirklich ist?" Donnas Haare dufteten schwach, aber betörend nach wilden Frühlingsblumen. Ihre vollen Brüste wurden gegen seinen Oberkörper gedrückt. „Ich habe eine Illusion geliebt, eine Vorstellung von Angela, einem reinen, sanften und vollkommenen Menschen. Ich war dieser rebellische Junge, und sie wirkte dagegen wie ein Madonnengemälde. Mir war nie klar, was eigentlich in ihrem Kopf vorgeht. Sie war still und unnahbar. Als sie unsere Verlobung löste, war es auch vorbei mit diesen Illusionen. Ich liebe sie nicht mehr, das schwöre ich."

Sie hob den Kopf und schmiegte sich an ihn. „Ich bin nicht wie sie. Ganz und gar nicht."

„Und? Du bist du. Unsere Beziehung ist nicht wie die zwischen mir und Angela. Sie ist realer."

„Realer? Wie kannst du das sagen? Schließlich tun wir bloß so, als seien wir verlobt!"

Er umfasste ihr Gesicht mit beiden Händen. „Ich spiele nichts. Ich habe die Absicht, dich zu heiraten."

Sie biss sich auf die Unterlippe, und zwischen ihren Augenbrauen bildete sich eine Falte. „Ich verstehe dich nicht. Willst du behaupten, unsere Beziehung ist anders als die zwischen dir und Angela, weil du dich bei mir keinen Illusionen hingibst, demnach also auch nicht desillusioniert werden kannst?"

Er musste lachen, und zwar so laut, dass Donna alarmiert aussah und ihm die Hand vor den Mund hielt. Sofort nutzte er diese Gelegenheit, sanft hineinzubeißen.

Ihre Augen verdunkelten sich. Ihm fiel ein, dass sie sich wieder einmal in einem winzigen engen Raum befanden. „Siehst du, genau das mag ich an dir, Donna. Du bringst mich immer zum Lachen, und du sagst Dinge, die sonst niemand sagen würde. Unsere Beziehung ist anders, weil ich kein naiver Junge mehr bin. Ich bin jetzt ein erwachsener Mann."

Er schob seinen Oberschenkel zwischen ihre Beine, damit sie seine Erektion spüren konnte. Er war steinhart und fürchtete schon, es würde die zu enge Hose sprengen.

„Das beweist noch gar nichts", flüsterte sie grimmig. „Ich wette, du hast damals auch dauernd einen Ständer gehabt."

Erneut musste er lachen, obwohl sein Penis durch den Kontakt mit ihr beinah schmerzhaft pulsierte. „Siehst du? Du kennst mich so gut."

„Wie soll ich sicher sein, dass du dich nicht immer noch nach ihr verzehrst?"

„Hm. Na ja, du könntest mir die Chance geben, es dir zu beweisen, indem ich deine Halsbeuge küssen darf, hier und jetzt." Im nächsten Moment befand sein Gesicht sich an genau dieser Stelle. Er strich mit der Zunge über die zarte Haut, und Donna erschauerte.

„Das beweist nichts ...", brachte sie schwach hervor.

„Na schön. Gut. Und wie ist das?" Er sank vor ihr auf die Knie, fasste sie an den Hüften und drückte sie an sich. Er vergrub das Gesicht zwischen ihren Oberschenkeln und atmete durch den dünnen Stoff ihren Duft ein. „Handeln ist ohnehin besser als reden." Er schob das Kleid hoch.

„Solo, du bist verrückt." Ihre Stimme bebte vor Lachen. Von Protest keine Spur. Er grinste, verblüfft darüber, dass er sich mit dieser Frau, die wie ein Komet in sein Leben gestürzt war, so wohlfühlte.

„Verrückt nach dir, Süße. Ich konnte an nichts anderes denken als an das hier, seit ich dich in diesem schrecklichen blauen Kostüm gesehen habe."

„Ich hatte ja keine Ahnung, dass es dermaßen scharf ist."

„Du bist scharf. Schau den Tatsachen ins Auge. Du machst mich wild, Donna." Er strich mit der Zunge an der Innenseite ihres Beines hinauf, bis er ihren Seidenslip erreichte. Dort inhalierte er förmlich ihren Duft und spürte die Donna, die keiner kannte, die niemand zu Gesicht bekommen würde. Die verletzliche, empfindsame Donna.

Sie hielt die Luft an und spreizte die Schenkel ein wenig mehr. Mike wäre fast schon zum Höhepunkt gelangt. Ihre Bereitschaft, sich bei ihm fallen zu lassen, ließ ihn ganz schwindelig werden. Ihm wurde klar, dass sie sich nie zurückhalten würde, niemals künstliche Barrieren zwischen ihnen errichten würde. Sie würde ihn nie behandeln, als sei er nicht einmal gut genug, ihr die Schuhe zu küssen.

„Ich will dich, Donna MacIntyre. Mehr, als du glaubst." Er glitt mit einem Finger unter den Bund ihres Höschens und fand ihren feuchten intimsten Punkt. „Ich würde es dir hier mit meiner Hand besorgen, wenn da draußen nicht ganz Kilby versammelt wäre."

Ein Schauer durchrann sie. Sie grub die Finger in seine Haare. „Vielleicht ist das nicht …"

„Hast du etwa Angst? Wir sind verlobt, schon vergessen? Niemand kann es uns verübeln, wenn es vor der Hochzeit mal ein wenig mit uns durchgeht." Er zog an ihrem Slip. „Wenn du nicht schreist, dürfte es kein Problem sein."

„Rede nur … nicht mehr … über die Hochzeit", erwiderte sie leise stöhnend.

„Nein, tue ich nicht. Hochzeit ..." Er ließ die Zungenspitze über die seidigen Locken zwischen ihren Beinen streichen. „Hochzeit ..." Sanft umspielte er ihren Kitzler. „Hochzeit ..." Er drang mit dem Zeigefinger in sie ein. „Hochzeit ..." Sein warmer Atem glitt über ihren intimsten Punkt, während er redete.

Donna sog scharf die Luft ein und gab unverständliche Laute von sich.

Daher redete er weiter. „Nächstes Mal spreize ich deine Beine auf meinem Schoß, Babe. Ich werde dich über die Knie legen und mir deinen süßen Po mal genauer anschauen. Dann wirst du auf allen vieren vor mir sein, und ich werde dich vögeln, bis du deinen eigenen Namen nicht mehr aussprechen kannst. Du wirst mich reiten, bis ich nicht mehr kann. Bis wir beide nicht mehr können vor Erschöpfung und kein Wort mehr herausbringen, weil wir uns vor Lust heiser geschrien haben." Auf diese Weise sprach er weiter mit ihr, und die derben Worte erregten ihn. Er legte die Hand an seine Erektion, die hart war wie ein Laternenmast. Beim ersten Erzittern ihres Körpers umfasste er ihren Po und hielt sie fest, das Gesicht zwischen ihren Beinen, die Zunge an ihrer Klitoris, während ein Beben sie erschütterte. Wärme flutete seinen Mund, und er empfand ihren Orgasmus wie ein Geschenk.

Dort unten, zwischen ihren Oberschenkeln, vernahm er ihre erstickten Lustschreie nur vage. Offenbar versuchte sie mühsam, ihre Ekstase im Zaum zu halten. Was hätte er nicht alles getan, um jetzt ein richtiges Bett zu haben und mit ihr schlafen zu können, sie mit seinen Händen, seinem Mund, seinem Schwanz zu nehmen.

Aber da war noch sein Eid. Das hier war Neuland für ihn. Setzte die Tatsache, dass er Donna heiraten wollte, dieses Gelübde außer Kraft?

Als er sich schließlich von ihr löste, war sie völlig geschafft und schlapp, während auf ihn das genaue Gegenteil zutraf. Er richtete sich auf, und dabei streifte seine Härte ihren sexy Körper. Sie griff nach seinem Hemd und schaute ihm tief in die Augen.

Ihre waren wie geschmolzenes Gold. Sie wirkte zufrieden und angespannt zugleich.

„Ich will dich in mir spüren", flüsterte sie. „Es wäre besser, du würdest deinen Eid noch mal überdenken."

Unsicher lachte er. „Ich dachte gerade das Gleiche. Wenn wir so weitermachen, könnte es noch passieren, dass ich explodiere." Ihm fiel wieder ein, was Pater Kowalski gesagt hatte. „Möglicherweise gibt es ein Schlupfloch. Mein Priester meinte, sollte ich mich zur Ehe entschließen, sei das etwas anderes. Und ich habe mich entschieden. Also, wenn du bereit bist zu heiraten, dann ist der Eid Geschichte."

Sie gab ihm einen Stoß, sodass Mike gegen die Tür der Kammer stolperte. „Willst du mich etwa mit Sex in die Ehe locken?"

„Funktioniert es?"

„Nein!" Sie schloss die Hand um seine Erektion, und er stöhnte. „Na gut, Mike Solo. Erklär mir, weshalb wir heiraten sollten. Von Zack mal abgesehen. Wieso glaubst du das?"

Er schloss die Augen und fühlte ihre Finger, die durch den Hosenstoff hindurch an seinem Schaft entlangglitten. Das war die reinste Folter. „Du wirst mich für verrückt halten."

„Das dürfte kein Problem darstellen, denn das tue ich bereits." Sie drückte sanft seine Spitze, die als Reaktion begeistert anschwoll.

„Intuition."

„Wie bitte?"

Er nahm ihr Erstaunen wegen der Begierde, die sie in ihm entfachte, nur wie durch einen Nebel wahr. „Mein Bauchgefühl sagt es mir. Die Idee kam mir hinter der Home Plate, wo ich immer die besten Einfälle habe. Dort muss ich einen klaren Kopf haben und vollkommen konzentriert sein. Ich vermute, es ist so eine Linke-Hirnhälfte-rechte-Hirnhälfte-Sache. Ich bin so mit den Bällen und Würfen beschäftigt, dass mein Gehirn die Chance zu genialen Ideen hat."

„Du hast dir während eines Baseballspiels überlegt, dass wir heiraten sollten?"

„Ja", bestätigte er, und mehr sagte er nicht, da die Kommunikation an einem Punkt angelangt war, an dem sie keinen Sinn mehr ergab.

Ausgerechnet in diesem Moment ließ Lärm draußen sie zusammenzucken. Donna zog die Hand zurück und strich ihr Kleid glatt. Mike hob den Finger an die Lippen, damit sie still war, und lehnte sich mit der Schulter gegen die Tür, damit sie von außen nicht geöffnet werden konnte.

Jemand rüttelte am Türknopf. Ein Mann fluchte. „Ich dachte, ich hätte das reparieren lassen." Crush Taylor. Donnas Augen weiteten sich vor Schreck.

„Ich gehe ganz bestimmt nicht mit dir in eine dunkle Kammer, Crush", war jetzt eine frostige weibliche Stimme zu hören. Bürgermeisterin Wendy Trent. Ehemalige Miss Texas, erster weiblicher Bürgermeister von Kilby und angeblich Eiskönigin. Donna starrte Mike entsetzt an. „Ich wollte dich lediglich über einige Dinge in Kenntnis setzen, die ich gerade erfahren habe."

„Ach ja?" Crush klang eher skeptisch als enttäuscht. „Deine Frisur sagt aber etwas anderes."

„Meine Frisur?"

„Das viele Haarspray bedeutet normalerweise: *Rühr mich an, und du bist tot.* Doch diesmal lautet die Botschaft: *Komm und nimm mich, Cowboy.*"

Donna hielt sich den Mund zu und wurde rot, weil es so schwer war, ein Lachen zu unterdrücken.

„Wieso besorgst du dir nicht noch einen Bourbon, und dann reden wir über deine Haar-Halluzinationen", konterte die Bürgermeisterin schnippisch.

Mike warf Donna einen warnenden Blick zu, weil ihr ein Kichern entschlüpfte, das sie sofort wieder erstickte.

Die Bürgermeisterin fuhr fort: „Du weißt wahrscheinlich, dass die Wades die Friars darüber in Kenntnis gesetzt haben, dass sie die Catfish kaufen wollen."

„Die Wades können mich mal kreuzweise."

„Nun ja, sie sammeln Material, um dich aus der Liga zu verbannen. Einige deiner eigenen Spieler haben sich auf deren Seite geschlagen."

Es folgte Schweigen. Mike wurde vollkommen still. Von Spielern, die sich gegen den Teambesitzer stellten, war ihm noch nichts zu Ohren gekommen. Als Crush draußen weitersprach, klang er nicht mehr so amüsiert. „Wer?"

„Tatsächlich ist es nur ein aufmerksamkeitshungriger Spieler. Und nein, ich kann dir nicht verraten, wer es ist. Genau genommen sollte ich dir nicht einmal das erzählen. Aber du weißt ja, wie ich über die Wades denke. Angesichts des Wettskandals im letzten Jahr müssten sie eigentlich aus dem Rennen sein. Leider wurden alle Anklagepunkte fallen gelassen, weshalb sie keinen Einfluss auf die Entscheidung haben. Dean Wade plant, für das Amt des Bürgermeisters zu kandidieren. Das Team zu besitzen, könnte da ein gewaltiges Plus für ihn sein."

„Die können mich nicht zwingen, mein Baseballteam zu verkaufen", erwiderte Crush wütend.

„Und ob sie können", widersprach Wendy Trent. „Das weißt du auch. Hör zu, ich will dir helfen. Dies ist deine allerletzte Warnung, Taylor. Lass dir lieber etwas einfallen, und zwar möglichst schnell."

Jemand rief Crushs Namen, und nach einigem Kleiderraschen und Füßescharren entfernten sich die beiden.

„Ich habe kein gutes Gefühl bei der ganzen Sache", flüsterte Mike. „Ich wette, es handelt sich um Yazmer." Hinter seinen Schläfen machte sich ein dumpfer Kopfschmerz bemerkbar, einem Kater ähnlich, nur in diesem Fall hervorgerufen durch Besorgnis und enorme sexuelle Frustration.

„Bäh!", sagte Donna. „Wenn die Wades das Team kaufen, was wird dann aus dir?"

Er zuckte mit den Schultern. „Da ändert sich nicht viel. Ich habe meinen Vertrag mit den Friars gemacht. Ich bin besorgter, was Kilby angeht. Und dich. Wenn die Wades die Catfish kaufen und Dean Wade zum Bürgermeister gewählt wird, zu wem macht das dann Bonita? Zur Nichte dritten Grades des Bürgermeisters oder so was?"

„Die könnten sie ebenso gut zur Königin von Kilby krönen", sagte Donna empört. „Und ihr dann gleich Zack übergeben." Sie lief in kleinen Kreisen hin und her, und ihre zornige Energie erhellte den winzigen Raum wie ein Glühwürmchen. „Okay, Solo, das war's. Lass uns heiraten. Und zwar groß. Auf texanische Art."

13. KAPITEL

Donna stellte eine Bedingung für ihre Verlobung. Sie bat Mike, damit aufzuhören, ihre Gefühle für ihn wecken zu wollen. Er sollte das Ganze als eine rein praktische, vernünftige Entscheidung betrachten. Mikes Motive für den Heiratsantrag verstand sie nach wie vor nicht ganz. Steckte wirklich nur sein Instinkt dahinter? Sein Bauchgefühl, wie er das nannte? Doch die Vorteile von Crushs Plan verdrängten all ihre Zweifel.

Am Ende wird alles gut sein, sagte Donna sich immer wieder. Schließlich hatten sie und Mike Spaß miteinander, und sie begehrten einander. Er war ein absolut verlässlicher Mann und vollkommen vertrauenswürdig. Er war aufrichtig. Und er hatte nicht versucht, sie davon zu überzeugen, dass er verrückt vor Liebe zu ihr war.

Was Donna wurmte. In den vergangenen Wochen, in den rastlosen Stunden, bevor sie endlich einschlafen konnte, hatte sie sich detaillierte Szenarien ausgemalt, in denen Mike ihr seine Liebe gestand. *Liebe.* In diesen Szenarien ging es nicht um Heiratsanträge oder Verführung, sondern um Liebe. Jene wilde, leidenschaftliche Liebe, für die man alles andere in den Wind schlägt.

Das war es, was sie von Mike wollte.

In der Zwischenzeit musste sie sich Gedanken um Zack machen, um die Wades, die Catfish und Crush Taylor. Und dann war da noch Burwell Brown, der Reporter des *Kilby Press Herald*, dem sie von der Catfish-Hochzeit des Jahrzehnts erzählen musste.

Burwell sah nicht gerade glücklich darüber aus, dass er sie im You Bet I Do interviewen musste, der beliebtesten Hochzeitsboutique der Stadt – höchstwahrscheinlich deshalb, weil er normalerweise über Politik, regional sowie überregional, und andere wichtige Angelegenheiten berichtete. Kaskaden von Spitze und Tüll umgaben sie, als befänden sie sich im Innern eines Windbeutels. Schaufensterpuppen lächelten ausdruckslos in verschiedene Richtungen. Der Reporter folgte Donna mit saurer Miene, während sie die Auswahl an Brautschleiern unter die Lupe nahm.

„Ich mochte Ihren Artikel über die Auswirkungen der Globalisierung auf die texanische Wirtschaft", bemerkte sie mit unschuldigem Augenaufschlag und setzte sich ein schaumig aussehendes elfenbeinfarbenes Ding mit Diadem aus Rosenknospen auf den Kopf. „Wichtiger ist jedoch die Frage, welchen Schleier ich Ihrer Ansicht nach wählen sollte."

Er nahm seine Drahtgestellbrille ab und rieb sich den Nasenrücken. „Ja, ja, machen Sie nur so weiter. Sie und Mike Solo. Anscheinend interessiert das tatsächlich ein paar Leute."

„Tut mir aufrichtig leid, dass Sie zu diesem Artikel verdonnert worden sind." Sie lachte über seine resignierte Miene. „Wie kann ich es angenehmer für Sie gestalten? Was brauchen Sie von mir?"

„Ein Betäubungsmittel für Pferde?"

„Sehr witzig. Ich weiß, was Sie brauchen. Den richtigen Aufhänger. Wie wäre es damit: ‚Erst Hart, dann Solo – Baseballspieler verlieren ihr Herz an Mädchen aus Kilby'?"

„Nein", lehnte Burwell prompt ab.

„Okay. Wollen Sie hören, wie er mir den Antrag gemacht hat? Kniend und mit einem Strauß frisch gepflückter Blumen?" Wahrscheinlich gekauft bei Kroger, aber das musste sie ja nicht erwähnen.

„Sicher, erzählen Sie weiter." Müde seufzend schaltete Burwell Brown sein kleines Aufnahmegerät ein. Donna zwinkerte der bereitstehenden Verkäuferin zu, Amy, die auf der Highschool zwei Klassen unter ihr gewesen war. Dies war genau der richtige Moment, falls es je einen gegeben hatte, um ihrer Fantasie freien Lauf zu lassen. Sie mussten jeden davon überzeugen, dass die Verlobung echt war, auf echten Gefühlen basierend. Verkauf es, Mädchen, spornte sie sich im Stillen an.

„Nun, es war eine jener stürmischen Nächte, die wir vor einigen Wochen miteinander verbrachten. Ich lag zu Hause im Bett, halb schon im Schlaf und von Mike träumend. Ich war seit Monaten heimlich in ihn verliebt, aber ich dachte, es würde keine Zukunft für uns geben. Er ist schließlich ein Baseballspieler und ich bloß ein ganz gewöhnliches Mädchen aus Kilby. Wir befinden uns ja nicht in einer romantischen Komödie, sondern im wahren Leben. Haben Sie jemals diesen Satz gehört: ‚Wenn du es baust, wird er kommen'? Ich glaube, er ist aus einem Baseballfilm."

„‚Field of Dreams' – ‚Feld der Träume'."

„Ja, genau. Ich träumte also von Mike, wie es wäre, wenn er vor mir knien und mir seine unsterbliche Liebe gestehen würde. Und dann klopfte es plötzlich an meiner Tür. Seltsamerweise wusste ich gleich, dass er es ist. Das Schicksal geht geheimnisvolle Wege." Sie unterbrach ihre Geschichte. „Nehmen Sie das als Zitat mit rein, Burwell. Die Leute werden es lieben."

„Möchten Sie den Artikel vielleicht gern selbst schreiben? Oder soll ich am besten gleich in die Buchhandlungen gehen, in die Abteilung für Liebesromane?"

„Hey, ich versuche nur, behilflich zu sein und eine gute Geschichte zu liefern."

„Schön, schön." Trotz seines mürrischen Gebrumms merkte sie, dass er tatsächlich gefesselt war. Wen begeisterte eine gute Liebesgeschichte nicht?

„Ich riss also die Tür auf", fuhr sie fort, da es nicht genügte, die Tür einfach nur zu öffnen, „und tatsächlich, da stand er, ganz durchnässt vom Regen. Sein dünnes Hemd klebte an seinem muskulösen Oberkörper, und sein attraktives Gesicht drückte nichts als verzweifelte Liebe aus." Amy gab einen verträumten Seufzer von sich, während Burwell die Augen verdrehte. „Er hielt mir einen Strauß Flieder hin, die armen Blumen waren auch völlig nass vom Regen. Dann sank er vor mir auf die Knie. ‚Ich muss dich haben', verkündete er." Hoppla, da schlich sich tatsächlich ein wenig schottischer Akzent aus ihren Liebesromanen in ihre Stimme. Schnell erzählte sie weiter, bevor Burwell misstrauisch werden konnte. „‚Du verfolgst mich in meinen Träumen, seit ich dein wunderschönes Gesicht zum ersten Mal in der dritten Reihe der Tribüne an der First-Base-Linie gesehen habe.'" Das streute sie ein, weil es besser klang als eine erste Begegnung im Kilby Roadhouse. „Donna, ich flehe dich an. Erbarme dich meiner. Heirate mich jetzt, sonst habe ich keinen Grund mehr weiterzumachen.'"

„Ernsthaft?" Burwell sah sie über den Rand seiner Brille an. „Eine Berufung in die Major League würde da nicht reichen?"

„Was ist Baseball denn, verglichen mit wahrer Liebe? Zitieren Sie das auch. Die Frauen werden begeistert sein."

„Sind wir dann fertig hier?"

„Lassen Sie mich nur noch hinzufügen, dass es einige Zeit brauchte, um mich zu überzeugen. Mein Herz wollte gleich Ja sagen, aber ich wollte ganz sicher sein, dass es auch die richtige Entscheidung ist. Für meinen Sohn."

An diesem Punkt schaute Burwell unvermittelt auf. „Sagten Sie gerade ‚Sohn'?"

Donna bemerkte, dass Amy ebenfalls aufhorchte und sich kein Wort entgehen ließ. Die Zeit der Geheimniskrämerei war endgültig vorüber.

„Ja, ich habe einen vierjährigen Sohn. Jede Entscheidung, die ich treffe, beruht auf der Überlegung, was das Beste für ihn ist." Dies war in ihren Augen der wichtigste Teil. Sie musste Mike als den besten möglichen Stiefvater dastehen lassen, den ein Kind je haben konnte. „Mike Solo ist ein absoluter Familienmensch, und für seine Familie würde er alles tun. Als ich erfuhr, dass er seinem Bruder eine Niere gespendet hat, wusste ich, mein Sohn würde in guten Händen sein. Da gab ich dem Sehnen meines Herzens nach und nahm seinen Heiratsantrag an."

„Niere?" Plötzlich schien Burwell viel interessierter an dem Artikel zu sein. „Können Sie uns darüber mehr erzählen?"

Oh, Mist. Wusste eigentlich überhaupt jemand von der Nierenspende? Mike hatte nicht gesagt, dass es ein Geheimnis war, andererseits hatte sie auch nie jemanden darüber sprechen gehört. „Äh, können wir das weglassen? Ich bin mir nicht sicher, ob das allgemein bekannt ist. Und viel mehr weiß ich auch wirklich nicht darüber."

„Ach, ich werde es mit Solo absprechen, bevor ich es drucken lasse." Burwell sah so zufrieden aus, als hätte er einen dicken Windbeutel verschlungen.

Mit einem mulmigen Gefühl beendete Donna das Interview, wobei sie so viel ausschmückte, wie sie sich traute. Inzwischen fluchte sie auf ihre viel zu lebhafte Fantasie und ihre Unfähigkeit, nachzudenken, bevor sie losplapperte. Was, wenn sie jetzt etwas ausgeplaudert hatte, das Mike die Welt noch gar nicht wissen lassen wollte? Sobald sie die Boutique verlassen hatte, rief sie ihn an.

„Kurze Frage. Wissen die Leute das mit deiner Niere?"

„Welche Leute?"

„Na ja, die Leute halt. In Kilby. Leute, die den *Kilby Press Herald* lesen."

Mikes ausdrucksstarke Schimpfwörter waren Antwort genug. Sie stöhnte. „Es tut mir leid, Mike. Wenn Burwell Brown dich anruft, kannst du ihm ja sagen, es sei alles ein Missverständnis gewesen. Dass ich irgendetwas falsch verstanden hätte oder unter Wahnvorstellungen leide, betrunken war oder sonst was."

„Du weißt genau, dass ich das nicht tun kann. Das würde den ganzen Zweck des Interviews komplett unterlaufen. Lass mich mal überlegen. Und halt einfach für eine Sekunde den Mund."

Benommen ging sie weiter auf ihren Kia zu und registrierte weder die am Strommast arbeitenden Techniker noch die neuen Blüten der Jacaranda-Bäume. Wenn sie jetzt alles für Mike ruiniert hatte, würde sie sich das nie verzeihen. Er hatte sich für sie ins Zeug gelegt, wieder einmal, und sie – wieder einmal – machte ihm nur Scherereien.

„Was genau hast du ihm denn erzählt?"

„Na ja, unter anderem eben, dass du deinem Bruder eine Niere gespendet hast. Seinen Namen habe ich nicht erwähnt, auch nicht, wie lange das her ist oder solche Dinge. Ich habe gesagt, es beweise, dass du für deine Familie alles tun würdest."

„Hm, vielleicht ist das gar nicht so schlecht. Das Management weiß es längst, aber den Jungs aus dem Team habe ich es nicht erzählt. Es wird für sie allerdings kein Problem sein, wenn sie es wissen. Vielleicht geben sie mir dafür mal ein Bier extra aus, so wie ich die Typen kenne."

Sie atmete erleichtert auf. Sein lockerer Ton signalisierte ihr, dass es in Ordnung war. „Es tut mir wirklich leid, Mike. Du tust ständig etwas für mich, und ich mache dir bloß Scherereien."

„Das würde ich nicht sagen." Seine Stimme bekam einen sinnlichen Beiklang. „Wenn du es aber wiedergutmachen willst, werde ich nicht Nein sagen. Komm zum Spiel."

„Ich bin gerade auf dem Weg zur Arbeit. Viel zu tun. In letzter Zeit scheinen alle eine Wurzelbehandlung zu wollen. Und jeder fragt mich nach meiner Verlobung. Meine Anwältin will dir übrigens Blumen schicken. Da sie mir normalerweise Vorträge wegen meines schlechten Benehmens hält, ist das mal eine nette Abwechslung."

„Ich habe nachgedacht. Ich finde, du solltest diesen Job kündigen."

„Wie bitte?"

„Ich kann dich finanziell unterstützen. Dadurch könntest du bei Zack zu Hause sein. Der Richter wird das sicher gutheißen."

Donna musste sich gegen einen Laternenmast lehnen, da sich die Welt um sie herum zu drehen schien. Zu Hause bleiben mit Zack? Das hatte sie sich bisher nicht einmal ausgemalt. Ihre größte Hoffnung war gewesen, genug zu verdienen, um weniger Überstunden machen zu müssen und die beste Tagesbetreuung für ihn zu bekommen. Aber zu Hause bleiben?

Einen verrückten Moment lang fragte sie sich, ob Mike vielleicht im wahrsten Sinne des Wortes vom Himmel geschickt worden sei, um ihr Leben zu verbessern. Doch dann meldete sich ihr natürliches Misstrauen schon wieder. „Ist das eventuell alles bloß ein Gag? Hamilton Wade hat dich vielleicht aus Rache dazu angestiftet."

„Donna, komm schon. Wie oft muss ich dir denn noch beweisen, dass ich wirklich mit dir zusammen sein will?"

Ein gewisser Satz, bestehend aus drei Worten, wäre da schon hilfreich. Aber sie wusste, dass der nicht kommen würde.

„Besuch an diesem Wochenende ein Spiel", sagte er. „Am Memorial Day gibt es ein Feuerwerk und militärische Ehrenbezeugungen. Komm früh, dann führe ich dich durchs Stadion. Je mehr wir zusammen gesehen werden, desto besser. Viele Leute kommen zu den Spielen. Hunderte, manchmal Tausende."

Der Gedanke, Mike erneut Baseball spielen zu sehen, bescherte ihr weiche Knie. Er war so sexy in seinem Hummeranzug. „Ich wünschte, ich könnte Zack wieder mitbringen. Er ist an diesem Wochenende bei den Hannigans."

„Ich bin sicher, wir werden uns irgendwie auch ohne ihn amüsieren."

Das taten sie. Während Mike ihr das Baseballstadion zeigte, machte er sie auf eine Kammer aufmerksam, in der die Physiotherapeutin der Mannschaft ihre Sachen aufbewahrte. Und da sie beide sich die Chance einfach nicht entgehen lassen konnten, einen weiteren klaustrophobisch beengten Raum zu erkunden, huschten sie tatsächlich hinein und verriegelten die Tür von innen.

„Terry wird das gar nicht gefallen. Die behält ihr Territorium wie ein Wachhund im Auge", meinte Mike, als sie die Arme umeinanderschlangen. Wie immer, wenn er Donna berührte, erwachte traumgleiches Verlangen in ihr. Ihre Sinne waren überwältigt, als würde ein Fieber sie benommen machen. Mikes geschickte Hände fanden sämtliche Stellen, die Donna um den Verstand brachten. Prompt wurde sie feucht, während ihre Brustwarzen sich aufrichteten.

Mike würde ihr seine Liebe nicht gestehen, aber es gab etwas anderes, was er tun konnte.

Mit einer Hand auf seinen harten Brustmuskeln, um ihn abzuwehren, forderte sie ihn heraus. „Schluss mit dem Unsinn, Solo. Wenn du mich wirklich willst, musst du es beweisen."

Er hielt inne, die eine Hand halb unter ihrer Bluse, die andere auf ihrer Hüfte. „Es beweisen. Wie meinst du das?"

„Sex. Ich meine Sex. Du weißt schon – es machen. Die Salami verstecken. Den Flaggenmast reiten. Sex eben."

„Du möchtest den Akt vollziehen?"

„Wenn du unbedingt meinen Biolehrer aus der siebten Klasse zitieren willst, ja. Ich will den Akt mit dir vollziehen." Im schwachen Licht, das durch die Türritzen hereinfiel, sah sie den wachsamen Ausdruck in seinen Augen. „Wie sonst soll ich denn glauben, dass es dir ernst ist? Du hast gesagt, der Priester habe dir ein Schlupfloch gelassen und dass dein Eid keine Rolle spielt."

„Wir sind noch gar nicht verheiratet."

„Aber du willst heiraten, oder? Du hast gesagt, es gibt ein Schlupfloch, falls wir zu heiraten beabsichtigen. Nun, das ist der Fall. Also, Sekt oder Selters. Gibt es da nicht auch einen vergleichbaren Baseballspruch?"

„Ich weiß nicht. Mir fällt gerade nichts mehr ein."

„Hör zu, Solo. Ich glaube, du bist ein guter Kerl. Ich glaube, du willst mir wirklich helfen. Du willst mich retten, mir wie ein Ritter zu Hilfe eilen. Aber hier geht es um mein Leben, um meinen Sohn. Ich muss wissen, dass es für dich ebenso wichtig ist."

„Und Sex brächte die Gewissheit?"

„Ja. Denn du hast einen Eid geschworen, und ich weiß, wie ernst er dir ist. Wenn es dir auch ernst mit der Ehe ist, springst du durch dieses Schlupfloch direkt in mein Bett."

Er wandte sich von ihr ab und rieb sich den Nacken. Donna nahm den Geruch von Muskelsalbe und Zitrone wahr. Ihr Hals zog sich zusammen. Das war's. Sie hatte es darauf ankommen lassen. Sex hätte bewiesen, dass es ihm mit der Heirat wirklich ernst war. Doch er machte stattdessen einen Rückzieher. Für den Rest ihres Lebens würde sie beim Geruch der Muskelsalbe an diese Zurückweisung denken müssen.

Er drehte sich wieder zu ihr um und nahm ihre Hand, hob sie an die Lippen und küsste sie. „Nach dem Spiel. Bei mir. Ich will es richtig machen, und es wird einfach nichts, wenn ich von lauter Football-Fanzeug umgeben bin."

Sie war perplex. „Im Ernst?"

„Ja, diese Footballsachen dämpfen meine Libido."

„Nein, ich meinte, ob du wirklich …"

Er zog sie an sich, und es war ein regelrechter Schock, so als würden sie schon zusammen im Bett liegen, kurz davor, miteinander zu schlafen. „Das wollte ich schon die ganze Zeit. Das müsstest du inzwischen wissen. Der Eid ist Gewohnheit bei mir. Er bewahrt mich vor Ärger. Es fällt mir schwer, daran zu denken, ihn zu brechen. Aber mein Instinkt sagt mir, dass es das Richtige ist. Denn wenn ich es nicht tue, wirst du mir nie glauben, dass ich dich heiraten will."

Jedes Mal, wenn sie das Wort „heiraten" hörte, überlief sie ein leichtes Kribbeln. „Du hast recht. Wahrscheinlich nicht. Ich bin nicht so vollkommen wie Angela. Ich habe mehr Fehler, als du dir je vorstellen kannst."

Er hielt ihr Gesicht mit beiden Händen, und die schiere Fängerkraft dieser Hände raubte ihr den Atem.

„Weißt du, was? Einmal, auf der Navy-Akademie, habe ich pure Perfektion gesehen. Matt Durham, Rechtshänder aus Florida. Ich werde es nie vergessen. Es war die anstrengendste Erfahrung meines Lebens. Der Schweiß rann in Strömen an mir herunter, und ich stank wie eine ganze Umkleidekabine. Besonders in den letzten Durchgängen. Mein Herz hämmerte bei jedem Wurf, den ich forderte. Was, wenn ich einmal den falschen Wurf signalisierte und Durhams Chance auf ein perfektes Spiel ruinieren würde? Die Chance, Geschichte zu schreiben? Nein, ehrlich, ich will gar keine Perfektion. Lieber nehme ich das tägliche mühsame Gerangel und Hin und Her. Ist mir allemal lieber."

„Redest du eigentlich immer noch über Baseball?"

„Unter anderem." Oh, dieses herausfordernde Zwinkern. Wie konnte eine Frau da widerstehen? Donna hatte nicht die geringste Chance.

„Hör zu. Ich möchte vor dem Spiel etwas tun", erklärte er und strich mit dem Daumen über ihr Wangengrübchen.

„Was?"

„Wirst du mir vertrauen?"

„Ich hasse es, wenn Leute das sagen."

„Es wird kein bisschen wehtun, das verspreche ich."

„Das hasse ich noch mehr."

Lachend legte er den Arm um sie und drückte sie an sich. „Keine Sorge. Und jetzt lass uns von hier verschwinden."

Es wurde Zeit, sich für das Spiel umzuziehen, doch Mike wollte Donna immer noch nicht auf ihren Platz lassen. Er bestand darauf, dass sie im Schatten der breiten Rampe, die auf das Spielfeld führte, auf ihn wartete. Eine Weile beobachtete sie das Treiben auf und rund um das Spielfeld – ein Mikrofon wurde nahe der Home Plate aufgestellt, die Spieler füllten die Mannschaftsunterstände, die Zuschauer füllten die Tribünen.

Endlich marschierte ein Mädchen mit blondem Pferdeschwanz und Catfish-Cap auf das Spielfeld und nahm das Mikrofon. „Ich bin Angeline, und – wow – habe ich eine Überraschung für euch heute Abend!" Sie vollführte eine Hip-Hop-Tanzbewegung. „Bevor wir den Memorial Day begehen, muss ich euch verraten, dass mir ein kleines Vögelchen gezwitschert hat, wer heute Abend bei uns im Stadion ist: Unser Catcher Mike Solo mit seiner Verlobten!"

Plötzlich war Mike neben Donna und strahlte. „Na los, Donna MacIntyre. Werden wir berühmt." Er hob sie auf die Arme und ging hinaus auf das Spielfeld.

Donna nahm grünen Rasen, weiße Linien und grinsende Spielergesichter wahr. Auf den Tribünen wehten rot-weiß-blaue Flaggen anlässlich des Memorial Day. Die Menge tobte, sprang auf, pfiff und jubelte. Als Mike das Mikrofon erreichte, stellte er Donna auf die Füße, hielt sie jedoch fest an seine Seite gedrückt.

Er sprach in das Mikrofon: „Wenn man das Glück hat, ein Kilby-Girl zu ergattern, will man es nie mehr loslassen, wenn ihr versteht, was ich meine."

Noch mehr Jubel und Füßetrampeln im Stadion.

„Das ist Donna MacIntyre, und wir sind verlobt." Er musste wegen des erneuten Jubelsturms eine Pause machen. Benommen ließ Donna den Blick über die Menge schweifen. Nie zuvor hatte sie vor so vielen Menschen gestanden. War das in etwa so für ihre Mutter, die als Background-Sängerin in Arenen voller Sting-

Fans sang? Donna entdeckte einen kleinen Kopf mit kupferrotem Haar und strahlendem Gesicht darunter – Zack. Er hüpfte auf und ab und winkte ihr zu. Links und rechts von ihm saßen Harvey und Bonita, mit einer so säuerlichen Miene, dass man Radieschen darin hätte einlegen können.

Die Menge rief: „Donna, Donna!"

„Sag etwas", flüsterte Mike ihr ins Ohr. „Ich weiß, dass du nicht schüchtern bist. Also los."

Sie trat ans Mikrofon, ohne die leiseste Idee. Was genau sollte sie denn sagen? Wie immer in Stresssituationen entschied sie sich für das Komödiantische. „Danke, vielen Dank", sagte sie, in einer perfekten Elvis-Presley-Imitation. „Wie geht's euch allen heut' Abend?" Die Menge tobte; Elvis war nach wie vor sehr beliebt in Kilby.

Das blonde Mädchen, Angeline, schnappte sich das Mikrofon. „Donna, erzähl uns doch, wie du deinen sexy Baseball-Verlobten kennengelernt hast."

Donna seufzte im Stillen. Wenn sie doch nur die Zeit zurückdrehen und Mike auf eine Weise kennenlernen könnte, die eine bessere Geschichte ergab. „Wenn ich euch sage, dass er plötzlich aus meiner Cracker-Jack-Packung stieg, würdet ihr mir das glauben?"

„Hört ihr das, Ladies? Ich wette, die Cracker Jacks werden heute ausverkauft sein. War es Liebe auf den ersten Blick?"

Wow, der *Kilby Press Herald* sollte mich einstellen statt Burwell Brown, dachte Donna.

„Das war es definitiv. Er hat einen so süßen Hintern." Sie zwinkerte über die Schulter Mike zu, der breit zurückgrinste. Ein paar anerkennende Pfiffe von Frauen kamen von den Zuschauerrängen.

„Haben Sie vielleicht einen heißen Tipp, wie man sich einen Baseballspieler schnappt?"

„Hm ... mit einem Fanghandschuh?"

Mike verschluckte sich fast, die Menge lachte, und die Blonde war sprachlos.

„Wann ist denn die Hochzeit, Donna?", schrie jemand.

„Das ist eine wirklich gute Frage." Ihre Stimme hallte seltsam im Stadion, verstärkt durch das Mikrofon und gleichzeitig gedämpft durch die vielen verschiedenen Oberflächen. Sie sah zu Zack und fragte sich, ob er verstand, worüber hier gesprochen wurde. Kannte er denn überhaupt die Bedeutung des Wortes „Verlobung"? Donna hatte ihm von alldem nichts erzählt, wegen des schwebenden Verfahrens. Sobald es ein Urteil gab, konnten sie hoffentlich alle gemeinsam daran arbeiten, Zack bei der Umstellung zu helfen.

Bonita zog an Zacks Schulter, damit er sich hinsetzte. Er schüttelte sie ab und winkte weiter ekstatisch Donna zu. Sie winkte zurück und warf ihm eine Kusshand zu. Bonita starrte sie finster an und drückte Zack entschlossen wieder auf seinen Sitz.

Donna spürte, wie ihr das Blut aus dem Gesicht wich. Die Zeit schien sich zu verlangsamen und zugleich zu beschleunigen, sodass sich ein unheimlicher Blick in die Zukunft auftat. Wenn Harvey und Bonita Zack zu sich nehmen würden, wäre das Leben des Jungen voller Momente wie diesem. Bonita würde ständig von ihm verlangen, dass er tat, was sie wollte. Er würde *sein* müssen, wie sie es wollte. Zack würde nie er selbst sein können, der kleine begeisterte Junge mit den schrägen Ideen.

Bei alldem hier ging es nicht um sie, sondern nur um Zack.

Die aussichtsreichste Chance, Zack zu retten, bestand darin, Mike zu heiraten – und zwar so schnell wie möglich.

Mit einem breiten Lächeln nahm sie das Mikrofon und sprach, jedes einzelne Wort genau betonend, hinein. „Unsere Trauung findet am fünfundzwanzigsten Juni statt."

Dem Tag vor Harveys und Bonitas Hochzeit.

14. KAPITEL

„Der fünfundzwanzigste Juni?" Mike schüttelte den Kopf, während er Donna nach dem Spiel in sein Apartment ließ. Die Catfish hatten das Spiel verloren, dank eines hervorragenden neunten Innings der El Paso Chihuahuas. „Wie war das noch mal mit dem Nachdenken, bevor man mit irgendwas herausplatzt? Langsam verstehe ich, was du meinst."

Sie ging an ihm vorbei und geradewegs zum Kühlschrank, in der Hoffnung, darin ein Lone-Star-Bier zu finden. Leider befanden sich nur verschiedene Pappschachteln aus Take-away-Restaurants darin, die Jahrzehnte alt sein konnten. „Wenn du daran denkst, die Verlobung zu lösen, vergiss es", warnte sie ihn. Sie zeigte ihm eine Zeitung, die sie unterwegs gekauft hatte. „Frühausgabe. Praktisch der ganze Sportteil ist uns gewidmet. Hauptsächlich dir und deiner Niere. Oh, und was sonst noch? Die Kilby Catfish haben einen YouTube-Channel, und wir sind der am meisten gesehene Clip. Tut mir wirklich leid, Mike. Wir hätten uns gemeinsam auf das Datum einigen sollen."

Sie erwog, eine der Restaurantschachteln aus dem Kühlschrank zu nehmen, aber sie wollte weiterleben, und sei es nur für Zack.

„Alles bestens. Wir kriegen die Hochzeit am fünfundzwanzigsten Juni hin. Das ist doch fast noch ein Monat, oder? Ich nehme die Herausforderung an, wenn Crush es auch tut. Er ist ja schließlich derjenige mit den großen Plänen." Er nahm sie in den Arm, was sie mehr brauchte, als er ahnen konnte. Sie konnte nicht aufhören, an jenen Moment zu denken, in dem sie Zack auf der Tribüne gesehen und sich der Einsatz gravierend erhöht hatte. „Ehrlich gesagt bin ich ganz froh, dass du das Datum festgelegt hast. Das macht die Dinge weniger amorph."

„Amorph?"

„Formlos, gestaltlos, ungeordnet. Du weißt, dass mein Bruder Professor ist, oder? Ein paar Sachen haben im Lauf der Jahre auf mich abgefärbt."

Solange sie seine Körperwärme spürte, wie in diesem Moment, sah alles ein wenig rosiger aus. „Du überraschst mich immer wieder."

„Das Gleiche kann ich über dich sagen. Besonders nach dem heutigen Tag. Übrigens fand Crush dich großartig. Er meint, du seist ein Naturtalent. Er will, dass du dich für die Teilzeitstelle als PR-Frau bewirbst. Du sollst für Angeline einspringen, wenn sie zu viel zu tun hat."

„Wie bitte?" Es gelang ihr nicht einmal mehr, sich auf seine Worte zu konzentrieren, denn er ließ seine Hände über ihren Rücken gleiten. Das wiederum führte dazu, dass sämtliche Anspannung auf äußerst angenehme Weise von ihr wich.

„Ich habe ihm gesagt, du würdest besser sein als Angeline, denn du bist witzig, liebenswert und ein bisschen verrückt."

„Ich bin nicht ver...rückt." Ein Luftschnappen trennte das letzte Wort, da Mike seine Hand auf ihren Po legte und sie an sich drückte. In seiner Hose hatte sich eine Eisenrute gebildet. Lust durchströmte Donnas Adern, schnell und atemberaubend.

„Ich finde, wir sollten es bei ‚liebenswert' belassen." Er schmiegte sein Gesicht an ihren Hals.

„Was ..." Sie sog scharf die Luft ein, als seine frischen Bartstoppeln über ihre zarte Haut strichen. „Was hat das alles zu bedeuten?"

„Das passiert, wenn du sagst: ‚Beweise es.'"

Sie erinnerte sich an den Vorratsschrank der Physiotherapeutin, in dem sie mit Mike vor dem Spiel gewesen war. Vor der Szene mit Zack. „Ich habe mich doch schon bereit erklärt, dich zu heiraten. Darum ging es doch bei der Sache mit dem Termin. Du musst also nichts mehr beweisen ... oh, das fühlt sich wunderbar an."

Er küsste ihr Schlüsselbein, und jede seiner zärtlichen Liebkosungen fachte ihre Begierde weiter an.

„Zu spät. Die Herausforderung wurde ausgesprochen. Ich muss sie annehmen, und deshalb bringe ich dich jetzt zum Bett."

„Bett klingt gut." Sie gähnte übertrieben. Nun, wo Mike ihrer Aufforderung „Beweise es" nachkam, flatterten ihr die Nerven. „Es war ein langer Tag, und ich bin völlig erledigt."

„Gleich wirst du wieder hellwach sein." Zum zweiten Mal heute hob er sie auf die Arme. Seufzend schmiegte sie sich an ihn, genoss die Wärme seiner Haut und das Spiel seiner Bauchmuskeln. Wundersamerweise wurde ihre Aufgeregtheit ganz von ihrem Verlangen fortgespült.

Er trug sie ins Schlafzimmer, als wäre sie leicht wie Zack. Soweit sie erkennen konnte, standen in dem Raum nur Kartons, eine Couch, ein Computer und ein Bett.

„Von Dekoration hältst du nicht viel, was?"

„Nein. Das ist Frauensache."

„Hm, gut." Sie lächelte ihn unschuldig an. „Ich habe nämlich noch ein paar Footballsachen, die sich hier verdammt gut machen würden. Wie wäre es mit einem Teppich, der aussieht wie Kunstrasen? Oder einer lebensgroßen Pappfigur von John Elway, dem berühmten Quarterback?"

„Du willst, glaube ich, Ärger." Er ließ sie auf die Matratze sinken, die praktisch die Größe eines Footballfeldes hatte. „Schluss jetzt, Rotschopf. Dieses Bett wird für eine ganze Weile dein Zuhause sein, also gewöhn dich schon mal dran. Zieh dich aus."

Sein Höhlenmenschenbenehmen erregte sie, doch sollte er das nicht wissen. „Wo hast du denn deine Verführungskünste gelernt? In der Steinzeit?"

„Ich hätte es auch so machen können." Er fasste sie am Fuß, holte sie zu sich heran. Im Nu hatte er sie von der Jeans befreit. Donna hätte es rein technisch schon nicht für möglich gehalten, dass ein Kleidungsstück derartig schnell verschwand.

„Wie hast du ... Ist das irgendein spezielles Baseballkönnen?"

„Weg mit der Bluse", lautete sein ganzer Kommentar dazu. Seine Augen hatten die Farbe rauchigen dunklen Grüns angenommen. „Bitte."

„Bitte zu sagen hilft natürlich, aber du kommandierst mich immer noch ziemlich herum", murrte sie.

„Ausziehen."

Nervös legte sie die Hände auf den Saum ihres Oberteils, das aus zwei Schichten hauchdünnen Stoffes bestand, eines tomatenrot, das andere mattgolden. Zusammen sahen sie sensationell aus und betonten ihre Haare ... hoppla. Die Bluse war weg und landete lautlos auf dem Nachtschrank. Diesmal hatte sie das Kleidungsstück sogar selbst abgestreift, als sei sie hypnotisiert von Mikes Worten. Er konnte sich offenbar nicht sattsehen an ihr. Donna errötete angesichts seiner Blicke, dabei war sie gar nicht prüde und normalerweise im Einklang mit ihrem Körper. Doch solch hungrigen, prüfenden Blicken war sie bisher auch noch nie ausgesetzt gewesen.

„Du bist ein gefährlicher Mann, Solo." Sie erschauerte, während er zu ihr auf die Matratze kam, auf Händen und Knien, wie ein Tiger in der Savanne. „Vielleicht besitzt du auch noch magische Kräfte?"

„Das stimmt. Nenn mich einfach Magic Mike", meinte er.

„Nein. Erst wenn du dich ausgezogen hast."

„Oh, ich werde mich ausziehen. Wenn der richtige Zeitpunkt gekommen ist. Vorher aber will ich mich über deinen nackten Leib hermachen. Also weg mit der Unterwäsche."

„Würdest du bitte damit aufhören?" Ihr lachender Protest bewirkte, dass er sich auf sie stürzte und mit gebleckten Zähnen nach dem Bündchen ihres Höschens schnappte. Er gab ein triumphierendes Raubtiergebrüll von sich und zerrte das hauchzarte Stück Viskose herunter. „Weißt du", meinte sie in verschwörerischem Ton, „diese Slips kosten mich ungefähr fünfzig Cent das Stück bei Rite-Aid. Ich bin ein sehr sparsamer Mensch. Ich wette, davon hattest du keine Ahnung. Ich kann wahrscheinlich dafür sorgen, dass du eine Menge Geld sparst. Bei Socken, zum Beispiel. Du verrätst mir, wie viel du für Socken ausgibst, und ich garantiere dir, die Kosten zu halbieren."

Statt einer Antwort zerriss er ihren Slip. Heiliger Catfish, das war sexy. Wie gut, dass sie so billige Unterwäsche kaufte. Sofort spürte sie ein heißes Pulsieren zwischen ihren Schenkeln und wand sich unruhig auf dem Bett.

„Von jetzt an", sagte Mike in dem gleichen Kommandoton wie bisher, „kaufst du deine Unterwäsche nicht mehr bei Rite-Aid. Verstanden?"

„Ah ... und warum nicht?"

„Weil du wunderschön bist und wir uns gute Reizwäsche leisten können. Bei meinen Socken kannst du meinetwegen sparen, doch bei allem anderen nicht."

Heiße Schauer überliefen sie. „Du bist nicht mein Boss."

„Was hast du gerade gesagt?" Er drückte ihre Arme über dem Kopf auf die Matratze und drängte seinen muskulösen Oberschenkel zwischen ihre Beine.

„Ich sagte, du bist nicht mein Boss", wiederholte sie mit dünner Stimme und leise keuchend.

„Nein, ich bin nicht dein Boss. Ich bin nur der Mann, der mit dir schlafen wird, bis du nicht mehr weißt, wer du bist. Aber zuerst habe ich ein Problem."

„Welches?" Das Herz schlug ihr bis zum Hals, und sein Blick fiel auf ihre pulsierende Schlagader – der sichtbare Beweis ihrer Erregung.

Mit belegter Stimme sagte er: „Ich will schon seit letztem Jahr mit dir schlafen. Ich will dich so sehr, dass ich es auf keinen Fall lange aushalten werde. Hier also mein Vorschlag: erst ein Quickie, dann die ganze Nacht. Was meinst du?"

Ein Lächeln stahl sich auf ihr Gesicht. „Was immer du sagst, Boss."

O Mann. Mit dieser Erlaubnis ließ Mike seinem Verlangen freien Lauf, das er bis jetzt gezügelt hatte. Er drehte Donna auf den Bauch, und ihre Pobacken schienen von dieser abrupten Bewegung zu vibrieren. Ihre Haut war blass, wo die Sonne sie nie erreichte, und ging in einen sanften goldbraunen Ton über, wo die Shorts endete. Dieser Kontrast war so sexy, dass Mike den Anblick kaum aushielt. Er legte die Hände auf ihren wohlgerundeten Hintern und genoss es, die sanfte Haut zu spüren.

Dann hob er ihren Po an, sodass Donna auf allen vieren vor ihm war. *Kondome.* Er hatte welche, irgendwo, übrig geblieben aus der Zeit außerhalb der Spielsaison. Wo waren die? Er konnte nicht mehr denken, zu schön war Donna, nackt und bereit vor ihm. Er ließ seine Hände über ihre üppigen Kurven gleiten, hinunter bis zur feuchten Hitze zwischen ihren Beinen. Verdammt, wo waren die Präservative?

„Worauf wartest du noch?" Donna wackelte mit dem Po. „Du wolltest doch einen Quickie."

„Ich versuche mich gerade daran zu erinnern, wo sich meine Kondome befinden. Ich habe schließlich Enthaltsamkeit gelobt, deshalb muss ich mir wegen solcher Dinge normalerweise nicht den Kopf zerbrechen."

„In der Gesäßtasche meiner Jeans", meinte sie, wobei sie ihm einen Blick über ihre mit Sommersprossen bedeckte Schulter zuwarf. Mikes Hände ruhten nach wie vor auf ihr. „Sieh mich nicht so an. Ich habe dich herausgefordert. Weißt du noch? Und einen weiteren Unfall kann ich wahrlich nicht gebrauchen. Deshalb wollte ich auf Nummer sicher gehen."

Er schüttelte seine Verblüffung ab und gab ihr einen Klaps aufs Hinterteil. „Bleib, wo du bist. Ich brauche nur eine Sekunde."

Er fand ihre Jeans auf einem der Kartons und suchte nach dem Kondom. Die Vorstellung, dass Donna Verhütungsmittel bei sich trug, hatte ihn irritiert, denn natürlich führte das unweigerlich zu der Frage, mit wem sie sonst noch Sex hatte. Was jedoch idiotisch war, denn es war klar, dass sie ein Leben vor ihm gehabt hatte. Dazu gehörte auch ein Baby. Donna war keine Jungfrau mehr.

Angela ... Angela schon, als sie zum ersten Mal Sex gehabt hatten. Er war ihr erster Liebhaber gewesen, und sie seine erste Frau.

Endlich hatte er das Kondom entdeckt – nicht die Marke, die er normalerweise benutzte – und riss das Folienpäckchen auf.

Wieso dachte er ausgerechnet in diesen Minuten an Angela? Nach ihr hatte er mit vielen Frauen Sex gehabt. Angenehmen, aber bedeutungslosen Sex.

Seine Bewegungen verlangsamten sich, während er das Kondom aus der Packung zog. Es war ein vertrauter Anblick. Nachdem Angela ihn verlassen und er sich von der Operation erholt hatte, hatte er sich hemmungslos Sexabenteuern hingegeben, aus Bitterkeit und um sie zu vergessen. Das war einer der Gründe, weshalb er zu Beginn jeder Saison den Eid ablegte. Sex war fantastisch. Er liebte Sex. Doch er wollte unbedingt in die Major League aufsteigen und konnte keine Ablenkung gebrauchen.

Außerhalb der Saison tat er, was er wollte, mit jeder Frau, die ihn interessierte. Keine Verpflichtungen, kein Drama, keine Reue. Sex, so oberflächlich wie eine Pfütze während einer texanischen Hitzewelle.

Er hielt das Präservativ, bereit, es sich überzustreifen. Donna war anders. Sie musste ja anders sein, schließlich hatte er die Absicht, sie zu heiraten. Aber es war mehr als das. Sie berührte ihn auf eine Weise, die er nicht mehr für möglich gehalten hatte. Er empfand tatsächlich etwas für sie. Und nun standen sie kurz davor, Sex miteinander zu haben, was großartig war, und er war aufgeregt. Aber auch das war ernst. Das erste Mal mit Angela – ein ganzes Jahr nach der Verlobung – war unsicher und verhuscht gewesen. Es hatte sich beinah heilig angefühlt. Zum ersten Mal, seit ihm das Herz gebrochen worden war, würde er Sex haben, der etwas bedeutete.

Er musste schlucken. In gewisser Hinsicht stellte dies den endgültigen Abschied von Angela dar. Ab jetzt würde sie keinen Platz mehr in seinem Herzen haben.

Hastig schüttelte er die düsteren Gedanken ab und rollte sich das Kondom über. Seine Erektion hatte etwas nachgelassen, und nachdem er sich zum Bett umgedreht hatte, war es leer.

Donna hatte ihn verlassen.

Er fühlte sich innerlich hohl und kam sich albern vor, mit seinem von Latex umhüllten Penis, der auf nichts zeigte. Wahrscheinlich verdiente er es nicht besser, als in die Gosse gestoßen zu werden, wegen all der verdrießlichen Gedanken über Angela. Er zog das Kondom wieder herunter, da ließ ein Geräusch ihn aufschauen.

„Dah-*dah*-dah-dah-*dum*." Striptease-Melodie. Ein nacktes Bein erschien hinter dem Türrahmen. „Dah-*dah*-dah-dah-*dum*." Sie streckte das Bein und glitt um den Türrahmen herum. Donna war vollständig nackt, bis auf den Baseballhandschuh, den sie vor ihre Scham hielt. Mit der anderen Hand und dem Arm verbarg sie ihre Brüste. Wundervolle kleine Hügel, die sich an ihrem Unterarm wölbten. Ein Lachgrübchen war auf ihrer Wange zu erkennen. Ihr Haar kringelte sich wild und fiel ihr knapp bis auf die Schultern. Sie sah so aufregend und sexy aus, dass seine Erektion im Nu wiederhergestellt war.

„Das ist mein Handschuh", sagte er idiotischerweise. Sein Fanghandschuh war noch nie in die Nähe einer Frau gekommen. Selbst von seinem etwas entfernten Standort konnte er den Duft geölten Leders riechen.

„Ja. Willst du ihn wiederhaben?"

Sie vollführte eine kleine Drehung, sehr sexy. Als sie ihm den Rücken zukehrte, wurde er angesichts des Schwungs ihres Pos noch härter. Nachdem die Drehung vollendet war, tat sie, als würde sie den Handschuh fallen lassen, sodass er einen kurzen Blick auf kupferfarbene kleine Löckchen erhaschte.

„Hoppla." Sie schlug die Hand vor den Mund, klimperte mit den Wimpern und bedeckte sich erneut mit dem Handschuh, der aussah wie ein Lederfächer. Oder eine große Hand mit dicken Fingern. Er schaute auf ihre Brüste, die jetzt nackt und deren Spitzen aufgerichtet waren.

Heftiges Verlangen packte ihn, und er ging zu ihr, nahm ihr den Handschuh ab und umfasste ihren Po. Danach hob er sie an und drückte sie gegen die Wand. „Schling deine Beine um meine Taille."

„Das Bett ist gleich da …"

„Zu weit", stieß er knurrend hervor. „Tu es."

Sie gehorchte, und sie so nah zu spüren, ihre nackte Haut, brachte ihn schier um den Verstand. Mit dem Zeigefinger glitt er in sie. Feucht und warm und himmlisch samtig. Er umschloss seinen Schaft und positionierte ihn vor ihrer feuchten Öffnung.

Donna ließ den Kopf gegen die Wand sinken, die Augen halb geschlossen. Sie war wunderschön, temperamentvoll, wild und ...

Im nächsten Moment war er tief in ihr. Ihre Hitze umfing ihn, während er weiter in sie hineinglitt, Zentimeter um Zentimeter, als erobere er sein Territorium. Ich gehöre hierher, ertönte ein verrückter Gedanke in ihm. *Sie gehört zu mir.* Inzwischen war er ganz in ihr. Genau dort, wohin er gehörte.

Er zog sich aus ihr zurück, um gleich darauf wieder tief in sie eintauchen zu können, und er spürte, wie sie sich an seine Größe gewöhnte.

„Mike", hauchte sie. „Das fühlt sich unglaublich gut an."

Er konnte nicht antworten, zu intensiv waren die Empfindungen – ihre seidige, feuchte Wärme, das Zittern ihrer Schenkel an seinen Hüften. Er stieß in sie, drückte ihren Rücken gegen die Wand, während sie ihn mit den Beinen fest umklammert hielt, obwohl sie nicht so viel Zeit wie er damit zubrachte, ihre Beinmuskeln zu trainieren.

Mit jeder weiteren Bewegung wuchs der Druck, löschte die Lust jeden Gedanken. Und dann ... Es war wie eine Explosion in seinem Innern, die ihn regelrecht betäubte. Ein Stöhnen entrang sich ihm, lang anhaltend und primitiv, seltsam widerhallend, als käme der Laut von jemand anderem.

Sobald er sich wieder beruhigt hatte, trug er Donna zum Bett und legte sie behutsam auf die Matratze. Er zog das Kondom ab und schmiegte sich an sie.

„Ist alles in Ordnung mit dir?", flüsterte sie.

„Ja, gib mir nur eine Minute."

Er hatte Sex gehabt. Den Eid gebrochen. Er wartete auf die Lawine aus Schuldgefühlen. Doch stattdessen sah er Donna wieder vor sich, nackt bis auf seinen Baseballhandschuh. Er entspannte sich augenblicklich und musste lachen. „Du bist mir vielleicht eine, Donna MacIntyre."

„Danke, schätze ich."

Er rollte auf die Seite und streichelte ihren Bauch. Die kleinen Muskeln bebten. Während er die Hand hinauf zur Wölbung ihrer Brüste wandern ließ, begriff er, dass es bis zur nächsten Erektion nicht mehr lange dauern würde. „Wie bist du denn auf die Idee mit diesem Handschuh gekommen?"

Sie zuckte mit den Schultern. „Ich hatte den Eindruck, dass du auf einmal so ernst wurdest beim Überstreifen des Kondoms. Deshalb wollte ich die Stimmung ein wenig aufheitern."

„Du bist wirklich gut darin, die Stimmung aufzuheitern, nicht wahr?"

Ein weiteres Achselzucken folgte. „Ist eben mein Ding."

Er berührte eine ihrer Brustwarzen, die sich in erfreulicher Geschwindigkeit versteifte. „Ich mache mir allerdings ein wenig Sorgen, was passieren wird, wenn ich das nächste Mal diesen Handschuh benutze."

„Ehrlich?", entgegnete sie und wand sich unter seiner Liebkosung.

„Ich werde an dich denken. Daran. Und daran." Er umfasste ihre volle Brust. „Und daran." Er ließ die Finger zwischen ihre Oberschenkel gleiten und drückte sanft zu. Donnas Lider senkten sich, und ohne weitere Vorwarnung wurde Mike hart.

„Bereit für den zweiten Durchgang?", flüsterte er, bevor er sich auf sie schob.

„Wie viele gibt es noch mal beim Baseball?"

„Neun. Es sei denn, es steht unentschieden. Dann hängen wir zusätzliche Innings dran. Das längste Spiel der Geschichte ging über dreiunddreißig Innings. Elf Stunden und fünfundzwanzig Minuten."

„Diesen Rekord können wir brechen."

15. KAPITEL

Donna wachte erschrocken auf. Sonnenstrahlen fielen durch die Jalousien und erzeugten lange gelbe Lichtstreifen im Zimmer. Sie lag auf dem Rücken, quer im Bett, den einen Arm von sich gestreckt, genau so, wie Zack immer schlief. Ein Bein lag auf Mikes Oberschenkel. Diesem enorm muskulösen Schenkel, stark genug, um ihr Gewicht zu tragen, während er sie gegen die Wand gelehnt im Stehen nahm.

Was für ein Sexmarathon! Nachdem Mike sein Zögern überwunden hatte, hatten sie sich wieder und wieder geliebt. Donna hatte nur zwei Kondome mitgebracht, für das dritte „Inning" hatte Mike also eine Pause einlegen und mehrere Kartons auspacken müssen, um seinen Kondomvorrat zu finden. Danach hatte sie beide nichts mehr zurückgehalten. Jetzt fühlte sie sich sexuell gründlich befriedigt, ein wenig wund vielleicht an einer intimen Stelle, die in letzter Zeit nicht so viel Spaß gehabt hatte.

Sie nahm ihr Bein von Mikes herunter und beugte sich über seine muskulöse Schulter, um sein Gesicht zu betrachten. Er schlief noch tief und fest und sah dabei unschuldig wie ein Chorknabe aus, mit seinen schwarzen Locken, die ihm in die Stirn fielen. Wie ein italienisches Gemälde, das sie in einem Kunstbuch in der Bibliothek gesehen hatte. Doch als er die Augen aufschlug, war sofort dieses verwegene Funkeln darin. Er lag ausgestreckt auf dem Bett, vollkommen entspannt, ein Abbild maskuliner Vollkommenheit.

Als sie seinen Schwanz erblickte, erinnerte sich Donna unwillkürlich an all die aufregenden Dinge, die er damit zu tun imstande war, zusammen mit seinen starken, geschickten Händen und der gierigen Zunge.

Sie erschauerte und legte sich wieder hin. Im Zimmer war es ein wenig stickig, und es roch nach Sex.

Sie hatten es getan. Sie hatten Sex gehabt. Donna hatte es gewollt, auch als Beweis dafür, dass es Mike mit der Ehe ernst war. Und natürlich, weil sie es wirklich gewollt hatte. Furcht schnürte ihr die Kehle zu. War das ein Fehler gewesen? Hatte sie mal wieder gehandelt, ohne vorher gründlich nachzudenken?

Dieses Gefühl, das sie jetzt verspürte, hatte sie jedenfalls nicht erwartet, diese hoffnungslosen, verfluchten Emotionen. Vor der vergangenen Nacht hatte sie geglaubt, sie sei ziemlich in Mike verknallt. Jetzt hatten ihre Empfindungen sich völlig gewandelt, als handele es sich um einen Virus, der sich in ihren Blutkreislauf geschlichen hatte. Als würde jeder einzelne Herzschlag mehr davon durch ihren Körper pumpen. Sie liebte Mike, zutiefst und vollkommen.

Mist. Was hatte sie nur getan? Ja, jetzt war es Wirklichkeit geworden. Zu wirklich. Sie würden heiraten, was bedeutete, dass sie sich an jemanden band, in den sie hoffnungslos verliebt war – und der ihre Liebe nicht erwiderte. Die reinste Folter.

Er hatte mit ihr geschlafen, um zu beweisen, dass er nicht mehr an Angela hing. Vielleicht tat er das nicht, aber das hieß noch lange nicht, dass er echte Gefühle für Donna hegte. Zumindest hatte er nichts dergleichen je erwähnt.

Spielte das eine Rolle?

Früher oder später würde er in die Major League aufsteigen und Kilby verlassen. Sie aber würde bleiben. Schon allein wegen Zack musste sie bleiben. Nie und nimmer würden Harvey oder die Hannigans sie ziehen lassen. Abgesehen davon wollte Donna auch gar nicht, dass Zack auf seine weitläufige Familie verzichten musste. Sie und Mike würden eine Fernbeziehung führen, und jeder wusste doch, dass das auf Dauer nicht funktionierte. Die Beziehung würde scheitern, die Ehe enden, und Donna würde daran arbeiten, ihren Seelenfrieden wiederherzustellen.

Wenigstens würde sie Zack haben, das entschädigte sie für alles.

Mikes Handy summte irgendwo auf dem Fußboden. Verschlafen streckte er den Arm aus, tastete am Rand der Matratze entlang. Donna rollte aus dem Bett, suchte auf der anderen Seite und drückte ihm das Telefon in die Hand.

„Ja?", meldete er sich und schwieg dann, während er dem Anrufer lauschte. Donna nutzte die Gelegenheit, um ihr eigenes Handy zu suchen und die Uhrzeit abzulesen. Halb sieben. Um neun musste sie bei der Arbeit sein. Wer rief Mike denn um halb sieben morgens an?

Als sie sich wieder umdrehte, saß er im Bett und rieb sich den Schlaf aus den Augen. „Yazmer? Dieser Schwachkopf. Wo?" Er schwang die Beine aus dem Bett und ging aus dem Zimmer. Donna konnte nicht anders, als seine sexy Pomuskeln zu betrachten, die sich bei jedem Schritt anspannten. Du liebe Güte, war dieser Typ aufregend.

Aber dies war nicht der geeignete Augenblick für Lust und Verlangen, denn offensichtlich gab es Probleme. Sie warf sich die Tagesdecke, die aussah, als sei sie zu oft gewaschen worden, um die Schultern. Im Wohnzimmer fand sie Mike über einen kleinen Schwarz-Weiß-Fernseher gebeugt, der auf einem Karton in der Ecke stand.

„Ich weiß nicht mal, ob ich überhaupt einen Sender reinbekomme", sagte er gerade. „Bleib dran, ich gehe zu meinem Laptop. Leg nicht auf."

Donna entdeckte einen Laptop auf dem Küchenarbeitstisch neben ihr. Sie klappte ihn für Mike auf und schaltete ihn ein. Nackt und wundervoll ging er zu ihr, küsste sie flüchtig auf die Lippen und beugte sich über den Laptop.

Ihre Lippen kribbelten, während sie beobachtete, wie er Twitter aufrief. Er suchte nach @TheYaz, und ein Profilbild erschien, auf dem der Pitcher andeutete, einen Baseball zu küssen.

Mike scrollte durch die Tweets, in denen Yazmer irgendeine Ankündigung machte. Langsam las er vor: *„Hab mein Gewissen durchforstet. Der Herr hat Yaz den Weg gewiesen. Crush Taylor mussta gehen."*

Im nächsten Tweet hieß es: *„Hab mit einer Petition versucht, die Umkleide tabu zu halten. Er meinte, keine Politik in der Umkleide."*

Der nächste Tweet: *„Will meinen Ruhm nutzen, um dem Herrn zu dienen. Der Herr will, dass Crush Taylor wegmuss. Verbreitet das. #CrushIt. RT."*

Er sah zu Donna. „RT? Was bedeutet RT?"

„Retweet", übersetzte sie, offenbar gleichzeitig mit dem mysteriösen Anrufer.

„Retweet? Das ist doch Blödsinn. Wen juckt es, was so ein Rookie-Pitcher denkt? Ich muss Schluss machen, Caleb. Das ist viel zu viel Unsinn am frühen Morgen. Wir reden später." Er warf das Handy auf den Küchenarbeitstisch.

„Retweet?", wandte er sich an Donna. „Was ist denn eigentlich los?"

„Du verbringst nicht viel Zeit in den sozialen Medien, oder?"

„Hin und wieder poste ich Sachen bei Instagram oder Facebook. Ich bin bloß ein Baseballspieler. Was soll ich schon auf Twitter verbreiten?" Er fuhr sich durch die vollen gewellten Haare, dann über die frischen Bartstoppeln in seinem Gesicht. Plötzlich sah er Donna an, als sei er verblüfft, dass sie hier war. „Donna."

„Hallo, erinnerst du dich an mich?" Sie wedelte mit der Decke, in die sie nach wie vor gewickelt war.

„Ja, klar. Eine solche Nacht werde ich ganz sicher nicht vergessen. Ich wünschte nur, der Morgen hätte nicht mit diesem Mist angefangen. Ich würde viel lieber jetzt mit dir unter der Decke liegen."

Er streckte die Hand nach ihr aus, doch sie wich einen Schritt zurück. Sie wollte nicht diesem Knistern nachgeben, das erneut zwischen ihnen zu spüren war. „Yazmer startet also eine Kampagne gegen Crush?"

„Yaz will Aufmerksamkeit. Die braucht er wie die Luft zum Atmen." Mike ging zu einem der Kartons im Wohnzimmer, kniete sich davor und begann, darin herumzuwühlen. Nach kurzer Suche brachte er ein Badehandtuch zum Vorschein. Er richtete sich wieder auf und schlang es sich um die Hüften. Donna war ein wenig traurig, ihn wieder verhüllt zu sehen, aber immerhin blieb sein muskulöser Oberkörper nackt.

„Er ist besessen von seiner Petition, mit der er schwule Reporter aus der Umkleidekabine fernhalten will. Dabei haben wir gar keine in der Stadt, soweit ich weiß. Und selbst wenn doch, wie sollte man das denn merken? Was will Yaz denn machen? Sie zwingen, ein großes Schild an der Stirn zu tragen, mit der Aufschrift: *Ich bin schwul*? Würde es um eine heiße lesbische Reporterin gehen, würde die Sache anders aussehen. Der Typ ist ein Heuchler und Homophober."

Er rieb sich den Nacken. Fasziniert beobachtete Donna das Spiel seines Bizeps. Wenn Mike doch wenigstens nicht körperlich so anziehend wäre. Das war einfach nicht fair. Sogar früh am Morgen, geweckt von einem Anruf, verschlafen und brummig sah er wundervoll aus.

„Tja, ich sage es nur ungern, aber da ist er nicht der Einzige. Es gibt einige ziemlich engstirnige Leute in der Stadt. Als sich der Besitzer des Smoke Pit als schwul outete, boykottierten einige den Laden. Zum Glück war es den meisten anderen egal. Hauptsache, sie bekommen ihr Bier-und-Burger-Angebot für fünf Dollar dienstagabends."

Ein breites Grinsen erschien auf Mikes Gesicht. „Ich weiß nicht, wie du das machst, aber du schaffst es immer, dass ich die Dinge von der heiteren Seite betrachte."

„Du kennst ja mein Motto. Lachen, damit man nicht weint."

Er legte ihr den Zeigefinger unters Kinn, damit sie ihn ansah. „Ich will, dass du niemals mehr weinst."

Mit ernster Miene erwiderte sie: „Dann musst du mir versprechen, mich nie eine Zwiebel schneiden zu lassen. Da flenne ich nämlich."

Er lachte und wandte sich wieder dem Laptop zu. „Yaz hat gerade einen neuen Tweet geschickt. *Dost die Catfish nicht ein, sondern Crush. #CrushIt. RT.*"

Er klappte seinen Laptop zu und schob ihn von sich. „Wieso hat der überhaupt Zeit für diesen Mist? Neulich habe ich gehört, dass er eine Yazmer-Actionfigur und Unterwäsche entworfen hat."

„Im Ernst?"

„Wer weiß? Der redet über vieles. Man weiß nie, was stimmt. Die Fantasie von diesem Typen ist fast so groß wie sein Ego.

Den haben wir ganz falsch eingeschätzt. Zu Beginn der Saison blamierte er sich ständig vor der Presse, deshalb dachten wir, er hätte keine Erfahrung im Umgang mit den Medien. Da haben wir uns wohl mächtig geirrt. Der weiß ganz genau, was er tut. Er will Aufmerksamkeit und sagt lauter beleidigenden Blödsinn, um sie zu bekommen. Äußerungen über Schwule im Sport, darauf stürzen die Reporter sich immer gern."

„Wird er die Journalisten nicht gegen sich aufbringen? Zumindest die schwulen?"

„Das kümmert ihn herzlich wenig. Jede Art von Aufmerksamkeit ist ihm recht. Für die Schwulenhasser wird er zum Helden."

Endlich dämmerte es ihr. Donna konnte nicht fassen, wie lange sie dafür gebraucht hatte. „Joey. Deshalb bist du wegen Yazmer so aufgebracht."

„Ja, mein Bruder hat einen großen Anteil daran." Mike ging um die Kochinsel herum, nahm zwei Plastikbecher aus dem Stadion aus einem Schrank und füllte einen mit Wasser. Er reichte ihn Donna. „Trink. Du brauchst Flüssigkeit nach so einer Nacht."

Er zwinkerte ihr zu, und da war für einen Moment wieder der übermütige Mike Solo, an den sie mehr gewöhnt war. Obwohl sie die ernste Version auch mochte. O ja, und wie sie diese Version mochte. Viel zu sehr.

Er schenkte sich ebenfalls Wasser ein und trank einen langen Schluck. „Joey kennt solche Dinge und wird vermutlich bloß darüber lachen. Er hat ganz andere Sorgen, zum Beispiel, ob seine Nieren durchhalten oder nicht. Aber mich macht das wahnsinnig. Joey ist nun mal Joey. Er ist mein Bruder und einer der besten Menschen auf diesem Planeten. Wenn ich mir vorstelle, dass Yazmer ein Problem damit hat, wenn er die Umkleidekabine betritt, packt mich die Wut. Dieser heuchlerische, selbstsüchtige, überehrgeizige kleine Arsch. Der hat es nicht verdient, die gleiche Luft wie mein Bruder zu atmen."

Seine Stimme bebte vor Zorn, und seine Augen funkelten

dunkelgrün, wie ein gefliester Pool im Sonnenlicht. Als wäre Mike diese heftige Gefühlsregung plötzlich peinlich, zuckte er mit den Schultern und schenkte sich an der Spüle noch mehr Wasser ein. Donna riss sich vom Anblick des Muskelspiels seiner gebräunten Oberarme los. Dieser Mann hatte ein Talent dafür, ihr den Atem zu rauben.

Was Probleme bedeutete ... große Probleme.

Sie zog die Decke fest um sich und setzte sich auf einen der Hocker an der Kücheninsel. „Warum unternimmst du nicht etwas dagegen?"

„Was denn?" Er lehnte sich, noch immer nur mit dem Handtuch um die Hüften, gegen die Arbeitsfläche. „Yazmer ist eben so, wie er ist. Ich habe versucht, an ihn heranzukommen. Ich sollte ihm helfen, sich einzugewöhnen, ihm zeigen, wie alles bei uns läuft. Ich hab's versucht, aber er hat bloß ein Selfie davon gemacht. ,Ich und der Kilby-Catcher. Kriegt er den Yaz in den Griff?' Der ist wie eine Kim Kardashian der Minor League."

Donna stützte die Ellbogen auf die Arbeitsfläche und das Kinn in die Hand. „Du kannst Yazmer also nicht ändern. Es hat keinen Sinn, das zu versuchen. Aber es muss doch noch etwas anderes geben, was du tun kannst."

Er schnippte mit den Fingern, ein Leuchten in den Augen. „Ich weiß. Ich könnte auf den Tresen im Roadhouse steigen und ihm die Meinung geigen. Vielleicht eine weitere Kneipenschlägerei vom Zaun brechen, da die letzte ja ein solcher Hit war."

„Haha. Ich meine es ernst. Er ist schließlich Baseballspieler, genau wie du. Vielleicht solltest du dich ans Fernsehen wenden. Ein öffentliches Statement abgeben. Wieso soll er die ganze Aufmerksamkeit bekommen?"

„Weil er sie will. Der ist eine Rampensau. Manche Menschen können nicht oft genug vor der Kamera stehen, aber ich gehöre nicht dazu."

„Na ja, ich finde, du bist sehr fotogen." Sie nahm sein Handy und tat, als würde sie ein Foto schießen, wobei sie jedoch auf seinen Schritt zielte, wo sich das Handtuch wölbte.

„Das löschst du lieber wieder", warnte er sie und kam um die Kochinsel herum bedrohlich auf sie zu. „Ich kann es nicht gebrauchen, dass mein Mülleimer auf Facebook erscheint."

Sie hüpfte vom Hocker und wich vor ihm zurück, während sie weiterhin so tat, als würde sie Fotos von seinem Körper schießen. „Wie wär's dann mit Twitter? #OMG."

„Her mit dem Telefon, sonst gibt es Ärger, Kleine." Er war nur noch wenige Schritte von ihr entfernt. Sie stolperte über die Decke, die sich zwischen ihren Füßen verfangen hatte, und stieß einen Schrei aus, als er sich auf sie stürzte. Donna ließ die Decke fallen, sodass er lediglich eine Handvoll Stoff zu fassen bekam. Mike stand mit frustrierter Miene da, und Donna war splitternackt.

Er trug immer noch sein Handtuch, das mittlerweile über einer wachsenden Erektion spannte. Donna richtete das Handy auf seinen Unterleib. „Anscheinend liebt aber hier doch jemand die Kamera."

„Das hat nichts mit der Kamera zu tun", informierte er sie, die Decke zusammenknüllend und zur Seite werfend. „Das bist alles nur du, Baby. Du könntest ebenso gut deinen Namen draufschreiben."

„Womit denn, mit meiner Zunge?" Sie sprach diese provozierenden Worte über die Schulter, ehe sie im Schlafzimmer verschwand und sich von innen mit ihrem Gewicht gegen die Tür stemmte. Sie sollte ihn nicht auf diese Weise necken, schließlich musste sie bald zur Arbeit.

Leider ging die Tür nicht richtig zu, da es ihm irgendwie gelungen war, sich noch zwischen Tür und Rahmen zu quetschen, was bedeutete, dass er auch einen Arm hindurchbekam und Donna an den Rippen kitzeln konnte.

Da sie schrecklich kitzelig war, schon immer, kreischte sie prompt.

„Oh, meine Kleine ist kitzelig, was?" Es gelang ihm sogar, sie unter den Achseln zu kitzeln. Sie wand sich wie verrückt, dann gab sie es auf und sprang zur Seite. Die Tür flog auf, und Mike stürmte ins Zimmer. Langsam näherte er sich ihr. „Jetzt weiß ich, wie ich es dir heimzahlen kann. Ich fessle dich und kitzle dich, bis du schreist."

„Kitzeln? Ach ja? Mehr fällt dir nicht ein?" Sie tänzelte auf die andere Seite des Raumes, hüpfte um Kartons herum und wich Mike knapp aus, als er die Hand nach ihr ausstreckte.

„Na warte." Er gab ein tiefes, sinnliches Lachen von sich. „Willst du etwa, dass ich wieder loslege?"

„Ich versuche bloß, meine Sachen zu finden", erklärte sie, nachdem sie gerade über einen kleinen Klamottenhaufen gestolpert war, in dem sich ihr Top und ihr zerrissener Slip befanden. „Zumindest was davon noch übrig ist." Rasch streifte sie sich das Oberteil über, damit sie wenigstens schon einmal halb bekleidet war. Die hauchzarte doppelte Stoffschicht legte sich über ihre Haut und streifte dabei kribbelnd ihre Brustwarzen. Das Shirt reichte nur bis knapp über ihren Bauchnabel; Donna bemerkte das Funkeln in Mikes Augen. Sie entdeckte ihre Jeans auf der anderen Seite des Bettes und machte einen Schritt in diese Richtung.

„Denk nicht mal dran, Donna. Bleib genau dort, wo du bist, und zieh kein weiteres Kleidungsstück an." Seine tiefe sinnliche Stimme brachte sein Verlangen zum Ausdruck und bewirkte tatsächlich, dass Donna sich nicht mehr vom Fleck rührte. Sie ließ ihn näher kommen, während er sie mit seinen Blicken verschlang. Ein erregendes Kribbeln breitete sich in ihrem Bauch aus, flüssige Hitze bildete sich zwischen ihren Oberschenkeln.

Knapp zwei Schritte vor ihr blieb er stehen. Bei dieser Jagd hatte er das Handtuch verloren; er war jetzt komplett nackt und erregt. Seine Erektion ragte in Donnas Richtung auf, beinah im rechten Winkel, beeindruckend groß und dunkelrosa. Donna schluckte.

Man könnte glatt ein Handtuch daran aufhängen, dachte sie mit einem leichten Anflug von Hysterie.

„Zieh dein Shirt straff", befahl er.

„Was?"

„Zieh es straffer um deine Brüste." Sein glühender Blick war fest auf ihre Brüste gerichtet. „Deine Nippel sehen wundervoll aus auf diese Weise, wie sie sich beinah durch den Stoff bohren. Ich will wissen, wie es aussieht, wenn der Stoff sich noch straffer über ihnen spannt."

Sie bog die Arme auf den Rücken und bauschte den Stoff in einer Hand; in der anderen hielt sie nach wie vor das Handy. Die Seide rieb ihre Brustwarzen, und Donna spürte, wie sie sich mehr aufrichteten. Es steigerte ihre Lust so sehr, dass sie mehr davon wollte, daher bog sie den Rücken durch und presste ihre Brüste gegen den dünnen Stoff.

„Oh Gott, du hast keine Ahnung, wie sexy du bist." Er trat zu ihr und ließ eine Hand zwischen ihre Oberschenkel gleiten. Mit der anderen widmete er sich ihren Brüsten, wobei es ihm irgendwie gelang, mit gespreizten Fingern beide zu umspannen.

Etwas zog sich in ihr zusammen. Geschockt – kam sie schon, einfach so? – zuckte sie zurück, doch er ließ sie nicht fort. Er legte den Arm um sie und drückte sie an sich. Das Telefon glitt ihr dabei aus der Hand und fiel zu Boden. Sie spürte die Wärme seines nackten Oberkörpers durch den dünnen Stoff hindurch an ihren Brustwarzen. Als er mit zwei Fingern tief in sie eindrang und ihren Kitzler mit der Handfläche rieb, sog sie scharf die Luft ein. „Oh ... oh ... oooh!", schrie sie. Sie kam tatsächlich, von einem Beben erschüttert, das sie in eine Welt aus reiner sinnlicher Empfindung schleuderte.

Möglicherweise verlor sie sogar für einen kurzen Moment das Bewusstsein, denn plötzlich lag sie auf dem Rücken, spürte die Matratze unter ihren weit gespreizten Schenkeln. Mike stand dazwischen und rollte sich ein weiteres Kondom über. Das wievielte? Und dann war sie zu keinem klaren Gedanken mehr fähig, als er tief in sie hineinglitt, dorthin, wo sie ihn haben wollte – so nah bei sich wie irgend möglich.

Donna ließ sich komplett in dieses wilde Vergnügen fallen. Es hatte ohnehin keinen Zweck, dagegen anzukämpfen. Sie liebte Mike, von ganzem Herzen, war in diese Liebe so sehr verstrickt, dass es für sie keinen Weg hinaus mehr gab.

16. KAPITEL

Donna war klar, dass es ein Leben vor Mike gegeben hatte. Trotzdem kam es ihr wie eine weit entfernte Erinnerung vor. Alle Elemente ihrer früheren langweiligen Realität waren natürlich noch da. Nach wie vor erschien sie jeden Morgen zur Arbeit bei Dental Miracles, wo sie Termine für Wurzelbehandlungen vergab, Patienten in Behandlungszimmer führte und im Pausenraum hastig verbrannten Kaffee hinunterstürzte. Zweimal die Woche holte sie Zack für Ausflüge ab, einmal pro Woche für eine Übernachtung. Mike begleitete sie so oft wie möglich.

Doch all das war jetzt überzogen von dem Zauber, den die Verlobung mit einem Baseballspieler mit sich brachte. Donnas Kolleginnen verschlangen jede Zeile ihres Interviews mit dem *Kilby Press Herald*. Irgendwer schnitt den Artikel aus und pinnte ihn an das Schwarze Brett im Pausenraum. Sie wurde mit Fragen überhäuft, besonders von ihren jungen alleinstehenden Kolleginnen.

„Wie hast du ihn denn nun wirklich kennengelernt? ... Der einzige Typ, den ich je im Roadhouse kennengelernt habe, wohnte in seinem Van und aß platt gefahrene Tiere zum Frühstück ... Wenn du mal ein Doppeldate willst, sag mir Bescheid, Mädchen. Ich würde Trevor Stark nehmen, Dwight Conner oder sogar diesen verrückten Yazmer. Mensch, die sind alle süß ... Wie sehen Mike Solos Oberschenkel aus, wenn er nicht dieses Trikot anhat? Würdest du mal ein Foto für mich machen?"

Sie wich all diesen Fragen mit Humor aus, denn sie war viel zu glücklich, um sich darüber zu ärgern. Es bedrückte sie nicht einmal, dass sie, als sie gebeten wurde, einem der Ärzte zu assistieren, ihm – weil sie gerade der Erinnerung an Mikes Heiratsantrag nachhing – statt zahnärztlicher Instrumente versehentlich eine Schachtel Kosmetiktücher reichte.

Sie dachte auch über Mikes Vorschlag nach, den Job aufzugeben, beschloss aber, damit bis zur Entscheidung von Richter

Quinn zu warten. Sie wollte auf keinen Fall unzuverlässig oder exzentrisch wirken. Angesichts des neuen Zeitrahmens für die Hochzeit hatte Crush eine professionelle Hochzeitsplanerin engagiert, die Donna jedoch nur pro forma anrief. Das Ganze kam ihr vor wie ein Traum, mit Mike als solidem, unwiderstehlichem Anker, der sie in der Realität hielt.

Eines Tages verkündete Mike, es sei an der Zeit, ihren Vater und ihre Stiefmutter kennenzulernen.

„Ich würde mich lieber drei Wurzelbehandlungen unterziehen, als mich mit meiner Stiefmutter zu unterhalten", erklärte Donna ihm daraufhin.

„Ich muss die beiden aber kennenlernen", ließ Mike nicht locker. „Es ist wichtig für mich."

„Musst du wirklich so ein Streberjunge sein?"

„Das mit dem ,Jungen' nimmst du zurück", stieß er hervor und verlagerte die Unterhaltung aufs Körperliche. „Und ich werde in dieser Sache nicht lockerlassen, nur damit du es weißt."

Donna verspürte nicht den geringsten Wunsch, ihn mit in ihr Elternhaus zu nehmen, wo sie sich seit dem Verschwinden ihrer Mutter nur elend gefühlt hatte. Von dem Moment an, da Carrie eingezogen war, hatten sie sich gestritten. Als ehemalige Soldatin hatte Carrie einfach keine Geduld für ein verwirrtes, energiegeladenes Mädchen gehabt, das nicht verstand, warum seine Mom ausgezogen war. Donna ihrerseits hatte alles getan, um Carrie zu verärgern. Sie war nicht stolz darauf, aber ändern konnte sie daran jetzt auch nichts mehr. Noch immer hatte sie keinen Weg gefunden, um mit ihrer Stiefmutter auszukommen – ganz abgesehen davon, dass die auch nicht sonderlich am Familienfrieden interessiert war. Manchmal glaubte Donna sogar, dass diese Streitereien ihr einen Kick gaben.

Nein, am besten kam sie mit Carrie klar, wenn sie sie nur selten sah, und dann auf neutralem Boden. Also lud Mike alle zum Abendessen bei Mama Cat's ein, das als bestes Steakhouse der Stadt galt.

Donna hatte Mike gewarnt, dass Carrie Wert auf gepflegte

Kleidung legte, deshalb hatte er sich für ein Sportjackett mit einem weißen Hemd entschieden, das die dunkle Tönung seiner Haut gut zur Geltung brachte. Donna wollte ihren berüchtigten blauen Blazer anziehen, doch Mike drohte, ihn in die Müllpresse zu schmeißen, daher entschied sie sich für einen knielangen Cargorock und eine olivgrüne Bluse mit Puffärmeln und Schleife am Kragen.

Mike musterte sie von Kopf bis Fuß mit entsetzter Miene. „Du siehst aus wie ein verdammter Pfadfinder."

„Hör mal, die ganze Sache war deine Idee. Möchtest du, dass es gut läuft, oder willst du eine Wiederauflage der Zeit zwischen meinem elften und siebzehnten Lebensjahr erleben?"

„Na schön. Aber sobald wir zurück sind, reiße ich dir diese Klamotten vom Leib."

„Abgemacht. Weißt du, manchmal, wenn ich Carrie sehe, spiele ich ein Trinkspiel. Jedes Mal, wenn sie mich beleidigt, kippe ich einen kleinen Schnaps. Aber ich will deine Niere schonen, also lassen wir diesen kleinen Spaß besser aus."

„Wie wäre es damit: Für jede Beleidigung schulde ich dir einen Orgasmus?"

„Solo, du hast keine Ahnung, was du da versprichst. Es könnte Wochen dauern, bis ich meine Schulden eingetrieben habe."

„Wir haben doch Zeit, oder?" Sein freches Grinsen setzte sie in Flammen, dabei hatte er sich noch nicht mal richtig Mühe gegeben, sie scharfzumachen.

In Mama Cat's saßen Carrie und Donnas Vater, in der Stadt bekannt als Mac, bereits an einem Tisch beim Steingrill. Beide nippten an ihrem Scotch on the rocks, weshalb Donnas Magen sich zusammenzog. Carrie trank selten, und wenn, hielt sie nichts mehr zurück, ihre wahren Gefühle für Donna und alles, was mit ihr nicht stimmte, auszusprechen.

Sobald ihre Steaks serviert worden waren, stürzte Carrie sich auf Donna. „Wo wollt ihr zwei denn eigentlich wohnen? Die Hannigans werden bestimmt nicht damit einverstanden sein, dass du Kilby verlässt, Donna."

Carrie war ein Genie darin, heikle Themen anzuschneiden und Donnas Selbstwertgefühl zu torpedieren. Woher wusste die Frau, dass sie mit Mike noch gar nicht darüber gesprochen hatte, wo sie wohnen würden? Bevor Donna antworten konnte, meldete Mike sich zu Wort.

„Nur wenige Baseballspieler wohnen fest in der Stadt, in der sie spielen. Selbst wenn – falls – ich nach San Diego berufen werde, brauche ich ein richtiges Zuhause. Ich wüsste keinen Grund, weshalb das nicht Kilby sein sollte."

Donna starrte ihn an. Das waren Neuigkeiten für sie. Warum hatte er das bisher nicht erwähnt? Offenbar bemerkte er ihre geschockte Miene, denn er flüsterte ihr zu: „Es sollte eine Überraschung werden. Eine mit einer Haussuche verbundene Überraschung."

„Was?"

„Was ist los? Worum geht es?" Carrie tupfte sich die Lippen mit der Serviette ab und hinterließ dabei hellorange Flecken. „Tauscht ihr zwei etwa flüsternd Geheimnisse aus?"

„Nichts Schlimmes", versicherte Donna ihrer Stiefmutter unbehaglich. Am Anfang hatte Mac noch versucht, sich einzumischen, wenn die Auseinandersetzungen zwischen ihnen zu heftig wurden. Aber ihm war schnell klar geworden, dass es besser für ihn war, einfach weiter an seinem Motorrad rumzubasteln.

„Das bleibt abzuwarten." Carrie schnitt ein Stück von ihrem Steak ab. „Ich habe gehört, die Wades sind auf dem Kriegspfad. Du hast dir nicht gerade Freunde gemacht mit deinem schändlichen Verhalten im letzten Sommer, Donna."

„Die Wades werden sich nie ändern." Donna gab Butter auf ihre gebackene Kartoffel. Trostessen war der Schlüssel in dieser Situation. „Was haben die außerdem mit uns zu tun?"

„Eine ganze Menge. Zum Beispiel haben die euch zwei auf dem Schirm seit dieser Roadhouse-Schlägerei. Dean will für das Amt des Bürgermeisters kandidieren und Roy die Catfish kaufen. Und Bonita ist durch Heirat Deans Cousine zweiten Grades. Die ist auch nicht zu unterschätzen." Carries anerkennender Ton fühlte sich an wie Verrat. „Du wirst schon noch dahinterkommen."

„Ich mache mir keine Sorgen wegen der Wades", erklärte Mike ruhig und selbstbewusst. „Wir werden uns um unsere Angelegenheiten kümmern, und die sich um ihre. Als erster Punkt auf unserer Liste steht, ein Haus zu finden."

Carrie hielt den Mund so fest geschlossen, während sie kaute, dass sich zu beiden Seiten dünne Falten bildeten, wie Risse um ein Einschussloch. „Ein Haus?"

„Ja, ein Haus. Etwas, worin man wohnen kann. Ich habe die Nase voll von kurz befristeten Mietverträgen und Katzen anderer Leute und Abschieden von Nachbarn, die ich vermutlich nie wiedersehe. Ich brauche ein Zuhause."

„Haben Sie denn nicht irgendwo noch Familie?"

„Natürlich, in Chicago. Aber hier unten gefällt es mir. Das Wetter ist angenehm. Das hilft, zwischen den Saisons in Form zu bleiben. Wir brauchen ein Haus mit einem großen Garten, wo ich mit Zack Werfen üben kann." Ein Lächeln erschien auf seinem Gesicht. „Vielleicht schaffen wir uns eine Katze an. Du magst doch Katzen, Schatz? Oder bist du etwa allergisch?" Augenzwinkernd drückte er ihre Hand unter dem Tisch. Er liebte es, sie an ihre Allergien zu erinnern, die sie ihm vorgespielt hatte.

Donna schüttelte den Kopf und staunte darüber, wie gut er mit Carrie fertigwurde. Wie machte er das bloß? Wie konnte er die Rolle des eifrigen zukünftigen Bräutigams nur mit einer solchen Begeisterung spielen? Wenn man ihn beobachtete, käme man nie auf die Idee, dass lediglich sein Pflichtgefühl ihn zu dieser Ehe trieb. Oder eine merkwürdige Eingebung, die er hinter der Home Plate gehabt hatte.

„Nun, ich hoffe, Sie sind bereit für die große Ernüchterung. Ich jedenfalls wünschte, man hätte mich vorgewarnt, als ich die Mutter eines fremden Kindes wurde." Carrie legte ihre Gabel hin und schoss die nächsten Worte wie kleine Giftpfeile ab. „Heute könnte ich ein Handbuch zu dem Thema schreiben. Ich würde es ‚Hübsche kleine Lügner' nennen."

Donna umklammerte ihre Gabel und verspürte das vertraute Gefühl tiefer Verlorenheit. Wenn doch nur ihr Vater etwas sagen würde. Sieben Jahre lang hatte sie sich diese Beleidigungen angehört und darauf gewartet, dass Mac sie ein einziges Mal verteidigte. Aber das war nie passiert.

Wie immer würde sie sich eben selbst verteidigen müssen. „Hast du mich gerade *hübsch* genannt? Das ist das Netteste, was du je zu mir gesagt hast."

„Du weißt, dass das nicht stimmt, Donna. Oder willst du meine These von eben einfach nur bestätigen?"

Donna wollte schon mit einer neuen Bemerkung kontern, doch nichts kam über ihre Lippen. Nicht, dass ihr nicht etwas Gehässiges eingefallen wäre. Doch zum ersten Mal wollte sie nicht. Das Leben war gut momentan. Sie hatte jetzt Mike, und seine Gegenwart an ihrer Seite war schon Unterstützung genug. Der Schmerz, der ihre Streitereien mit Carrie befeuert hatte ... er war verschwunden. Nur ein entferntes Echo war geblieben. Carrie spielte keine Rolle mehr. Zack hingegen schon, und eine Auseinandersetzung mit Carrie würde nicht unbedingt dazu beitragen, dass sie ihn zurückbekam.

Statt also das Wortgefecht wiederaufzunehmen, hielt sie den Blick auf ihren Teller gerichtet. Das Steak kam ihr nicht mehr sehr appetitlich vor; sie wollte nur noch, dass dieser Abend vorbei war. Doch das war er noch längst nicht. Irgendwer im Restaurant brach in brüllendes Gelächter aus, ein anderer Gast ließ sein Besteck zu Boden fallen. Donna spürte eine warme Hand auf ihrem Rücken.

Nach Carries letzter Bemerkung hatte Mike sie eine Weile lang schweigend gemustert. Jetzt knüllte er seine Serviette zusammen und erhob sich plötzlich. „Komisch, ich habe bisher ständig gehört, wie freundlich und einladend Texas ist. Und meistens trifft das auch zu. Aber leider nicht immer."

Mike hätte keine besseren Worte wählen können, um bei Carrie einen Nerv zu treffen. Sie war Texanerin der fünften Generation, besessen von ihrem Stammbaum und stolz auf ihre

Wurzeln. „Ich wollte nicht grob sein", wandte sie sich steif an Donna. „Ich wollte ihn nur warnen."

„Ich denke, du solltest dich bei Donna entschuldigen, Liebling", meinte Mac leise. „Ja, das solltest du. Und wenn du es nicht tust, werde ich es tun."

Donna schaute verblüfft auf. Was war in ihren Vater gefahren? Sonst verteidigte er sie nie. Als Carrie nichts sagte – wahrscheinlich war sie selber geschockt –, wandte er sich an Donna. „Es tut ihr leid, auch wenn sie es nicht sagen kann."

Natürlich glaubte niemand am Tisch das. Mike zückte seine Brieftasche und nahm etwas Geld heraus. Es sah nach zwei Hundertdollarscheinen aus, obwohl Donna nicht glauben konnte, dass ein Abendessen so viel kosten konnte. „Das sollte genügen." Nachdem er das Geld auf den Tisch geworfen hatte, legte er den Arm um Donna und sagte zu Mac: „Hat mich gefreut, Sie kennenzulernen, Sir." Dann nickte er Carrie zu und führte Donna zum Ausgang.

Im Weggehen erhaschte sie noch einen kurzen Blick auf ihren Vater, dessen Gesicht einen flehenden Ausdruck angenommen hatte. Wollte er, dass sie Carries Grobheit vergaß? Oder dass sie ihn aus deren Klauen befreite? Was auch immer es war, Donna konnte ihm keine Hilfe anbieten. Er hatte seine Wahl getroffen, und daran konnte sie überhaupt nichts ändern.

Draußen atmete sie tief die frische Luft ein. Der Himmel durchlief eine Wandlung von dunklem Violett zu Nachtschwarz. An einem angenehmen Abend wie diesem kamen die Einwohner Kilbys gern hierher in die Altstadt. Die mit Backsteinen gepflasterten Straßen und Gehsteige waren restauriert worden, um mehr Touristen anzulocken. Donna hatte keine Ahnung, wie viele Touristen herkamen, aber zahlreiche Familien aus Kilby genossen den Abend, aßen Eis aus Waffeln und schlenderten vorbei an den Schaufenstern.

„Möchtest du ein wenig spazieren gehen? Du könntest mir die Sehenswürdigkeiten zeigen", schlug Mike in sanftem Ton vor.

„Gern. Das wird ungefähr drei Minuten dauern. Danach können wir es endlich treiben, oder? Wie du mit Carrie geredet hast, das hat mich ganz scharfgemacht."

Er lachte in sich hinein und drückte sie an sich. Sie schlenderten Hand in Hand über den Gehsteig, genau wie ein echtes Paar. „Ich dachte mir schon, dass ich sie bei ihrem texanischen Stolz packen kann. Sie trug eine Anstecknadel mit der Lone-Star-Flagge und blaue Ohrringe. Ist sie immer so gehässig?"

„Mir gegenüber schon. Ich nehme an, sie ist zu anderen Leuten netter, sonst hätte irgendjemand sie bestimmt längst zum Mond geschossen."

„Warum hackt sie auf dir herum?"

„Na ja, ich habe sie nicht gerade willkommen geheißen in unserer Familie", gestand Donna. „Ich habe meine Mutter geliebt, und als sie fortging, war ich ziemlich durcheinander. Am Boden zerstört, das wäre wohl die richtige Beschreibung. Ich wollte mit Mom weggehen, die Welt bereisen, weißt du, aber sie sagte Nein. Mein Dad zog sich in sich zurück, wie eine Schildkröte, nur dass er sich unter seinen Autos in der Werkstatt verkroch. Monatelang gab es nur Tiefkühlpizza, bis ich die Nase voll hatte und Rezepte für Hackbraten und solche Sachen im Internet suchte. Alles, bloß keine Pizza mehr."

Er schaute auf ihre Hand, die er zwischen ihnen hin- und herschwang. „Hasst du immer noch Pizza?"

„Ja. Sie erinnert mich an jene Zeit."

„Davon hast du kein Wort gesagt, als ich diese Tombstone-Pizza in den Waschsalon mitgebracht habe."

„Nein, denn es war eine süße Geste, und ich wollte deine Gefühle nicht verletzen." Lachend schmiegte sie sich an ihn. „Wie dem auch sei, Dad lernte Carrie kennen, als er an ihrem Miata arbeitete. Ich hatte immer noch die Hoffnung, Mom würde zurückkommen, also empfand ich Carrie als böse Hexe, die mir den Vater wegnehmen wollte. Ich bin nicht stolz auf mein Verhalten. Einmal mischte ich Pfefferspray in ihre Handcreme. Sie musste in die Notaufnahme. Ein anderes Mal gab ich vor, mich mit Ebola infiziert zu haben und bespuckte sie mit Kunstblut. Ich war schrecklich. Kein Wunder, dass sie mich hasst."

Sie blieb vor der Statue von Colonel Kilby und seinem sich aufbäumenden Pferd stehen. „Hier ist deine erste Sehenswürdigkeit Kilbys. Eine Bronzestatue, in Auftrag gegeben von der Familie Wade, anlässlich der Gründung des Ortes. Weißt du eigentlich, dass wir beinah ‚Wade' genannt worden wären?" Sie schüttelte sich. „Die Wades dachten sich jedoch, die Stadt nach Colonel Kilby zu benennen, würde respektabler klingen. Ich kenne allerdings Gerüchte, dass der Ort innerhalb der Familie Wadeville genannt wird."

Er gab einen verächtlichen Laut von sich. „Nicht dein Ernst."

„Okay, das habe ich mir ausgedacht. Genau solche Sachen treiben Carrie in den Wahnsinn. Sie kam noch nie klar mit meinem Sinn für Humor."

„Ihr Pech. Ich finde ihn klasse." Sein Lächeln löste ein warmes Gefühl in ihrem Herzen aus. „Deine Eltern haben sich also getrennt, als du ... wie alt warst? Zwölf?"

„Elf. Meine Mom hatte Fernweh, so nannte sie das, und ich dachte immer, das sei so eine Art Krankheit. Sie hat eine grandiose Stimme, und eines Abends traten die Redneck Diamonds in der Stadt auf, eine Countryband. Sie stand im Publikum und sang mit. Einer aus der Band hörte sie und holte sie auf die Bühne. Am nächsten Tag zog sie mit der Truppe weiter. Ohne auch nur einen Blick zurückzuwerfen. Natürlich schickte sie mir Postkarten, rief an und so. Und als ich Zack bekam, besuchte ich sie in L.A."

„Sie hat dich im Stich gelassen."

„Nein, denke ich nicht. Ich glaube, sie ist elf Jahre länger geblieben, als sie eigentlich wollte. Ich bin ihr sehr ähnlich. Wir machen beide gern Witze und bringen Leute zum Lachen. Spielen den Clown."

„Was ist mit deinem Dad?"

Sie verdrehte die Augen, salutierte vor Colonel Kilby und setzte den Weg fort zur nächsten Sehenswürdigkeit. „Du hast ihn ja selbst erlebt. So ist er eben. Einmal habe ich die Zeit gestoppt, da hat er sechsundzwanzig Stunden lang kein einziges Wort gesprochen. Sein Lieblingsplatz ist auf dem Rücken liegend unter einem Auto. Es ist in jeder Hinsicht eine Laune der Natur, dass ich mit ihm verwandt bin. Ich bin zu hundert Prozent die Tochter meiner Mutter."

„So würde ich das nicht unbedingt formulieren."

„Na gut, die Haare habe ich von meinem Vater geerbt. Aber abgesehen davon ..."

„Du bist geblieben. Und zwar Zacks wegen."

Sie blieb unvermittelt stehen, an der Kreuzung Twelfth und Main, und sah ihn eine gefühlte Ewigkeit lang an, während sie seine Worte verarbeitete. Ja, tatsächlich, sie war geblieben, genau wie ihr Vater und ganz im Gegensatz zu ihrer Mutter. Es spielte keine Rolle, ob Zack drei Jahre war oder zwölf oder siebzehn. Sie würde so lange bei ihm bleiben, wie er sie brauchte. Nur hatte sie sich selbst und ihre Familie noch nie in diesem Licht betrachtet.

Mike hielt ihrem Blick mit halb belustigter Miene stand. Donnas Gesicht begann zu glühen, deshalb wandte sie sich rasch ab. Warum hatte er eigentlich eine so gute Meinung von ihr? Waren ihm denn all ihre Fehler noch gar nicht aufgefallen?

Verzweifelt deutete sie zum Ende der Straße, auf ein gedrungenes Gebäude, umgeben von einem Baugerüst. „Möchtest du das Fort sehen?"

„Ich bin ein Junge. Selbstverständlich will ich das Fort sehen. Ich wusste nicht, dass es hier eines gibt."

„Ursprünglich diente es als Versteck für Banditen – während des Mexikanisch-Amerikanischen Krieges. Aber Bettler dürfen nicht wählerisch sein, deshalb nennen wir es ‚das Fort'. Die Stadt arbeitet an seiner Renovierung, für den Fall, dass die Touristen die Nase voll haben vom Alamo und etwas ohne die geringste historische Bedeutung, aber mit einem Souvenirshop wollen."

Sie zeigte ihm das zerfallene Backsteingemäuer mit den Fensterbögen und der alten Wasserpumpe im Innenhof. Im Licht der funkelnden Sterne hatte das Gebäude etwas Geheimnisvolles, als könnten Geisterbanditen in den Hecken lauern.

Mike empfand es offenbar genauso, denn er erschauerte und drückte sie fester an sich. „Na ja, es ist kein Sears Tower oder Chicago Mercantile Building. Oder ein Wrigley Field. Oder ..."

„Ich hab schon verstanden. Unsere Sehenswürdigkeiten stinken ab gegen eure."

„Hey, sprich nicht so von meiner Wahlheimat. Ich mag Kilby. Hier gibt es reichlich Platz, nette Leute, tolles Wetter. Und dich." Er küsste sie zärtlich. Ihre Lippen kribbelten, und wie von selbst öffnete sich ihr Mund. Donna begehrte ihn, einfach so.

Perplex löste sie sich aus seiner Umarmung. „Woher kommst du, Mike Solo? Erst bist du der süße, witzige Typ, in den ich heimlich verliebt bin. Und ehe ich mich's versehe, sind wir zwei verlobt und machen uns auf die Suche nach einem Haus. Wie ist das passiert?"

Er richtete sich auf. „Du warst heimlich in mich verliebt?"

„Ja, aber lass dir das bloß nicht zu Kopf steigen. Ich habe auch für Channing Tatum geschwärmt, den Schichtleiter bei Kroger, außerdem für meinen Fahrlehrer, bis ich herausfand, dass er ein Toupet trug. Und das ist nur eine kurze Aufzählung."

„Ich verstehe. Ich bin nichts Besonderes. Nur einer von vielen Typen, für die du geschwärmt hast. Aber haben all diese Kerle das hier gemacht?" Er zog sie an seine Brust und tanzte mit ihr über den leeren nächtlichen Innenhof, schneller und schneller, bis sie ihn anflehte, damit aufzuhören. Dann küsste er sie, lange, ausdauernd, leidenschaftlich.

Als sie von seinen Küssen schließlich völlig benommen war, ließ er sie los – so plötzlich, dass sie rückwärtstaumelte. Er verschränkte die Arme vor der Brust. „Und?"

„Nein", brachte sie mühsam heraus. „Das haben sie nicht gemacht. Du hast gewonnen. Den anderen Typen habe ich gesagt, sie sollen mich vergessen. Für den armen Channing wird es besonders schwer werden. Ich weiß nicht, was er tun wird, wenn ich nicht mehr für ihn schwärme."

„Er wird es überstehen", erwiderte Mike ohne Mitleid. „Und was die anderen angeht: Gibt es unter ihnen einen, mit dem ich mich unterhalten muss? Muss ich bei Kroger reinmarschieren und mir diesen Schichtleiter vornehmen? Ihm klar und verständlich auseinandersetzen, dass du jetzt mit mir zusammen bist?"

Dieser besitzergreifende Tonfall ging ihr durch und durch. Mike war zu gut, um wahr zu sein. Zu liebenswert, zu anziehend, zu traumhaft.

Aber er war nun einmal kein in Erfüllung gegangener Traum. Er war eine Illusion. Ganz nah, und doch würde er ihr niemals gehören. Nicht wirklich. Nicht auf die Art, wie sie es wollte.

Plötzlich wütend, legte sie ihre Hand auf seine Brust und drückte ihn weg. „Krieg dich wieder ein. Du musst nicht tun, als wärst du besitzergreifend oder eifersüchtig. Schließlich bist du nicht in mich verliebt."

Mike sah aus wie vom Donner gerührt. Am liebsten hätte Donna diese Worte sofort wieder zurückgenommen. Warum nur musste sie immer wieder dermaßen katastrophal mit irgendetwas herausplatzen? Was nun? *Spiel den Clown. Reiß einen Witz.* „Warte mal", verkündete sie. „Das ist es! Du bist *doch* in mich verliebt. Schon die ganze Zeit, und diese ganze Geschichte diente nur dazu, mich zu verführen. Gib es zu, Solo, du liebst mich!" Sie tänzelte fort von ihm, durch den Innenhof, und schmetterte den erstbesten Song, der ihr in den Sinn kam: „Love Is an Open Door".

Sie hatte Mike den Film „Die Eiskönigin – Einfach unverfroren" so oft ansehen lassen, dass sie ihn auswendig kannte. Hier im Innenhof des ehemaligen Banditenverstecks ahmte sie die Choreografie der Hauptdarstellerin nach, indem sie zur verschlossenen Tür lief, die hinein in das Gemäuer führte. „Darf ich etwas Verrücktes sagen?", begann sie und wechselte zwischen Annas und Hughs Text, während sie zur Wasserpumpe hinübertanzte und den kleinen Finger darauflegte, als sie zum Hexen-Teil kam. „Hex, hex!" Sie verwandelte das Stoppschild an der Ecke in eine imaginäre Kuckucksuhr und ahmte Annas Bewegungen nach, während sie über den Einklang der Gedanken sang.

Nie zuvor hatte Donna derartig verzweifelt versucht, sich aus einer Zwickmühle herauszualbern.

Endlich lachte Mike, und das war ihr Zeichen, diese verrückte Imitation zu beenden.

„Das solltest du auf YouTube einstellen", meinte er, legte ihr den Arm um die Schultern und führte sie aus dem Innenhof heraus. Donna grinste, hauptsächlich jedoch, weil sie erleichtert darüber war, von ihrem verbalen Patzer erfolgreich abgelenkt zu haben.

Denn bei allem Spaß, den sie mit Mike im Bett und außerhalb hatte – so großartig er auch sein mochte und was für wundervolle, fürsorgliche Dinge er für sie getan hatte –, das Thema Liebe war komplett vom Tisch. Und dabei würde es auch bleiben, für immer.

Je eher sie das akzeptierte, umso besser.

17. KAPITEL

„Na schön, Zack. Was haben wir heute gelernt? Wie viele Innings gibt es bei einem Baseballspiel?"

„Neun!"

„Es sei denn ...?"

Zack machte ein nachdenkliches Gesicht und sog an seinem Saftpäckchen. „Es regnet?"

„Ja, schon, aber vor allem, wenn es unentschieden steht. Dann spielen wir Extra-Innings. Kannst du das schon sagen?"

„Extra-Innings!" Der Junge warf die Arme in die Luft und verspritzte dabei ein paar Tropfen Apfelsaft an die Wand des Mannschaftsunterstands. Mike hatte eine Sondererlaubnis erhalten, Zack das Innere des Catfish-Stadions zu zeigen. Das gehörte zu Mikes Vorhaben, Zack davon zu überzeugen, dass Baseball jeder anderen Sportart meilenweit überlegen war.

Donna hatte einen verzweifelten Anruf der Gilberts erhalten; sie gaben eine Cocktailparty und brauchten jemanden, der sich zwei Stunden lang um die Kinder der Gäste kümmerte. Und die einzige Person, der sie die Kinder ihrer reichen Freunde anvertrauen wollten, war Donna. Mike hatte sofort die Chance ergriffen, um Zeit mit Zack zu verbringen.

„Das ist gut. Gib mir fünf." Sie klatschten sich ab. „Und jetzt zur wichtigsten Frage von allen. Was ist die beste Sportart auf der ganzen Welt?"

Zack grinste übermütig. „Football!"

Mike stöhnte und schlug die Hände vors Gesicht. „Das machst du doch, um mich zu ärgern, oder? Weißt du, was? Du erinnerst mich an jemanden, und zwar an eine gewisse Rothaarige, die immer bloß Schwierigkeiten macht."

Trevor Stark kam zu ihnen, einen Schläger über der Schulter. Er blieb vor ihnen stehen und bog den Oberkörper vor und zurück. „Hab gerade das Wort ‚Football' gehört. Haben wir hier etwa einen Footballfan?"

„Nein", sagte Mike, während Zack im selben Moment „Ja!" schrie.

„Was ist denn deine Lieblingsmannschaft, Junge? Ich bin Lions-Fan."

„Lions? Ich wusste gar nicht, dass du aus Detroit bist."

„Du weißt eben einen Schei... nicht viel über mich, Solo." Er verkniff sich das unanständige Wort mit einem kurzen Blick auf Zack.

„Da hast du recht, und meinetwegen kann es auch ruhig so bleiben."

„Umso besser. Ich wünschte, das würde für beide Seiten gelten. Die Tatsache, dass ich weiß, dass du Texas-A&M-Farben für deine Hochzeitsdekoration gewählt hast, macht mich regelrecht krank."

Mike konnte ihm da nur zustimmen. Die Farben für die Dekoration waren grauenhaft, aber Donna versuchte nach wie vor, den Richter zu beeindrucken. Und Mike war es völlig egal, wie viel Aufmerksamkeit die Stadt den Details der Hochzeit schenkte. Dabei ging es ja gerade darum. Je mehr ihre Hochzeit beachtet wurde, desto mehr vergrößerten sich Donnas Chancen, den Richter davon zu überzeugen, dass sie nicht länger das verantwortungslose Mädchen war, das ihr Kind den Eltern ihres Ex überlassen hatte.

Zack zurückbekommen. Hinter diesem Ziel stand er voll und ganz, und mit jedem Moment, den er mit dem Jungen verbrachte, mehr. Momentan war Zack gerade dabei, die Beine auf der Bank hin- und herschlenkern zu lassen, glücklich im Hier und Jetzt. All das Gerede über die Hochzeit schien ihn nicht zu berühren, wahrscheinlich weil er zu jung war, um überhaupt etwas davon zu verstehen.

Dwight Conner kam herüber, beugte sich herunter und vollführte einen komplizierten Handschlag mit Zack. Der Junge grinste begeistert von einem Ohr zum anderen. Er sah dabei Donna so ähnlich, dass Mikes Herz eine langsame Umdrehung vollführte.

„Yo, Mann, ich hab gehört, Bieberman fühlt sich heute nicht gut. Willst du für uns Shortstop spielen?"

„Was ist ein Shortstop?", fragte der Junge.

Mike erklärte es ihm. „Das ist der Typ, der zwischen der Second und Third Base steht und die meisten flach ins Infield geschlagenen Bälle bei einem Spiel fängt. Schaffst du das, Junge?"

„Klar!"

„Super! Ich wusste doch, dass du im Grunde deines Herzens ein Baseballfan bist."

„Kann ich Touchdowns machen?"

Mike schlug sich mit der flachen Hand auf die Brust. „Du bringst mich noch um. Triffst mich genau dort, wo es wehtut."

Die Mitspieler lachten, und Zack schaute grinsend zu ihnen auf. Genau wie seine Mutter, das kleine Teufelchen.

Trevor entdeckte Angeline, die Promotion-Frau, die gerade das Spielfeld betrat. „Wir sehen uns später, Leute. Wichtiges Business-Meeting."

„Sicher, kümmer dich nur ums Geschäft, Bruder. Bieberman heult sich wahrscheinlich auf dem Klo die Augen aus dem Kopf."

„Hab doch nie behauptet, dass er es nicht probieren kann", meinte Trevor arrogant. „Ist schließlich ein freies Land."

Dwight schüttelte den Kopf, als Trevor über den Rasen lief. „Weißt du, was dieser Kerl braucht? Eine saftige Abfuhr. Man ist kein richtiger Mann, bevor einem nicht das Herz zu Gelee zerquetscht wurde."

„Hübsches Bild." Gemäß dieser Definition war Mike vor vier Jahren zum Mann geworden.

Zack musste zur Toilette, also ging Mike mit ihm ins Clubhaus, in dem sich außer Terry, der leicht reizbaren Physiotherapeutin, niemand befand. Sie war gerade damit beschäftigt, den Vorrat an Mentholsalben aufzufüllen. Mike winkte ihr zu und führte Zack zur Toilette. Der Fernseher war auf den Kanal eingestellt, auf dem das Spiel der Friars gezeigt werden würde, das innerhalb der nächsten Stunde beginnen sollte. Die beiden

Moderatoren fassten eben die Sportnachrichten des heutigen Tages zusammen. Mike lehnte sich gegen die Wand und verfolgte die Diskussion. Er grinste, als sie Caleb Harts herausragende Leistungen in den ersten zwei Monaten der Saison erwähnten.

„Er lieferte absolut zuverlässig Ergebnisse in diesem Jahr, und das war bei ihm durchaus nicht immer der Fall", bemerkte der eine Moderator.

„Möglicherweise ist seine Zeit in Kilby dafür verantwortlich", erwiderte der andere. „Crush Taylor kann man lieben oder hassen. Aber er hat eben ein Händchen für gute Pitcher."

„Erzähl das Yazmer Perez." Der Co-Kommentator kicherte. „Der ist damit beschäftigt, in den sozialen Medien für seine CrushIt-Kampagne zu werben. Hast du je davon gehört, dass eine Gruppe von Spielern sich gegen den Teambesitzer auflehnt?"

„Nein, habe ich nicht. Aber es ist faszinierend, das zu verfolgen. Wie ein Autounfall mit Stuntmen. Andererseits kann man sich stets auf Kilby verlassen, wenn es um eine verrückte Neuigkeit geht."

„Das ist wahr, doch diese Geschichte bringt ein paar heikle Themen auf die Tagesordnung. Es erinnert mich an die Zeit, als die Spieler sich über weibliche Reporter in der Umkleidekabine aufregten. Genau das Gleiche passiert heute, nur dass es diesmal um schwule Journalisten geht." Der Moderator wandte sich an den Gast der Sendung, einen ehemaligen Spieler der Red Sox, auf dessen kontroverse Ansichten man sich verlassen konnte. „Wie sehen Sie das, Buck?"

„Nun, Yaz besitzt Mumm. Das muss man ihm schon lassen. Er ist ein Typ, der seine Meinung ausspricht. Alle sind doch heutzutage so politisch korrekt. Hier haben wir einen Mann, der sein Anliegen energisch vertritt. Außerdem ist er ein Spieler, also betrifft ihn die Sache direkt. Im Grunde spricht er für viele Spieler, die ihre Haltung nicht öffentlich machen. Ob seine Ansichten nun richtig sind oder nicht – und ich sage weder das eine noch das andere –, man muss den Hut ziehen vor Yaz' Aufrichtigkeit."

Aufrichtigkeit. Mike ballte die Hände zu Fäusten. In diesem Kerl steckte kein einziges Gramm Aufrichtigkeit, bis auf die Aussage, dass er um jeden Preis Aufmerksamkeit wollte. Aufrichtigkeit. Glaubte das wirklich jemand? Glaubte irgendwer, dass Yaz die Überzeugungen anderer Spieler repräsentierte?

Mike holte tief Luft. Donnas Bemerkung fiel ihm wieder ein. *Er ist schließlich Baseballspieler, genau wie du. Vielleicht solltest du dich ans Fernsehen wenden. Ein öffentliches Statement abgeben.*

Und dann war seine innere Stimme zu hören, laut und nicht zu ignorieren: *Sie hat recht.* O verdammt.

Konnte er …? Sollte er …? Seine Familie würde sich schämen. Er musste vorher Joeys Einverständnis haben. Ohne die Zustimmung seines Bruders würde er gar nichts unternehmen, ganz egal, was seine verrückte Intuition ihm einflüsterte.

Eine kleine Hand zog an seiner. Er schaute hinunter und entdeckte Zack, der mit großen Augen zu ihm aufsah. Offenbar musste Mike hier schon eine Weile regungslos wie eine Salzsäule gestanden haben. „Hast du dir die Hände gewaschen, Kumpel?"

„Ja. Wann kommt Mama?"

Mike schaute auf seine Uhr. Donna war vermutlich schon auf dem Weg hierher. „Komm, wir rufen sie mal an. Ich muss mich sowieso für das Spiel bereit machen." Außerdem hatte er noch eine ganze Reihe von Telefonaten zu erledigen. Wenn er wirklich das tun wollte, wozu sein Gewissen ihn drängte, musste er handeln.

Nachdem er Zack Donna übergeben und sein Trikot angezogen hatte, schaffte Mike es gerade noch, Joey anzurufen. Er telefonierte in einer Ecke des Tunnels, der in den Mannschaftsunterstand führte, außerhalb der Hörweite der anderen Mitspieler.

„Hey, großer Bruder", sagte er, als Joey sich meldete. „Ich muss dir etwas Wichtiges mitteilen."

„Das ist jetzt nicht der günstigste Zeitpunkt ..." Joeys Stimme klang kratzig und weit weg. Wahrscheinlich lag es an der schlechten Verbindung, denn das Clubhaus war bekannt für seinen schlechten Empfang.

„Ist alles in Ordnung mit dir? Wie geht's meiner Niere?"

„Verarbeitet die Nachwirkungen eines Martinis." Das klang schon mehr nach Joey.

„Nett. Feier ruhig ordentlich, Bruderherz. Pass auf, ich habe mir überlegt, für ein bisschen Wirbel zu sorgen."

„Machst du das nicht bereits durch deine Verlobung? Ich würde sie gern kennenlernen, und zwar bald. Schick mir mal deine Termine für die Auswärtsspiele. Ich unterrichte in diesem Jahr nicht in der Sommerschule."

Das war merkwürdig. Joey unterrichtete so gern, dass er jede Gelegenheit nutzte, um zusätzliche Kurse zu halten.

„Klar, ich schicke sie dir heute Abend. Aber ich rede nicht von Donna. Ich spreche davon, an die Öffentlichkeit zu gehen."

„Was meinst du denn damit?"

„Ein Statement abgeben oder so was."

Joey war verdächtig still. „Was denn für ein Statement?"

Vielleicht hatte er noch gar nicht richtig darüber nachgedacht. „Über Schwule."

Joey lachte und fing an zu husten.

„Geht es dir wirklich gut, Joey?"

„Alles in Ordnung. Ich fühle mich geehrt, weil du glaubst, ich bräuchte eine öffentliche Erklärung. Was ist denn los, Mike?"

Er erläuterte seinem Bruder die Situation mit Yazmer. Eine ganze Weile sagte Joey nichts, lediglich Hintergrundgeräusche waren zu hören – die Stimme einer Frau, das Piepen eines Monitors. Mikes Mut sank. Joey lag offenbar im Krankenhaus, und Mike setzte ihn jetzt auch noch zusätzlichem Stress aus.

„Hör zu, vergiss es einfach. Das Letzte, was du jetzt gebrauchen kannst, sind Reporter, die dir auf die Pelle rücken. Und wenn ich eine Erklärung abgebe, wird das passieren. Es werden nicht so viele sein, aber immer noch genug. Es geht ja eben darum, sich an die Öffentlichkeit zu wenden, mit dem Ziel ... Na ja, lassen wir das."

„Ich habe kein Problem damit", unterbrach Joey ihn. „Warne die Familie vor, denn die wird nicht begeistert sein. Aber da ist noch was ..."

„Solo! Sieh zu, dass du in den Unterstand kommst. Ein Kind, das die Feuerwehr gerufen und seine ganze Familie aus einem brennenden Haus gerettet hat, singt die verdammte Nationalhymne!" Dukes Stimme donnerte durch den Gang. „Und dann haben wir noch eine Katze, die den ersten Wurf machen wird. Es ist der reinste Zirkus, Solo, und den willst du dir bestimmt nicht entgehen lassen."

„Ich komme, Duke." Dann sprach er wieder leiser ins Telefon. „Was wolltest du gerade sagen, Joey?"

„Ruf mich später wieder an. Es klingt, als müsstest du los."

„Mach ich. Und ich setze mich mit der Familie in Verbindung, mach dir deswegen keine Sorgen. Pass auf dich auf."

„Du auch. Und hau den Ball aus dem Stadion."

Mike rannte zurück zur Umkleidekabine, warf sein Handy in den Spind und schaffte es gerade noch rechtzeitig für das Notrufkind.

Yazmer war als Erster an der Reihe. Als er aufs Spielfeld lief, wurde es lauter auf den Rängen. Manche applaudierten, manche buhten, aber das schien ihn nicht zu stören. Lärm war Lärm. Er winkte großspurig und setzte seine Kappe in genau dem Winkel auf, den er bevorzugte, noch knapp innerhalb der Regeln. Mike murmelte vor sich hin, während er seinen Platz hinter der Home Plate einnahm. Hätte er bloß nicht diese hohen moralischen Pater-Kowalski-Ansprüche, dann könnte er Yaz ein wenig einheizen. Schlecht spielen oder Yaz das Kommando überlassen. Dem Schlagmann vor sich einen Tipp geben, wie Yaz den nächsten Ball werfen würde. Es gab viele Möglichkeiten, Yaz zu sabotieren. Ein vermurkstes Spiel würde nicht an Mikes Status kratzen, außer er fing einen Ball nicht. Aber für Yaz sähe die Sache schon anders aus.

Der Schlagmann der Reno Aces, Dave Foster, kam zur Plate. „Kopf hoch, Solo. Ich werde direkt auf das Maul von diesem Arschloch zielen."

„Das habe ich nicht gehört", erwiderte Mike lachend, ehe er die Gesichtsmaske herunterklappte. Foster trat in die Batter's Box, den Bereich für den Schlagmann vor der Home Plate. Mike nahm seine kauernde Haltung ein und gab das Zeichen für einen Fastball. Yaz ignorierte es. Mike verlangte einen Curveball. Keine Chance. Er ging alle möglichen Würfe durch, ohne Reaktion, bis er schließlich eine Auszeit verlangte und zum Wurfhügel trabte.

„Was soll der Mist?"

„Bist du andersrum, Solo?"

Mike stutzte und verstand zuerst nicht. „Wovon redest du?"

„Na, andersrum. Ein Hinterlader. Kann einem Fänger nicht trauen, der beide Seiten mag."

Mike starrte ihn fassungslos an, als es endlich klick gemacht hatte. Dave Foster war einmal in einer Schwulenbar gesehen worden, obwohl er bestritt, homosexuell zu sein. Mike war es herzlich egal, Yaz ganz offenkundig nicht. Und Mike hatte mit Foster vor Yaz' Wurf gescherzt.

„Du elender kleiner Scheißer. Wirf endlich, oder verschwinde vom Platz." Mike zeigte auf die Tribünen. „Diese Leute sind nicht hergekommen, um dir dabei zuzusehen, wie du mit Kopfschütteln deine Nackenmuskeln trainierst, sobald ich dir einen Vorschlag mache."

Mitch, der Werfer-Trainer, kam aufs Feld gelaufen. „Was ist los, Jungs?"

Yaz und Mike starrten einander nach wie vor feindselig an. Dann erschien ein fieses Grinsen auf Yazmers Gesicht. „Ich will einen anderen Catcher."

„Das ist nicht deine verdammte Entscheidung", fuhr Duke ihn an, der seine massige Gestalt aus dem Unterstand hievte. „Entweder nimmst du Mike, oder diese Katze macht den ersten Wurf. Ende der Debatte."

„Der Hirni Solo taugt nix, um Yaz in die große Liga zu bringen. Hätt ich 'n anderen Catcher, wär ich längst der King bei den Friars."

Mike hätte einiges darum gegeben, diesem Kerl jetzt eine reinzuhauen.

Aber Yaz war noch nicht fertig. „Diese Katze schafft es eher in die Majors als Solo."

In Mike zog sich alles zusammen. Sagten die Leute das von ihm? Donna und der großartige Sex mit ihr hatten ihn in den letzten Wochen abgelenkt. Noch war seine Statistik gut, aber er hatte die jüngsten Wechsel und Transfers nicht mehr verfolgt. Er wusste nicht, welche Taktik die Friars verfolgten. Und mit diesem Yazmer hatte er so wenige Fortschritte gemacht, dass der Kerl glatt nach einem anderen Catcher verlangte.

Na fabelhaft.

„Macht weiter so, dann schafft keiner von euch beiden es", meinte Duke scharf, der gerade genug Autorität besaß, um zu Yaz durchzudringen, dessen Grinsen verschwand.

Lieberman meldete sich nervös zu Wort. „Ich bin allergisch gegen Katzen. Noch jemand?"

Alle starrten ihn an. „Diese Katze könnte im Infield auf den Rasen gekackt haben", fuhr er fort, vor den finsteren Blicken zurückweichend. „Kann jemand ... vielleicht ..."

Mike schnitt ihm das Wort ab. „Yaz und ich haben nur versucht, unsere Zeichen aufeinander abzustimmen. Kein Grund, hier gleich einen solchen Auflauf zu veranstalten. Wir haben das geklärt."

„Na hoffentlich", entgegnete Duke. „Das hier ist Baseball, nicht die Mittelschule. Ich will euch beide nach dem Spiel in meinem Büro sehen."

Mike nickte, ebenso Yaz, der ihn ein weiteres Mal voller Abscheu ansah. Schwer seufzend trabte Mike wieder hinter die Home Plate, wo Foster mit dem Schiedsrichter plauderte. „Habt ihr's zwischen euch geklärt?", erkundigte Foster sich grinsend. „Ich wette, du kannst es nicht erwarten, endlich aufzusteigen."

Da hatte er recht. Aber jetzt wurde es Zeit, die persönlichen Gefühle zurückzustellen und Arbeit für die Catfish zu leisten.

„Und ob. Wenn Yaz in dieser Stimmung ist, ist niemand sicher, weder der Catcher noch sonst wer. Ist nur eine freundliche Warnung." Er klappte den Gesichtsschutz wieder herunter und verbarg auf diese Weise ein Grinsen, während Foster seinen Platz einnahm.

Für den Rest des Spiels triezte Mike den unbeständigen Werfer zu einem Sechs-Treffer-vier-zu-zwei-Sieg. Hoffentlich bemerkte das irgendwer und schrieb es auf die Mike-Solo-Pluspunkt-Liste. Yaz würde das sicher nicht tun. Der nahm sein übliches YouTube-Video nach dem Spiel von sich auf und postete in dem ihm eigenen Slang auf Instagram, wie brillant Yazmer Perez war. #CrushIt.

Zum ersten Mal war es Mike egal, denn jetzt hatte er einen Plan, um sich zu wehren.

Als das Statement zum ersten Mal ausgestrahlt wurde, lag Mike mit Donna in ihrem winzigen Apartment mit Blick auf die Kläranlage im Bett. Der Produktionskoordinator von Equal Rights in Sports, der Gruppe, die Mike sich für seine Botschaft auserkoren hatte, hatte ihm eine Liste mit Sendeterminen gegeben. Mike und Donna beendeten rechtzeitig eines ihrer wilden, berauschenden Liebesspiele, um den Fernseher einzuschalten, nur wenige Sekunden bevor es losging.

„Ich bin nervös", gestand er und rieb sich die Brust. „Ich bin es nicht gewohnt, im Rampenlicht zu stehen."

„Tja, solltest du aber. Du bist genauso süß wie die Männer, die sie sonst immer im Fernsehen zeigen." Donnas einzigartige Loyalität entlockte ihm stets ein Lächeln.

„Meinst du nicht, dass du ein wenig voreingenommen bist, wegen deiner heimlichen Schwärmerei und allem?" Er konnte es nicht fassen, dass sie ihm diese Information gegeben hatte, mit der er sie jederzeit aufziehen konnte.

Sie errötete, wie jedes Mal, sobald er es erwähnte. „Das wirst du nie vergessen, oder?"

„Nein. Wann hat es eigentlich angefangen? In der Putzmittelkammer in der Bibliothek? Oder schon vorher?"

„Frag dich lieber, wann es aufgehört hat." Sie pikste ihn in die Rippen. „Vermutlich ziemlich bald nachdem du den Mund aufgemacht hattest."

„Ich wüsste zu gern, weshalb ich mich dermaßen anstrengen sollte, damit du mich magst, wenn das doch längst der Fall war."

„Schsch! Du bist dran."

Mike saß ans Kopfende des Bettes gelehnt, ein Knie angewinkelt, das andere Bein ausgestreckt. Im Fernsehen war die Geräuschkulisse eines Baseballstadions zu hören und Mikes Gesicht vor dem Hintergrund eines Spielfeldes zu sehen. Es handelte sich nicht um das Catfish-Stadion, sondern um ein Spielfeld, das Crush auf seiner Ranch hatte anlegen lassen, nachdem er seine Profikarriere beendet hatte.

„Hi, ich bin Mike Solo. Ich war die meiste Zeit meines Lebens Baseballspieler, aber Bruder bin ich schon seit meiner Geburt. Mein großer Bruder hat mir Skateboardfahren beigebracht, wie man einen Treueschwur ablegt und sich gegen jemanden wehrt, der Schwächere tyrannisiert. Ich habe viel von meinem Bruder gelernt. Er ist mein Vorbild. Außerdem ist er zufällig schwul. Das sollte eigentlich eine Privatangelegenheit sein, doch für einige Leute ist es das traurigerweise nicht. Sie wollen Menschen wie meinen Bruder ausgrenzen und beruflich diskriminieren. Ich finde das unfair und kurzsichtig obendrein. Sollte nicht allein zählen, wie gut jemand seinen Job macht? Und nicht das, was er zu Hause und in seinem Privatleben treibt. So sehe ich das jedenfalls. Ich bin stolz auf meinen Bruder, und falls jemand versucht, ihn auszugrenzen, ist das in meinen Augen ein ziemliches Provinzliga-Verhalten. Ich bin der Baseballspieler Mike Solo, und dies war eine Botschaft von Equal Rights in Sports."

Musik ertönte, die ERS-Grafik wirbelte ins Bild, und der Beitrag war vorbei. Es folgte ein Werbespot für Rice-A-Roni, in dem kleine Hörnchennudeln Arm in Arm tanzten. Mike wagte nicht, Donna anzusehen.

„Bei der Formulierung ‚Provinzliga-Verhalten' haben wir hin und her überlegt", sagte er schließlich nervös. „Ist das blöd? Klang das albern? Wir haben keine andere Baseball-Redensart gefunden, die passend klingt."

Donna schlang so heftig die Arme um ihn, dass sie ihn fast seitwärts aus dem Bett geworfen hätte. „Machst du Witze? Das war wundervoll. Du hast es einfach so gesagt, wie es ist. Und du sahst echt heiß aus. Was war das denn für ein Hemd, das du da anhattest?"

„Das gehörte zur Ausgehuniform einer meiner Highschoolmannschaften. Es stand kein Teamlogo vorne drauf, deshalb konnte ich es anziehen. Sah es zu eng aus?"

„Auf keinen Fall. Es war sexy." Donnas Augen leuchteten golden, und sie verströmte regelrecht Begeisterung. „Ich bin sehr stolz auf dich! An so etwas hatte ich gedacht, als du dir Yazmers Tweets angesehen hast."

„Du hast mich auf die Idee gebracht."

„Wirklich? Aber es kam viel besser rüber, als ich es mir vorgestellt hatte." Sie hob die Hand, um ihn abzuklatschen. „Touchdown Mike Solo!"

„Was ... hast ... du ... gesagt? Ging es hier etwa um Football?" Er kniff die Augen bedrohlich zu schmalen Schlitzen zusammen, dann warf er sie auf den Rücken. Sie lachte und setzte eine Unschuldsmiene auf.

„Hoppla, sagte ich Touchdown? Ich meinte natürlich Tor!"

„Wow, du legst es aber wirklich drauf an. Einen Versuch bekommst du noch." Er zog ihr die Decke weg und setzte sich rittlings auf sie. Sein Penis, vor fünf Minuten noch erschlafft, regte sich angesichts ihrer kurvigen Nacktheit. Leider war dies nicht der richtige Moment für Sex, sondern für gnadenloses Durchkitzeln.

„Homerun! Ich meinte Homerun!" Sie kreischte, als er sich mit beiden Händen auf sie stürzte. „Nicht kitzeln! Ich leide unter einer schrecklichen Kitzel-Inkontinenz! Lass mich los, oder es nimmt ein feuchtes Ende. Das schwöre ich!"

„Dann sag es noch einmal, Missy! Du weißt, was ich hören will!"

„Baseball ist das beste Spiel auf der ganzen Welt! In der gesamten Geschichte der Menschheit!"

„Das ist schon besser." Er hörte auf, sie zu kitzeln, denn inzwischen wusste er, dass die schreckliche Kitzel-Inkontinenz tatsächlich existierte. Außerdem schwebte ihm noch ein anderes Spiel vor, das mit Baseball konkurrieren konnte. „Da könnte es allerdings noch diese eine tolle Sache geben, die einen großen Vorteil gegenüber Baseball hat."

Und damit schob er seine Hand zwischen ihre Beine, bereit, es zu demonstrieren und die Anrufe zu ignorieren, die bereits eingingen.

18. KAPITEL

Mikes öffentliche Bekanntmachung schlug wie ein Blitz ein. Die landesweiten Sportsender griffen das Thema auf, was kostenlose Publicity bedeutete. Alle wollten ihn interviewen, und jedes Mal, wenn er redete, auf seine verwegene, charmante, unarrogante Art, gewann er neue Fans. Was Donna nicht überraschte. Allerdings machte er sich auch neue Feinde. Er bekam böse Briefe oder musste sich Hass-Kommentare auf Facebook gefallen lassen. Und die Gruppe, die in der vergangenen Saison schon die Kilby Catfish hatte loswerden wollen, bekam neuen Aufwind.

„Catfish in die Dose! Wir haben genug von den ständigen Skandalen! Ist es nicht allerhöchste Zeit, dass die Catfish-Spieler in eine andere Stadt ziehen?", lautete ihr jüngster Aufruf im *Kilby Press Herald*.

Reporter machten sich daran, Details von Mikes Familiengeschichte auszugraben. Die Tatsache, dass er die Marineakademie besucht hatte, mit dem Ziel, ein Navy SEAL zu werden. Die Tatsache, dass er die Navy verlassen musste, nachdem er seinem Bruder eine Niere gespendet hatte. Selbst das Ende seiner Verlobung mit Angela fand einen Weg in den Bericht, den *Sports Illustrated* über ihn brachte. Der überwiegende Teil des Artikels war positiv, dennoch war das Maß an plötzlicher öffentlicher Aufmerksamkeit verwirrend, besonders für Donna.

Sie hatte gedacht, dass mit diesem Hype um ihre Hochzeit schon der Höhepunkt des öffentlichen Interesses erreicht war, aber was nun passierte, spielte sich auf einem ganz anderen Level ab. Als sie das nächste Mal gemeinsam mit Zack ein Spiel besuchte, erwartete sie am Eingang ein Fotograf. Nachdem Donna ihre Tickets gekauft hatte, ging sie durch das Drehkreuz, wobei sie Zack fest an der Hand hielt. Der Fotograf richtete seine Kamera direkt auf ihr Gesicht und lief rückwärts, während er ihr gleichzeitig Fragen entgegenbrüllte.

„Was halten Sie von der Bekanntmachung Ihres Verlobten?

Und was von Yazmers Reaktion darauf? Haben Sie sein neues YouTube-Video schon gesehen?"

„Nein, das habe ich noch nicht gesehen", erklärte sie. „Und Sie sollten lieber jemand anderen interviewen."

„Warum hat Mike Solo so lange seinen Bruder verschwiegen? Hat er sich vielleicht für ihn geschämt?"

„Natürlich nicht", schnappte sie. „Es war reine Privatsache. Können Sie mir bitte aus dem Weg gehen?" Zack hatte inzwischen beide Arme um ihren Oberschenkel geschlungen, was es Donna zusätzlich erschwerte, sich ins Innere des Stadions zu flüchten.

„Wenn es so privat war, warum dann jetzt dieses öffentliche Geständnis?"

„Weil es der richtige Zeitpunkt war. Und weil Yazmers dämliche Petition zirkuliert. Warum stellen Sie mir all diese Fragen?"

„Nennen Sie Yazmer dämlich?"

Donna starrte den Mann an, den sie hinter dessen Kamera kaum erkennen konnte. Brille, zerzaustes braunes Haar, hinterlistige Erscheinung. „Sie Mistkerl, verdrehen Sie mir etwa die Worte im Mund? Zum Mitschreiben: Ich stehe voll und ganz hinter Mike, ich halte Yazmer für eine Publicity-Hur... für einen Publicity-Hund, wollte ich sagen, und ansonsten gebe ich keinen Kommentar ab."

Als sie endlich das Drehkreuz hinter sich hatte, war sie vollkommen aufgebracht. Sie war absolut die falsche Person für den Umgang mit neugierigen Reportern. Zack hob die Arme und bettelte darum, hochgehoben zu werden. Sie tat ihm den Gefallen und eilte zu einem Verkaufsstand, an dem sie sich einen riesigen Becher Limonade kaufen konnte. Mike, bereits in seinem blauen Catfish-Trikot, kam auf sie zugelaufen. Das Mädchen am Ticketschalter musste die Security verständigt haben.

Mit Zack auf dem Arm warf Donna sich praktisch an seine Brust. „O Mike, das war der reinste Wahnsinn! Ich fürchte, ich habe es vermasselt. Ich war überhaupt nicht vorbereitet! Der tauchte einfach wie aus dem Nichts auf."

„Hey, ganz ruhig. Ist schon gut. Die Security-Leute kümmern sich darum. Die werden versuchen, ihm die Aufnahmen wegzunehmen."

„Ich hoffe, es gelingt ihnen, denn ich hätte Yazmer beinahe eine Hure genannt. Ich habe noch versucht, es anders zu formulieren, aber ich bin mir nicht sicher, ob es auch so rübergekommen ist."

„Vergiss es. Ich will nicht, dass du dir deswegen Sorgen machst. Das ist meine Schlacht, und ich werde dafür sorgen, dass sie dich in Ruhe lassen." In seinen starken Armen fühlte sie sich schon besser.

„Wer war der Mann?", wollte Zack wissen. „Der war voll doof."

„So kann man es auch nennen, Zack-a-doodle. Sagen wir mal, er ist keiner, mit dem wir Zeit verbringen wollen. Wenn wir ihm noch mal begegnen, gehen wir einfach woandershin."

Die Schlagzeile des Daily Sports Blog am nächsten Tag lautete: *Catfish Catfight! Solos Süße nennt Yaz „Hure"*. Donna schaute Mike über die Schulter, während er den ganzen Text an ihrem Computer las.

„Ich und mein Mundwerk", brachte sie stöhnend hervor. „Kannst du es für den nächsten Monat zukleben?"

„O nein. Für deinen Mund habe ich andere Pläne." Mike warf ihr einen gespielt lüsternen Blick zu, aber sie konnte sehen, dass ihm die Richtung, in der sich die Dinge entwickelten, ganz und gar nicht gefiel.

„Es verwandelt sich allmählich in einen Zirkus, oder?"

„Ja, aber das ist nicht deine Schuld. Yaz liebt Zirkus. Ich dachte, er würde sich ärgern über meine Bekanntmachung, aber das tut er nicht. Stattdessen grinst er mir zu, als würden wir zur Unterhaltung der Öffentlichkeit irgendein Spiel spielen."

„Was sollen wir tun?"

„Nichts. Mach einfach weiter wie bisher. Falls dir Reporter Fragen stellen, *antworte nicht*. Ich weiß, das ist schwer. Die sind Experten darin, Leuten Antworten zu entlocken. Das ist ihr Job. Blende sie einfach aus, und mach dein Ding."

„Mein Ding? Was ist denn mein Ding?"

Er drehte sich mit dem Stuhl um und zog sie auf seinen Schoß. „Na, was du halt machst. Atmen. Leben. Lächeln. Solche Sachen." Sein Kuss vertrieb auch den letzten Rest an Besorgnis. Mike gab ihr das Gefühl, kostbar zu sein und wichtig, auf eine Weise, wie es nie zuvor jemand vermocht hatte. Jeder Augenblick, den sie mit ihm verbrachte, ließ ihre Liebe zu ihm tiefer werden und machte es gleichzeitig immer schwieriger, diesen Zustand vor ihm zu verbergen.

Zum Glück hatte sie viel Übung darin, ihre wahren Gefühle hinter einer lebenslustigen, unbekümmerten Fassade zu verstecken.

Am nächsten Tag lauerten ihr zwei Fotografen auf dem Parkplatz von Dental Miracles auf. Diesmal war Donna vorbereitet. Da Schweigsamkeit nicht ihre große Stärke war, hatte sie sich etwas anderes überlegt.

„Guten Morgen", rief sie gut gelaunt, während sie sich ihre Tasche umhängte und in ihrem dunkelblauen Kostüm zum Eingang lief.

„Haben Sie einen Kommentar für uns zur momentanen Berichterstattung?"

„Danke, dass Sie fragen. Ich möchte Ihre Aufmerksamkeit auf ein neues Produkt lenken, das wir anbieten. Zahnaufhellung per Laser. Funktioniert fantastisch. Ihre Zähne werden hinterher verblüffend weiß aussehen. Und da ihr Leutchen so klasse seid, kann ich euch ein Sonderangebot machen. Einmal Zahnaufhellung per Laser plus einer Füllung zu einem echten Niedrigpreis. Leider müssen wir dabei allerdings das Betäubungsmittel weglassen, aber damit kommen Sie sicher klar, was?" Noch fünf Schritte bis zum Eingang; sie hatte es fast geschafft.

„Sehr witzig, Donna, wirklich. Sie haben einen gewissen Ruf in Kilby. Sie sind bekannt als Partygirl."

Noch drei Schritte. „Das war in meinen jüngeren Jahren. Heute bin ich eine hart arbeitende Rezeptionistin in einer Zahnarztpraxis, und ich komme noch zu spät zur Arbeit. Wenn Sie sich weiter über die Zahnaufhellung unterhalten möchten, lassen Sie mich Ihnen gern erklären, wie es funktioniert. Wir schnallen Sie in einem Stuhl fest, öffnen Ihren Mund und zielen mit einem Hochleistungslaserstrahl hinein. Sicher, das birgt ein gewisses Risiko, aber alle guten Dinge haben ihren Preis, wissen Sie."

„Stimmt es, dass Sie Mike Solo in einer Bar kennengelernt haben? Wie können Sie behaupten, Sie seien kein Partygirl mehr, wo Sie doch erst im vergangenen Jahr in eine Kneipenschlägerei verwickelt waren?"

Die Tür, direkt vor ihr. *Mach sie auf. Ignoriere die Typen einfach. Geh hinein.*

„Ist diese Debatte für Sie belastend, wo Sie doch eine Vorgeschichte haben, was Depressionen angeht?"

„Wie bitte?"

Glücklicherweise tauchte genau in diesem Augenblick Ricki, die Buchhalterin, hinter ihr auf und öffnete die Eingangstür. „Kommst du mit rein, Donna?"

Benommen nickte sie und folgte der Kollegin hinein. Vor Schock zitternd, eilte sie in die Toilette und rief von dort Karen Griswold, ihre Anwältin, an. „Meine Krankenhausakten sind privat, oder?"

„Absolut!"

„Ein Fotograf hat mich gerade nach meinen Depressionen gefragt. Die hatte ich ein einziges Mal, und die hatten mit der Schwangerschaft zu tun! Das kann man doch nicht *Vorgeschichte* nennen, oder?"

„Hm, offenbar wirft da jemand mit Dreck. Sprechen Sie ab sofort mit niemandem mehr. Haben Sie mich verstanden? Ich werde mal ein paar Nachforschungen anstellen."

Als Donna bei den Hannigans vorfuhr, um Zack abzuholen, stand Harveys Wagen draußen. Das war seltsam, da sie es normalerweise vermieden, einander über den Weg zu laufen, wenn einer von ihnen Zack abholte. Es löste einfach zu viel Befangenheit aus.

Sie eilte den Weg zum Haus entlang und freute sich schon auf ihren Sohn. Zuletzt hatte sie ihn bei diesem Baseballspiel gesehen, wo der Fotograf sie angesprochen hatte. Das war nicht die angenehmste Erinnerung, obwohl Mike seinen fünften Homerun des Jahres geschafft und die Catfish 5:2 gewonnen hatten.

Wow, Baseball eroberte wirklich ihre Gedanken.

Als sie an die Haustür klopfte, bemerkte sie, dass keine kleine Gestalt hinter den Gardinen im Wohnzimmer wartete. Zack musste in seinem Zimmer sein. Harvey öffnete die Tür und kam sofort zu ihr heraus, statt sie hereinzulassen.

„Was soll das? Wo ist Zack?"

„Er ist drinnen mit Bonita. Sie backen Plätzchen."

„Ich dachte, Bonita isst keinen Zucker."

„Sie benutzen Stevia."

Donna verzog das Gesicht. Ihrer Meinung nach stellte man damit nur sicher, dass das Kind nicht viele Kekse aß. „Wie lange wird das denn noch dauern? Es ist meine Zeit mit Zack, und ich wollte ihn abholen, um mir mit ihm den neuen weißen Tiger im Zoo anzusehen. Du weißt ja, wie sehr er solche Sachen liebt."

„Na ja, sieh mal, das ist genau der Punkt." Harvey scharrte nervös mit den Füßen. Er trug eine neue Wrangler-Jeans und war barfuß. Sein Westernhemd war falsch zugeknöpft; wie hatte Bonita das entgehen können? „Du kannst Zack heute nicht sehen."

„Wovon redest du da?"

„Es ist wegen der Diskussion um deinen neuen Freund."

„Mike ist mein Verlobter", verbesserte Donna ihn automatisch.

„Ja. Macht die Sache noch schlimmer."

„Bei dieser öffentlichen Diskussion geht es um seine Bekanntmachung, und die hat nichts mit Zack zu tun."

Röte kroch Harveys Hals hinauf und verschwand wieder. Sie fragte sich, was das zu bedeuten hatte, da Harvey noch nie besonders gut darin gewesen war, seine Meinung zu vertreten. „Bonita findet, das ist ein ungesundes Umfeld für einen vierjährigen Jungen. Der Richter war derselben Ansicht."

„Ungesundes ... was meinen die denn damit?"

Harvey umfasste ihren Ellbogen und führte sie den Pfad entlang, weg vom Haus. „Donna, komm schon. Die Blogs, die Fotografen, die Schlagzeilen. Bonita ist aufgebracht, weil du das Wort ‚Hure' im Beisein von Zack benutzt hast."

„Hund! Ich sagte Hund!" Ein lahmer Einwand, das wusste sie selbst. „Ich hab's außerdem gar nicht richtig ausgesprochen. Es konnte alles Mögliche bedeuten."

„Zack hat Bonita eine Hure genannt, als sie ihm Cheerios statt Frosted Flakes gegeben hat."

Donna konnte ein nervöses Lachen nicht unterdrücken. „Du weißt, dass er Cheerios hasst. Sie sollte das auch wissen."

„Das ist kein Scherz. Du musst alles in einen Witz verwandeln, aber Bonita ist es ernst. Eigentlich wollte sie nicht so weit gehen, aber sie fand, es müsste sein."

„O nein ... Ist sie diejenige ... hast du ihr von meinen Depressionen erzählt?"

Der gequälte Ausdruck auf seinem Gesicht sagte ihr alles. „Ich kann nicht glauben, dass du das getan hast", flüsterte sie. „Du weißt ganz genau, dass das mit den derzeitigen Vorgängen überhaupt nichts zu tun hat."

„Bist du dir da so sicher, Donna? Und wenn der Stress erneut Depressionen bei dir auslöst? Bonita hat sich erkundigt. Es könnte durchaus passieren. Wir müssen beide zum Wohle von Zack handeln."

Heiße Wellen durchliefen Donnas Körper. Das Gefühl der Hilflosigkeit, wie damals im Krankenhaus, kam zurück. Die Dinge entglitten ihr. Entscheidungen wurden ihr aus der Hand genommen. „Du hast gesagt, du würdest mit niemandem darüber reden. Du hast es mir sogar geschworen."

„Die Situation hat sich geändert." Er konnte ihr nicht einmal mehr in die Augen sehen.

„Aber wir waren uns einig." Sie schaute sich um, auf der Suche nach etwas. Einer Waffe. „Und wenn nun alle wüssten, dass du damals eine Abtreibung wolltest?"

„Ach? Willst du das etwa den Zeitungen erzählen? Wie würde Zack sich wohl fühlen, wenn er das erfährt?"

Sie starrte ihn entsetzt an. „Bonita steckt hinter dieser ganzen Sache, nicht wahr? Oder hast du plötzlich ein genial boshaftes Hirn entwickelt? Harvey, das bist du nicht. Ich weiß einfach, dass das nicht dein Stil ist."

Ein Wangenmuskel zuckte in seinem Gesicht, und erneut wich er ihrem Blick aus.

„Warum ist Bonita so entschlossen, Zack zu bekommen? Warum ist ihr das so wichtig? Verrate mir das, damit ich es vielleicht verstehen kann."

Harvey hob die Schultern. „Alle ihre Schwestern haben Kinder. Sie ist die Einzige, die keine hat. Das ist hart für sie, sie fühlt sich ausgeschlossen. Also nahm sie Zack ein paarmal mit zu ihrer Familie, und alle fanden ihn großartig. Das brachte sie auf die Idee. Es ist gut für Zack, zur Wade-Truppe zu gehören."

Wade-Truppe? Wie könnte das gut für irgendjemanden sein?

Sie nahm Harveys Hand. „Harv, hör zu. Ich verstehe ja, dass Bonita eine Familie will. Und ich weiß, dass du sie liebst. Aber sieh dir doch nur an, wie weit sie geht. Ist es tatsächlich in Zacks Interesse, bei jemandem aufzuwachsen, der in der Krankenakte eines anderen Menschen herumschnüffelt und anschließend die Fakten auch noch verdreht? Jemandem, der Geheimnisse verrät und Versprechen bricht? Willst du wirklich, dass eine solche Person Zacks Mutter wird? Ich mag ja vieles auf die leichte Schulter nehmen und über alles Witze reißen, aber etwas Derartiges würde ich nie tun."

Er konnte sie immer noch nicht ansehen. Spannung vibrierte zwischen ihnen. Ein Lieferwagen fuhr vorbei, Möbel, die unterwegs waren zum neuen Zuhause irgendwelcher Leute. So hoffnungsvoll. Eine Dieselwolke schwebte durch die Luft. Donna hätte am liebsten die Zeit angehalten, an einem Punkt, von dem sie glaubte, noch die Chance zu haben, Harveys Meinung zu ändern.

Sie sah seine Unsicherheit, sein Zögern. „Bitte, Harvey", flüsterte sie. „Wir müssen zusammenarbeiten und dürfen einander nicht bekämpfen. Du bist sein Vater. *Du* bist derjenige, der die Entscheidungen treffen sollte, nicht Bonita."

Er entzog ihr seine Hand. Verdammt, sie hatte es übertrieben.

„Die Entscheidungen sind längst gefallen, Donna. Der Richter hat einen Eilbeschluss gefasst."

„Was?" Für einen Moment wurde ihr wirklich schwindelig, als würde sie gleich in Ohnmacht fallen.

„Man hat dir den schriftlichen Beschluss zukommen lassen, aber du hast ihn wohl noch nicht erhalten."

Sie war schon seit einigen Tagen nicht mehr in ihrer Wohnung gewesen, seit sie gemeinsam Mikes Statement im Fernsehen verfolgt hatten. Die vergangene Nacht hatte sie mit ihm verbracht, anschließend war sie zur Arbeit gefahren und danach hierhergekommen. „Das kannst du nicht machen. Bitte."

„Du hast eine Anwältin, Donna. Es ist nicht so, als wärst du hilflos."

Er wandte sich ab und ging zurück zur Haustür, mit seinen langsamen, auf minimalen Kraftaufwand bedachten Schritten.

„Was wirst du Zack denn erzählen?", rief sie ihm nach. Bei der Vorstellung, dass ihr kleiner Junge glauben könnte, er sei ihr gleichgültig, brach ihr das Herz. „Kannst du ihm wenigstens etwas erzählen, was ihm keine Angst macht?"

„Wir werden ihm sagen, dass es dir nicht gut geht."

„Gut", brachte sie schluchzend heraus. Es stimmte ja auch, obwohl sie noch nie eine Verabredung mit Zack abgesagt hatte. Sie war nie krank gewesen, bis auf diese Periode vor vier Jahren, als sie nichts mehr hatte bei sich behalten können und ihre Welt düster geworden war.

In dem verzweifelten Bedürfnis, einen ruhigen Ort zu finden, an dem sie ungestört nachdenken konnte, fuhr sie zum Kilby Zoo, den sie mit Zack hatte besuchen wollen. Taj, der neue weiße

Tiger des Zoos, war endlich eingetroffen. Vor dem Zaun standen Bänke und Schilder, die davor warnten, den Tiger zu füttern oder irgendeinen Körperteil durch den Zaun zu stecken.

Donna setzte sich auf eine der Bänke, von der aus sie nur ein bisschen von Taj sehen konnte, der in seiner Höhle schlief. Der mächtige Kopf des Raubtiers lag friedlich auf seinen weißen Pranken. Seine Farbe war fast durchscheinend, ein heller Fleck in der ansonsten dunklen Höhle. Sie beobachtete ihn eine Weile und überlegte, dass Zack ihn vermutlich doch ziemlich langweilig gefunden hätte. Sollten Tiger nicht brüllen und sich auf ihre Beute stürzen? Wozu war ein Tiger gut, der bloß im Schatten lag und döste?

Als sie sich bereit fühlte für ein vernünftiges Gespräch, nahm sie ihr Handy aus der Tasche und wählte die Nummer ihrer Anwältin.

„Ich weiß", sagte Miss Griswold, noch ehe Donna überhaupt einen Ton von sich gegeben hatte. „Eilerlass. Was für ein hinterhältiger Zug. Wenn ich Richter Quinn das nächste Mal sehe, werde ich ihm gehörig die Meinung sagen."

„Hätten Sie nicht dort sein sollen? Wie können die so was machen, ohne dass meine Anwältin zugegen ist?"

„Ich hatte eine Terminüberschneidung", erklärte sie vage. „Tut mir leid. Sie wissen, dass ich mich kümmere, aber mit Ihrem Fall kann ich meine Rechnungen nicht bezahlen."

Ein kostenloser Rechtsbeistand galt anscheinend nichts, auch wenn Donnas Leben gerade zusammenbrach. „Die wollen mich also daran hindern, mein Kind zu sehen? Das ist doch nicht fair."

„Es geschieht zum Wohl des Kindes. Tut mir leid, Donna." Die Anwältin war um einen sanften Ton bemüht, aber nicht sehr erfolgreich. „Die Medienaufmerksamkeit hat alles geändert. Paparazzi in Kilby – wer hätte das je für möglich gehalten? Es ist schon irgendwie spannend, wenn ich mir überlege, dass ich beim nächsten Statement in Ihrer Sache womöglich auf YouTube lande."

„Spannend?"

„Verzeihung, das war wohl das falsche Wort. Ich meinte eher, dass die Anwesenheit all dieser Reporter und Fotografen unsere Lage geändert hat. Es gab der Gegenseite die Möglichkeit, Sie öffentlich als unfähige Mutter darzustellen."

Donnas Handfläche war so feucht, dass sie das Telefon mit beiden Händen festhalten musste, damit es ihr nicht aus der Hand rutschte. „Das wird nicht andauern. Es ist wegen Yazmer und Crush, und ich bin irgendwie zwischen die Fronten geraten."

„Wir können versuchen, dieses Argument geltend zu machen, aber Mike Solo ist ein vielversprechender Baseballspieler. Nach allem, was ich höre, wird er noch eine ganze Weile im Licht der Öffentlichkeit stehen. Er ist außerdem Mannschaftskapitän, sehr beliebt, und die Leute respektieren ihn. Glauben Sie da etwa, er wird das Scheinwerferlicht für den Rest seines Lebens meiden?"

In der dunklen Höhle regte sich der Tiger. Er leckte sich eine Pfote mit seiner langen Zunge, dann erhob er sich schwerfällig. Donna hielt den Blick auf diese prachtvolle Kreatur gerichtet.

„Nein, natürlich nicht. Warum sollte er? Es gehört dazu, wenn man Baseballspieler ist. Ich glaube, es steht sogar in ihrem Vertrag, dass sie mit den Medien sprechen müssen."

„Genau. Also dürfte der Vorfall mitnichten eine einmalige Angelegenheit sein. Mikes Story ist faszinierend, seine Vergangenheit beim Militär und diese Nierenspende. Nicht nur das, er sieht auch noch gut aus und besitzt äußerst viel Charme. Und dann dieser Enthaltsamkeitsschwur! Genial. O ja, Donna, Sie haben sich da einen Mann ausgesucht, dem weiterhin die Aufmerksamkeit der Medien gelten wird. Gut für ihn, aber ich bin mir ehrlich gesagt nicht sicher, ob das Ihre beste Entscheidung war. Möglicherweise haben Sie Harvey dadurch einen Vorteil verschafft, denn auf diese Weise kann er die stabile, sichere Familienkarte ausspielen."

Taj trottete aus dem Höhlendunkel heraus. Ein aufgeregtes Raunen ging durch die Grüppchen von Besuchern, die sich vor dem Gehege versammelt hatten. Die Augen des Tieres waren reinstes Gold, und sie glitten mit einem Ausdruck vollkommener Gleichgültigkeit über die Menge.

„Aber ... Sie waren doch ganz dafür, dass ich mich mit Mike verlobe! Sie fanden die Idee brillant! Die Hochzeit findet in einer Woche statt."

„Haben Sie mir damals erzählt, dass er einen schwulen Bruder hat? Und dass er diesem Bruder seine Niere gespendet hat?"

„Aber ... aber ..." Sie schien nur noch stammeln zu können. „Welchen Unterschied macht es denn, dass er einen schwulen Bruder hat?"

Taj hob schnuppernd die Nase, als suche er einen guten Grund, irgendetwas zu erkunden. Anscheinend fand er keinen, denn er kehrte um und trottete mit gesenktem Kopf zurück in die Höhle. Donna hatte nicht einmal ein Foto für Zack von ihm geschossen, wie ihr traurig klar wurde.

„Es machte so lange keinen Unterschied, bis er dieses öffentliche Statement abgab und damit für Schlagzeilen sorgte. Jetzt zieht er alle Aufmerksamkeit auf sich. Richter mögen keine öffentlichen Debatten. Sie mögen keinen Aufruhr. Ich fürchte, es läuft darauf hinaus, eine Entscheidung zu treffen. Wollen Sie Mike Solo heiraten, oder wollen Sie weiterhin um das Sorgerecht für Zack kämpfen?"

19. KAPITEL

In dieser Nacht war Donna nicht zu bremsen. Sie liebte Mike mit einer Intensität, die sie selbst fast erschreckend fand. Es war, als hätte sie Fieber, und das einzige Heilmittel dagegen hieß Mike Solo. Wenn sie ihn verlassen musste, wollte sie noch einmal so viel wie möglich von ihm haben. Für ihn schien das kein Problem darzustellen, er ließ sie seinen Körper genießen, seine Wärme und Härte, und Vergessen suchen in der elektrisierenden Lust zwischen ihnen.

Irgendwann jedoch, als sie sich rittlings auf ihn setzte, die Schenkel an seine Hüften gepresst, stoppte er sie. „Was ist los?"

„Woher weißt du, dass etwas los ist?"

„Ich verdiene meinen Lebensunterhalt damit, aus Pitchern schlau zu werden. Es ist ja ganz nett, wie sich das bei dir äußert, aber irgendetwas stimmt nicht, das merke ich."

Sie wollte nicht reden. Sie wollte vögeln. Sich um den Verstand vögeln. Sie veränderte ihre Position und versuchte, ihn in sich aufzunehmen, doch Mike umfasste ihre Hüften fester. „Rede, Donna. Erzähl mir, was los ist."

Sie ließ den Kopf hängen, denn sie wusste, sie würde in Tränen ausbrechen, wenn sie ihn anschaute. „Die wollen mich Zack nicht mehr sehen lassen." Die Worte kamen heraus als geflüsterter Schmerz. „Wegen all der Medienaufmerksamkeit."

„Wie bitte?" Er setzte sich auf, sodass sie sich plötzlich zwischen seinen Beinen geborgen fand. „Was meinst du damit? Erzähl mir die ganze Geschichte."

Also berichtete sie die ganze schreckliche Ungerechtigkeit, wobei sie immer mal wieder kurz zu ihm hinschaute, um seine Reaktion einzuschätzen. Mikes Miene wurde grimmiger und grimmiger, bis er am Ende aussah wie eine Statue mit funkelnden grünen Augen. Dann folgte ein Schwall recht kreativer Flüche.

„Unsere Verlobung, die dir eigentlich dabei helfen sollte, Zack zurückzubekommen, stellt sich nun als Problem dar. Jetzt halte ich dich von Zack fern. Ich bin der Grund, weshalb du ihn nicht mehr sehen darfst."

„Nein, nein. Es liegt weniger an dir als vielmehr am Rampenlicht, an dem ganzen Zirkus, der um dieses Thema veranstaltet wird."

„Also liegt es an mir, denn ich habe das alles ausgelöst."

Sie rollte sich weg von ihm und zog die Decke über sich. „Du hast einfach nur das Richtige getan", sagte sie unglücklich. „Ich stehe voll und ganz hinter deinem Statement, obwohl ich keine Ahnung hatte, dass das alles passieren würde. Wenn du dir die Schuld geben willst, musst du sie mir auch geben."

„Ich gebe niemandem die Schuld. Ich mache dich nur darauf aufmerksam, dass im Augenblick ich der Grund dafür bin, dass du Zack nicht sehen kannst."

„Nein ..." Sie verstummte, denn was Mike sagte, stimmte. Hätte sie sich nicht mit ihm verlobt, müsste sie sich zwar nach wie vor mit Harvey und Bonita auseinandersetzen, aber es gäbe kein völliges Verbot, ihren Sohn zu sehen. „Die Anwältin meint, ich müsste möglicherweise eine Entscheidung treffen", gestand sie mit stockender Stimme.

Mike streichelte ihren Rücken, sie fühlte die Wärme seiner Hand durch die Decke hindurch. „Du meinst, wir müssen unsere Verlobung auflösen. Die Hochzeit absagen."

Sie schluchzte, es klang wie ein erbärmliches Krächzen. Genau zu dieser Erkenntnis war sie auch gekommen, doch es laut ausgesprochen zu hören, brach ihr das Herz. „Und wenn sie sich irrt? Ich meine, würde es mich nicht schlecht dastehen lassen? Als würde ich zu oft meine Meinung ändern? Erst bin ich verlobt, dann bin ich plötzlich wieder alleinerziehende Mutter. Was, wenn es kein guter Ratschlag ist?"

„Du hast doch gesagt, der Eilerlass geht auf den momentanen Medienaufruhr zurück. Also auch auf mich."

Sie nickte traurig.

„Das Letzte, was ich will, ist, dich daran zu hindern, deinen Sohn zu sehen. Seinetwegen habe ich dich doch erst zu dieser ganzen Sache überredet. Jetzt sieht die Angelegenheit allerdings völlig anders aus. Jetzt stelle ich für dich eine Belastung dar. Ich will dir nichts kaputt machen, Donna, und das werde ich auch nicht."

Alles in ihr wollte schreien, dass er überhaupt nichts kaputt machte. Dass er das Beste war, was ihr je passiert war. Doch das konnte sie nicht. Denn sie durfte Zack nicht verlieren. Sie durfte nicht zulassen, dass Bonita seine Erziehung übernahm. Genau das würde nämlich passieren, wenn Harvey das Sorgerecht zugesprochen bekam. Falls sie vorher Zweifel gehabt hatte, waren diese nun verschwunden. Bonita hatte in der Beziehung eindeutig das Sagen.

Mike entfernte sich von ihr, befreite sich aus dem Durcheinander der Decken und schwang die Beine aus dem Bett. „Ich werde alle Schuld auf mich nehmen, damit nichts an dir hängen bleibt. Ich werde sofort ein öffentliches Statement abgeben. Ich werde erklären, dass ich nicht wünsche, dass die mediale Aufmerksamkeit negative Auswirkungen auf mir nahestehende Menschen hat und ich deshalb die Verlobung mit dir auflöse. Ich werde noch ein paar andere Dinge sagen, wie zum Beispiel, dass ich es als Ehre empfunden habe, Teil deines Lebens zu sein, und dass du ein wundervoller Mensch und eine wunderbare Mutter bist, und all solche Dinge."

Da er ihr seinen Rücken zugekehrt hatte, diesen muskulösen, starken Rücken, kam er ihr unfassbar weit weg vor. Sie wollte ihn anschreien. Wie hatte er das gerade genannt? *Und all solche Dinge?* All die netten Worte waren nur eine Show, um die Öffentlichkeit zu beeindrucken. Nichts davon war echt. Er hatte nie behauptet, es würde zwischen ihnen mehr als Freundschaft, erotisches Knistern und seinen Wunsch geben, ihr irgendwie zu helfen. Sie drückte den Unterarm an ihre Augen, um ihre Tränen zu verbergen. Der Duft ihrer Liebesnacht, intim und schweißgetränkt, umgab sie nach wie vor. Draußen verrichtete das Klärwerk seine nächtliche Arbeit.

Eine sanfte Berührung an ihrem Kinn ließ sie zusammenfahren. Mike küsste sie erst dort, dann ihre Wange. „Es ist alles wahr, du Gans", flüsterte er. „Jedes einzelne Wort."

Gefühle wallten in ihr auf und drohten sie zu überwältigen.

„Du musst das nicht sagen", brachte sie mühsam heraus. „Was immer wir den anderen da draußen auch für Märchen auftischen, mir musst du die Wahrheit sagen."

„Genau das tue ich doch." Er bedeckte ihren Körper mit seinem, als wollte er sie beschützen. „Es ist durchaus möglich, dass mein Superheldenkomplex und deine Art, zu reden, bevor du denkst, eine ungünstige Kombination waren. Und ich weiß, ich sollte es bedauern, da du jetzt gegen diesen Eilerlass angehen musst. Aber ich kann unmöglich irgendetwas von dem bedauern, was zwischen uns passiert ist. Donna, ich ..."

Er verstummte, sodass sie sich unwillkürlich fragte, was er ihr um ein Haar verraten hätte. Etwa, dass er sie ... liebe? War das möglich? Panik erfasste sie. Was, wenn er tatsächlich kurz davor gewesen war, ihr seine Liebe zu gestehen, es aber jetzt nicht mehr tat, weil sie die Verlobung auflösen mussten? Sie kannte ihn. Instinktiv würde er ihr weiteren Ärger ersparen wollen und gehen.

Verzweifelt schlang sie die Arme um ihn. Sie fühlte sich, als würde sie direkt in die Sonne hineinfliegen. Ein letzter wundervoller Flug. Ein letztes Mal dieser süchtig machende Sex mit Mike. Eine letzte Dosis von diesem Baseballspieler – und die würde ewig halten müssen. Kein Mike mehr – die Vorstellung verwandelte ihr Herz in eine Wüste.

Es sei denn ... Ihr kam eine letzte verzweifelte Idee.

Sie versuchte den sinnlichen, leidenschaftlichen Kuss zu unterbrechen, doch es gelang ihr nicht. Also schlug sie nicht allzu fest mit den Fäusten auf seinen Rücken, um Mikes Aufmerksamkeit zu bekommen. Endlich ließ er sie los. Seine Augen waren wie dunkelgrünes Feuer. „Was?"

„Ich habe eine Idee. Was wäre, wenn wir die Verlobung für die Öffentlichkeit beenden und uns heimlich weiterhin treffen?"

„Wie?"

Normalerweise arbeitete Mikes Hirn nicht so langsam; offenbar war es von Lust ein wenig benebelt, was Donna gut nachvollziehen konnte.

„Die Welt glaubt, unsere Beziehung sei am Ende. Wir treten nicht mehr gemeinsam öffentlich auf und bestreiten, noch etwas miteinander zu haben. Jeder führt sein eigenes Leben. Sobald es sicher ist und niemand mehr darauf achtet, treffen wir uns heimlich und treiben es wie die verrückten kleinen Kaninchen."

„Verrückte kleine Kaninchen?" Er wirkte immer noch leicht benommen.

„Such dir meinetwegen ein anderes Bild aus, das vielleicht weniger verstörend ist."

Er rieb sich den Nacken, als versuche er, den Blutfluss in sein Gehirn zu reaktivieren. „Du meinst, wir sollten unsere Beziehung heimlich weiterführen?" Als sie nur mit den Schultern zuckte, winkte er ab. „Ich verstehe es nicht. Was für eine Beziehung wäre es denn dann?"

„Na ja, wir würden wieder zum Anfang zurückgehen. Es fing alles mit einem Flirt an. Weißt du noch, im Roadhouse?"

„Klar erinnere ich mich daran."

„Dann kam die große Kneipenschlägerei, bei der du mir beigestanden hast. Später sind wir uns in der Bibliothek wiederbegegnet, wo wir zum Knutschen und solchen Sachen übergegangen sind. Und dann kam die vorgespielte Verlobung."

Er verschränkte die Arme vor der Brust, was Donnas Blick unwillkürlich auf diesen wunderbaren Bereich seines Körpers lenkte, in dem sich dunkle Locken auf vorgewölbten Muskeln ringelten. Vielleicht sollte sie ernsthaft von ihm verlangen, sich für diese Unterhaltung anzuziehen, da er sonst eine zu große Ablenkung darstellte.

„Ich habe sie nie als etwas Vorgetäuschtes gesehen", erklärte er.

„Ich weiß. Für dich war es so etwas wie eine gute Tat. Eine gute Tat mit gewissen Vorteilen für dich."

„Jetzt beleidigst du mich." Eine steile Falte bildete sich zwischen seinen Brauen. „Ich schwöre dir, so habe ich unsere Beziehung nie gesehen."

Bleib locker. Zeig ihm bloß nicht, wie viel er dir bedeutet. Sie winkte ab. „Du kannst es formulieren, wie du möchtest. Aber es war nun mal eine gute Tat, und sie brachte Vorteile mit sich. Ausgezeichnete Vorzüge, wenn du mich fragst."

Seiner aufgewühlten Miene nach zu urteilen, schien ihre Formulierung ihn nicht sonderlich zu beeindrucken. Alarmglocken schrillten in ihrem Kopf, aber sie schien sich einfach nicht bremsen zu können.

„Es klingt, als würdest du dich jetzt darüber lustig machen", sagte er langsam.

Diese Ähnlichkeit zu dem Vorwurf, den Harvey ihr gemacht hatte, erschreckte sie. „Nein, das tue ich nicht. Ich sage nur, dass wir uns mit dieser Geschichte selbst ausgetrickst haben. Du magst mich, ich mag dich, wir schlafen gern miteinander, aber wir hätten uns niemals verlobt, wäre es nicht um Zack gegangen. Gib es zu, Mike. Gib es doch einfach zu!" Aus irgendeinem Grund war es ihr sehr wichtig. Als würde alles andere wie eine Lüge erscheinen, wenn er ihre Aussage nicht bestätigte.

Er musterte sie mit zusammengekniffenen Augen, und ein Wangenmuskel zuckte in seinem Gesicht. „Gut. Ich gebe es zu. Trotzdem war es mir ernst damit. Ich hätte dich geheiratet. Ich wollte dich heiraten. Es war nicht bloß eine gute Tat. Und ich dachte eigentlich, dir sei es auch ernst."

Ernst? Wie hätte ihr die ganze Geschichte wirklich ernst sein können, wo sie das Thema Liebe nicht einmal angeschnitten hatten? Das doch in den gleichen Satz gehören sollte wie das Thema Ehe.

Sie konnte das Thema Liebe aber nicht ansprechen. Es würde in einer Katastrophe enden.

„Ich habe dem *Kilby Press Herald* ein Interview gegeben, richtig? Hätte ich das getan, wenn es mir nicht ernst wäre?"

„Das wüsste ich auch gern."

Diese Bemerkung kam ihr seltsam vor. Aber sie beschloss, das zu ignorieren. Sie kniete sich aufs Bett.

„Wir kommen vom Thema ab. Dies ist mein Vorschlag. Lass uns dorthin zurückkehren, wo wir waren, bevor all das passiert ist. Bevor wir verlobt waren. Nur dass wir weiterhin miteinander schlafen. Denn warum damit aufhören, wo es doch schon passiert ist?"

„Und niemand wird davon erfahren?"

„Genau. Niemand wird davon erfahren."

„Und wenn es herauskommt? Bonita hat uns bei einem Kuss ertappt."

„Wir müssen uns eben für eine Weile äußerst unauffällig verhalten, bis das Medieninteresse nachlässt. Bis alles wieder normal ist mit Zack."

„Wenn meine Familie sich nach meiner Verlobten erkundigt, sage ich ihnen einfach: Tja, eine weitere gescheiterte Beziehung. In Wirklichkeit schlafe ich aber heimlich weiterhin mit dir?" In seinen Augen schien irgendeine mysteriöse Empfindung aufzuflackern, die sie nicht benennen konnte.

Sie rutschte zur Bettkante und stellte die Füße auf den Boden. „Mike, ich habe keine Ahnung, weshalb du so wütend auf mich bist. Es klingt doch alles ganz logisch. Du kannst weiterhin Sex haben, musst dich aber nicht auf etwas einlassen, was du von Anfang an nicht wirklich wolltest. Du solltest begeistert sein von meiner Idee."

„Und was ist mit meinem Eid?"

„Dein Eid? Der ist ... der gilt ohnehin nicht mehr."

Er schnappte sich sein Shirt aus dem Deckendurcheinander und zog es mit wütenden Bewegungen an. „Du kennst mich kein bisschen."

„Was ... natürlich ..."

„Du willst meine Familie belügen, meinen Eid missachten und deine Zukunft aufs Spiel setzen, falls es jemand herausfindet. Drei Dinge, die ich niemals tun würde." Er stand auf, fand seine Boxershorts und zog sie an.

Sie beobachtete ihn entsetzt und kam sich vor wie jemand, der eine Dynamitstange ins Feuer geworfen hat. „Du verdrehst alles. So habe ich das gar nicht gemeint."

„Darauf läuft es aber hinaus. Nur damit ich Sex bekomme, allerdings heimlich, damit niemand etwas davon erfährt."

„So wie du das sagst, klingt es ..." Schmutzig. Unmoralisch. Sündig. Falsch. Und so hatte sie Sex mit Mike nie empfunden. „Als wäre ich nur Beute für dich."

„Das bist du natürlich nicht. Darum geht es ja gerade. Ich wollte dich *heiraten*. Dir meinen Namen geben, meine Unterstützung, mein Leben. Aber dir genügt es, dich heimlich mit mir zu treffen. Was glaubst du denn eigentlich, mit wem du es hier zu tun hast?"

Sie nahm ein Kissen und warf es nach ihm. „Du bist verrückt, Solo."

Mit der Reaktion eines Sportprofis wehrte er das Kissen ab, schnappte sich seine Jeans und zog sie an. „Ich dachte, du kennst mich inzwischen besser, Donna."

Die kalte Enttäuschung in seiner Stimme brachte sie fast zum Kreischen. Da er mit seiner Hose beschäftigt war, nutzte sie die Gelegenheit und schleuderte ein weiteres Kissen nach ihm. Er duckte sich, und das Kissen warf ihre neue Lampe um, deren Sockel die Form eines Footballs hatte.

„Du solltest *mich* inzwischen kennen!", schrie sie. „Du solltest doch wissen ..." Sie verstummte abrupt, denn das, was er wissen sollte, konnte sie ihm nicht sagen. Nämlich dass sie ihn liebte und ihn deshalb weiterhin sehen wollte. Und dass die Vorstellung, ihn nicht mehr sehen zu können, ihr wie der Tod vorkam.

Während er die Beziehung beenden konnte, ohne auch nur mit der Wimper zu zucken.

Er stellte die Lampe wieder auf „Fängst du schon wieder eine Streiterei an, Donna? Großartige Strategie. Das wird den Richter ganz bestimmt beeindrucken." Er ging zur Tür, sein Gang war athletisch und selbstbewusst. Und ärgerlicherweise so sexy, dass sie ihm am liebsten den Kopf abgerissen hätte.

Sie nahm Kissen Nummer drei und schleuderte es mit voller Wucht quer durch den Raum. Im letzten Moment drehte er sich um und pflückte es aus der Luft.

„Wilder Wurf, Süße. Noch einer, und der Schlagmann rennt." Er warf das Kissen auf dem Weg hinaus über die Schulter.

„Ich hasse Baseball!", schrie sie ihm hinterher, konnte seine Antwort jedoch nicht mehr verstehen, bevor die Wohnungstür zufiel.

„Ich hasse dich", flüsterte sie und ließ sich aufs Bett fallen, das noch immer nach Aftershave und Mike duftete. Nein, sie hasste ihn nicht. „Aber ich wünschte, ich würde dich hassen", flüsterte sie hilflos in Richtung Zimmerdecke. Denn Hass wäre viel leichter auszuhalten als diese unterdrückte, unsichtbare, frustrierende Liebe.

Mike hatte sich noch nie dermaßen auf eine Serie von Auswärtsspielen gefreut. Tacoma, Colorado Springs, Salt Lake City. Nur her damit. Alles, nur nicht Kilby, Texas. Er tauchte fünfzehn Minuten vor der Abfahrt des Tourbusses auf, um Crush die Neuigkeit zu überbringen.

„Die Hochzeit ist abgesagt", erklärte er, als er den Kopf in das Büro des Teambesitzers steckte. „Tut mir leid, wegen der Unannehmlichkeiten. Ich bezahle natürlich für das, was der Hochzeitsplaner bis jetzt geleistet hat."

Crush, der offenbar ein Nickerchen gemacht hatte, die Stiefel auf dem Schreibtisch, öffnete ein Auge. „Verstehe. Sie kommt mit einem schwulen Schwager nicht klar, was?"

Mike brauste sofort auf. Auch wenn er wütend auf Donna war, das konnte er nicht stehen lassen. „Das ist nicht der Grund. Sie war diejenige, die mir geraten hat, an die Öffentlichkeit zu gehen."

„Hm, Probleme mit dem Ehevertrag? Weigert sie sich, zu unterschreiben?"

„Was? Nein, nichts dergleichen. Donna hat es nicht auf Geld abgesehen."

Crush nahm die Füße vom Tisch und schwang in seinem Bürosessel ganz zu Mike herum. „Dann muss es an dem Kind liegen. Ich kann es dir gar nicht verübeln, dass du nicht das Kind eines anderen Mannes großziehen willst."

„Quatsch, das ist auch nicht der Grund. Zack ist großartig."

Crush zuckte mit den Schultern. „Tja. Junge Liebe. Das ist eine Achterbahnfahrt. Was wirst du tun?"

Junge Liebe. Wovon redete der Mann? So jung war Mike gar nicht, und um Liebe ging es nicht einmal bei dieser Geschichte. Dieser Gedanke löste ein mulmiges Gefühl in seinem Bauch aus. Als hätte er etwas falsch gemacht. Hatte er jedoch nicht, oder? Donna hatte sich vertan. Nicht er.

Crush nahm sein iPhone und suchte etwas. Mike wollte diese ärgerliche Unterhaltung beenden. „Wie dem auch sei, ich wollte dir nur sagen, dass wir wahrscheinlich noch mehr Medienaufmerksamkeit bekommen werden."

„Da kann ich mich nur glücklich schätzen."

„Ist … ich meine, ich hoffe nur, dass ich mit meinem Statement keine Probleme verursacht habe."

„Nein, ich habe es dir ja schon vorher gesagt. Und wenn ich mit fliegenden Fahnen untergehe, dann wenigstens für einen guten Zweck."

„Dafür bin ich auch dankbar."

„Manchmal frage ich mich ohnehin, ob es nicht leichter wäre, das Team zu verkaufen. Ich möchte dir eine Frage stellen, Solo. Du musstest einige schwierige Entscheidungen treffen. Bei deiner Organspende. Beim Verlassen der Navy."

O nein. Das Letzte, was er wollte, war eine offene und ehrliche Aussprache mit Crush Taylor. „Boss, der Bus fährt jede Minute ab …"

Crush redete weiter, als hätte Mike nichts gesagt. „Die Stadt hier war gut zu mir. Bis auf diese Eiskönigin von einer Bürgermeisterin und ein paar irre Ladys, die sich Sittenvorschriften auf den Hintern haben tätowieren lassen."

Nett. „Im Ernst, der Bus …"

„Wenn du die Wahl hättest zwischen dem Verkauf des Teams an eine Familie, die du hasst, seit sie deinen Daddy rausgeworfen haben, als du in der zweiten Klasse warst, oder dem Umzug mit dem Team in eine andere Stadt – was würdest du da machen?"

„Das haben die Wades getan?"

„Das ist nur eine Nebensächlichkeit, verglichen mit dem, was die Wades hier erreicht haben. Weißt du, die Leute hielten mich damals für verrückt, als ich das Team übernommen habe. Der Vorbesitzer wollte wegziehen aus Kilby, aber obwohl Kilby nur eine Kleinstadt ist, erhalten die Catfish viel Unterstützung. Sicher, anderswo hätte ich vermutlich mehr verdient. Aber ist das Geld wirklich so wichtig? Die Kläranlage macht guten Gewinn. Vielleicht sollte ich die übernehmen. Wahrscheinlich hat man da sogar weniger Scheiß um die Ohren."

Lachend zog er seinen silbernen Flachmann aus der Tasche und deutete damit auf Mike, als wollte er ihm einen Schluck anbieten. Mike schüttelte den Kopf, und Crush trank einen großen Schluck. Als er fertig war, sah er Mike an, als hätte er ihn gerade erst bemerkt. „Musst du den Bus nicht erwischen? Was stehst du hier noch herum? Die Grizzlies werden sich nicht selbst besiegen."

Unter dem finsteren Blick des Fahrers sprang Mike in den klimatisierten Bus, als Letzter, was bedeutete ... o verdammt, er würde direkt hinter Yazmer sitzen. Zum Glück trug der Werfer eine verspiegelte Sonnenbrille, Ohrstöpsel und eine tief ins Gesicht gezogene Mütze. Kommunikation war also nicht nötig. Vor Erleichterung seufzend ließ Mike sich auf seinem Sitz nieder. Für die Dauer dieser Auswärtstour würde er nicht mehr an Donna denken.

„He, Solo", rief Trevor Stark von der anderen Seite des Ganges, zwei Sitze weiter hinten, nachdem der Bus abgefahren war. „Hab gehört, du bist jetzt ein freier Mann. Romantisch gesehen."

So viel zu seiner Hoffnung, wenigstens vorläufig nicht mehr an Donna denken zu müssen. Verdammt, wie hatte sich das derartig schnell herumsprechen können? „Hast du gerade *romantisch* gesagt? Wer bist du? Fabio?"

„Fabio wünschte, er wäre ich. Ein paar von den Jungs haben mich nach deiner süßen kleinen Freundin gefragt. Die wollten wissen, ob die Bahn frei ist. Was mich betrifft, ich hätte nicht gefragt. Aber einige von den Jungs haben moralische Standards." Trevor ließ es sich nicht nehmen, das Wort „moralische" mit den Fingern in Anführungszeichen zu setzen.

„Wer denn?"

„Was spielt das für eine Rolle? Du bist nicht mehr mit ihr zusammen, oder?"

Eine Antwort auf diese Frage wurde ihm erspart, weil sein Handy vibrierte. Er sah auf das Display. Die Nachricht war von Jean-Luc: *Joey befindet sich in der Notaufnahme. Komm, so schnell du kannst.*

20. KAPITEL

Chicago im Sommer. Schwüle, stickige Hitze, die von den hohen Gebäuden abstrahlte. Grauer Dunst hing vor den Fenstern des Chicago General Hospital. Drinnen saß Mike an Joeys Bett, während Jean-Luc erschöpft an der Wand lehnte.

„Wie lange geht das schon so?" Mike konnte es immer noch nicht fassen, dass man ihn nicht früher gerufen hatte.

„Schrei mich nicht an, kleiner Bruder. Hat der Doktor gesagt." Joey sah schrecklich aus. Seine Haut hing schlaff und faltig am Hals, die Hautfarbe war braunrot, unter den Augen dunkle Ringe.

Mike setzte sich auf einen Stuhl neben dem Bett. „Ich hätte hier sein sollen."

„Um was zu tun? Mir beim Sterben zuzusehen?"

Mike vergrub den Kopf in seinen Händen. „Du wirst nicht sterben."

„Doch, Mike. Wir alle. Ich werde es nur früher tun als erwartet."

„Nein. *Nein.*" Er konnte es nicht ertragen. Konnte es nicht ertragen, Joey so reden zu hören.

„Hör mir zu, Michael Xavier Solo. Ich habe kein Interesse daran, hier ein Drama zu veranstalten. Ich will nur ein wenig Zeit mit dir verbringen. Ich will keine Vorwürfe und keine Selbstzerfleischung. Vor vier Jahren wäre ich beinah an E. coli gestorben. Ich sehe allem, was jetzt kommt, gelassen entgegen."

Mike schaute zu Jean-Luc, der mit finsterer Miene den Blick gesenkt hielt. „Was ist mit Jean-Luc? Sieht er das auch gelassen?"

„Für ihn ist es schwerer. Mach es also nicht noch schlimmer, als es ohnehin schon ist. Erzähl mir lieber von dir. Etwas Gutes. Etwas, worüber ich nachdenken kann, während ich ... während ich hier liege."

Etwas Gutes. Mikes Verstand funktionierte momentan noch so gut wie ein Teller voll gebratener Würmer. Was war gut in seinem Leben? „Mein öffentliches Statement bekommt viel Aufmerksamkeit."

Joeys Miene hellte sich auf. „Ist mir auch schon zu Ohren gekommen. Ich musste allerdings sämtlichen Bitten um einen Kommentar eine Absage erteilen. Aber ich bin froh, dass es gut ankam."

„Ja, kam es."

Mikes Gedanken wanderten weg von seinem Statement und hin zu dem Gespräch mit Donna, das ihn überhaupt erst darauf gebracht hatte. Sein Bruder würde sie sehr mögen. Er konnte sich genau vorstellen, wie Joey sie mit Fragen bombardierte, mit leuchtenden Augen, weil er sich freute, einen neuen, ungewöhnlichen Menschen kennenzulernen. Und Donna würde ihn aufziehen, wie sie das mit jedem machte. Sie würde seine kleine Lieblingsschwester werden, und zwar schneller, als sie brauchte, um ihm einen Spitznamen zu verpassen. Was sie natürlich tun würde.

Nur war es zwischen ihm und Donna aus. Also würde das, was er sich in seiner Fantasie ausmalte, niemals passieren.

Er merkte, dass Joey ihm eine Frage gestellt hatte, über die Friars und seine Chancen, bald berufen zu werden. „Duke hält das für möglich. Deren Catcher hat einen gezerrten Lendenmuskel, und der Ersatzfänger hat ein schweres Formtief. Hat in den letzten zwölf Spielen keinen Punkt mehr gemacht. Es ist noch früh in der Saison, also könnten sie mich für ein paar Spiele einsetzen, bevor es im September in die heiße Phase geht."

„Es könnte also tatsächlich wahr werden. Nach all deiner harten Arbeit. Nach allem, was du geopfert hast."

„Ich habe einen Dreck geopfert", erwiderte Mike aufgebracht. „Nichts Wichtiges jedenfalls."

„Angela?", erinnerte Joey ihn mit sanfter Stimme. „Sie hast du geopfert."

„Die hat ihre eigene Entscheidung getroffen." Er wollte nicht über Angela reden. Tatsächlich machte es ihn nervös, da sie ehrenamtlich in diesem Krankenhaus arbeitete, indem sie Pater Kowalski gelegentlich zu Besuchen bei Sterbepatienten begleitete. Das war einer der Gründe, weshalb Mike sich in sie verliebt hatte – ihre mitfühlende, engelhafte Seite.

„Hat sie dich hier schon besucht?", erkundigte er sich unvermittelt.

„Nein. Warum sollte sie? Sie wird wissen, dass sie nicht willkommen ist."

„Ich habe mich nur gefragt, ob sie für dich nicht eine Dosis frömmlerisches Mitgefühl übrighat."

Jean-Luc meldete sich von der anderen Seite des Zimmers zu Wort. „Ich habe sie einmal in der Cafeteria gesehen. Sie hat sich nach dir erkundigt, Mike. Wollte wissen, wie es dir in der Mannschaft geht."

„Oh, ich bin mir sicher, das ist ihr sehr wichtig. Sie hat mir mal gesagt, ich würde es nie bis in die Major League schaffen."

„Wie bitte?" Joey reagierte so heftig, wie Mike es seit seiner Ankunft im Krankenhaus nicht erlebt hatte. „Wann war das?"

Eine Krankenschwester klopfte und trat ein, einen Servierwagen mit mehreren, in Frischhaltefolie gewickelten Tabletts vor sich herschiebend.

„Als sie mich verlassen hat. Einer der Gründe war angeblich, dass ich mich nicht um eine Familie kümmern kann, wenn ich keinen Beruf habe. Ich erzählte ihr von meinen Baseballplänen, und sie lachte. Sie meinte, das sei ein Kindertraum und ich solle endlich erwachsen werden."

„Dieses kleine Stück ... Tiramisu." Joey fluchte nie oder wurde beleidigend. „Wie konnte sie es wagen?"

Die Krankenschwester, eine flotte, effiziente Jamaikanerin, war damit beschäftigt, Joeys Werte zu messen. Sie warf Mike einen scharfen Blick zu. „Sie regen meinen Patienten auf, Mann. Und ich kann nicht mal sagen, ob das gut oder schlecht ist."

„Gut", versicherte Joey ihr. „Sehr gut. Das ist übrigens mein Bruder, ein berühmter Baseballspieler. Er steht kurz davor, in die Major League berufen zu werden."

„Wenn es nicht die Cubbies sind, kann ich ihn leider nicht anfeuern."

„Verstehe. Es sind die San Diego Friars", erklärte Mike. „Und dass ich berufen werde, ist noch längst nicht sicher. Man kann nie wissen. Ich könnte an einen anderen Verein ausgeliehen werden. Ich könnte plötzlich ohne Verein dastehen. Es ist Baseball, da ist alles möglich."

Die Schwester lächelte und lud das Essenstablett ab. „Tja, dann viel Glück. Wenn dieser Mann hier Sie mag, muss ich wohl in meinem Herzen ein bisschen Platz für einen Friar machen. Der hier ist nämlich ein guter Kerl."

„Ja, das ist er", bestätigte Mike knapp, denn es war nur allzu wahr. Auf eine Weise, die einem glatt das Herz brechen konnte.

Die Krankenschwester schob den Wagen aus dem Zimmer. Jean-Luc trat ans Bett, um das Essen zu inspizieren. „Wir müssen uns mal wieder was aus dem Restaurant kommen lassen", verkündete er. „Hast du Lust auf Steinpilze?"

„Perfekt." Joey wandte sich an Mike. „Ich sehe keinen Sinn darin, irgendetwas Unappetitliches zu essen. Das Leben ist zu kurz für Krankenhausessen. Übrigens glaube ich wirklich, dass ich etwas über dich und Angela herausgefunden habe."

„Was denn?"

„Du willst es in die Major League schaffen, um ihr zu beweisen, dass sie sich geirrt hat. Denn eigentlich bist du über Angela noch nicht hinweg." Mit seinem wissenden Blick schien Joey ihn zu durchbohren und Mikes dunkelste Geheimnisse sehen zu können. Die Unterhaltung mit Donna in Crushs Speisekammer fiel ihm wieder ein. Dort hatte sie mehr oder weniger dasselbe gesagt.

„Nein. Allerdings könnte es stimmen, dass ich mir mal irgendwann vorgenommen habe, es ihr zu zeigen. Aber danach übernahm mein natürlicher Ehrgeiz, und ich wollte einfach der Beste sein. Zumindest das Beste aus mir herausholen." Er lehnte sich zurück. „Der Rest ist Unsinn. Ich bin definitiv über Angela weg. Ich denke nicht mal mehr an sie."

„Du hast gesagt, du glaubst ihretwegen nicht mehr an die Liebe."

„Ja."

„Dann muss ich dir widersprechen. Du bist noch nicht ganz über sie hinweg. Es ist nämlich keineswegs so, dass du nicht mehr an die Liebe glaubst, sondern du hegst nach wie vor die Hoffnung, dass sie dich zurückhaben will."

Vor Empörung wäre Mike beinah mit seinem Stuhl hintenübergekippt. „Nie und nimmer."

Eine leichte Röte schoss in Joeys Wangen. „Jean-Luc, steh mir bei. Ich habe ihn durchschaut."

„Natürlich stimmt es. Ohne jeden Zweifel. Ein Mann wie Mike vergisst *l'amour* nicht einfach. Er fühlt es immer noch. Träumt noch davon, ganz im Geheimen."

„Was?" Mike sprang auf. „Ihr habt doch alle beide euren kleinen schwulen Verstand verloren."

Joey kicherte. „Wir haben einen Nerv getroffen."

„*Bien sûr*", stimmte Jean-Luc zu und schaute sich auf dem Display seines Smartphones eine Speisekarte an. „Ossobuco für dich, *mon amour*?"

„Und eine Flasche Cognac."

„Du darfst keine Flasche Cognac haben. Musst du nicht eine strikte Diät einhalten? Solltest du das nicht?", protestierte Mike.

„Nein, sollte ich nicht und werde ich nicht. Ich werde essen, was ich will, und ich werde zusammen sein, mit wem ich will, und ich werde sagen, was ich will. So habe ich es immer gehalten, und ich sehe keinen Grund, warum ich das jetzt ändern sollte."

Mike fuhr sich durch die Haare und fühlte sich vollkommen hilflos. Was war nötig, um Joey davon zu überzeugen, dass er es schaffen würde? Und stimmte es überhaupt? Er beobachtete seinen Bruder und Jean-Luc dabei, wie sie die Bestellung besprachen, pedantisch wie zwei Chirurgen, die eine Herztransplantation planten. Als sie endlich ihre Entscheidungen getroffen hatten, wandte Joey sich wieder an Mike.

„Also, mein Bruder. Es gibt etwas, was du für mich tun sollst."

„Was du willst."

„Um zwei Uhr morgen wird sich eine kleine Gruppe in der Kapelle treffen, um über Sterbebetreuung zu sprechen. Ich möchte, dass du dabei bist."

„Warum?"

„Weil es mir wichtig ist. Willst du mit deinem großen Bruder darüber diskutieren?"

„Ich diskutiere doch gar nicht. Hörst du mich vielleicht diskutieren?"

„Ich sehe, wie du es in deinem Kopf diskutierst."

„Joey, du weißt, wie sehr ich dich liebe, aber in meinen Kopf kannst du nicht schauen, okay?"

„Täusch dich mal nicht. Da ist etwas mit Donna passiert, richtig?"

Mike merkte, wie seine Miene sich veränderte. Sobald es um Donna ging, konnte er kein Pokerface mehr aufsetzen. Das machten seine heftig aufwallenden Emotionen unmöglich. „Du bist echt nervig, weißt du das?"

„Um zwei Uhr morgen."

Um zwei Uhr betrat Mike die stille Kapelle, die ein einziges Buntglasfenster hatte, auf dem eine saphirblaue Taube abgebildet war, und blickte direkt in die Augen des letzten Menschen, dem er hätte begegnen wollen: Angela.

Sie sah dank ihrer italienischen Gene unglaublich aus. Ihr langes, ebenholzschwarzes Haar war zu einem Zopf geflochten, der ihr über die eine schmale Schulter fiel. In den vergangenen vier Jahren war sie dünner geworden, was ihre zarten Wangenknochen noch mehr hervorhob und ihre Augen größer wirken ließ, tiefer und geheimnisvoller.

Mike war von sich selbst angewidert. Geheimnisvoll? Was war los mit ihm? Er wandte den Blick ab und entdeckte Pater Kowalski, der eine Hand zum Gruß hob, inmitten der Gruppe.

Nachdem sie dem Priester etwas zugeflüstert hatte, kam Angela auf Mike zu. Sie trug ein weites, die Figur verbergendes

Kleid, die Sorte, die er früher sehr aufregend gefunden hatte, weil es die Fantasie anregte. „Hallo, Mike."

„Hallo, Angela. Wie geht es dir?"

„Gut. Und dir? Tut mir leid, das mit deinem Bruder."

Anspannung erfasste ihn. Na klar doch, dachte er. „Danke."

„Das meine ich ernst", fügte sie hinzu. „Ich habe stets das Beste für Joey gehofft."

„Das ist wirklich reizend." Sein Lächeln war absolut unaufrichtig. „Worum geht es hier bei diesem Treffen? Joey wollte, dass ich erscheine. Ich habe keine Ahnung, warum."

Ein Lächeln umspielte ihre Lippen. „Vielleicht wollte er, dass unsere Wege sich nach all den Jahren kreuzen."

Er runzelte beunruhigt die Stirn. Vermutlich hatte sie recht; warum sonst hätte Joey darauf bestehen sollen, dass er zu diesem Treffen ging? Glaubte er wirklich, dass die Sache mit Angela noch nicht vorbei war? Hatte er das arrangiert, damit sie beide wieder zusammenkamen? „Wenn er nicht auf der letzten Niere pfiffe, würde ich ihn mir deswegen mal vorknöpfen."

Ein Ausdruck von Widerwillen erschien auf ihrem makellosen Gesicht. Ein Ausdruck, den Mike sehr gut kannte. Früher hatte er ihn gefürchtet. Er hatte dieses Gefühl schon ganz vergessen, das diese Miene in ihm auslöste. Er kam sich dann jedes Mal vor wie ein kleiner Junge, der den Küchenfußboden dreckig gemacht hatte.

Er dachte daran, dass Donna seine Bemerkung vermutlich lustig gefunden hätte. Und dass sie ihn nie so voller Widerwillen ansah. Selbst bei ihrem schmutzigsten Sex...

Hoppla. Kapelle. Angela. Aufgelöste Verlobung.

„Wie dem auch sei, wir sind gerade fertig. Möchtest du einen Kaffee in der Cafeteria trinken?", fragte Angela. Gerade fertig, was? Joey musste diese Begegnung definitiv geplant haben.

Nach langem Zögern erklärte Mike sich einverstanden, und gemeinsam verließen sie die Kapelle. Es kam ihm unwirklich vor, neben der Frau zu gehen, die ihm das Herz gebrochen hatte. Der Frau, die ihm jahrelang durch seine lüsterne Fantasie gespukt war. Der Frau, die ihm, als sie verlobt waren, ihre Jungfräulichkeit gegeben und ihm seine genommen hatte. Jetzt gingen sie durch die Krankenhausflure wie Fremde. Drückten den Fahrstuhlknopf. Schauten hinauf zum Licht, das die Ankunft des Fahrstuhls ankündigen würde.

Und Mike fühlte ... nichts.

Als er Angela zum ersten Mal ins Kino eingeladen hatte, hatte sein Herz so wild geklopft, dass er beim Sprechen beinahe gekeucht hätte. Und als sie zum ersten Mal miteinander geschlafen hatten, hatte er vor lauter Aufregung seine Erektion nicht halten können. Er hatte sich so gewünscht, dass es perfekt werden würde. Da seine einzige sexuelle Erfahrung bis dahin im Küssen bestanden hatte, hatte er in seinem Zimmer *The Joy of Sex* und *Wie man eine Frau jedes Mal zum Orgasmus bringt* gelesen. Als er ihren BH zum ersten Mal geöffnet hatte, hatten seine Hände so heftig gezittert, dass er seine Fäuste gegeneinandergeschlagen und sich dabei einen Fingerknöchel geprellt hatte. Er hatte alles probiert, was in dem Buch stand, doch falls Angela einen Orgasmus erlebt hatte, hatte sie es für sich behalten.

Stattdessen hatte sie nur gelassen gelächelt und gesagt: „Fühlst du dich jetzt besser?"

Als ginge es beim Sex nur darum, dem Mann Erleichterung zu verschaffen.

Der Fahrstuhl klingelte, und die Tür glitt auf. Fabelhaft, er musste mit Angela zusammen in einer leeren Fahrstuhlkabine fahren. Er wollte nicht mit ihr allein sein.

Warum nicht? Darauf fand er keine Antwort, also trat er ein. Die Tür glitt zu, und unbehagliche Stille umgab die beiden Passagiere. Vielleicht wartete Angela darauf, dass er ein Gespräch anfing, da er stets der Gesprächigere von ihnen beiden gewesen war. Andererseits hatte *sie* ihn zum Kaffee eingeladen, nicht umgekehrt. Er räusperte sich. „Wolltest du etwas Bestimmtes mit mir besprechen? Ich habe nämlich nicht viel Zeit." In Wahrheit wollte er so schnell wie möglich wieder verschwinden, zurück zu Joey.

Sie sah ihn an. Die ruhige dunkle Schönheit ihrer Augen traf ihn wie ein Hieb in den Magen. „Nun ... ich habe gehört, dass du nicht mehr verlobt bist. Die Ladies, weißt du, tratschen gern. Hin und wieder auch über dich."

„Du solltest keinen Klatsch glauben." Er wollte mit ihr nicht über Donna reden oder seine Verlobung. Über keinen Aspekt seines Lebens.

„Dann ist es also nicht wahr?"

Sie schien ihre Schlüsse aus seinem Schweigen zu ziehen. „Wenn es stimmt und du nicht mehr verlobt bist, sollst du wissen, dass meine Eltern ihre Ansicht geändert haben."

„Deine Eltern?"

„Ich auch", fügte sie rasch hinzu. „Meine Eltern und ich. Wir alle sind jetzt der Meinung, dass die Dinge anders stehen, falls du tatsächlich zu den Friars gehst."

„Ich verstehe nicht ganz. Inwiefern würde das alles ändern? Ich gehöre längst zum Verein der Friars, nur dass ich in deren Minor-League-Team spiele. Sie bezahlen mich."

„Genau darum geht es. Meine Familie glaubt, es könnte ein Zeichen sein, die Tatsache, dass dein Team einen religiösen Namen hat. Friars bedeutet Mönche. Wenn du bei denen spielst, mit dem Namen Friars auf deinem Trikot und mit einem annehmbaren Vertrag in der Tasche, trauen sie dir möglicherweise zu, dass du dich um eine Familie kümmern kannst."

Er begriff immer noch nicht ganz und starrte sie nur perplex an. Von welcher Familie redete sie eigentlich? Ein Bild von Zack tauchte kurz vor seinem inneren Auge auf. Nur kannte Angela Zack ja gar nicht. Und dann machte es klick.

„Ist das dein gottverdammter Ernst?"

Sie zuckte beinah zusammen, erneut mit diesem Ausdruck äußersten Widerwillens im Gesicht. Großartig, er stieß sie total vor den Kopf. Dabei hatten sie gerade mal drei Sätze miteinander gewechselt. Worauf lief das hier hinaus? Mann, dachte er, das muss der langsamste Fahrstuhl sein, der jemals gebaut wurde.

„Tut mir leid, ich bin die Gesellschaft von Baseballspielern gewohnt, nicht die behüteter Damen, die um die Wirklichkeit herumtänzeln. Lass es mich also zusammenfassen. Deine Familie wird mich als Schwiegersohn akzeptieren, wenn ich es tatsächlich in die Mannschaftsaufstellung der Friars schaffe?"

Sie lief dunkelrot an und richtete den Blick nach unten. Der Fahrstuhl wurde langsamer und hielt schließlich an. „Ich weiß, wie sich das möglicherweise anhört. Ich nehme nicht an, dass du wieder mit mir zusammen sein willst. Du warst damals sehr wütend auf mich. Aber du hast immer gesagt, ich sei die einzige Frau, die du je lieben würdest. Also dachte ich, falls es einen Weg gibt, wie wir es noch einmal miteinander versuchen können, dann würdest du diesen Vorschlag vielleicht gern hören."

Die Fahrstuhltüren glitten auf, und Angela trat hinaus in die belebte Lobby. Mike folgte ihr und war hin- und hergerissen. Einerseits verspürte er den Wunsch, vor dieser Unterhaltung Reißaus zu nehmen. Andererseits faszinierte sie ihn. Das alles war absurd, unwirklich. Wollte sie überhaupt wieder mit ihm zusammen sein? Von Gefühlen war nicht die Rede gewesen. Allerdings war sie ihm schon immer ein Rätsel gewesen.

„Was ist mit meinem Bruder? Der ist nach wie vor schwul."

„Ja, schon, aber ..." Sie wich seinem Blick aus. „Sie wollen jetzt darüber hinwegsehen. Zu einem großen Familienessen wird er nicht sofort eingeladen werden, aber das ist schon ein großer Schritt für sie." Angela deutete auf das Cafeteria-Schild, eine Geste, anmutig wie ein Liebessonett. „Wollen wir?" Er erinnerte sich daran, wie er ihr früher dabei zugesehen hatte, wie sie in der Schule lernte. Jedes Umblättern einer Seite, jedes Heben ihrer Hand hatte ihn fasziniert.

„Moment noch. Was ist denn mit dir? In dieser hypothetischen Beziehung, laden wir da Joey und Jean-Luc auch mal zu uns zum Essen ein?"

Ein Blick aus ihren großen, ernsten Augen streifte ihn kurz. „Wie du schon sagst, es ist rein hypothetisch."

„Und wenn wir einen Sohn hätten? Und der später schwul würde? Was dann?"

Endlich eine Reaktion. Sie legte eine Hand unwillkürlich auf den Bauch, als wollte sie den zukünftigen Nachkommen beschützen, und ein Anflug von Leidenschaft huschte über ihr Gesicht. „Ich würde dafür beten, dass das nicht passiert. Ich bete viel, Mike. Ich bete für viele Dinge. Zum Beispiel habe ich dafür gebetet, dich wiederzusehen und dass du mich dann nicht hasst."

Erschrocken wurde ihm klar, dass er noch nie derart emotionsgeladene Äußerungen von ihr gehört hatte. Er hatte immer angenommen, dass sie nach dem Ende ihrer Beziehung weiter durchs Leben segeln würde wie ein Schwan, ohne noch irgendeinen Gedanken an den Mann mit einer Niere zu verschwenden, den sie hinter sich gelassen hatte.

„Ich hasse dich nicht", sagte er.

Sie nickte kurz, und die Farbe wich aus ihrem Gesicht. Die gewohnte Blässe und Ernsthaftigkeit kehrten zurück.

„Das alles kommt ziemlich überraschend, um es mal so auszudrücken …"

Sie hob die Hand, um ihn zum Schweigen zu bringen. Wie viele Male hatte er dieses Handgelenk geküsst, jede Linie in ihrer Handfläche verfolgt, den Puls ihrer zarten Adern gespürt?

„Dies ist kein Antrag, Mike. Ich hatte vier Jahre Zeit, um über alles nachzudenken, und in gewisser Hinsicht bin ich heute ein anderer Mensch. Wir müssten ganz von vorn beginnen und einander neu kennenlernen. Du würdest die Sympathien meiner Familie gewinnen müssen, und du weißt, wie viel Mühe das erfordert."

„Lass mich dich etwas fragen. Du bist häufig in diesem Krankenhaus, oder?"

„Etwa einmal pro Woche."

„Und trotzdem hast du Joey noch nie besucht. Dabei kennst du ihn seit unserer Kindheit. Warum nicht, Angela? Das würde ich gerne mal wissen."

Sie hielt den Kopf hoch erhoben, ihr Hals wirkte anmutig wie der einer Statue. „Ich wollte niemanden aufregen."

„Du meinst deine Eltern."

„Oder Joey. Ich dachte, er könnte wütend auf mich sein."

Mike schob die Hände in die Taschen. Die Antwort überraschte ihn eigentlich nicht. Angela hatte schon immer jede Art von Konflikten gehasst. Deshalb hatte sie sich ja dem Willen ihrer Eltern gebeugt und ihn verlassen. Gab es irgendjemanden auf der Welt, der ohne Weiteres Gnade finden würde in den Augen der DiMatteos? „Ich dachte, du wärst inzwischen verheiratet."

„Nein, ich …" Sie zögerte. Etwas ging hinter dieser ruhigen und gelassenen Fassade vor. „Es gibt jemanden, mit dem meine Eltern mich gern verheiratet sehen würden, aber … ich bin mir nicht sicher. Er ist ein wenig älter."

Mikes Beschützerinstinkte meldeten sich. „Das klingt mittelalterlich, Angela. Die können dich doch nicht zwingen, jemanden zu heiraten, den du nicht willst."

Sie gab ein für sie völlig untypisches Schnauben von sich. „Nein, das können sie nicht. Aber sie können mich manipulieren und Druck ausüben und mich drängen und bitten und …" Sie verstummte und hielt sich die Hand vor den Mund, als könnte sie kaum glauben, dass sie diese Worte tatsächlich ausgesprochen hatte.

Sieh mal einer an. Durchschaute Angela endlich ihre Familie? Würde es ihr gelingen, sich von ihnen zu befreien und ihre eigenen Entscheidungen zu treffen?

Zu spät für sie und ihn, natürlich. Viel zu spät. Obwohl sein Zorn und Schmerz sich mittlerweile in Sorge verwandelt hatten. Würde sie es schaffen, sich in dieser Situation gegen ihre Eltern zu behaupten? Zum ersten Mal in ihrem Leben?

Das ist nicht dein Problem, ermahnte er sich. Aber es kam ihm falsch vor, ihr nicht zu helfen. Viele Jahre lang war sie ihm so wichtig gewesen.

Sein Handy piepte, und er kramte es aus der Tasche. Jean-Luc.
Komm schnell rauf.

Ohne eine weitere Erklärung ließ er Angela stehen und rannte zum Fahrstuhl. Er drückte den Knopf und sah das Lämpchen für den zehnten Stock aufleuchten. Es würde zu lange dauern, auf den Fahrstuhl zu warten. „Wo ist das Treppenhaus?", rief er Angela zu, die zu einer Wandnische auf der anderen Seite der Lobby zeigte. Er lief darauf zu und stieß dabei die Leute mit den Ellbogen zur Seite, die ihm im Weg waren.

Angela folgte ihm nicht.

Er lief die Treppe hinauf und nutzte dabei seine gut trainierten Baseballspielermuskeln bis zum Maximum. Jeder Sprint, den er je absolviert, jedes Gewicht, das er je gestemmt hatte, trug ihn nun dieses Treppenhaus hinauf. *Zweiter Stock, dritter Stock, vierter Stock ... halt durch, Joey ... stirb nicht, Joey ... ich brauche dich ... bitte ... fünfter Stock ... Tür auf ... wo liegt sein Zimmer ... los, los, weiter ...*

Als er Joeys Zimmer erreichte und an sein Bett stürmte, ging ihre gemeinsame Zeit auf dieser Erde gerade zu Ende. Mike hielt Joeys Hand, stammelte „Geh nicht". Der Anflug eines Lächelns erschien auf dem Gesicht seines Bruders, dann schlossen sich seine Lider. Jean-Luc schluchzte, die Monitore piepten, ein letztes Einatmen ...

... ein Ausatmen ...

21. KAPITEL

Die Nachricht verbreitete sich rasch in Kilby, dass Mike Solos Bruder, für den er das öffentliche Statement abgegeben hatte, gestorben war. Im *Kilby Press Herald* erschien sogar ein Nachruf, in dem Joeys akademische Karriere erwähnt wurde, seine Verbindung zu den Catfish sowie seine Arbeit im Sudan, wo er sich mit E. coli infiziert hatte, was ihn letztlich das Leben gekostet hatte. Die Zeitung brachte ein Foto von ihm, das Donna genau betrachtete, um jede Ähnlichkeit und jeden Unterschied genau zu erkennen. Er sah viel dünner aus, intellektueller auch, aber genauso gut gelaunt wie Mike.

Sie schloss ihn sofort in ihr Herz. Bei ihrem nächsten Treffen mit Zack – der Eilerlass war aufgehoben worden, nachdem sie und Mike das Ende ihrer Verlobung bekannt gegeben hatten – schrieben sie eine Karte an Mike. Statt vieler Worte zeichneten sie Herzen, Gorillas, Tiger und Blumen. Im letzten Moment fügte Zack noch einen Baseball hinzu. *Denk an dich*, schrieb Donna in die eine untere Ecke. *In Liebe, von Donna und Zack.* Zack schrieb seinen Namen selbst, was er vor Kurzem erst gelernt hatte, und versah ihn am Ende mit etwas, das wie eine gezeichnete Hand aussah.

„Was ist das, Zack-ino?"

„Ein Baseballhandschuh."

„Hm, sehr gute Idee. Mike liebt Baseball."

„Es ist das großartigste Spiel auf der Welt!" Zack hüpfte auf seinem Stuhl auf und ab. Donna gab ihm eine Minute, um sich zu beruhigen. „Wo ist Mike?"

„Er ist zu Hause." Sie fragte sich, ob er schon nach Kilby zurückgekehrt war. Würde er nach dem Verlust seines Bruders je wieder die Kraft finden, Baseball zu spielen? Aber er stand unter Vertrag, also musste er spielen. Wahrscheinlich bald.

„Mike wohnt hier." Zack runzelte verwirrt die Stirn.

„Er hat noch ein anderes Zuhause, wo er geboren wurde. Eine Stadt namens Chicago. Eine große Stadt, viel größer als Kilby."

Zack schien das alles nicht so ganz zu verstehen. Genauso wenig wie ihre Erklärungen, weshalb sie Mike vielleicht nicht mehr sehen würden. Aber Zack war noch klein, und in einem Jahr würde er sich höchstwahrscheinlich nicht mehr an Mike erinnern.

Donna wünschte nur, sie könnte dasselbe von sich behaupten. Wegen der aufgelösten Verlobung musste sie die Kuchenbestellung stornieren, die Blumenbestellung, die Kleiderbestellung. Sadie, die sich zu Besuch bei ihrer Mutter in Kilby aufhielt, begleitete sie zu You Bet I Do, um die Stoffproben zurückzugeben.

„Weißt du, wie ich mich fühle?", sagte Donna, als sie das bauschige weiße Innere der Hochzeitsboutique betraten. „Wie Cinderella nach dem Ball. Als hätte ich mich in einen Kürbis zurückverwandelt."

„Dummchen, Cinderella hat sich doch nicht in einen Kürbis verwandelt, sondern ihre Kutsche."

„Na ja, mein Kia ist nicht groß genug, um ein Kürbis zu sein."

Sadie legte ihr den Arm um die Schultern. „Ich nehme an, du hast die richtige Haarfarbe für einen Kürbis."

„Du bist so eine gute Freundin."

„Ja klar, weiß ich doch."

Sie grinsten, wie es nur zwei Freundinnen tun konnten, die schon jede Menge Katastrophen gemeinsam überstanden hatten. Donna wollte die Stoffproben Amy, der Verkäuferin, geben, doch Sadie hielt sie zurück. „Eigentlich könnte ich die behalten."

Donna sah sie verblüfft an. „Sadie? Ist das dein Ernst?"

Sadie nickte und strahlte übers ganze Gesicht. „Ich war mir nicht sicher, ob dies der richtige Zeitpunkt ist, um es dir zu erzählen."

„Soll das ein Witz sein?" Donna schlang die Arme um ihre Freundin, drückte sie und fing anschließend an, wie ein Häschen auf einem Springstock auf und ab zu hüpfen. „Du heiratest! Du heiratest! Ich bin so aufgeregt!" Sie rempelte eine in Spitze gehüllte Schaufensterpuppe an, die gefährlich ins Wanken geriet.

Amy sprang herbei, um die Puppe festzuhalten, ehe sie umstürzen konnte.

„Dürfte ich um etwas Vorsicht bitten?", meinte sie schnippisch. Donna und Sadie ignorierten sie.

„Ich bin so froh, dass du dich freust." Sadie strahlte noch immer. „Ich dachte, es wäre schwer für dich, wegen ..."

„Nein. Auf keinen Fall. Ich könnte schreien vor Freude."

„Bitte nicht", meldete Amy sich erneut zu Wort. „Es sind noch andere Kundinnen hier im Laden."

„Und ihr habt vielleicht gleich eine weitere Kundin, wenn du dich nicht blöd anstellst", klärte Donna sie auf. „Sadie wird einen Major-League-Pitcher heiraten, und da braucht sie wohl ein Kleid."

Sadie bestätigte das mit einem Kopfnicken, doch Amy sah noch nicht überzeugt aus. „Du warst mit einem Baseballspieler verlobt", erinnerte sie Donna. „Und sieh dir nur an, was daraus geworden ist. Diese Stoffproben kommen möglicherweise schnell wieder zurück."

„Danke für das Vertrauen. Aber glaub mir, nichts wird Caleb und Sadie davon abhalten, zu heiraten. Die zwei sind füreinander bestimmt."

„Fein." Amy schniefte pikiert. „Nimm die Stoffproben mit, aber bitte beschädige keine weiteren Schaufensterpuppen. Du würdest nicht glauben, wie viel wir dafür bezahlen müssen."

Sadie und Donna verließen die Boutique und schlenderten in Richtung Sacred Grounds, den Hippie-New-Age-Coffeeshop, der kürzlich in der Innenstadt eröffnet hatte. Die Vormittagssonne glomm hinter einer dünnen Wolkendecke. Kein Lüftchen bewegte die Jacaranda-Bäume, die die Straßen säumten. Donna schaute ganz bewusst nicht zur Statue von Colonel Kilby und zum Fort, denn beides barg zu viele schmerzliche Erinnerungen.

„Ich habe einen juristischen Rat für dich", meinte Sadie, nachdem sie ein Stück gegangen waren.

„Stecke ich denn in Schwierigkeiten? Ich habe diese Schaufensterpuppe doch kaum angerührt!"

Sadie lachte. „Nein, es geht um den Sorgerechtsstreit um Zack. Deine Anwältin, nun ja, die ist schrecklich. Die ist so schlecht, dass ich mich frage, ob die Wades ihr nicht Geld zustecken, damit sie dich falsch berät. Sie hätte bei dieser Anhörung wegen des Eilerlasses dabei sein sollen."

„Sie arbeitet fast unentgeltlich", verteidigte Donna sich. „Ich bezahle ihr, so viel ich kann, aber das ist nicht viel."

„Das ist mir schon klar. Aber hier geht es um dein Kind. Wenn es eine Frage des Geldes ist, mach dir deswegen keine Sorgen. Ich kann dir helfen. Ich habe dieses Geld von den Wades, und Caleb hat gerade einen Werbevertrag unterschrieben, für einen neuen Sportdrink mit Avocadogeschmack. Oder war es Pistazie? Keine Ahnung, der Drink ist grün. Im Ernst, Caleb und ich haben darüber gesprochen, und wir wollen helfen."

Tränen schimmerten in Donnas Augen. „O Sadie."

„Es ist keine große Sache", versicherte Sadie ihr rasch. „Da ist noch etwas. Wusstest du, dass die Wades Richter Quinn in der Tasche haben? Bürgermeisterin Trent hat mich darüber informiert. Die Wades haben ihn irgendwie in der Hand. Immer wenn sie ein Gerichtsurteil zu ihren Gunsten wollen, versuchen sie Richter Quinn für den Fall zu bekommen. Das hat deine Anwältin sicher nie erwähnt, oder? Ganz zu schweigen davon, dass sie vielleicht einen anderen Richter hätte verlangen sollen."

Donna schüttelte benommen den Kopf und erinnerte sich an die vielen Male, bei denen sie Karen Griswolds Anweisungen blind gefolgt war. „Verdammt, ich wette, Bonita hat die Wades gebeten, ihren Einfluss geltend zu machen. Da bin ich mir sogar ziemlich sicher. Sie ist schließlich mit ihnen verwandt, und die Wades hassen mich. Warum sollte sie ihre Beziehungen nicht spielen lassen? Wenn ich welche hätte, würde ich das auch tun."

Sadie drückte sie mit einem Arm an sich. „Na ja, du hast mich. Und Caleb. Wir sind deine Beziehungen, und wir wollen dir helfen. Du brauchst zunächst einmal einen neuen Anwalt, Schätzchen, und der muss einen Antrag für einen neuen Richter stellen."

Tränen hingen an ihren Wimpernspitzen und rannen von dort über ihr Gesicht. „Ich habe dir erst in diesem Jahr von Zack erzählt."

„Und das war sehr dumm von dir. Vielleicht hätte ich dir schon früher helfen können. Aber ich verstehe dich, Donna. Du hattest Angst, etwas zu sagen. Angst treibt uns zu allen möglichen Dingen. Komm, lass uns etwas trinken."

Sie betraten das Sacred Grounds, und Sadie führte Donna zu einem Tisch. „Eis-Mokka?", fragte sie Donna, die nickte und dann damit beschäftigt war, sich die Tränen mit einer Recycling-Serviette zu trocknen.

Als Sadie mit ihrem schaumigen Getränk zurückkam, war Donna die Lust darauf vergangen.

„Weißt du, ich habe Mike gesagt, dass ich nur vor einer einzigen Sache Angst habe, und das ist, Zack zu verlieren. Und ich war so nah dran, Sadie. Als Harvey mir eröffnete, ich dürfe ihn nicht sehen, brach eine Welt für mich zusammen. Es war, als würde mir vor Angst schwarz vor Augen."

„Das tut mir so leid, Donna. Ich kann einfach nicht glauben, dass Harvey so etwas tut." Sadie rührte Zucker in ihren Tee.

„Ich weiß, früher war er nicht dieser hinterhältige Wurm. Er steht komplett unter Bonitas Einfluss. Manchmal glaube ich, Bonita kann schon die Tatsache nicht ertragen, dass ich existiere und Harvey mal mit mir zusammen war. Es ist, als würde sie mich aus diesem Bild auslöschen wollen."

„Donna MacIntyre auslöschen? Keine Chance."

„Sadie, ich habe solche Angst, Mike nie mehr wiederzusehen. Was ist, wenn er nicht nach Kilby zurückkehrt? Wenn er mit dem Baseball aufhört und in Chicago bleibt? Er war dort mal in eine Frau verliebt, die ihm das Herz gebrochen hat. Er hat gemeint, dass er deshalb nicht mehr interessiert an Liebe ist."

Sadie schob Donna den Eiskaffee unter die Nase, damit der Schokoladenduft in ihr Bewusstsein drang. „Bei allem Respekt vor Mike, und du weißt, wie sehr ich den Kerl mag, aber er ist ein Idiot. Das ist okay. Wenn es um die Liebe geht, haben wir alle unsere idiotischen Momente. Vielleicht interessiert er sich nicht für die Liebe. Aber die Liebe interessiert sich auf jeden fall für ihn. Ich kenne die Signale."

Donna befreite den Strohhalm aus seiner Papierverpackung und schüttelte traurig den Kopf. „Nein. Er liebt mich nicht."

„Du liebst ihn."

„Natürlich liebe ich ihn. Ich liebe ihn seit ... Ach, ich weiß nicht, seit wann. Vermutlich seit diesem Abend im Roadhouse, als wir uns zum ersten Mal begegnet sind und du Caleb kennengelernt hast. Oder auf Crushs Party. Oder als er sich zwischen mich und Jared Wade gestellt hat. Ich weiß es nicht."

„Weiß er, was du für ihn empfindest?"

„Nein. Ich habe dir doch erklärt, dass er an Liebe nicht interessiert ist. Die ganze Verlobung war seine Version einer guten Tat."

Sadie rührte mit skeptischer Miene in ihrem Tee. „Bist du dir da so sicher? Mike ist ein guter Mann, aber ich glaube einfach nicht, dass er einer Frau die Ehe anbietet, für die er nichts empfindet. Möglicherweise empfindet er etwas und weiß es nur selbst noch nicht."

Donna verdrehte die Augen. „Glaub mir, es war ziemlich offenkundig, welche Gefühle er hatte. Nicht, dass ich mich deswegen beschweren will ..."

Sadie hob die Hand, um Donna zu unterbrechen. „Mike ist für mich wie ein Bruder. Die Details muss ich wirklich nicht hören."

Ein Detail aber schwirrte Donna noch durch den Kopf, nämlich als sie beide sich auf den Sitzsack in Footballform fallen gelassen hatten, nachdem sie ein Laken darüber ausgebreitet hatten. Nackt und erschöpft hatte Mike sie im Arm gehalten. „Endlich haben wir etwas gefunden, wofür Football gut ist", hatte er träge lächelnd bemerkt.

Die Erinnerung an diesen Moment brachte alles zurück – den Spaß, den sie zusammen mit ihm gehabt hatte, das ganz neue Gefühl, einen Beschützer zu haben. Und gleichzeitig wurde sie sich wieder des niederschmetternden Verlustes bewusst.

„Nicht jeder kriegt das Märchen, Sadie."

„Warum nicht?"

„Okay, vielleicht hatte ich mein Märchen, aber ich hab's ruiniert durch mein dummes Mundwerk. Ich habe versucht, ihn zu etwas zu überreden, was er eigentlich für falsch hielt, und er wurde daraufhin öffentlich beleidigt. Dann hat er die Stadt verlassen, und jetzt ist sein Bruder tot. Ich bin mir sicher, dass er am Boden zerstört ist. Vielleicht kommt er nie mehr zurück und ..."

Sie vergrub das Gesicht in den Händen, da der Drang zu weinen übermächtig wurde. Einen Moment lang schluchzte sie nur. Ob sie nun aus Mitgefühl für Mike weinte oder *um* ihn, weil er für sie verloren war, vermochte sie nicht zu sagen. Sadie streichelte ihren Rücken, murmelte beruhigende Worte und erwähnte nicht einmal, dass Donna ihren Eiskaffee umgekippt hatte.

Als Donna endlich die Augen wieder aufmachte und die restlichen Tränen fortblinzelte, sah sie ihren kleinen Tisch überschwemmt von brauner Flüssigkeit, in der weiße Sahnekleckse schwammen. Die Probestoffe von You Bet I Do waren völlig eingeweicht.

„Hoppla."

„Ach." Sadie winkte ab. „Mach dir deswegen keine Gedanken. Ich werde eiskaffeefarbene Schleier in Mode bringen. Und Amy kann getrost den Ruhm einheimsen."

Als Donna einen Anruf von Crush Taylor erhielt, der sie bat, sich mit ihm am Stadion zu treffen, machte sie früher Feierabend. Was immer Crush wollte, es musste etwas mit Mike zu tun haben, und dafür konnte sie ruhig ein paar Stunden freinehmen.

Es wäre noch schwerer gewesen, das Stadion zu betreten, in dem sie alles an Mike erinnerte, wenn Donna nicht gewusst hätte, dass er nach der Beerdigung seines Bruders noch nicht wieder da war. Trotzdem musste sie sich zu einem Lächeln zwingen, als sie Trevor Stark und Dwight Conner am anderen Ende des Ganges entdeckte. Seltsamerweise trugen beide Disney-Prinzessinnenkostüme. Oder irgendetwas in der Art. Sie war sich nicht sicher, denn die beiden rannten förmlich außer Sichtweite.

„Das ist für die Kids im Kilby Community Hospital", erklärte Crush, als sie in einem Sessel vor seinem massiven Schreibtisch aus Eichenholz Platz genommen hatte. „Das heitert sie auf, wenn berühmte Baseballspieler sich zum Affen machen. Zum Glück besitzen einige von diesen Typen ein natürliches Talent dafür. Sich zum Affen zu machen, meine ich."

„Ich wünschte, ich könnte ein Foto davon schießen, für Zack. Mein kleiner Junge", fügte sie erklärend hinzu.

„Das ist mir bekannt. Ich habe sämtliche Zeitungsartikel über die kürzeste Verlobung der Welt aufgehoben." Er zwinkerte ihr lässig zu.

„Tut mir leid. Ich weiß, das Image der Catfish sollte davon profitieren."

Er winkte ab. „Die Liste der Dinge, die wichtiger sind als das Image der Catfish, wird mit jedem Tag länger. Sie haben von Mikes Bruder gehört?"

„Ja. Wie geht es Mike?"

Er warf ihr einen durchdringenden Blick zu. Normalerweise wirkte Crush wie ein Mensch, der nur an Partys dachte und immer leicht verkatert war. Heute jedoch sahen seine Augen nicht annähernd so blutunterlaufen aus wie sonst. „Sie stehen nicht in Kontakt zu ihm?"

„Nein."

„Haben Sie ein Problem damit, ihn zu sehen?"

„Nein. Aber er hat möglicherweise ein Problem damit, mich zu sehen. Das werde ich jedoch erst wissen, wenn ich ihn getroffen habe. Falls ich ihn treffen werde. Würde es Ihnen ... warum fragen Sie?"

„Ich würde Sie gern einstellen."

Sie starrte ihn mit offenem Mund an. Sie hatte mit allem Möglichen gerechnet, aber nicht mit einem Jobangebot. „Um was zu tun?" Ihr fiel nicht einmal etwas ein. „Ich kann zwei Sachen. Termine für Wurzelbehandlungen vereinbaren und babysitten."

Er schüttelte sich. „Zwei der Dinge, die für mich nach der

Hölle auf Erden klingen." Er fingerte am Verschluss seines Flachmanns herum, schraubte ihn jedoch nicht auf.

„Haben einige der Spieler Kinder? Soll ich babysitten? Denn eigentlich mache ich keine Kinderbetreuung mehr. Es hat mir riesigen Spaß gemacht, aber die Anwältin hat mir gesagt, ich bräuchte einen Job mit Krankenversicherung ..."

„Ich kann Sie einfach auf die Mitarbeiterliste setzen. Das ist kein Problem. Aber Sie müssten nicht babysitten, zumindest nicht im traditionellen Sinn. Obwohl meine Spieler ruhig noch ein bisschen an Reife gewinnen könnten. Mike Solo ist da eine seltene Ausnahme."

„Ich verstehe immer noch nicht ganz. Ich soll Babysitter für die Spieler sein?"

„Nein, nein. Angeline, unsere PR-Frau, hat gerade gekündigt. Genau genommen hat sie gar nicht gekündigt, sondern ist einfach verschwunden. Mit einem RiverCat-Werfer. Können Sie sich das vorstellen? Wir dachten alle, sie treibt es mit Stark. Bieberman hat sich im Badezimmer eingeschlossen, als er die Nachricht erfuhr."

„Ich verstehe nach wie vor nicht ganz ..."

„Wir brauchen eine neue PR-Frau. Und da habe ich mich daran erinnert, wie gut Sie sich vor der Menge präsentiert haben, als Mike Sie aufs Spielfeld geschleppt hat. Die meisten Menschen wären nervös gewesen, aber Sie haben einfach einen Witz gerissen. Haben Angelines Fragen passend beantwortet. Ich weiß noch, wie ich dachte, was für ein Naturtalent Sie sind. Schlagfertig und sehr anziehend. Gibt es Schauspieler in Ihrer Familie?"

„Meine Mutter ist Background-Sängerin."

„Na bitte. Ich nehme an, Sie haben diese Begabung, vor Publikum aufzutreten, geerbt. Was meinen Sie?"

„Ich meine, dass ich so etwas noch nie gemacht habe und dass Sie vermutlich hundert Frauen finden könnten, die darin besser sind."

„Das bezweifle ich. Jemand, der Kilby kennt und die Catfish, der einen unschlagbaren Sinn für Humor besitzt und die Wades in den Wahnsinn treiben wird? Nein, ganz sicher nicht."

Sie sah ihn lange an. „Ach. Du. Schande."

„Ja. Der Machiavelli des Baseball, das bin ich. Ein kalkulierender Machtmensch." Ein reueloses Grinsen erschien auf seinem Gesicht. „Nur damit Sie es wissen – das war nicht meine Idee, sondern die Ihrer ruhmreichen Bürgermeisterin."

„Bürgermeisterin Trent?"

„Genau die. Meint, sie könne Sie wärmstens empfehlen. Sie seien vertrauenswürdig, kämpferisch und lustig. Ihre Worte."

Die Vorstellung, wie Crush Taylor und Bürgermeisterin Trent sich über sie unterhielten, löste ein sehr eigenartiges Gefühl in ihr aus. Warum sollte eine kleine Rezeptionistin aus einer Zahnarztpraxis für die beiden von Interesse sein? Und seit wann taten die zwei etwas anderes, als sich zu bekriegen? Donna nahm sich vor, Sadie danach zu fragen, und richtete ihre Aufmerksamkeit wieder auf Crush. „Was genau hat die PR-Frau denn gemacht?"

„Sie werden mit unserem Promotionteam zusammenarbeiten. Bei jedem Spiel läuft eine Art Gag, und Ihre Aufgabe wird darin bestehen, den anzukündigen. Zum Beispiel: Heute Abend veranstalten wir ein ... mal sehen ..." Er kramte in den auf seinem Schreibtisch herumliegenden Papieren. „Aha. Wir veranstalten ein Eierwerfen, gesponsert von der McGee-Poultry-Hühnerfarm. Das muss als Botschaft rüberkommen. Ich glaube, die wollen auch noch einen Hühnertanz. Sie werden mit Catfish-Bob zusammenarbeiten, dem Teammaskottchen, den übrigens niemals jemand ohne Kostüm zu sehen bekommt. Schlussendlich müssen Sie in peinlich kurzen Shorts und einem drei Nummern zu kleinen T-Shirt herumlaufen."

Auf ihr entsetztes Gesicht hin grinste er erneut. „War nur ein Scherz. Sie werden ein Catfish-Trikot tragen, aber alles andere ist Ihre Angelegenheit. Locker und witzig, das ist das Ziel. Witzig ist gut. Sie sind eine Einheimische und dank Ihres Ex-verlobten ziemlich bekannt, also nehme ich an, Sie werden eine Attraktion sein."

Das hörte sich ... erstaunlich an. Und beängstigend. „Was

ist, wenn ich nicht gut bin? Kann ich es ausprobieren, bevor ich meinen anderen Job kündige?"

„Klar, können wir machen. Aber ich glaube, Sie werden begeistert sein. Ich glaube, Sie haben da in dieser Zahnarztpraxis Ihre Berufung verfehlt. Sobald Sie auf dem Spielfeld sind und den Jubel hören, werden Sie eine Freude empfinden, wie Sie es sich nie hätten vorstellen können." Er schaute aus dem Fenster, von dem aus er einen Blick auf das Spielfeld hatte, auf dem ein paar Spieler Fungoes schlugen.

Wow, sie kannte das Wort „Fungoes". Bedeutete beim Baseball, dass man locker ein paar Bälle in die Luft schlug.

Wie war das passiert?

Natürlich durch Mike.

„Es könnte noch ein weiteres Problem geben", sagte sie langsam. „Falls Mike Solo mich nicht in der Nähe des Stadions sehen will, würde ich mich nicht wohlfühlen, wenn ich den Job annehme."

„Er hat nichts dagegen."

Elektrische Spannung durchfuhr sie von Kopf bis Fuß. „Woher wissen Sie das?"

„Ich habe ihn gefragt. Es wäre nicht richtig, der Exverlobten eines Spielers ein Jobangebot zu machen, ohne es vorher mit ihm abzusprechen."

„Und was hat er gesagt?"

„Er hat gesagt, er wird sich nach seiner Auszeit mit Ihnen treffen. Ich bin kein Kuppler, klar? Er hatte zwar momentan andere Dinge im Kopf, aber er schien nichts gegen die Idee einzuwenden zu haben."

Das beruhigte sie noch nicht sonderlich. Sie kaute auf der Innenseite ihrer Wange. Dies war eine unglaubliche Chance, etwas ganz Neues auszuprobieren. Etwas, das von ihrer Persönlichkeit profitieren könnte, statt davon sabotiert zu werden. Wenn Mike ein Problem damit hatte, dann würde er es ihr eben mitteilen müssen. Wenn er zurückkam. Nach Kilby. Ins Catfish-Stadion.

Aber nicht zu ihr.

22. KAPITEL

In den ersten Tagen nach Joeys Tod konnte Mike niemanden in seiner Nähe ertragen außer Jean-Luc. Der Franzose schien jedoch kaum etwas wahrzunehmen. Er war versunken in seiner Trauer, weshalb es Mike überlassen blieb, die Tür zu öffnen, wenn verweinte Studenten Karten brachten und erzählten, wie freundlich Joey immer gewesen war. Diese Studenten und die Notwendigkeit, für Jean-Luc da zu sein, verhinderten, dass er selbst in einem schwarzen Loch versank.

Als sich die Trauernden in der Campus-Kapelle zur Gedenkfeier der Universität einfanden, wollten alle, vom Studenten bis zum Kollegen, Mike umarmen und ihm die Hand schütteln. Viele sprachen ihn auf sein öffentliches Statement an. „Er hat es uns im Kurs vorgespielt", erzählte einer. „Er war wirklich stolz darauf."

„Ist das wahr?" Mike war gar nicht klar gewesen, dass Joey das so empfunden hatte. Er hätte schon viel früher ein solches Statement abgeben sollen. Warum hatte er das nicht getan? Und dann wurde es ihm schlagartig klar – Donna. Sie kennenzulernen hatte ihn verändert. Das Statement war ihre Idee gewesen. Nur dass er sie schließlich vertrieben hatte ... oder er hatte sich selbst vertrieben.

Er nahm sich zusammen und konzentrierte sich auf die Gegenwart, da der Student immer noch redete. „Er hat allen erzählt, sein kleiner Bruder sei Baseballspieler. Er gab uns sogar einmal die Aufgabe, die Auswirkungen organisierten Sports auf die Ökonomie eines Entwicklungslandes zu untersuchen. Er meinte, wir bekämen Zusatzpunkte, wenn wir uns für Baseball entscheiden würden. Was natürlich nur ein Scherz war. Er war der witzigste Professor, den ich je hatte."

Mike grinste ein wenig mühsam. „Können Sie sich vorstellen, dass er überhaupt keine Ahnung vom Baseball hatte, bevor ich anfing zu spielen? Aber dann hat er diese Sportart studiert – genauso gründlich, wie er die nationale Wirtschaftspolitik studierte. Ich glaube, irgendwann mochte er Baseball fast so sehr wie Importe und Exporte." Es fiel ihm schwer, über seinen Bruder zu reden, aber Joey zuliebe gab er sich Mühe. Joey hätte es gefallen, dass Mike Erinnerungen mit den Studenten austauschte. Er hätte gewollt, dass seine Gedenkfeier eine aufmunternde Veranstaltung wurde, nicht tränenreich und düster.

Und so verlief sie tatsächlich, obwohl Mike alles um sich herum nur verschwommen wahrnahm.

Als er an der Reihe war, vor den Gästen zu sprechen, las er einen Brief vor, den Joey ihm aus dem Sudan geschrieben hatte, nach seiner E.-coli-Infektion.

„‚Krank zu werden hat mir klargemacht, wie schnell sich das Leben ändern kann. Es hat mich in dem Beschluss bestärkt, aufrichtig und intensiv zu leben. Wenn ich nach Hause komme, werde ich mich outen. Für eine Weile könnte es schwierig sein, kleiner Bruder. Wenn ich mal sterbe, will ich die Gewissheit haben, dass ich mein Bestes getan habe, mit so viel Würde und Mitgefühl wie möglich. Wenn du mir helfen willst, steh Mom und Dad bei, denn sie werden es nicht verstehen. Sei nachsichtig, dann wird alles gut.'"

Mike gelang es nicht, den Blick zu heben von dem alten Briefpapier, das er all die Jahre hindurch aufbewahrt hatte. „So war Joey. In ihm war niemals Hass, nur Freundlichkeit. Und ich denke, er hat seinem eigenen Wunsch entsprochen. Würde und Mitgefühl – das war mein Bruder."

Begleitet von Schluchzern und zustimmendem Kopfnicken, verließ er das Rednerpult und ging zu seinem Platz in der vordersten Reihe zurück, zwischen seinen schluchzenden Schwestern und Jean-Luc. Die folgenden Redner, Dozenten und Lieblingsstudenten nahm er kaum noch wahr.

Hatte er getan, was sein Bruder sich wünschte, und seinen Eltern beigestanden? Er hatte es versucht. Vorhin, während der Beisetzung im engsten Familienkreis war es zu einer unbeholfenen, steifen Umarmung zwischen ihm und seinem Vater gekommen. Jean-Luc war nicht eingeladen gewesen, trotzdem hatte er Mike angefleht, friedlich zu bleiben. Als Mike dann die verweinten Augen seiner Mutter gesehen hatte, war es ihm nicht schwergefallen, dieser Bitte nachzukommen. All die Fragen, die ihm auf der Seele lagen, waren ihm in diesem Moment nicht mehr so wichtig erschienen. Umso lauter meldeten sie sich jetzt zurück. *Warum habt ihr ihn verstoßen? Warum habt ihr ihn nicht im Krankenhaus besucht? Warum urteilt ihr so streng und seid euch so sicher, dass ihr recht habt?*

Die vertraute Wut sorgte dafür, dass seine Knöchel weiß hervortraten. Er entspannte die Hand und spreizte die Finger auf seinen Knien. *Vergiss das alles. Du kannst sie nicht ändern. Vergiss es.* Als würde Joey ihm diese Worte zuflüstern. Er betrachtete seine Hände, groß und stark, mit deutlich hervortretenden Knöcheln. Die Hände eines Fängers, daran gewöhnt, wilde Würfe abzufangen. An die Gewalt eines Fastballs gewöhnt, der mit fünfundneunzig Meilen pro Stunde in seinen Handschuh knallte. Daran gewöhnt, die unberechenbare Flugbahn eines Knuckleballs zu beenden. Harte Schläge einzustecken war sein Job, aber keiner war je härter gewesen als dieser.

Er musste zurück aufs Spielfeld, denn das war es, was er brauchte. Baseball hatte ihn vor dem völligen Zerwürfnis mit seiner Familie bewahrt, nachdem Joey sich geoutet hatte. Baseball hatte ihn gerettet, als er seine Karriere bei der Navy aufgab. Er fühlte sich stets am richtigen Platz, wenn er auf dem Spielfeld stand. Da konnte er am besten denken.

Wenn er nach Kilby zurückging, würde er vielleicht herausfinden, wie er ein vernünftiges Verhältnis zu seinen Eltern hinbekommen könnte.

Außerdem war Donna in Kilby. Und er musste ihr unbedingt dafür danken, dass sie ihn zu seinem öffentlichen Statement inspiriert hatte. Der Gedanke daran, sie wiederzusehen, war der erste Lichtblick seit Tagen.

Jean-Luc bestand darauf, ihn zum Flughafen zu fahren. „Du solltest mich nach Kilby begleiten", sagte Mike, während sie in Jean-

Lucs silbernem Porsche über die Stadtautobahn fuhren. „Verschwinde eine Weile aus Chicago. Entspann dich in der Einöde und bei den verrückten Catfish."

„Ich habe Baseball nie verstanden. Ich bin Franzose. Ich begreife nicht, worum es bei Sport überhaupt geht. Der einzige Grund für mich, Kilby zu besuchen, wäre, deine Freundin Donna kennenzulernen. Joey war sehr neugierig auf sie."

„Na ja, wir hatten da ein Problem ..."

„Ein Problem?"

„Eins von der Sorte, bei der sie mir ein Kissen an den Kopf geworfen hat und ich halb nackt rausgestürmt bin. Es besteht die Möglichkeit, dass ich im Unrecht war." Er erzählte die ganze Geschichte vom Ende ihrer Verlobung, und als er fertig war, lachte Jean-Luc, bis ihm die Tränen kamen.

„Verrückte kleine Kaninchen?"

„Ja, sie hat Sprachwitz. Und sie kann gut mit Kissen werfen."

„Ich finde nicht, dass du wütend auf sie sein solltest. Sie wollte dich doch nur weiterhin sehen."

„Ja, schon. Aber heimlich und aller Welt etwas vorspielen? Das ist nicht mein Stil."

„Natürlich nicht. Sich zu verstecken ist nie leicht, aber du musst auch ihren Grund sehen. Sie liebt dich. Sie liebt jedoch auch ihren Sohn, und deshalb war die Situation ..." Er zuckte mit den Schultern. „*Compliqué.*"

„Sie liebt mich? Das hat sie nie gesagt."

„Sie wollte dich heiraten, *oui*?"

„Ja, damit sie vor dem Richter besser dastehen würde. Ich musste mich ganz schön anstrengen, um sie dazu zu kriegen. Deshalb habe ich gehofft, dass sie sich vielleicht in mich ..." Er verstummte abrupt. „O verdammt. Sie meinte, sie würde nur jemanden heiraten, den sie liebt. Dann hat sie ihre Meinung geändert, weil wir beschlossen hatten, die Hochzeit zu einem Großereignis zugunsten der Catfish zu machen, um Crush Taylor zu helfen. Deshalb habe ich diesen Teil ganz vergessen."

„Ich finde diese ganze Sache sehr verwirrend."

„Ich auch." Mike schaute nachdenklich die vorbeiziehenden Hochhäuser entlang des Seeufers an. Damals hatte das alles ganz logisch geklungen. Oder? „Über Liebe haben wir nicht mehr gesprochen, nachdem wir beschlossen hatten, es zur Catfish-Hochzeit des Jahrzehnts zu machen."

„Hast du ihre Familie kennengelernt?"

Mike schnaubte. „Wenn man das Familie nennen kann. Die wissen Donna gar nicht zu schätzen. Ihr Vater ignoriert sie, und ihre Stiefmutter behandelt sie wie eine Kriminelle. Ich habe ihre leibliche Mutter nicht kennengelernt, weil sie ständig auf Tour ist. Donna ist energisch und lustig. Aber auch freundlich. Und sehr loyal. Und sie hat keine Angst davor, ihre Meinung zu äußern, obwohl sie das gelegentlich in Schwierigkeiten bringt. Sie ist in jeder Hinsicht ein großartiger Mensch. Nur braucht sie jemanden, der auf sie aufpasst. Und jemanden, der ..."

Oh, dachte er. Natürlich. Warum hatte es so lange gedauert, es zu erkennen?

„Der was?"

„Sie braucht jemanden, der sie liebt. Alle Menschen, die ihr nahestanden, haben sie verlassen. Ihr Vater, ihre Mutter, ihr Exfreund." Hatte er sie in gewisser Weise ebenfalls verlassen, mit seiner Verbissenheit, alles richtig zu machen?

Er schaute aufs Armaturenbrett. Etwas anderes beschäftigte ihn, und er bekam vielleicht keine zweite Gelegenheit, danach zu fragen.

„Ich habe eine Frage an dich. Warum hat Joey diese Begegnung zwischen mir und Angela arrangiert? Wollte er, dass wir wieder zusammenkommen?"

Jean-Luc, dessen Haare im Wind wehten, warf ihm einen amüsierten Blick von der Seite zu. „Er wollte, dass du entweder endgültig über sie hinwegkommst oder es noch einmal mit ihr versuchst."

„Im Ernst? Er dachte, ich würde es vielleicht noch mal versuchen?"

„Das war nicht das, was er sich wünschte." Jean-Luc zögerte. „Joey war der Meinung, dass du und Donna ... dass ihr euch liebt."

Mike trommelte mit den Fingern gegen die Fensterscheibe und beobachtete mit zunehmender Ungeduld die vorbeiziehende Skyline. Wozu all dieses Gerede von Liebe? Er konnte jetzt nicht daran denken. „Ich muss unbedingt wieder ein Trikot anziehen. Vielleicht ergibt dann alles einen Sinn."

„Wenn es funktioniert, musst du es mir unbedingt berichten. Vielleicht probiere ich es mal mit Baseball. Was soll ich spielen? Joey meinte, deine Stelle als Fänger, das sei die schwierigste."

„Zunächst einmal heißt es nicht ‚Stelle', sondern Position. Und zweitens würde ich empfehlen, mit einer Position auf der Zuschauertribüne zu beginnen."

„Ach."

„Im Ernst. Das solltest du probieren. Wenn ich spiele, spüre ich Joey immer bei mir. Seit er die Schönheit des Spiels erkannt hatte, schaute er gern zu."

Den restlichen Weg zum O'Hare-Airport schwieg Jean-Luc.

Bevor Mike ausstieg, meinte Jean-Luc mit sanfter Stimme: „Mir ist sehr bewusst, wie viel Glück ich mit Joey hatte. Zu lieben und geliebt zu werden, das ist keine Kleinigkeit, mal eben so." Ihm gelang ein sehr französisch aussehendes Fingerschnippen. „Du besitzt ein großes Herz, genau wie Joey. Es ist dir bestimmt, zu lieben. In deinem Fall eine Frau. Eine sehr glückliche Frau. Mögest du weise entscheiden, *mon frère*. Joey wollte immer, dass du glücklich bist. Das war sein größter Wunsch."

Mikes größter Wunsch war es gewesen, dass sein Bruder weiterlebte. So viel zu Wünschen. „Pass auf dich auf, Jean-Luc."

„Au revoir, Mike."

Die geschwungenen Außenmauern des Catfish-Stadions schienen ihn mit offenen Armen willkommen zu heißen. Blaue Teamflaggen winkten freundlich. Ein frischer Wind spielte mit der riesigen texanischen Fahne über dem Eingang und ließ sie hin und wieder knattern. Mike zog seine Kappe tiefer ins Gesicht. Er wollte keine mitleidigen Blicke, kein Händeschütteln, kein Schulterklopfen, keine gemurmelten mitfühlenden Worte von irgendwem, dessen Großmutter oder Cousin gestorben war. Er wollte einfach nur wieder hinaus auf dieses Spielfeld, hinter der Home Plate kauern und Baseball spielen. Sich in die Fängerzone stellen und dort bleiben, bis seine Oberschenkelmuskeln brannten und seine rechte Hand taub wurde.

Duke fing ihn am Anfang des Tunnels ab, der zu den Umkleidekabinen führte, und zog ihn in das Büro des Managers. Mike verschränkte die Arme vor der Brust und starrte ihn finster an. Duke klemmte sich eine nicht angezündete Zigarre zwischen die Zähne und starrte zurück wie eine Bulldogge.

„Was?", fragte Mike schließlich.

„Bist du bereit, zu spielen?"

„Natürlich", antwortete Mike. „Du musst das nicht fragen."

„Farrio wirft heute."

„Okay." Es interessierte ihn nicht, wer warf. Er wollte nur hinaus und spielen.

„Der war in letzter Zeit unsicher. Sein Fastball ist langsamer geworden, und sein Curveball sieht eher aus nach Training für Hobby-Schlagmänner."

„Okay."

„Gut."

„Okay."

„Außerdem …" Der Manager zögerte, kaute auf seiner Zigarre herum, dann zuckte er mit den Schultern. „Ach, egal. Geh. Hör auf, mir meine Zeit zu stehlen."

Mike verließ das Büro, bevor Duke irgendeine Beileidsbekundung loswerden konnte. Was immer er hatte sagen wollen, es kümmerte Mike nicht. Die sollten ihm nur den Ball geben und … Als er um die Ecke kam, rannte er beinah ein Mädchen mit einer Catfish-Kappe auf dem Kopf um. Er fing sie auf, damit sie nicht stürzte. Diese vertrauten sinnlichen Kurven lösten einen lustvollen Schauer aus.

„Hey!" Donna protestierte in dieser kehligen Stimme, die einen direkten Draht zu seinen intimsten Zonen zu haben schien. „Oh, Solo. Ich habe dich gar nicht gesehen."

„Das liegt daran, dass ich noch nicht um die Ecke war. Physikalisches Gesetz."

„Das hat nichts mit Physik zu tun, sondern mit Geografie."

„Wie kann das was mit Geografie zu tun haben? Das ist nicht Geografie." Lächelnd – tatsächlich lächelnd – ließ er seinen Blick über ihren Körper gleiten, der in Mikroshorts über einer Leggings mit blauen und grünen Wirbeln, ein enges Catfish-T-Shirt, das nicht mal bis zum Bauchnabel reichte, und Sneakers gekleidet war. Ihre roten Haare waren unter der Baseballkappe verborgen, nur der Pferdeschwanz schaute hinten heraus. Sie sah ... einfach fantastisch aus. „Warum bist du so angezogen?"

„Wieso? Vermisst du etwa das dunkelblaue Kostüm?" Ihre Augen funkelten.

„Nein", antwortete er mit Abscheu. „Ich bin nur überrascht. Was machst du hier?"

„Ich habe gerade angefangen, hier zu arbeiten." Sie beobachtete ihn genau. „Ich bin die neue Angeline. Die ist mit einem Werfer aus Sacramento abgehauen. Crush will es mit mir versuchen. Er meinte ... du hättest nichts dagegen."

Vage erinnerte er sich an ein Telefonat mit Crush, in dem der ihm von Donna und einem Job erzählt hatte. „Natürlich habe ich nichts dagegen", erwiderte er schroff. „Du wirst das großartig machen. Was steht denn heute auf dem Programm?"

„Ein ... äh ... Siebzigerjahre-Tribut. Psychedelische Leggings schienen mir da ganz angebracht zu sein."

„Da kann ich nicht widersprechen."

„Mike ..." Ihre Stimme wurde sanft. „Es tut mir so leid."

Er nickte nur. Wie erwartet, sorgten ihre Worte des Mitgefühls dafür, dass sich ihm der Hals zuschnürte. Aber so schlimm war das nicht, und als sie seine Hand nahm, löste sich die Verkrampfung in seiner Brust. „Ich habe die Karte bekommen, die du mir geschickt hast. Danke." Es war seine liebste Karte von allen gewesen, die er erhalten hatte. Er räusperte sich. „Was machst du ... nachher? Nach dem Spiel? Können wir reden?"

Ihre lebhafte Miene veränderte sich, Wachsamkeit trat an die Stelle des Mitgefühls. „Ja, klar. Aber ich muss später noch Zack abholen."

„Er ist wieder bei dir? Das sind ja großartige Neuigkeiten." Zum zweiten Mal, seit er sie sah, konnte er spüren, wie sich ein Lächeln auf seinem Gesicht ausbreitete.

„Ja. Die entscheidende Anhörung ist morgen. Caleb und Sadie haben mir geholfen, eine neue Anwältin zu finden, und die meint, wir hätten gute Chancen, solange ich mich benehme."

„Keine verrückten Verlobungen mehr mit Baseballspielern?"

Sie lächelte sanft. „Diesmal mache ich es ganz allein."

„Verstanden. Hey, ich wünsch dir viel Glück heute. Du wirst bestimmt toll sein."

Sie strahlte so sehr, dass ihre Wangengrübchen erschienen, und es war, als ginge die Sonne auf. Dann lief sie den Gang entlang, Richtung Promotionbereich, und ließ ihn irgendwo zwischen benommen und überwältigt zurück. Hatte Angela jemals so gelächelt, als würde sie ihm ihr ganzes Wesen offenbaren? Würde Angela jemals psychedelische Leggings tragen als Siebzigerjahre-Tribut? Hatte Angela sich überhaupt je mit ganzem Herzen in etwas gestürzt?

Angela.

In der Umkleidekabine zog er seine Straßenkleidung aus und rasch das Trikot an. Er musste möglichst früh hinaus aufs Spielfeld, um ein paarmal den Schläger zu schwingen. Vielleicht war er nach der freien Woche eingerostet.

Angela hatte er nicht mehr wiedergesehen seit ihrem überraschenden, ja was eigentlich? Antrag? Vorschlag? Einladung? Er hatte keine Ahnung, wie er es nennen sollte. Zur Beerdigung hatte sie Blumen geschickt, dazu eine förmliche, höfliche Karte. Vor seiner Abreise hatte sie nicht mehr versucht, ihn zu sehen, und er hatte nicht versucht, sie zu sehen.

Er trabte aufs Spielfeld hinaus und fing an mit seinen üblichen

Dehnübungen, wobei er den wenigen Spielern zuwinkte, die ebenfalls schon da waren, um sich mit Würfen und Schlagübungen aufzuwärmen. Das Geräusch eines auf den Schläger treffenden Balls, das gelegentliche Geplauder der Catfish, die zeitlose akustische Kulisse eines Baseballfeldes hatten eine unglaublich beruhigende Wirkung auf ihn. Wow, es war gut, wieder da zu sein. Und wie er Baseball liebte!

Falls er den Aufstieg zu den Friars schaffte, durfte er offiziell wieder um Angela werben. Wenn er das wollte. Was nicht der Fall war. Das verwirrte ihn. Offenbar trauerte er noch so sehr um seinen Bruder, dass keine Frau zu ihm durchdrang.

Nun, bis auf eine vielleicht.

We Are Family ...
Mike schaute zu, wie Donna auf dem Spielfeld zu der Musik von Sister Sledge tanzte. „Hey, wie geht's euch allen, Catfish-Fans?", rief sie ins Mikrofon, mit deutlicherem Texas-Akzent als üblich. „Seid ihr bereit für unseren Siebziger-Groove? Wir werden richtig viel Spaß haben. Wer von euch erinnert sich noch an die Siebziger? Steht auf!"

Als einige ältere Zuschauer auf den Tribünen sich erhoben, klatschte Donna, die Hände über dem Kopf, um die Menge zu einem Applaus zu animieren. „Wie wäre es, wenn ihr alle hier herunterkommt? Ich habe eine besondere Überraschung für euch. Nicht so schüchtern, Leute! Wir sind hier in Texas, und das sind die Catfish. Wir wollen Spaß haben!"

Donna und ihrem strahlenden Lächeln konnte man schwer widerstehen, deshalb kam einer nach dem anderen der Zuschauer mittleren Alters hinunter auf das Spielfeld.

„Da ich in den Siebzigern noch nicht geboren war, musste ich es mir auf YouTube anschauen. Sagt mir, wenn ich es falsch mache." Der Klassiker ertönte aus den Stadionlautsprechern, und in weniger Zeit, als man brauchte, um „John Travolta" zu sagen, vollführte die ganze Truppe einen seitlichen Tanzschritt und reckte einen Arm in die Luft. Im Nu war das gesamte Publikum auf den Beinen, stampfte und klatschte und rief aufs Stichwort: „Do the hustle!"

Mike hatte noch nie so viele Menschen gesehen, die zur gleichen Zeit so viel Spaß hatten. Es war ein herrlicher Anblick.

Ganz besonders Donna leuchtete wie ein fröhliches Glühwürmchen, das reinste rothaarige Freudenfeuer. Jedes Mal, wenn er zu ihr hinschaute – was er unablässig tat –, übertrug sich ihre Freude und die der Menge, dieses Augenblicks, auf ihn.

Joey wäre begeistert gewesen.

Erst nachdem die Nationalhymne gesungen worden war und die Catfish für das erste Inning ihre Positionen auf dem Feld einnahmen, registrierte Mike nach einem Blick auf seine Mitspieler, dass etwas anders war.

Er bemerkte es zuerst bei Dan Farrio, dem Werfer, der einen Trauerflor am rechten Oberarm trug. Mike kniff die Augen zusammen und sah noch etwas anderes. Um den Trauerflor war ein Band in Regenbogenfarben gebunden.

Hinter der Home Plate stehend, schaute er zur First Base. Sonny Barnes, der riesige tätowierte, kahlköpfige First Baseman, der seine Frau so sehr liebte, dass er weinte, wenn der Tourbus der Catfish abfuhr, trug ebenfalls ein solches Band, direkt über dem Ellbogen. Auch der Second Baseman James Manning, den Mike kaum kannte. Das Band des Shortstops Lieberman schien extrabreit zu sein, aber vielleicht wirkte das nur so wegen Liebermans eher zierlicher Statur. Von der Third Base sah T.J. Gates breit grinsend zu ihm herüber. Er hob den Arm in einer Geste des Respekts und drückte anschließend die Faust auf sein Herz. Trevor Stark, Dwight Conner, das gesamte Team ...

Alle trugen dieses Band für Joey. Für ihn.

Applaus schwoll an im ganzen Stadion. Joeys Name stand auf der Riesenleinwand, Joseph Luigi Solo, vor einem schlichten schwarzen Hintergrund, dazu das Geburts- und Todesdatum und die Worte: *Friede sei mit dir.*

O verdammt. Er würde die Beherrschung verlieren. Er legte die Hand auf den Bauch, dort, wo die Operationsnarbe sich befand, das fehlende Organ. Er würde anfangen zu weinen, hier, vor dreitausend Fans. Verzweifelt richtete er den Blick zur Seitenlinie, angezogen von Donnas hellroten Haaren. Sie hatte die Hände unter dem Kinn gefaltet, Tränen schimmerten in ihren Augen. Sie schien seine Anspannung zu bemerken und zog eine alberne Grimasse. Ein Verrücktes-kleines-Kaninchen-Gesicht.

Sofort wurde ihm leichter ums Herz, und er legte seine Hand auf die Brust, verbeugte sich vor der Menge, küsste seine Faust und reckte sie zum Himmel, mit gesenktem Kopf. *Das ist für dich, Joey. Mein großer Bruder, für immer.*

23. KAPITEL

Nach dem emotionalen Höhepunkt zu Beginn des Spiels – Donna konnte die Tränen nicht zurückhalten, weil es so schön war – ging es nur noch bergab. Dan Farrio, der erste Werfer, hielt nur zwei Innings durch, bevor Duke ihn auswechselte. Sein Ersatz war noch schlimmer, ein Rookie, frisch aus der Double-A-Liga aufgestiegen. Mike musste zum Werferhügel, um ihn zu beruhigen, und nach drei Innings wurde er ebenfalls ausgewechselt.

Donna war damit beschäftigt, den Farrah-look-alike-Wettbewerb zu moderieren, der ein großer Erfolg war, sowohl bei den Mädchen aus Kilby, die mit dem Lockenstab loslegen durften, als auch bei den Männern, die in den Genuss kamen, Jumpsuits und Tanktops zu bewundern. Sobald es eine Spielunterbrechung gab, zum Beispiel bei der Auswechslung eines weiteren Pitchers, tanzte Donna mit Catfish-Bob „The Bump". Alle liebten das, und auf den Zuschauerrängen stießen sich alle gegenseitig mit den Hüften an. Einmal schaute Donna hoch zur Loge des Besitzers. Crush grinste und hob begeistert den Daumen.

Wow, merkte sie irgendwann verblüfft, sie machte ihre Sache tatsächlich gut. Es war auch lustig, jedenfalls viel lustiger, als sie sich je hätte vorstellen können. Sicher, der Hai hatte ihr auch Spaß gemacht, aber da war stets die unterschwellige Besorgnis gewesen, die die Verantwortung für das Wohlergehen eines kleinen Kindes mit sich brachte. Hier fühlte sie sich frei und sorglos und glücklich – außer sie schaute zu Mike. Die Ringe unter seinen Augen und die tiefen Falten links und rechts seines Mundes weckten ihr Mitgefühl. Sie würde alles tun, um seinen Kummer zu lindern. Nur wusste sie gar nicht, ob er überhaupt Hilfe von ihr brauchte. Er hatte sie ja kaum ausreden lassen, als sie ihm gesagt hatte, wie leid es ihr tat.

Sie hatte verstanden. Er wollte es mit sich allein ausmachen, im Stillen trauern, nicht in Gegenwart einer Frau, der er aus reinem Pflichtgefühl angeboten hatte, sie zu heiraten.

Im siebten Durchgang hatte Duke keine Pitcher mehr, die er einwechseln konnte. Bis auf einen. „Yazmer Perez, mit der Nummer 35", verkündete der Stadionsprecher, als würde er irgendeinen Spieler ankündigen und nicht den umstrittensten im ganzen Team. Ein Raunen ging durch die Menge. Donna, die gerade den Plan für die „Geburtstagsparade" mit dem Kameramann durchging, sah auf. Zuerst verstand sie den Grund nicht für das Getuschel. Dann hielt sie den Atem an.

Yazmer trug keinen Trauerflor. Kein kleines Regenbogenband. Als er auf das Spielfeld lief, schaute er provozierend in Mikes Richtung, als wollte er sagen: *Na, Alter? Und was willst du jetzt dagegen tun?*

Mike zog langsam die Gesichtsmaske herunter und nahm seine Fänger-Haltung ein.

Das ist genau das Richtige, feuerte Donna ihn im Stillen an. *Zeig einfach Größe, und lass dich von diesem Armleuchter nicht aus der Fassung bringen.*

Anfangs gelang ihm das auch. Yazmer erledigte den ersten Schlagmann des Gegners. Mike warf den Ball zum Third Baseman. Der Ball machte einmal die Runde, verband alle Spieler wieder miteinander und landete schließlich in Yazmers Handschuh. Als der nächste Schlagmann zur Plate kam, schienen Yaz und Mike sich nicht auf einen Wurf einigen zu können. Am Ende zuckte Mike mit den Schultern und gab dem Werfer überhaupt kein Signal.

Der warf einen Fastball, den der Schlagmann traf und weit hinein in die Lücke zwischen Center Field und Left Field schlug. Triple.

Yaz nahm das nicht gut auf. Wütend vor sich hin murmelnd, marschierte er von seinem Werferhügel herunter.

Beim nächsten Schlagmann wartete Yaz kaum das Zeichen des Schiedsrichters ab, bevor er den Ball hart und schnell warf, allerdings knapp außerhalb der Schlagzone. Mike versuchte ihn zu erwischen, denn wenn ihm das nicht gelang, konnte der Runner auf der Third Base locker losrennen und seinen Punkt machen. Er warf sich auf den Ball, erhob sich langsam wieder und verspürte anscheinend einen leichten Schmerz. Er brauchte einen kleinen Moment, offenbar um sich zu beruhigen, ehe er den Ball zu Yaz zurückwarf. Kaum war er in Yazmers Handschuh gelandet, machte Yaz sich für den nächsten Wurf bereit.

Donna erinnerte sich daran, was Mike über Yaz gesagt hatte, dass dieser sein Tempo erhöhen müsse. Das schien der Werfer beherzigt zu haben, denn jetzt warf er mit den Intervallen einer hyperaktiven Wurfmaschine. Er gab Mike kaum die Chance, seine geduckte Position einzunehmen. Als wollte er unbedingt das Scheinwerferlicht wieder auf sich richten.

Mike versuchte ihn zu bremsen, indem er sich extra viel Zeit ließ, bis er den Ball zum Werfer zurückwarf. Der Schiedsrichter sagte etwas, wozu Mike nickte, dann warf er den Ball. Er machte sich bereit und fing an, Zeichen zu geben. Diesmal ließ Yaz sich viel Zeit, verließ den Werferplatz, verlangte ein Timeout, kehrte wieder zurück und lehnte Mikes Zeichen mit einem Kopfschütteln ab. Für Donna war seine Botschaft klar. *Er* kontrollierte das Tempo des Spiels, nicht Mike.

Endlich einigten sie sich auf einen Wurf, und Mike machte sich am äußeren Rand der Plate bereit. Doch der Wurf, ein Fastball, ging nach innen. Der Schlagmann sprang aus dem Weg, als Mike nach links hechtete. Er erwischte den Ball, drückte ihn mit dem Handschuh auf den Boden, sprang sofort wieder auf und stürmte zum Werferhügel. Mit einem Brüllen, das Donna von der Seitenlinie hören konnte, griff er Yazmer an. Yazmer antwortete mit einem harten Schlag in den Bauch. Im nächsten Moment wälzten sie sich, aufeinander einprügelnd, auf dem Boden.

Aus dem Radio eines Zuschauers hörte Donna die aufgeregten Kommentatoren. „Das ist etwas, was man sonst nie erlebt, zwei Mitglieder desselben Teams prügeln sich noch während des Spiels. Es ist ja eine Sache, wenn zwei Teams aufeinander losgehen, aber ein Werfer und der Fänger? Hier ist eine Menge böses Blut im Spiel. Vielleicht war es nur eine Frage der Zeit, bis diese zwei ihren Zwist von Instagram aufs Spielfeld verlegen.

Der Schiedsrichter an der Home Plate hat die beiden des Platzes verwiesen, aber die denken gar nicht daran, zu gehen. Gibt es niemanden, der diesen Kampf beenden kann?"

Duke und der Pitching-Coach rannten auf das Spielfeld und schrien den Kampfhähnen etwas zu. Der Tumult auf den Tribünen erzeugte ein dumpfes Dröhnen in Donnas Ohren. Die übrigen Catfish-Spieler kamen von ihren Positionen angerannt und umringten die Kämpfenden. Trevor versuchte, Mike wegzuziehen, doch Mike hob den Kopf und knurrte ihn an. Was immer er gesagt hatte, es veranlasste Trevor, zurückzuweichen und den anderen Spielern ein Zeichen zu geben, ebenfalls einen Schritt zurückzutreten.

„Es sieht aus, als wüssten die Catfish nicht, was sie tun sollen. In einer normalen Prügelei zwischen zwei Teams lautet das ungeschriebene Gesetz, dass jeder Spieler von der Bank springt und mitmischt. Aber wenn es Mitglieder desselben Teams sind? Das ist ein ganz neues Spiel, sozusagen."

Mittlerweile waren auch die Express-Spieler aus dem Unterstand hervorgekommen und amüsierten sich köstlich über das Spektakel zweier Teamkollegen, die aufeinander eindroschen.

Warum stoppte sie denn niemand? Die Schiedsrichter umringten Duke und brüllten auf ihn ein, und der brüllte zurück, machte jedoch keinerlei Anstalten, zu Mike und Yazmer zu gehen. Vermutlich hatte er beschlossen, dass die beiden die Sache klären sollten, damit endlich wieder Ruhe im Karton herrschte. Oder er wartete nur auf den richtigen Augenblick. Vielleicht wollte er auch bloß nichts abbekommen.

Himmel, dachte Donna. Es musste doch irgendetwas geben, was sie tun konnte. Sie konnte nicht einfach nur dastehen und mitansehen, wie Mike mit nur einer Niere und voller Kummer zu Brei geschlagen wurde.

Auf der Suche nach einem Einfall schaute sie sich hektisch um und entdeckte den Platzwart mit seinen Leuten neben dem Mannschaftsunterstand. Einen davon kannte sie, weil er früher seinen alten Chevy-Pick-up immer zur Reparatur zu ihrem Dad gebracht hatte. Zu ihm rannte sie. „Ich brauche deine Hilfe, Ryan."

„Bei was?"

Sie gab sich Mühe, offiziell und dringlich zu klingen. „Stell jetzt keine Fragen. Tu einfach, was ich dir sage. Crush Taylor hat mich geschickt."

Nun, bestimmt *hätte* Crush Taylor sie geschickt, wenn er ihren Plan gekannt hätte. Ryan sah hinauf zur Loge des Besitzers, aber Crush war verschwunden. Wahrscheinlich begoss er das Ende seiner Hoffnungen, das Team doch noch behalten zu können. Wenn die Catfish vorher schon schlecht dagestanden hatten, war dies nur noch peinlich. Das musste aufhören, nicht nur Mikes wegen, sondern auch für ihren neuen Boss musste sie die Rauferei stoppen.

„Na schön, Donna. Schieß los. Was brauchst du?"

Zwei Minuten später liefen sie und Ryan auf das Spielfeld und zogen einen Feuerwehrschlauch hinter sich her. Als sie nah genug bei Mike und Yaz waren, die immer noch miteinander rangen, winkte Donna dem anderen Platzwart zu, der am Wasserhahn stand. Er drehte den Hahn auf, und das Wasser schoss mit einer solchen Kraft heraus, dass Donna für einen Moment die Kontrolle darüber verlor. Der Schlauch schlängelte sich über den Boden und spritzte Trevor und Duke nass. Trevor hob die Hände, um sich zu schützen, während Duke ihr etwas zubrüllte. Wegen des Zischens des Wassers und dem unglaublichen Lärm von den Tribünen konnte sie ohnehin nichts hören.

Der verdammte Schlauch schien besessen zu sein. Unablässig spritzte er Wasser auf die fliehenden Spieler und Trainer. Mit aller Kraft bekam Donna ihn wieder unter Kontrolle und richtete den Strahl auf Mike und Yazmer, die am Wurfhügel lagen. Das Wasser durchweichte ihre Trikots, ihre Haare und troff von ihnen in den Sand, der sich schnell in Matsch verwandelte.

Es war eine ziemliche Sauerei, aber es funktionierte. Yaz gab als Erster auf, prustend und fluchend. Er kniete am Boden und spuckte Wasser aus. Mike lag auf dem Rücken, schwer atmend, die Arme über dem Gesicht. Donna richtete den Wasserstrahl aufs Gras und rief Trevor zu: „Lauf hin! Lass sie nicht wieder anfangen!"

Trevor machte einen Schritt vorwärts, rutschte im Matsch aus und landete auf dem Hintern. Als Nächster kam Duke, der immerhin etwa einen Meter weit kam, bevor auch er ausrutschte und in einer Pfütze landete.

Die Zuschauer johlten und lachten. Donna konnte es wegen des Klingelns in ihren Ohren kaum hören. Sie ließ den Schlauch los und eilte zu Mike, wobei sie mehr schlitterte als rannte. Ein Arm lag nach wie vor auf seinem Gesicht. „Mike, bist du verletzt?"

„Donna?"

„Ja."

Er nahm den Arm weg und sah sie blinzelnd an. „Hast du mich gerade beinah ertränkt?"

„Ja, aber immer noch besser als das, was ihr gemacht habt."

Duke, nass und zornig wie eine ertrinkende Bulldogge, kroch zu ihnen. „Du bist suspendiert, Solo. Du Armleuchter. Du auch, Yaz", rief er dem Werfer zu, der langsam auf die Beine kam. Sein klitschnasses Trikot klebte ihm am Körper, und Donna musste zugeben, dass er ziemlich gut aussah. Er war zwar ein Idiot, aber ein gut gebauter.

„Das lohnt sich für die Presse", bemerkte der Werfer und spannte seinen Bizeps an. „Der Yaz macht normalerweise keine Wet-T-Shirt-Contests."

Anspannung machte sich in Mikes Körper breit, doch Donna drückte seinen Arm auf den Boden. „Denk nicht mal dran", zischte sie. „Außerdem würdest du sowieso gewinnen."

„Runter vom Platz, ihr zwei", kommandierte Duke, obwohl seine Autorität ein wenig litt, da er es immer noch nicht schaffte, aufzustehen, ohne gleich wieder auszurutschen. Trevor ging zu ihm, zog ihn hoch und stützte ihn. „Na los, Solo!"

Dann zog Trevor auch Mike auf die Füße. Mike sah geschunden aus, blutig und klitschnass, aber er wirkte seltsam aufgekratzt. Donna erinnerte sich daran, wie er im Roadhouse ausgesehen hatte, und an das kriegerische Funkeln in seinen Augen, als er sich den Wades entgegenstellte.

„Kann jemand diesen verdammten Wasserschlauch abstellen?" Duke marschierte Richtung Schiedsrichter, wobei seine Schuhe saugende Laute auf dem schlammigen Boden erzeugten. Er deutete zum obersten Schiedsrichter, der vorsichtigen Schrittes auf ihn zukam.

Wasser strömte nach wie vor auf das Spielfeld, während der Platzwart den Hahn zudrehte. Endlich wurde es nur noch zu einem Tröpfeln. Donna überschaute den Schaden. Drei nasse Catfish, ein wütender Manager und ein Baseballfeld, das aussah wie ein Schlammbad.

Aber wenigstens war die Prügelei vorbei. Yaz zeigte weiter der Menge seine Muskeln, während Mike sein Trikot ausschüttelte. Duke und der Schiedsrichter berieten sich und testeten das nasse Gras mit den Füßen. Der Manager der Express gesellte sich zu ihnen, und alle drei steckten die Köpfe zusammen. Offenbar entbrannte eine heftige Diskussion.

Verdammt! Plötzlich wurde Donna mulmig zumute, als sie die Konsequenzen ihres brillanten Plans begriff. Das Spiel würde abgebrochen werden. In diesem Matsch konnte man unmöglich weiterspielen. Das wäre ein Sicherheitsrisiko. Sie sah zu den anderen Catfish, die sich ungläubig die Bescherung ansahen. Auf den Zuschauerrängen blitzten Kameras wie ein Schwarm Leuchtkäfer.

Kurz darauf trottete Duke vom Spielfeld und winkte den Stadionansager zu sich. Einige Minuten später kam die offizielle Ankündigung.

„Ladies und Gentlemen, wir bedauern, Sie darüber informieren zu müssen, dass aufgrund unvorhersehbarer Umstände dieses Spiel abgebrochen und zugunsten des Round-Rock-Teams entschieden wird. Das Catfish-Management entschuldigt sich und bietet allen Zuschauern Freikarten für ein Spiel Ihrer Wahl."

Die Enttäuschung unter den Zuschauern schien sich in Grenzen zu halten. Schließlich befand man sich schon im siebten Inning, und die Catfish waren ohnehin dabei gewesen zu verlieren. Außerdem kam das Publikum jetzt in den Genuss des Anblicks zweier muskulöser nasser Baseballspieler, die gerade vom Spielfeld gingen. Mädchen kreischten und pfiffen, Kameras blitzten, der Song „We Are Family" ertönte aus den Lautsprechern.

Auf halbem Weg vom Spielfeld warf Mike einen Blick über die Schulter zurück. Ihre Blicke trafen sich. Mit einer Kopfbewegung gab er Donna zu verstehen, sie solle ihm folgen. Vor Aufregung zog sich ihr Magen zusammen; sie hätte nicht geglaubt, jemals wieder dieses herausfordernde Funkeln in seinen Augen zu sehen.

Mike nahm sich nur mit Mühe die wenigen Sekunden zusammen, die er benötigte, um Donna in den Wandschrank der Physiotherapeutin zu zerren. Er verriegelte die Tür und drückte Donna mit dem Rücken an die Wand. „Du bist verrückt", murmelte er und ließ seine Hände über ihren ganzen Körper gleiten. „Und du treibst mich in den Wahnsinn." Er zog ihr das T-Shirt aus und umfasste ihre vollen Brüste, die noch von ihrem Sport-BH umhüllt waren. Sie erschauerte bei der Berührung seiner nassen Finger und streifte ihm das durchnässte Trikothemd ab.

Er trat einen Schritt zurück, damit er seine Hose loswerden konnte, die nass beinah durchsichtig war. „Ich habe den Zuschauern wohl eine ziemliche Show geboten, was?"

„O ja", hauchte sie. „Leider keine gute."

Er grinste, presste sie wieder an sich und schaute ihr in die Augen, nackt und erregt, als wollte er die Hände nie wieder von ihr nehmen. „Du hast mir so gefehlt. Ich brauche dich, Donna. Jetzt."

„Ja", flüsterte sie.

„Zieh dich aus." Sein drängender Ton berührte etwas tief in ihrem Inneren. Sie entledigte sich der Shorts und der Leggings.

Der kleine Raum war erfüllt von ihrer Körperwärme und der Erregung zwischen ihnen. Donna fühlte sich fiebrig, als sei das alles nicht real.

„Dreh dich um und leg die Hände an die Wand." Seine Stimme klang fremd vor Anspannung, aber die Berührung dieser Hände hätte Donna überall erkannt. Mike drehte sie um, platzierte ihre Finger dort, wo er sie haben wollte, und schob ihre Hüften zu sich heran. Sie spürte seine heiße, harte Erektion an ihrem Po. Dann glitt Mike mit den Händen zwischen ihre Schenkel und fand den sensibelsten Punkt, wo sie sich schon so sehr nach ihm sehnte.

Donna stieß die Luft aus, als er sie dort streichelte. Sie hatte schon nicht mehr damit gerechnet, dass es jemals wieder so sein würde zwischen ihnen, diese Nähe, Haut an Haut. Es war beinah zu viel, nach der Trauer darüber, ihn verloren zu haben.

„Spreiz die Beine", befahl er heiser, dicht an ihrem Ohr. „Stell dich auf die Zehenspitzen, damit ich in dich eindringen kann. Ich muss in dir sein."

„Ja", erwiderte sie stöhnend. Sie tat alles, was er sagte, stützte sich mit den Händen an der Wand ab, öffnete die Schenkel, wand sich, da er sich mit seinem muskulösen Oberkörper über sie beugte, während er sie mit den Fingern weiter reizte. „O wow", stieß sie keuchend hervor. „Ich kann nicht ... ich werde ..." Und dann kam sie schon, mit einer Heftigkeit, die fast erschreckend war. Ihr Orgasmus war noch nicht verebbt, da drang Mike in sie ein. Neue Lust flammte auf, und sie bog den Rücken durch, um noch näher bei Mike zu sein. Mit beiden Händen hob er sie an, während sie sich weiterhin an der Wand abstützte. Es war, als würde er in bisher unentdeckten Tiefen etwas in ihr berühren, einen so intimen Ort, dass sie plötzlich nichts mehr vor ihm verbergen konnte. Nicht, wie er sie zum Zittern und Beben brachte. Nicht, wie sie stöhnend seinen Namen aussprach. Und dann, als er wieder und wieder in sie glitt, bis er selbst zum Höhepunkt gelangte, entschlüpften ihr die Worte, leise, gemurmelt: „Ich liebe dich. Ich liebe dich. Ich liebe dich."

Glücklicherweise schien er sie nicht gehört zu haben. Noch immer hielt er ihren Körper fest, wie ein Raubtier seine Beute. Als sei sie einzig zur Befriedigung seiner Lust da. Von ihm war bis jetzt nur Keuchen zu hören, keine Worte. Sie schloss die Augen und hoffte, dass er sie wirklich nicht gehört hatte ... Gleichzeitig wünschte sie sich, er hätte es verstanden und würde diese Worte erwidern.

Doch Mike schwieg. Da waren nur seine Wärme, primitive Laute, feuchte Haut und lustvolles Erzittern. Ein weiterer langer, sanfter Orgasmus überrollte sie – fast war es, als seien ihre Körper so sehr miteinander im Einklang, dass Donna gar nicht mehr anders konnte, als gemeinsam mit ihm den Höhepunkt zu erreichen.

Mike entspannte sich und gab einen lang gezogenen zufriedenen Seufzer von sich. Äußerst behutsam und zärtlich gab er sie frei und stellte sie wieder auf ihre Füße. Er strich ihr die Haare aus dem verschwitzten Gesicht und strich über ihren Nacken. Donna legte die Stirn an die Wand und versuchte zu Atem zu kommen. *Verdammter Kerl.* Sie formte diese Worte stumm mit den Lippen. *Das war nicht fair.*

Er streichelte sie sanft, bis sie aufhörte zu zittern. „Alles in Ordnung mit dir?"

„Ja. Und du?"

„Mir geht's großartig. Dank dir. Alles andere ist Mist. Ich wurde gerade gesperrt und habe mir vermutlich meine noch verbliebene Niere gequetscht."

„Es tut mir leid, dass du meinetwegen gesperrt wurdest."

„Wurde ich nicht, Süße. Dafür bin ich ganz allein verantwortlich. Donna ..." Er drehte sie um, damit sie ihn ansah, und dann schloss er sie in die Arme. In seinen klaren grünen Augen lag ein Lächeln. „Du bist wirklich ziemlich furchtlos, weißt du das? Hast dir diesen Schlauch geschnappt. Verrückt und genial."

„Na ja, niemand hat irgendetwas unternommen! Die hätten alle bloß dagestanden und zugesehen, wie ihr euch gegenseitig umbringt."

„Ach was. Die haben versucht, uns zu stoppen, aber ich habe Trevor gesagt, sie sollen sich zurückhalten. Das war mal nötig. Wow, es hat gutgetan, Yaz eine Abreibung zu verpassen."

Sie bückte sich, um ihre Kleidung einzusammeln. „Ich habe nicht daran gedacht, dass das ganze Spielfeld nass wird. Duke sah ziemlich sauer aus. Ich frage mich, ob Crush mich feuern wird."

„Das sollte er lieber schön sein lassen. Du bist die beste Promotion-Frau, die wir je hatten. Und das sage ich nicht bloß, weil ..." Er ließ den Satz offen.

„Weil was?" Wie konnte er diesen Satz nicht zu Ende sprechen? Wusste er denn nicht, dass er sie damit quälte?

„Weil ich auf dich stehe." Mit einem gespielt lüsternen Blick zog er sie an sich. „Ich könnte noch mal, sofort. Diese Wirkung hast du auf mich."

Sie löste sich von ihm und schnappte sich ihr Kleiderbündel. „Solo, du bist seicht wie die Pfützen auf dem Spielfeld. Außerdem dachte ich, du bist gegen jede Art von heimlichen Affären. Aber hast du mich nicht in diese Kammer gezerrt?"

„Es war dumm, was ich gerade gesagt habe. Ich habe nicht nachgedacht." Er half ihr, den BH und das Shirt zu entwirren.

Sie riss ihm den BH aus der Hand und hatte ihn schon zu, bevor er ihr dabei assistieren konnte. „Ach, und jetzt willst du dich doch heimlich mit mir treffen? Du machst mich fertig mit diesem Hin und Her."

„Nein, das ist es nicht ... ich ... es war nur die Hölle ... alles ... und dann habe ich dich gesehen und mich zum ersten Mal wieder gut gefühlt, seit ..." Selbst in dem schwachen Licht der Vorratskammer berührte sie der zärtliche Ausdruck in seinen Augen. War es möglich, dass er doch dasselbe empfand wie sie, wenigstens ein bisschen?

Ein Klopfen an der Tür ließ sie beide vor Schreck zusammenfahren. Eine strenge weibliche Stimme sagte: „Wer ist da drin? Warum ist mein Wandschrank verschlossen? Wisst ihr, was? Ich will es nicht mal wissen. Ich gehe jetzt, und wenn ich zurückkomme, will ich, dass der Schrank leer und unverschlossen ist.

Habt ihr das verstanden, ihr geilen Baseball-Perversen, wer immer ihr auch seid?"

Donna presste ihr Gesicht an Mikes Brust, um ihr Lachen zu ersticken. Sie spürte sein Beben an ihrer Wange. Wärme durchflutete sie, und sie genoss zutiefst das wundervolle Gefühl, wieder mit ihm zusammen zu sein. Sie liebte es, mit Mike zu lachen. Es war vermutlich das, was sie am zweitliebsten mit ihm tat.

Schritte waren zu hören, dann vernahmen sie die Stimme erneut. „Und sollte Mike Solo da drin sein, möchtest du vielleicht erfahren, dass eine Frau hier ist, die dich sprechen will. Sie sagt, ihr Name sei Angela."

24. KAPITEL

Angela? Der Name hallte in der winzigen Kammer nach wie eine Explosion. Angela, hier in Kilby? Mike wurde nicht schlau daraus; es ergab einfach keinen Sinn.

Sofort wich Donna vor ihm zurück. „Deine Exverlobte?"

„Nehme ich an." Er kannte keine anderen Angelas, die aus heiterem Himmel auftauchen könnten.

„Ich dachte, ihr seht euch nicht mehr." Trotz des beengten Raums zog Donna sich mit beachtlicher Geschwindigkeit an.

„Das stimmt auch, eigentlich. Aber sie war in dem Krankenhaus, in Chicago."

„Warum ist sie hier?"

„Das weiß ich wirklich nicht." Seine Gedanken rasten. Irgendein Notfall? Familienproblem? Es musste jedenfalls etwas ziemlich Dringendes sein, dass sie dafür den ganzen Weg nach Kilby zurücklegte.

„Solo." Donna, inzwischen wieder vollständig angezogen, legte ihm die Hand auf die Brust und drückte ihn gegen ein Handtuchregal. „Behandle mich nicht wie eine Idiotin. Ohne einen guten Grund wäre die Frau nicht hier. Also verrate mir, was du für wahrscheinlich hältst. Wir hatten gerade Sex in einem Wandschrank. Ich finde, ich habe es verdient, das zu erfahren."

Er umfasste ihr Handgelenk und zog sie an sich. „Ich habe sie nicht hierher eingeladen. Ich hatte auch keine Ahnung, dass sie kommen würde. Ich weiß nur, was sie in Chicago gesagt hat."

„Und was war das?"

Gab es die Möglichkeit, irgendwie aus dieser Sache herauszukommen, ohne Donna wütend zu machen? Ihm fiel nichts ein. „Hör zu, es spielt absolut keine Rolle. Es ist vorbei mit ihr."

„Warum ist sie dann hier?"

„Das weiß ich nicht." Er sah sich nach seinen Kleidungsstücken um und stellte fest, dass Donna daraufstand. „Wahrscheinlich hat es etwas mit ihrer Familie zu tun."

„Die Familie, die sie dazu gebracht hat, mit dir Schluss zu machen?"

Er bückte sich, um seine Sachen aufzuheben. „Na ja, anscheinend sehen sie das alles nicht mehr so eng. Vorausgesetzt natürlich, ich schaffe es in die Major League."

„Wie bitte?"

„Tja, so sind die DiMatteos. Deshalb hatte ich ja früher auch diese Rachefantasien. Zum Beispiel, dass ich ein Superstar in der Major werde und sie dann bettelnd zu mir kommen. So was in der Art."

Als er sich aufrichtete, wich Donna erneut vor ihm zurück, als hätte er plötzlich drei Köpfe. „Rachefantasien. Die Verlobung mit mir ... Du wusstest genau, dass sie davon erfahren würde. Gehörte das etwa auch zu deiner Rachefantasie?"

„Um Himmels willen, nein!" Er streckte die Hand nach ihr aus, doch sie entwischte ihm. „Donna, ich schwöre, das war nicht so."

Doch sie redete weiter, als hätte sie ihn nicht gehört. „Wie dem auch sei, du bist wieder frei, und ihre Eltern sind inzwischen lockerer, und jetzt ist sie hier und ..." Tränen schimmerten in ihren Augen, doch sie straffte die Schultern. „Leb wohl, Mike."

„Donna! Komm schon, tu das nicht."

Sie duckte sich unter seinem Arm hindurch, um zur Tür zu gelangen. „Geh lieber zu ihr. Sie ist schließlich diejenige, die du die ganze Zeit gewollt hast." Schluchzend stieß sie die Tür auf.

„Donna! Das ist nicht wahr!"

Licht strömte in die kleine Kammer. Noch immer nackt, hob Mike den Arm vor die Augen, und als er sich an die Helligkeit gewöhnt hatte, war Donna weg. Rasch zog er sich an und lief ihr hinterher. Der Schmerz in ihrer Stimme machte ihn fix und fertig. Er konnte nicht einmal über ihre Vorwürfe nachdenken; er wollte sie nur finden. Kurz entdeckte er ihre kupferroten Haare, als sie um die Ecke verschwand. Er rannte ihr hinterher und sah sie gerade noch durch den Ausgang verschwinden.

Bevor er die Tür aufstoßen und ihr folgen konnte, packte ihn jemand am Arm. „Du kommst mit mir."

„Duke, ich bin mitten in …"

„Du bist mitten in einem Shitstorm, und die Damen müssen warten. Die große Brünette ist vor einigen Minuten gegangen, meinte, sie wohnt im Lone Star Inn. Unsere kleine Rothaarige ist eben weggefahren. War's das jetzt? Oder sind hier vielleicht noch irgendwelche Blondinen?"

„Nein. Duke, es ist wichtig."

„Und das hier etwa nicht? Du und Yaz?" Dukes finstere Miene erzeugte ein mulmiges Gefühl in Mikes Bauch. Der Manager hatte sie bereits gesperrt. Kam da noch mehr? Möglicherweise. Mikes Aufgabe war es gewesen, ein vertrauensvolles Verhältnis zu Yazmer aufzubauen, und nicht, ihn auf dem Wurfhügel anzugreifen. Diesmal hatte er es gründlich vermasselt. Die Friars hielten ihn vermutlich für unzuverlässig und labil. Byebye Baseballkarriere.

Er stöhnte und fuhr sich durch die Haare. „Duke, ich weiß, dass ich da draußen die Nerven verloren habe. Es tut mir leid. Wenn die Friars mich in eine der unteren Ligen versetzen wollen, kann ich das verstehen. Aber jetzt muss ich erst mal Donna hinterher."

Duke gab ein schweres Seufzen von sich. „Sag mal, willst du eigentlich in die Major League berufen werden oder nicht?"

Mike, schon wieder Richtung Ausgang unterwegs, wirbelte herum. „Was?"

Duke marschierte den Gang entlang auf sein Büro zu, und diesmal folgte Mike ihm ohne Protest. „Du hast gerade den einzigen guten Moment im Leben eines Minor-League-Managers ruiniert. Meistens ist alles nur Mist, aber manchmal kriegt man ein bisschen Spaß, zum Beispiel, wenn man einem der Spieler erklärt, dass er aufsteigt. Normalerweise ist der Typ dann überglücklich und ergreift nicht die Flucht."

Sie erreichten das Büro, in das Duke ihn buchstäblich hineinschubste. Crush Taylor lehnte am Schreibtisch und betrachtete ein Foto von Nolan Ryan. Als sie eintraten, schaute er in ihre Richtung und schob die Sonnenbrille auf seiner Nase ein Stückchen herunter.

„Meinen Glückwunsch, Solo."

Mike kam sich vor wie in einer verrückten Achterbahn, und zwar einer, bei der man kopfüber fuhr und an ein Bungeeseil gebunden war. „Ich verstehe nicht ganz. Ich bin gerade gesperrt worden. Und zu Recht."

„Na ja, darüber lässt sich debattieren." Duke klappte eine Zigarrenschachtel auf und bot Mike eine an. Mike lehnte kopfschüttelnd ab. „Hitze des Gefechts, du weißt schon. Das betrachten wir mal als strafmildernd. Für die Friars ist das okay, da ich Yazmer ebenfalls gesperrt habe. Ich kann ja schlecht den einen von euch bestrafen und den anderen nicht."

„Was ist aus der ursprünglichen Idee mit Yazmer geworden? Ich habe es total vermasselt."

„Alles in allem gefiel den Friars aber, wie du das mit Yazmer hinbekommen hast. Sein Tempo ist besser geworden, sein Arschloch-Faktor derselbe geblieben. Aber, wie auch immer: Du sollst dich in vier Tagen im Friars-Stadion melden. Da bleibt dir genügend Zeit, hier vorher alles zu erledigen. Die Probleme in deinem Liebesleben zu lösen. Solche Sachen." Er zwinkerte Mike zu. „Also, wo bleibt deine Aufregung? Komm schon, ich will diese kleine Träne in deinen Augen sehen, die ich immer bekomme, wenn ich einem Spieler die gute Neuigkeit übermittle."

Mike senkte den Kopf und suchte in jedem Winkel seines Herzens nach dem Triumphgefühl, das er stets für genau diesen Moment erwartet hatte. Aber da war nichts. Nur Trauer um Joey, Sorge um Donna, ein Rest Wut auf Yazmer. Nach Feiern war ihm jedenfalls nicht zumute. Was war nur los mit ihm? Wieso hüpfte er nicht vor Freude auf und ab? Joey hätte gewollt, dass er sich freute. Er hätte gewollt, dass Mike diesen Moment auskostete.

Vielleicht war es noch zu früh nach seiner Rückkehr zum Spiel. „Ich bin immer noch ... äh ... mein Bruder ..." Er verstummte.

Duke salutierte auf eine komische Weise. „Genug gesprochen."

Mike schob die Hände in die Gesäßtaschen und wünschte, er könnte dieses Büro endlich verlassen. Doch ehe er fliehen konnte, meldete sich Crush zu Wort. „Du wirst uns fehlen. Ich habe diesen Bastarden in San Diego gesagt, sie wären schön blöd, wenn sie dich nicht ins Team nehmen. Typen wie dich gibt's nicht so oft."

„Typen wie mich?" Mike runzelte die Stirn und schaute zum Fenster, durch das er einen kleinen Teil des Parkplatzes sehen konnte. Aber von dem roten Kia keine Spur. Er konnte nur noch daran denken, die Dinge zwischen sich und Donna zu klären.

„Führungspersönlichkeiten. Typen, die nicht das Scheinwerferlicht suchen, die jedoch zu ihren Überzeugungen stehen, wenn es doch mal auf sie gerichtet wird. Ich muss mich persönlich bei dir bedanken. Du hast Yazmer wie den Idioten aussehen lassen, der er ist. Hashtag CrushIt ist jetzt zum Witz geworden, und ich kann es von der Liste der Dinge streichen, die mich zum Trinken animieren."

„Da bleiben ja noch etliche", murmelte Duke.

„Das hab ich gehört. Also, Mike Solo, wenn ich es schaffe, dieses Team zu behalten, habe ich das zum Teil dir zu verdanken. Und wenn die Wades es übernehmen, wird die gute Nachricht dabei sein, dass du längst in San Diego bist."

Mike brachte ein Lächeln zustande, obwohl sich das alles nicht nach guten Neuigkeiten anfühlte. Die Zukunft der Catfish lag ihm nach wie vor am Herzen, selbst wenn er nicht mehr dabei sein würde. „Ich hoffe, du behältst das Team. Es ist deines. Die Stadt mag es so, wie es ist. Ich habe mich bei den Leuten umgehört, und die mögen dich. Wenn die Wades es kaufen, wird es für sie bloß eine Trophäe sein. Die empfinden keine Leidenschaft für Baseball."

„Danke." Crush schüttelte ihm die Hand. „Lass mich dir noch etwas mit auf den Weg geben. Baseball ist ein launisches Biest.

Möglicherweise wirst du eine lange und erfolgreiche Karriere haben. Oder du verglühst wie eine Motte, die in einen Insektenzerbröseler gerät."

„Na, vielen Dank."

„Kommt vor. Heulen nützt nichts. Das ist nun mal Baseball. Die Sache ist, dass ich einen Mann wie dich immer gebrauchen kann."

„Äh, und für was?"

„Da bin ich mir noch nicht sicher. Aber du bist intelligent, besitzt Charakter, und die Leute mögen dich. Du kannst mit der Presse umgehen, die Spieler können dich gut leiden, die Frauen stehen auf dich. Dein Enthaltsamkeitsschwur hat dich zum Rockstar gemacht, und das Lustige daran ist, dass du den Eid nicht einmal deswegen geleistet hast. Ich weiß, ich weiß, ich bin ein zynischer Mistkerl, aber du nicht, und das wirst du auch nie sein. Vergiss das nicht, klar?"

Crush schob die Sonnenbrille wieder hoch, klopfte Mike auf die Schulter und verließ das Büro. Mike und Duke blieben perplex zurück. „Was soll ich nicht vergessen?"

„Keine Ahnung. Wenn Crush redet, nicke ich bloß und gehe im Kopf die Mannschaftsaufstellung für den nächsten Tag durch. Zeig's denen in San Diego, Mann. Und kümmere dich nicht mehr um den Scheiß in Kilby. Du hast deine Zeit hier gehabt, jetzt kannst du dir den Staub abklopfen. Die Großstadt erwartet dich. Und ehe du dich's versiehst, schaust du von einer Werbetafel herunter."

„Danke für alles, Duke. Ehrlich."

„Schon gut, vergiss es. Und jetzt such dein Mädchen. Oder beide. Aber lieber nicht gleichzeitig, es sei denn, du stehst drauf."

Mike verschluckte sich fast bei der Vorstellung, während er Dukes Büro eilig verließ. Er wählte Donnas Nummer auf dem Weg in die Umkleidekabine, wo er sich umziehen wollte. Sie meldete sich nicht. Anscheinend war sie richtig sauer.

Die Umkleidekabine war leer. An seinem Spind klebte ein Zettel. *Mike Solo, du bist gerade auf deinen eigenen Werfer los-*

gegangen, hast für einen Spielabbruch gesorgt, wurdest gesperrt und noch befördert! Was wirst du jetzt machen? Ins ROAD-HOUSE! Die Jungs wollen dir ein Bier ausgeben, Bro. Wir sehen uns da. DC.

Dwight Conner. Mike würde ihn vermissen. Er würde all diese Jungs vermissen. Du lieber Himmel, würde er wirklich fortgehen? Es kam ihm unwirklich vor. Er zog sein Trikot aus, warf es in den Wäschekorb und ging zu den Duschen. Unter dem heißen Wasserstrahl kehrten seine Gedanken zurück zu etwas, was Donna gesagt hatte. *Dich mit mir zu verloben ... du wusstest, dass sie es erfahren würde.*

Aber natürlich hatte er nicht an Angela gedacht, als er Donna den Heiratsantrag gemacht hatte. Sie war nicht einmal ein kleiner blinkender Punkt auf seinem Radarschirm gewesen. Donna lag völlig falsch.

Er seifte sich die Brust ein, und der Geruch sauberer Haut weckte beinah schmerzliche Erinnerungen an Donna.

Sie ist die Einzige, die du wirklich willst. Schon die ganze Zeit.

Unter der Dusche zwang er sich, über den Vorwurf nachzudenken. Joey hatte etwas Ähnliches behauptet – er sei nie über Angela hinweggekommen. Stimmte das? Er dachte nicht mehr an sie. Doch hatten womöglich seine verletzten Gefühle, sein verwundeter Stolz verhindert, dass er sein Herz für eine andere öffnen konnte? Für Donna?

Wenn er nur Joey anrufen könnte. Der wüsste, was zu tun und zu sagen wäre. Trauer überfiel ihn, so tief und heftig, dass es sich wie etwas Körperliches anfühlte. Er spülte die Seife mit kaltem Wasser ab und drehte es anschließend zu.

Während er sich abtrocknete, fiel ihm noch etwas ein.

In der Vorratskammer mit Donna hatte er den intensivsten Orgasmus seines Lebens gehabt. Nach all dem Kummer und der Anspannung bei seinem Aufenthalt in Chicago hatte er es als enorme Erleichterung empfunden. Die Lust, die sie einander verschafft hatten, war außergewöhnlich gewesen. Wie aus weiter Ferne hörte er wieder Donnas leise Worte, als würde jemand anders sie zu einem anderen Mann in der Vorratskammer sagen. *Ich liebe dich. Ich liebe dich. Ich liebe dich.*

Sie liebte ihn. Das hatte sie gesagt, und er war von diesem Orgasmus so benommen gewesen, dass er darauf nichts erwidert hatte. Hinterher hatte sie sich benommen, als sei nichts gewesen. Sie hatte mit ihm gelacht und ihn geneckt wie immer, bis sie unterbrochen worden waren. Dann hatte sie ihn mit den Vorwürfen konfrontiert und war gegangen.

Und nun war Angela hier. Konnte es noch vertrackter werden?

Er trocknete sich ab und zog seine Straßenkleidung an. Bevor er die Dinge mit Donna klärte, musste er herausfinden, warum Angela gekommen war. Und dann musste er sich noch einfallen lassen, was er zu ihr sagen sollte.

Donna blieb keine Zeit, sich dem Schmerz ihres gebrochenen Herzens zu überlassen. Ihre impulsiven Aktionen auf dem Baseballspielfeld hatten sie umgehend zu einer YouTube-Berühmtheit gemacht. Irgendwer bei dem Spiel hatte die verrückte Szene gefilmt, sie hochgeladen, und gegen halb sieben am Abend hatte sie bereits zehntausend Klicks gehabt. Anscheinend wollte jeder sehen, wie diese durchgeknallte Promotion-Frau den Wasserschlauch auf zwei Minor-League-Spieler richtete. Es kamen so viele Anrufe, dass sie ihr Telefon abstellen musste. Burwell Brown vom *Kilby Press Herald* rief an und bat um einen Kommentar für den Artikel auf der Titelseite der morgigen Ausgabe. Ihre frühere Anwältin rief an, die neue ebenfalls, selbst ihre Mutter aus New York.

„Süße, du bist berühmt! Ich wusste immer, dass du ganz nach mir kommst!", sprach sie auf den Anrufbeantworter. „Ich kann dich wahrscheinlich in eine der Unterhaltungsshows bringen, falls du interessiert bist."

Sadie textete: *Caleb lacht sich schlapp. Alle Friars finden, du warst klasse, und wollen dich kennenlernen. Wie geht es Mike?*

Das wiederum war eine Frage, die zu beantworten sie sich weigerte.

Sogar Crush Taylor schrieb ihr, begleitet von einem Angebot für einen festen Job und eine Gehaltserhöhung. Auch darauf antwortete sie nicht, denn sie konnte die Vorstellung nicht ertragen, jeden Tag ins Stadion zu fahren, wo sie Mike Solo treffen würde – den Idioten, der mit ihren Gefühlen gespielt und ihr das Herz herausgerissen hatte.

Mike rief ebenfalls an, doch seine Nachrichten hörte sie gar nicht erst ab. Eine Frau mit gebrochenem Herzen brauchte ein wenig Abstand. Jetzt, wo ihr alles klar war – dass er verschwinden würde, sobald Angela mit den Fingern schnippte –, konnte sie es nicht ertragen, seine Stimme zu hören.

Zum Glück hatten die Hannigans sie gefragt, ob sie Zack zum Abendessen zu sich nehmen würde, da ein Geschäftskollege zum Abendessen kam. Nichts war für sie tröstlicher, als mit Zack zusammen zu sein. Selbst wenn sie ihn davon abhalten musste, sich Tortillachips auf die Lider zu legen und Käsefäden in sein Wasserglas zu tauchen. Seine witzige Art brachte irgendwie alles wieder in Ordnung.

„Tut mir leid, wenn ich in letzter Zeit komisch war, Zackster."

„Gramma meint, ich darf vielleicht bald bei dir wohnen."

„Tatsächlich?" Hoffnung erblühte wie ein Blauglöckchen im texanischen Frühling. Wenn Mrs. Hannigan das gesagt hatte, musste sie annehmen, dass Donna gute Chancen hatte, das Sorgerecht zu bekommen. „Würdest du das gern?"

Er nickte und leckte sich einen Klecks Salsa vom Kinn. „Können wir zuerst meinen Rucka-Sacka holen? Und meine ganzen Stofftiere?"

„Natürlich, aber so schnell geht das noch nicht."

„Warum nicht?"

Ja, warum nicht? Warum konnte sie Zack nicht einfach mit nach Hause nehmen und in das kleine Bett legen, das sie dschungelgrün angestrichen hatte? Dorthin gehörte er nämlich. „Weil es sehr wichtig ist, und wichtige Dinge brauchen Zeit. Wir müssen es richtig machen."

Er sah sie ratlos an, dann hob er einen klebrigen Nacho in die Höhe und schlürfte den Sauerrahm herunter. Grinsend wartete er darauf, dass sie lachte, was sie auch tat, denn er war wirklich süß. Zärtlich wischte sie ihm den Rahm vom Kinn. „Eines Tages müssen wir uns mal ernsthaft mit deinen Tischmanieren beschäftigen. Aber du bist erst vier, also kommst du mit allem Möglichen noch durch."

„Vier! Ich bin vier!" Er hämmerte mit seinem Besteck auf den Tisch und zappelte dazu mit den Beinen.

„Ganz genau, Zacky. Und weil du vier bist, verstehst du wahrscheinlich auch, wie lieb ich dich habe, oder? Meine Liebe ist größer als das Restaurant hier, größer als die ganze Stadt, als Texas und das gesamte Universum. Weißt du das?"

Er grinste und zeigte ihr den Sauerrahm, den er wie ein Eichhörnchen in der Wange gesammelt hatte.

„Igitt!" Sie schüttelte sich übertrieben, was ihn entzückte.

YouTube war nicht wichtig. Ihr gebrochenes Herz war nicht wichtig. Jetzt zählte nur die Anhörung morgen. Wenn sie den Fall verlor, würde ihr wundervoller Junge in Zukunft unter Bonitas Pantoffel stehen, genau wie Harvey. Diese Frau würde ihrem Sohn jede Lebensfreude austreiben. Sie würde nicht über seine Witze lachen, sie würde ihn kritisieren. Er würde ewig ihrem lieblosen Herummäkeln ausgesetzt sein.

Ihr Telefon piepte. Eine Erinnerung ihrer neuen Anwältin, sich um neun mit ihr im Foyer des Gerichtsgebäudes zu treffen. Als müsste sie daran erinnert werden. Sie hatte sich bereits für beide Jobs freigenommen. Den Rest des Abends würde sie den Rest der Welt ausblenden. Kein Telefon. Kein YouTube. Sie würde üben, was sie morgen vor Gericht sagen wollte, Zack den Sauerrahm aus den Ohren waschen und vor allem Mike Solo vergessen.

25. KAPITEL

Angela hatte sich ein Zimmer im Lone Star Inn genommen, einem älteren dreistöckigen Hotel im viktorianischen Stil mit weißen Zierleisten und einer weiß gestrichenen Veranda. Als sie die Tür auf sein leises Klopfen hin öffnete, sah sie aus wie eine Filmdiva, die ihn zur Home-Story erwartete. In ihrer elfenbeinfarbenen Freizeithose, der Baumwollbluse mit Rundhalsausschnitt und den langen offenen dunklen Haaren sah sie entspannter aus, als Mike sie je erlebt hatte.

„Mike." Sie bewegte sich auf ihn zu, als wollte sie ihn umarmen, hielt sich jedoch zurück. Stattdessen lächelte sie. „Es tut mir schrecklich leid wegen Joey. Ich hoffe, du hast die Blumen gesehen, die ich geschickt habe."

„Ja, habe ich. Danke." Er wollte mit ihr nicht über Joey sprechen. Er wollte nicht einmal hier sein. Und dennoch existierte diese magische Sogwirkung nach wie vor, die sie schon immer auf ihn ausgeübt hatte. Wie aus der Distanz sah er ihre Schönheit und die geheimnisvolle Aura, und beides faszinierte ihn. Als müsse etwas Tiefes und Brillantes dahinter verborgen sein.

Einen Moment lang standen sie im Türrahmen, Angela mehr im Zimmer, Mike noch auf dem Gang. „Kommst du rein? Ich muss dir etwas sagen. Es ist wichtig."

Nach kurzem Überlegen betrat er das gemütliche, schlichte Zimmer mit der Blümchentapete und der Flickendecke auf dem Bett. Der Duft von Potpourri vermischte sich mit Angelas einzigartigem Zitronendeo. Davon wurde ihm ein wenig schwindelig.

Angela schloss die Tür und winkte ihn zu einem Lehnsessel in der einen Ecke des Zimmers. Er lehnte ab, denn er wollte nicht lange bleiben. „Ich habe wenig Zeit. Also, was gibt es?"

„Hasst du mich wirklich so sehr?", platzte sie überraschend leidenschaftlich heraus, und Röte schoss ihr in die Wangen.

„Natürlich nicht. Ich habe dir schon gesagt, dass ich dich nicht hasse. Aber ich muss noch jemanden treffen."

„Wen denn? Die Frau, mit der du verlobt warst?"

Seine Miene verhärtete sich. Mit Angela über Donna zu sprechen, kam nicht infrage. „Das ist meine Sache."

„Ich habe in den Nachrichten gehört, dass du in die Major League berufen wurdest."

„Spricht sich schnell herum."

„Deswegen bin ich jedoch nicht hier. Ich möchte das nur klarstellen, ehe wir weitermachen."

„Das habe ich auch nicht angenommen." Die Berufung war gerade erst bekannt geworden, sie konnte davon noch nichts gewusst haben, als sie Chicago verließ. Er trat ans Fenster, von dem man in einen hübschen Garten mit blühenden Jacaranda-Bäumen hinunterblickte. „Ich gestehe, ich bin ziemlich neugierig darauf, was wichtig genug sein könnte, dass du so weit weg von deinen Eltern reist."

Ihr schnelles Einatmen verriet ihm, dass er einen Nerv getroffen hatte. Er legte Sanftheit in seine Stimme. „Tut mir leid. Ich meinte es nicht so, wie es klang."

„Nein, schon gut, das habe ich verdient. Ob du es glaubst oder nicht, ich bin nicht hier, um über uns zu reden oder über meine Eltern. Oder unsere Vergangenheit. Ich bin aus einem ganz anderen Grund hier."

Er drehte sich zu ihr um, lehnte sich mit der Schulter an den Fensterrahmen, die Hände in den Taschen, und machte sich gefasst auf ... er hatte keine Ahnung. „Schieß los."

„Niemand aus deiner Familie weiß davon. Nicht einmal ich sollte es wissen, aber ich habe genug Zeit im Chicago General Hospital verbracht, um hier und da ein paar Dinge aufzuschnappen. Ich war mir nicht sicher, ob ich es dir erzählen soll oder nicht, denn es fällt sicher unter das Patientengeheimnis. Ich habe mich dazu entschlossen, weil dieser Bruch mit deiner Familie schrecklich sein muss."

Er schwieg, abwartend und angespannt. Warme Luft wehte

durch das Fliegengitter herein und trug den Duft des Sommers mit sich.

„Nachdem Joey dieses Mal ins Krankenhaus eingeliefert wurde, kam dein Vater vorbei. Er besuchte Joey nicht, aber er sprach mit seinem Arzt. Er ließ seine Nierenfunktion testen."

Mike starrte diese madonnenhafte Frau an, deren große Augen auf ihn gerichtet waren. Ihre Worte ergaben keinen Sinn für ihn.

„Er wollte Joey eine Niere spenden", erklärte Angela. „Er hat am Anfang nicht gewusst, dass nicht die Niere das Problem ist, sondern Joey eine Infektion hat. Als man ihm erklärte, eine Spende würde nicht mehr helfen, bekam er einen enormen Wutanfall. Er drohte, das Krankenhaus zu verklagen. Er machte eine ziemliche Szene, was auch der Grund dafür war, dass ich davon erfuhr. Am Ende baten sie ihn, Blut zu spenden, nur damit er Ruhe gab. Er bot weiterhin seine Hilfe an, hörte nicht auf damit, bis er so erschöpft war, dass man ihn über Nacht dabehielt. Du weißt ja selbst, wie stur dein Vater sein kann."

Kummer stieg in ihm auf und schien ihm den Atem zu rauben. Sein störrischer Vater. Am Ende musste er so viel Reue empfunden haben, aber er hatte kein Wort gesagt. Hatte er seine Einstellung geändert, als es so schlecht um Joey stand? Als niemand mehr etwas für ihn tun konnte? Keine Spendernieren ihn mehr retten würden? Warum hatte sein Vater nichts zu ihm gesagt, als er in Chicago gewesen war? Mike drehte sich wieder zum Garten um und betrachtete die Blüten der Jacaranda-Bäume, die zu einem blauen Schleier vor seinen Augen verschwammen. „Wusste Joey das?", brachte er mit rauer Stimme hervor.

„Das weiß ich nicht."

Warum hatte sie es Joey nicht gesagt? Er hätte sicher gern gewusst, dass sein Vater wollte, dass er lebte. Mike ballte die Fäuste. „Du hättest es ihm sagen sollen."

„Es tut mir leid", erwiderte sie. „Das war nicht meine Station. Und meine Eltern ... du weißt ja, wie die ..."

Ihre Eltern. Immer ihre Eltern. Warum sollten sie gegen ein Gespräch mit einem Sterbenden etwas einzuwenden haben? Mit plötzlicher Klarheit wurde ihm bewusst, dass Angela ihre Eltern als Ausrede bei allem benutzte, was ihr unangenehm war. Das hatte sie schon ihr Leben lang getan. Vielleicht waren es gar nicht ihre Eltern gewesen, die sie gezwungen hatten – eine erwachsene Frau –, die Verlobung zu lösen. Vielleicht hatte sie selbst diese Entscheidung getroffen und war nur zu feige gewesen, es ihm zu gestehen.

Er schnitt ihr das Wort mit einer Art Tomahawk-Geste ab. „Das spielt keine Rolle." Er sah sie an, ihre sanfte, liebliche Erscheinung. Angela war ihr Leben lang verhätschelt worden. Warum hatte sie das nicht mutiger und stärker gemacht?

Wer weiß? Es war nicht sein Problem. Still und leise verschwand auch das letzte bisschen Gefühl für sie, verflüchtigte sich aus seinem Herzen wie Nebel in der Sonne.

Ein wenig desorientiert rieb er sich den Nacken. „Na ja, Joey hatte Dad längst verziehen. Es hätte ihn glücklich gemacht, von dieser Geschichte zu erfahren, aber um Dads willen, nicht um seinetwillen."

Sie schenkte ihm ein Mona-Lisa-Lächeln, das alles bedeuten konnte oder nichts.

„Danke, dass du es mir erzählt hast", sagte er. Es wurde Zeit, wieder von hier zu verschwinden, fort von der Vergangenheit und hinein in die Zukunft.

Er ging an ihr vorbei, doch sie hielt ihn am Arm fest. „Was ist mit ... uns?"

Er sah ihr ins Gesicht, atmete ihren Zitronenduft ein und erinnerte sich an die vielen Male, die ihn dieser Duft erregt hatte. Jetzt machte er ihn nur unruhig. „Ich dachte, du bist hier, um mir das von meinem Vater zu erzählen."

„Ja, das stimmt, aber ..." Ihre Wangen röteten sich. „Ich kann diesen Mann nicht heiraten, Mike. Der, von dem ich dir erzählt habe."

Der panische Ausdruck in ihren Augen ließ ihn nicht kalt.

Es hatte eine Zeit gegeben, da hätte er sein Leben geopfert, um diesen Ausdruck aus ihrem Gesicht zu vertreiben. Und trotz allem, was passiert war, meldeten sich noch immer seine Beschützerinstinkte, und er verspürte den Impuls, sie zu retten. „Du musst nichts tun, was du nicht tun willst. Sag einfach Nein. Behaupte dich mal."

„Ja, Mike, du hast recht." Sie knetete ihre Hände. „Dir kann ich mich anvertrauen. Du und ich, das war wundervoll. So vollkommen, bis all das passierte."

Wie konnte er das wieder in Ordnung bringen? Möglicherweise konnte er mit ihren Eltern sprechen oder ihr beim Auszug helfen. Oder sie mit jemandem zusammenbringen, der besser zu ihr passte. Er wollte schon etwas sagen, ihr anbieten, mit ihren Eltern zu reden, als er sah, was sie tat.

Ihre Hand lag am Rundhalsausschnitt ihrer weiten Bluse. Sie streifte sie sich von den Schultern, entblößte ihre marmorhelle Haut und einen pinkfarbenen BH-Träger. „Du bist nach wie vor der einzige Mann, mit dem ich je intim war, Mike."

Er wich zurück. „Was machst du da?"

„Dich erinnern", flüsterte sie. „Weißt du noch, wie es war?" Sie streifte den BH-Träger aus zarter Spitze herunter.

Unvermittelt hob er den Arm vor die Augen. Das hier war falsch, völlig falsch. „Hör auf damit, Angela. Ich kann nicht."

„Du kannst, Mike." Ihre sehnsüchtige Stimme kam näher. „Es ist okay. Ich will dich. Ich tue, was ich für richtig halte, und ich will dich."

Er nahm den Arm wieder vom Gesicht weg. Sie stand vor ihm, nur wenige Zentimeter von ihm entfernt, und sie war dabei, sich weiter zu nähern. Er hob die Hände, um sie aufzuhalten, aber dann wurde ihm klar, dass es bedeuten würde, sie anzufassen. Und er wollte sie nicht anfassen. Er wollte sie überhaupt nicht in seiner Nähe. Alles, was er wollte, war …

„Nicht, Angela", warnte er sie.

Sie kam unbeirrt auf ihn zu. „Warum nicht? Es ist perfekt, Mike. Ich, die Friars, alles, was du wolltest."

„Nein ..."

„Ich weiß, dass du dir geschworen hast, es bis in die Major League zu schaffen, um dir etwas zu beweisen. Mir, meinen Eltern. Du hast das mit uns nie vergessen, oder? Das musst du jetzt auch nicht mehr." Er stieß mit dem Rücken gegen die Tür, sein Kopf schlug leicht gegen das Holz. Das half seinem Verstand wieder auf die Sprünge.

„Ich liebe jemand anderen."

Kaum hatte er die Worte ausgesprochen, veränderte sich die Welt um ihn herum – sie wurde klar und von Licht erfüllt.

Angela hielt inne. „Was hast du gesagt?"

„Ich liebe jemand anders." Diesmal kam es noch lauter und deutlicher heraus.

Sie wich zurück und bedeckte sich wieder. „Die Frau aus den Nachrichten. Die, mit der du verlobt warst."

„Ja. Donna MacIntyre." Sobald er ihren Namen ausgesprochen hatte, schien sie in diesem kleinen Raum präsent zu sein. Was würden er und Donna wohl in einem Zimmer wie diesem anstellen? „Tut mir leid, Angela. Ich sollte jetzt nicht einmal hier sein, sondern bei ihr."

Er konnte Angela nicht vor ihren Eltern retten. Das war nicht seine Aufgabe. Seine Aufgabe bestand darin, aus der erdrückenden Enge dieses Zimmers zu fliehen und Donna zu finden. Und ihr zu sagen, wie er wirklich für sie empfand.

„Warum bist du dann hier?" Ihr Gesicht war blass wie der Mond.

„Ich glaube, ich musste dich sehen. Brauchte Gewissheit." Er rieb sich über das Gesicht und fühlte sich, als hätte er gerade einen Marathon oder so etwas absolviert. „Es tut mir leid, Angela. Du bist den ganzen Weg hierhergekommen, und ich brauchte genau bis zu diesem Augenblick, um zu erkennen, dass ich Donna liebe."

Sie zog sich eine blassrosa Strickjacke über, mit zitternden Händen, wofür er sich schrecklich fühlte. Dies war sicher das erste Mal, dass Angela sich vorgewagt hatte. Und sie war abgewiesen worden. „Ist sie katholisch?", fragte sie und überraschte ihn damit.

„Das glaube ich nicht." Nicht, dass es Angela irgendetwas anging.

„Meinst du nicht, du solltest mit Pater Kowalski reden, bevor du irgendwelche weiteren Schritte unternimmst?"

„Warum zur Hölle sollte ich?"

Ihm entging ihr kurzes Zusammenzucken angesichts dieser gotteslästerlichen Bemerkung nicht.

„Weil er dich sehr gut kennt. Fast so gut, wie ich dich kenne. Mike, wir kennen uns, seit wir Kinder waren. Jetzt willst du dich von mir abwenden. Wegen so einer? Sie hat ein uneheliches Kind. Sie hat ihr Baby weggegeben und will es jetzt zurückhaben. Was für eine Person ist das denn?" Diese ruhigen, verächtlichen Worte krochen ihm die Wirbelsäule hinauf wie eiskalte Finger. Jeder Rest von Mitgefühl für Angela verschwand.

„Du kennst sie nicht. Wie kannst du beurteilen, was für ein Mensch sie ist?"

„Das kann ich nicht, aber ich weiß, was für ein Mensch *du* bist. Du bist der Typ, der andere rettet. Deshalb hättest du auch einen guten SEAL abgegeben. Bist du dir sicher, dass sie dir aufgrund ihrer Situation nicht bloß leidtut? Bist du dir sicher, dass du sie wirklich liebst und es dir nicht nur aus Mitleid einredest?"

Crush Taylors Worte kamen ihm in den Sinn. *Ich glaube, ich habe dich langsam durchschaut. Superheldenkomplex ...*

Ein Haufen Blödsinn war das alles. Er war kein Superheld. Er hatte Joey nicht retten können. Er konnte an Donnas Situation nichts ändern. Er konnte auch für Angela keine Lösung finden. Was er tun konnte ... das war einfach. Er konnte zu dem stehen, was in ihm war. Donna von ganzem Herzen lieben. So gut Baseball spielen, wie es ihm möglich war. Für das einstehen, woran er glaubte.

„Ich bemitleide Donna nicht. Ich respektiere sie ungemein. Sie inspiriert mich. Bei ihr kann ich ganz ich selbst sein. Sie ist furchtlos, loyal, mutig, vertrauenswürdig, witzig, lebendig und klug. Sie steht auf, wenn andere schon den Rückzug antreten. Sie hat ihr Leben komplett geändert, als niemand mehr an sie glaubte." Er musterte Angela, ihre kühle Fassade und das rätselhafte Lächeln. Angela, die noch nie in ihrem Leben für etwas gekämpft hatte. „Und ich liebe sie. Das wäre so ziemlich alles, was es dazu zu wissen gibt."

Er hielt ihr die Hand hin. „Ich weiß es zu schätzen, dass du die weite Reise auf dich genommen hast, Angela. Ich bin froh, dass du es getan hast. Du solltest solche Sachen öfter machen. Nimm dein Schicksal in die Hand, und lass deine Eltern nicht die Entscheidungen für dich treffen. Viel Glück, und ich wünsche dir das Beste."

Perplex, als könnte sie kaum glauben, dass dies geschah, schüttelte sie ihm die Hand. Ihre fühlte sich kalt und leblos an; die Berührung jedenfalls löste nichts in ihm aus.

„Leb wohl, Angela."

„Leb wohl, Mike."

Er ging hinaus und atmete draußen die frische Luft ein, ohne das viel zu süße Aroma von Rosenblättern, Zitrone und alten Geschichten. Dann rannte er los.

Donna. Er musste sie finden.

Aber Donna, wie sie nun einmal war, musste alles noch komplizierter machen. Sie reagierte auf keinen seiner Anrufe oder seine Nachrichten. Er fuhr zu ihrer Wohnung, mit dem Vorsatz, an ihre Tür zu hämmern – mit einem Blumenstrauß oder, noch besser, Maistortillas –, aber die Lichter waren aus, und ihr Kia stand nicht auf seinem üblichen Platz. Aber okay. Er konnte warten, wenigstens einen Abend. Er wusste, wo er sie finden würde. Und wenn er sie gefunden hatte, würde er sie nicht eher gehen lassen, bis er ihr gesagt hatte, wie sehr er sie liebte. Wie sehr er sie schon die ganze Zeit liebte, ohne sich dessen bewusst gewesen zu sein.

Er schaute im Roadhouse vorbei, wo seine Teamkameraden bereits ohne ihn die Berufung in die Major League feierten.

Dwight Conner gab die erste Runde Bier aus. „Mann, hast du mitgekriegt, wie viel Publicity ihr bekommt? Die ganze Zeit arbeite ich an meiner Leistung, quetsche mir diese Extra-Bases raus, renne jedem Flugball hinterher, der in mein Territorium gelangt. Dabei müsste ich mich doch bloß von einer heißen Braut mit dem Wasserschlauch nassspritzen lassen. Meinst du, Red würde den Schlauch auch mal auf mich richten?"

„Frag mich nicht. Die ist ein Fall für sich."

Lieberman trank kummervoll einen großen Schluck. „Ich hätte mich von Angeline vollspritzen lassen, wenn sie jemals gefragt hätte. Oder überhaupt registriert hätte, dass ich existiere. Ich glaube, sie hielt mich für einen Praktikanten."

„Sorry, Mann. Ihr Pech." T.J. klopfte ihm auf die Schulter. „Du solltest es so machen wie Solo und ein Gelübde ablegen. Bei ihm hat das funktioniert, die Frauen reißen sich um ihn."

„Zählt es auch, wenn es nicht direkt ein Eid ist? Wenn ich enthaltsam lebe, weil es sich eben so ergeben hat?"

„Nein." Stark gab das Zeichen für eine weitere Runde. „Das bedeutet nur, dass du ein Verlierer bist."

Lieberman machte ein langes Gesicht, und Mike warf dem größeren Schlagmann einen finsteren Blick zu. Musste er noch nachtreten, wo der Shortstop doch schon am Boden war?

„Mach dir deswegen keine Sorgen", fuhr Trevor fort. „Du darfst mich ab jetzt begleiten und das eine oder andere von mir lernen."

Während alle anderen lachten, hellte sich Liebermans Miene auf. „Oh, klasse."

Trevor hob sofort warnend den Zeigefinger. „Erste Lektion: Sag niemals ‚Oh, klasse'. Oder ‚kinderleicht' oder irgendetwas anderes Albernes. Rede nicht über Deepak Chopra oder über die statistische Wahrscheinlichkeit, dass ein Curveball in eine der inneren Ecken fliegt. Quatsch nicht über ..."

Eine Brünette mit dunkler Haut, einer violetten Strähne im Haar und einem Nasenstecker drehte sich auf ihrem Barhocker zu ihnen um. „Hat gerade einer von euch Deepak Chopra erwähnt? Mann, ich liebe ihn. Habt ihr seine neueste DVD gesehen?"

Für einen Moment starrten sämtliche Spieler der Catfish diese Schönheit an, die aussah, als sei sie direkt aus dem Yogakurs ins Roadhouse gekommen. Mike hielt den Atem an. Trevor war derjenige gewesen, der Deepak Chopra erwähnt hatte; also war er am Zug. Lieberman blinzelte mehrmals rasch hintereinander, als könne er seinen Augen nicht trauen – vielleicht hatte er auch nur Krämpfe in den Lidern.

Mit einem Seufzer, der eine große Dosis Bedauern enthielt, klopfte Trevor Lieberman auf den Rücken und schob ihn nach vorn. „Hallo, tolle Frau. Darf ich Ihnen Jim Lieberman vorstellen, Shortstop, jugendliches Genie und außergewöhnlicher Philosoph. Lieberman, darf ich dir eine wunderschöne Fremde vorstellen, die sich über Deepak Chopra unterhalten möchte. Na los, geht. Alle beide. Wir müssen über Trefferquoten und Biersorten quatschen."

„Darauf trinke ich." Mike hob seine Flasche, und alle prosteten sich zu, während Lieberman und die Brünette anfingen, mit Worten wie „universelles Bewusstsein" und „innere Stärke" um sich zu werfen.

„Stark, ich will dich mal was fragen. Wieso benimmst du dich neunzig Prozent deiner Zeit wie ein Arschloch, wo du vielleicht in Wahrheit doch gar kein so schlechter Kerl bist?"

„Vielleicht?" Trevors kristallklare grüne Augen glitzerten, während Dwight Conner brüderlich den Arm um Starks Schulter legte.

„Ich erzähl dir mal ein bisschen über Stark." Conner grinste. „Wenn du glaubst, du kennst ihn, hast du dich geirrt. Der Typ ist wie ein Meisterspion. Der sollte für die CIA oder so arbeiten. Brütet ständig irgendwelche Ideen aus. Nicht der schlechteste Kerl, wenn man Ärger am Hals hat."

Trevor hob eine Braue, trank einen Schluck von seinem Shiner, schwieg jedoch.

Mike musterte ihn mit neuem Respekt. „Na, dann auf dich,

Stark." Nachdem sie erneut angestoßen hatten, fiel ihm eine weitere Frage ein. „Die Armbinden. Wessen Idee waren die?"

Die Spieler tauschten Blicke.

„Warum?", wollte T. J. wissen. „War das okay für dich?"

„Es war cool. Ja, wirklich cool. Ich bin nicht dazu gekommen, es euch zu sagen, wegen des Spielverlaufs. Aber ja, es hat mir viel bedeutet."

T. J. wies mit dem Kinn Richtung Dwight Conner. „Das war alles seine Idee. Kam mit den Armbinden und gab jedem eine, bevor du aufgetaucht bist."

Mike wandte sich dem Outfielder zu. „Du warst das?"

„Mein Bruder ist gestorben", erklärte Conner, und sein übliches Grinsen verschwand. „Geriet an üble Typen. Trunkenheit am Steuer. Ich konnte nichts machen. Ich weiß, wie sich das anfühlt, Mann."

Alle schwiegen für einige Sekunden. Mike spürte Joeys Gegenwart so stark und wundervoll, dass er beinah im Roadhouse in Tränen ausgebrochen wäre.

Die Catfish mochten nur seine vorübergehenden Mannschaftskollegen sein, die ihm eines Tages nach San Diego folgen würden oder auch nicht. In diesem Augenblick jedoch kamen sie ihm vor wie Brüder.

Um neun am nächsten Morgen folgte Donna nervös ihrer neuen Anwältin, einer äußerst eleganten Frau namens Gloria Gaynor – ganz recht, wie die Sängerin, hatte sie zu Donna gesagt –, in Richter Quinns Verhandlungssaal. Als Erstes hatte Miss Gaynor einen neuen Richter beantragt, doch in dieser Sache war noch keine Entscheidung gefallen. Bis dahin durfte der Prozess fortgesetzt werden.

Harvey und Bonita saßen auf der anderen Seite des Ganges. *Würg.* Obwohl die zwei beschlossen hatten, ihre Hochzeit zu verschieben, bis eine gerichtliche Entscheidung gefallen war, arbeiteten sie sichtlich daran, das solide Paar darzustellen. Das ließ Donna mit ihrer Blitzverlobung natürlich noch schlechter dastehen. Miss Gaynor hatte sie angewiesen, so wenig wie möglich über Mike zu sprechen, in der Hoffnung, dass der Richter die ganze peinliche Angelegenheit einfach vergessen würde.

Als Richter Quinn den Saal betrat, erhoben sich alle. Er trug seine schwarze Robe und eine strenge Miene, die zu seinen eisengrauen Haaren passte. Gleich zu Beginn hatte Donna einmal einen harmlosen Scherz gemacht, jedoch schnell lernen müssen, dass der Mann keinerlei Sinn für Humor besaß. Zumindest wenn er auf seinem Richterstuhl saß. Zur Geräuschkulisse aus Füßescharren und Stühlerücken nahm er hinter seinem großen Schreibtisch Platz und schlug sein Buch auf.

„Gerichtsdiener?"

Der Gerichtsdiener, ein großer lateinamerikanisch aussehender Mann mit einer Tätowierung, die sich seinen Arm hinaufschlängelte, brachte ihm die Unterlagen. Donnas rechter Fuß tanzte ungeduldig, und ihr Magen brannte. *Nun mach schon. Zack zurückbekommen. Zack zurückbekommen.*

Der Richter gab ein leises trockenes Hüsteln von sich und blätterte in den Dokumenten. „In der Sache Zackary Hannigan, Donna MacIntyre gegen Harvey Hannigan musste ich unglücklicherweise meine Entscheidung den Umständen anpassen, die sich hier ständig ändern. Dieser Fall hat mehr öffentliche Aufmerksamkeit als jede andere Sorgerechtsverhandlung. Andererseits kommt es selten vor, dass Baseballspieler involviert sind oder die Zeitung berichtet. All das hat es schwieriger gemacht, zu einer fairen Entscheidung zu kommen."

Er fixierte Donna mit seinem strengen Blick, doch sie hob nur das Kinn und ließ sich nicht einschüchtern. Sie würde alles versuchen, um Zack zurückzubekommen.

„Obwohl ich sicher bin, dass das Ende Ihrer Verlobung schwierig für Sie war", fuhr Richter Quinn trocken fort, „muss ich meine Erleichterung darüber gestehen, dass das Medieninteresse nachgelassen hat. Dadurch konnte ich die Situation dann schließlich doch noch objektiv bewerten, unbeeindruckt vom Klatsch. Und ich sah bei genauer Betrachtung der Fakten eine Mutter, die ihr Kind sehr liebt und einiges unternommen hat, um ihrem Sohn ein gutes Zuhause zu bieten. Die natürliche Annahme, dass ein Kind zu seiner Mutter gehört, sehe ich hier deutlich gestützt. Gleichzeitig sehe ich kaum Beweise für die Behauptung des Vaters, das verantwortungslose Verhalten der Mutter in der Vergangenheit disqualifiziere sie dafür, ihren natürlichen Platz im Leben des Kindes einzunehmen. Ich habe mir die Aussagen des Vaters hinsichtlich eines Klinikaufenthaltes der Mutter wegen Depressionen noch einmal angesehen, und es scheint klar zu sein, dass es sich hierbei um eine einmalige Phase infolge ihrer Schwangerschaft handelte."

Donna sah zu Harvey, der mit der Tischkante spielte und ein beschämtes Gesicht machte. *Ha, es hat dir nichts genützt, mich anzuschwärzen, Harvey!*

Der Richter fuhr fort: „Darüber hinaus haben die Hannigans den Wunsch geäußert, die leiblichen Eltern des Jungen mögen nun, da sie reifer sind, die Verantwortung übernehmen."

Miss Gaynor drückte Donnas Hand, und die Spannung im Gerichtssaal stieg. Donna pochte das Herz bis zum Hals. *Das ist es.* Sie würde Zack zurückbekommen.

„Aber gestern Abend schaltete ich den Fernseher ein und sah besagte Mutter, die gerade dabei war, sich zu einem landesweiten Spektakel zu machen. Marschierte mit einem Wasserschlauch auf ein Baseballspielfeld. Erzwang den ersten Spielabbruch in der Geschichte der Catfish. Verkehrte plötzlich wieder mit jenem Spieler, der schon einmal für eine problematische Situation gesorgt hatte. Und als ich das sah, musste ich mich fragen, ob Donna MacIntyre ihrem Sohn Zackary wirklich die Verlässlichkeit und Stabilität bieten kann, die er gewohnt ist. In diesem Fall geht es nicht darum, einer Mutter das Kind wegzunehmen, da sie ohnehin nie die erste Bezugsperson war. Die Frage ist, ob sie dem Jungen bessere Lebensumstände bieten kann als diejenigen, die sie bei seiner Geburt für die besten hielt."

Mit grimmiger Miene musterte er die vor ihm sitzenden Personen. Donna wusste, dass ihre Gesichtszüge wie erstarrt waren.

Sie konnte keinen einzigen Muskel bewegen. Falls sie es dennoch versuchte, würde sie zu Staub zerfallen.

„Daher verfüge ich, dass Zackary Hannigan bei seinen Großeltern väterlicherseits bleibt. Für beide Parteien ist dies der Beginn einer Übergangsphase, die mit dem vollen Sorgerecht für Harvey Hannigan enden wird. Diese Phase wird für die Dauer eines Jahres festgelegt. Donna MacIntyre behält ihr Besuchsrecht nach dem Ermessen des sorgeberechtigten Elternteils, darf ihren Fall aber jederzeit wieder dem Gericht vortragen, sollten ihre Lebensumstände sich geändert haben."

Miss Gaynor stand auf. „Euer Ehren, wenn Ihre Meinung auf einem einzigen Zwischenfall beruht, sollten Sie uns die Möglichkeit geben, diesen Vorfall zu erklären."

„Das wird weder nötig noch hilfreich sein. Mein Beschluss ist endgültig. Gerichtsdiener, wer ist der Nächste?"

Das Blut rauschte in Donnas Ohren, lauter und lauter, bis sie nicht mehr hören, sehen, sprechen konnte. Um sie herum standen die Leute auf, gingen den Gang entlang, verstauten Unterlagen in Aktenkoffern, berührten ihre Schulter, murmelten ihr etwas ins Ohr, halfen ihr beim Aufstehen, führten sie hinaus. Doch von alldem nahm sie kaum etwas wahr.

Sie hatte verloren. Zack verloren. Sie hatte alles verloren.

26. KAPITEL

Am nächsten Morgen probierte Mike es wieder einmal mit einem Anruf bei Donna. Aber sie meldete sich nicht. Ging sie ihm aus dem Weg? Das schien überhaupt nicht ihr Stil zu sein. Zu ihr passte eher, auf ihn loszugehen. Er versuchte es mehrmals den ganzen Vormittag über, während er sich um Angelegenheiten kümmerte, die seinen Aufstieg in die Major League betrafen. Sprach mit seinem Agenten, informierte seinen Vermieter, unterhielt sich mit dem Reisekoordinator der Friars ... und rief seinen Vater an, was er seit ihrem großen Streit nicht mehr getan hatte.

„Dad, ich bin's, Mike. Ich wollte dich nur wissen lassen, dass ich zu den Friars gehen werde. Hinter der Home Plate im Friars-Stadion steht jetzt ein Solo. Ich werde dir und Mom Tickets schicken, wenn ihr kommen wollt."

Pietro Solo mochte ein verbohrter alter Patriarch sein, aber er war auch Italiener, was in diesem Fall eine Menge Emotionen und Familienstolz bedeutete. Als Mike auflegte, musste er gegen die Tränen anblinzeln.

Verdammt, das würde noch zur Gewohnheit werden.

Am Nachmittag, als er immer noch nichts von Donna gehört hatte, stieg er in seinen Wagen und fuhr zu ihrer Wohnung. Neben dem Gehsteig parkte ihr winziger Kia. Das hieß, sie war zu Hause, reagierte jedoch nicht auf seine Anrufe. Schlechtes Zeichen. Vermutlich hatte er es nicht besser verdient, da er im entscheidenden Moment ihr „Ich liebe dich" nicht erwidert hatte. Er lief zur Tür und klopfte an.

„Donna! Bist du da? Ich bin's, Mike. Ich muss dringend mit dir reden."

Keine Antwort.

„Angela ist abgereist. Hörst du mir bitte zu? Gib mir eine Chance, es dir zu erklären."

Noch immer keine Antwort. Er hämmerte gegen die Tür.

„Ich gehe nicht eher wieder weg, bis du mit mir geredet hast.

Und das wird für die Friars ein Riesenproblem werden, denn die wollen mich am Donnerstag in San Diego sehen. Bitte, Donna, mach doch einfach die Tür auf."

Endlich wurde sie geöffnet. Mike wich zurück und wäre beinah die Treppenstufen rückwärts hinuntergestolpert.

Vor ihm stand Donna ... und doch war sie es nicht. Ihre Augen hatten jeglichen Glanz verloren, ihr Gesicht war völlig ausdruckslos. Sie ließ die Schultern hängen und den Kopf. Sie sah aus, als sei alle Lebenskraft aus ihr gewichen. „San Diego?"

„Ich habe es gerade erfahren. Die Friars wollen mich."

„Glückwunsch." Es klang tonlos, ohne Freude oder auch nur das geringste Interesse. Kein Wangengrübchen erschien, von einer Umarmung oder einem Kuss ganz zu schweigen.

„Was ist los?"

Sie wandte sich ab. Er folgte ihr hinein, und auch das schien ihr völlig gleichgültig zu sein. Sie rollte sich auf der Couch zusammen wie ein Kätzchen und zog sich eine Baumwolldecke über den Kopf.

„Nichts." Ihre gedämpfte Stimme erreichte ihn kaum. „Verschwinde einfach."

„Ich gehe nirgendwohin." Vorsichtig setzte er sich auf den Rand der Couch. „Nicht, bis du mir verraten hast, was mit dir los ist." Etwas sagte ihm, dass dies über ihre Beziehung hinausging. „Hat es mit Zack zu tun? Ist etwas passiert?" Plötzliches Entsetzen packte ihn. „Ist alles in Ordnung mit ihm? Sag mir doch wenigstens das."

„Zack ist ..." Sie konnte den Satz zuerst nicht beenden, doch auf seine behutsamen Fragen hin brachte sie die ganze Geschichte stockend heraus. Am Ende lief er im Zimmer auf und ab, buchstäblich kochend vor Wut.

„Das ist alles meine Schuld. Ich bin auf Yazmer losgegangen. Meinetwegen wurde das Spiel abgebrochen. Für nichts von alledem trägst du die Verantwortung. Wie kann der Richter dich für meinen Murks büßen lassen? Ich werde mit ihm reden. Ich werde die Schuld auf mich nehmen und tun, was immer nötig ist."

Sie schaute ein wenig unter ihrer Decke hervor, sodass ihre Stirn und die zerwühlten roten Haare zum Vorschein kamen. „Mike Solo will mich retten? Ich bezweifle, dass du das wieder hinbekommst."

Sogar ihre Stimme klang anders. Hoffnungslos. „Wann hast du zum letzten Mal etwas gegessen, Donna?"

Sie zog die Decke wieder hoch. „Geh weg."

Er beugte sich zu ihr herunter. „Sweety, wie willst du denn den Kampf aufnehmen, wenn du nicht dafür sorgst, dass du genug Energie hast?"

„Geh weg."

„Ich habe dir doch schon erklärt, dass ich nirgendwohin gehe, also kannst du aufhören, das dauernd zu sagen. Wir müssen uns eine Strategie überlegen. Was meint deine Anwältin denn? Ich werde sie sofort anrufen. Wie lautet ihre Nummer?"

„Mike." Sie warf die Decke von sich und setzte sich auf. Ein bisschen erwachte ihr Temperament. „Du verstehst gar nichts. Der Richter hat eine Entscheidung gefällt, und ich werde jedermanns Zeit und Geld verschwenden, indem ich dagegen angehe."

„Was ist mit Zack?"

Sie tauchte wieder unter die Decke und hielt sich damit die Ohren zu. Doch dieses kurze Aufflackern der alten Donna hatte ihn entschlossen gemacht. Auf keinen Fall würde er zulassen, dass sie in Verzweiflung versank. „Komm schon, Donna. Sprich mit mir. Was ist mit Zack?"

Da sie nach wie vor nichts sagte, rüttelte er sanft an ihrer Schulter.

„Was ist aus deinem Plan geworden, Zack zurückzubekommen? Hast du den schon ganz vergessen?"

„Was soll schon damit sein?", schrie sie und warf die Decke erneut von sich. „Ich habe mich geirrt. Zack ist besser bei den Hannigans aufgehoben. Der Richter hat recht. Alle haben recht. Ich verdiene ihn nicht. Ich bin verantwortungslos, nehme nichts richtig ernst, bin zu impulsiv, denke nicht nach, bevor ich rede, plane Dinge nicht gründlich genug. Was für eine Person spritzt denn mit dem Wasserschlauch auf einem Baseballfeld herum, ohne zu bedenken, dass es nass wird?"

„Na, jemand, der versucht, eine Schlägerei zu beenden ..."

Sie stieß ihn gegen die Brust. „Versuch nicht, mein Verhalten zu rechtfertigen. Ich verdiene es nicht. Ich verdiene Zack nicht. Ich werde ihn sehen, wann immer sie es mir gestatten, aber er braucht bessere Eltern als mich. Ich will, was das Beste für ihn ist. Sie hatten die ganze Zeit recht, und zwar alle. Es war dumm von mir, zu glauben, ich könnte eine gute Mutter sein."

„Ach ja? Bonita hatte recht? Sie ist eine bessere Mutter für Zack?"

Röte schoss ihr in die Wangen. Er sah, wie sie im Stillen mit sich rang, und wünschte, er könnte ihr helfen. Doch er wusste, das war etwas, was sie mit sich selbst austragen musste. „Ja, vielleicht ist sie das", erklärte sie schließlich mit dünner, angespannter Stimme. „Sie ist ... organisierter."

„O ja, sehr organisiert. Sie wird ihn zu all seinen Terminen pünktlich hinbringen. Donna, du redest hier über Zack. Der lustige, quirlige Zack. Willst du wirklich, dass Bonita ihn großzieht?"

„Harvey wird ja auch da sein."

„Sicher. Harvey. Für den Bonita die Unterwäsche auswählt, und die bestimmt, wie kurz er seine Nasenhaare zu schneiden hat. Komm schon, Donna. Krieg dich wieder ein."

Hoppla. Im nächsten Moment wurde ihm klar, dass er das Falsche gesagt hatte. „Ich soll mich einkriegen? Das ist dein Rat an mich?" Sie trat sogar nach ihm. „Runter von meiner Couch. Raus aus meiner Wohnung."

Es gelang ihm, ihrem Fuß auszuweichen, doch dabei landete er mit dem Hintern auf dem Boden. „Hey, tut mir leid. Das kam falsch rüber. Ich meinte es nicht so, wie es klang."

„Ich weiß, wie du es gemeint hast." Sie stand von der Couch auf, während er auf die Beine zu kommen versuchte. „Du meinst, ich sollte mich wehren. Etwas unternehmen. Hart werden."

Endlich gelang es ihm aufzuspringen, nur musste er gleich darauf vor einer erneuten Attacke zurückweichen.

„Ich musste mein ganzes Leben lang hart sein, und sieh dir an, wohin mich das gebracht hat. Ich habe genug davon, hart und zäh zu sein. Ich habe genug gekämpft. Ich will nur noch auf meiner Couch liegen und mir die Augen aus dem Kopf weinen, genau wie ich es verdiene."

Er stieß mit dem Rücken gegen ihre Wohnungstür. „Donna, ich habe dumme Worte benutzt, aber ich wollte dir zu verstehen geben, dass es in erster Linie nicht um dich geht, sondern um Zack. Und du weißt so gut wie ich, dass er dich braucht."

„Das weiß ich nicht. Ich dachte, ich wüsste es, aber ich habe mich geirrt. Frag meine sogenannte Familie. Frag irgendwen in Kilby. Die werden dir alle das Gleiche erzählen. Donna MacIntyre ist unfähig, eine Mutter zu sein."

Sie stieß ihm den Ellbogen in die Rippen – ihre Kraft verblüffte ihn – und riss die Tür auf. „Verschwinde."

„Hör mir doch zu …"

„Geh!"

„Donna …" Irgendwie war er auf einmal draußen, stand auf ihrem Treppenabsatz, und die Tür wurde ihm vor der Nase zugeknallt. Dabei hatte er nicht einmal das gesagt, weshalb er überhaupt hergekommen war. „Ich liebe dich", brachte er gerade noch heraus, bevor die Tür zuknallte.

Rumms.

Er stand eine Weile da, total beschämt. Was für ein schrecklich ungünstiger Moment, etwas so Wichtiges zu sagen!

Er sollte gehen. Er half ihr nicht und hatte sich überdies noch zum Affen gemacht. Trotzdem schienen seine Füße ihm nicht gehorchen zu wollen. Er musste einfach hier sein, bei Donna. Er musste ihr irgendwie begreiflich machen, wie sehr er sie liebte …

Sie öffnete die Tür einen Spaltbreit. „Was hast du gerade gesagt?"

„Ich liebe dich. Das war mein Ernst. Ich will dir helfen. Für dich da sein."

Ein Ausdruck tiefster Verzweiflung erschien auf ihrem Gesicht, zumindest auf dem Teil, den er durch den schmalen Türspalt sehen konnte. Sie senkte die Lider, hob sie wieder. Ihre Augen waren gerötet. All ihre Lebensgeister schienen sie verlassen zu haben. „Schlechtes Timing, Solo. Ich ... kann nicht. Ich kann einfach nicht. Und jetzt lass mich allein. Bitte."

Mike ging. Er musste gehen. Am liebsten hätte er etwas zertrümmert, und er wollte nicht, dass es etwas war, was Donna gehörte. Er fuhr zum Roadhouse, wo ein paar Nachmittagstrinker eintrudelten. Nachdem er Lone-Star-Bier bestellt hatte, setzte er sich auf einen Barhocker und trank eine Weile vor sich hin. Er wollte sich nicht betrinken; am liebsten wäre ihm eine Schlägerei gewesen, deshalb hoffte er fast, die widerlichen Wades würden auftauchen.

Aber das taten sie nicht. Stattdessen saß er da und dachte über Donna nach, ihr fröhliches Wesen, ihren tiefen Kummer. Er dachte an Joey, der für immer fort war. Es gab einerseits den Tod, ja, aber man konnte sich auch wie tot fühlen. Das hatte er auf Donnas Gesicht gesehen. Er dachte an Crushs Worte, an Angelas und an seinen sogenannten Superheldenkomplex. Er war kein Superheld. Nichts, was er gesagt oder getan hätte, hätte Joey retten können.

Aber Donna ... diese innere Stimme wurde immer lauter. Unter gar keinen Umständen würde er tatenlos zusehen, wie Donna vor Kummer kaputt ging. Ihm kam eine Idee, verschwand wieder. Er musste nachdenken. Er musste an den Ort, an dem er sich am wohlsten fühlte. Wo er am besten denken konnte.

Er brauchte eine Home Plate.

Er legte einen Untersetzer auf den Tresen und arrangierte vier weitere, um grob eine Home Plate zu improvisieren. Ah, das war schon besser. Er beschwor das Adrenalin herauf, das das Spiel erzeugte, die Konzentration, mit der er seine Position einnahm. Und dann ging er Donnas ganze Geschichte noch einmal durch.

1. Der möglicherweise korrupte Richter.
2. Die Rücksichtslosigkeit der Wades.
3. Der Superheld, der er nicht war.
4. Die Art von Mann, der er wirklich sein wollte.

Er hatte einen Plan.

Mike rief Crush Taylor an und erklärte ihm, was er brauchte. Crush versprach, sich wieder bei ihm zu melden.

Mike winkte den Bartender zu sich, den er aus jener Nacht der berüchtigten Kneipenschlägerei kannte. „Todd, richtig? Du bist ein Freund von Donna MacIntyre, oder?"

„Klar. Bin mit ihr zusammen auf der Highschool gewesen." Todd kniff die Augen misstrauisch zusammen. „Falls du Ärger suchst, kann ich dir nicht helfen."

„Tue ich nicht. Ich suche ihren Vater. Weißt du, wo seine Werkstatt ist?"

„Warum?"

„Ist das etwa eine streng geheime Information?" Da Todd nur die Stirn runzelte, fuhr Mike sich übers Gesicht. „Sorry, Mann. Schlimmer Tag. Ich muss mit ihm über Donna reden."

Todd nahm ein paar schmutzige Gläser vom Tresen und räumte sie in die Spülmaschine. „Da wendest du dich vermutlich an den falschen Mann. Der schien nie wirklich zu wissen, dass sie überhaupt existiert."

„Ja, habe ich schon mitbekommen. Im Ernst, ich will Donna nicht wehtun. Ich will ihr helfen, falls sie mich lässt."

Todd beschrieb ihm den Weg zu Mac's Automotive Repairs und gab ihm eine letzte Warnung mit, bloß nett zu Donna zu sein. Während er darüber nachdachte, dass Donna viel mehr Unterstützung hatte, als ihr klar war, fuhr Mike zur Werkstatt ihres Vaters. Genau wie sie es ihm beschrieben hatte, lag er auf einem Rollbrett unter einem grauen Saab. Nur seine Beine, von den Knien abwärts, waren sichtbar. Mike ging in die Hocke und sprach in die dunkle Unterseite des Saabs hinein.

„Ich bin's, Mike Solo. Ich wollte Sie nur darüber informieren, dass ich Donna liebe und die Absicht habe, unsere Hochzeitspläne wieder zu verfolgen, wenn sie mich noch haben will. Außerdem steckt Ihre Tochter in Schwierigkeiten. Ihr ist Unrecht widerfahren, und wir müssen etwas dagegen unternehmen."

Das eine Knie angewinkelt, tauchte Mac langsam unter dem Wagen auf. „Hey, Mike. Worum geht es, Junge?"

„Ein Unrecht zu beheben."

Der ältere Mann rieb sich die Stirn und hinterließ dort einen Ölfleck. Mike konnte nicht viel Ähnlichkeit entdecken zwischen diesem unauffälligen Mann und dem Energiebündel Donna. „Könnte mir Ärger mit meiner Frau einbringen."

„Tja, ich weiß nicht, ob ich da helfen kann."

„Hm, gut. Sagen Sie mir einfach, wann und wo. Ich werde da sein." Mac tippte sich zum Gruß mit dem Zeigefinger an die Stirn, legte sich wieder auf das Rollbrett und verschwand unter dem Wagen. Mike musste grinsen. Wenn das bei den MacIntyres als Unterhaltung galt, konnten die noch das eine oder andere von den Solos lernen.

Auf dem Weg hinaus aus der Werkstatt bekam Mike eine Textnachricht von Crush. *Habe meinen Einfluss bei der Bürgermeisterin genutzt, um dir ein Treffen mit dem Richter zu verschaffen. Sei in fünfzehn Minuten dort. Er gibt dir fünf. Sei vorsichtig. Der gilt als erzkonservativ und kann Dummköpfe nicht leiden.*

Fünf Minuten. Gott, was konnte er denn in fünf Minuten ausrichten? Nun, es würde genügen müssen. Mike erinnerte sich sehr gut daran, was Donna über Richter Quinn gesagt hatte. Dass die Wades etwas gegen ihn in der Hand hatten, was sie als Druckmittel benutzten, damit er in ihrem Sinne handelte. Donna hatte außerdem erwähnt, er sei unverheiratet und kinderlos, könne sich in ihre Situation also nicht hineinversetzen.

Mike zählte eins und eins zusammen. Er glaubte zu wissen, was das Problem des Richters war – zumindest, es einigermaßen nachempfinden zu können.

Er eilte in Quinns Büro, knapp vor Ablauf der fünfzehn Minuten. Der Richter, grauhaarig und in seiner schwarzen Robe, sah kaum von den Unterlagen auf, an denen er arbeitete. „Wie ich Bürgermeisterin Trent schon gesagt habe, kann ich nur sehr wenig Zeit erübrigen. Vergeuden Sie sie also lieber nicht", begrüßte er Mike mit seiner rauen, durchdringenden Stimme.

„Ich danke Ihnen, Richter. Ich werde gleich zur Sache kommen. Ich kenne Sie nicht, und Sie kennen mich nicht. Aber ich weiß, was es heißt, etwas geheim halten zu müssen. In meinem Fall war es mein Bruder. Ich brauchte sehr lange, bis ich den Leuten sagen konnte, dass er schwul war. Ich redete mir ein, ich würde seinetwegen schweigen, und meiner Eltern wegen. Das stimmte auch, aber nur zum Teil. Ich hatte diese Vorstellung von mir, wer ich sein wollte. Es war schwer, das zu ändern, selbst nachdem ich die Navy verlassen hatte. Aber ich wollte mir keinen Blödsinn von meinen Mitspielern beim Baseball anhören müssen, keine dummen Bemerkungen oder Getuschel hinter meinem Rücken ertragen, von offener Homophobie ganz zu schweigen. Also hielt ich den Mund – bis ich es nicht mehr konnte und mein Statement bei Equal Rights in Sports abgab. Dieser Tag, an dem das Statement zum ersten Mal ausgestrahlt wurde, war einer der besten in meinem Leben. Ich bekam mehr Unterstützung und Anerkennung, als ich mir jemals ausgemalt hätte. Und nach dem Tod meines Bruders waren alle Teammitglieder auf meiner Seite und zeigten ihr Mitgefühl. Das hätte ich nie für möglich gehalten. Ohne mein öffentliches Statement wäre all das nicht passiert."

Richter Quinn verzog keine Miene. War Mike dem Mann gerade zu nahe getreten? Aber Donna hatte Zack verloren, mehr konnte sie nicht verlieren. Er schaute auf seine Uhr. Noch zwei Minuten.

„Ich mache es kurz: Ich kenne Ihre Geschichte nicht, Richter. Ist mir auch egal. Das ist Ihre Angelegenheit. Aber sich den Wades auszuliefern, um Ihr Geheimnis zu bewahren ... das ist es nicht wert. Nicht nur das, sondern Ihnen entgeht vermutlich auch etwas Erstaunliches. Das war's auch schon. Mehr habe ich nicht zu sagen. Nur ein Letztes noch: Donna MacIntyre verdient eine faire Anhörung, ohne den Einfluss der Wades. Und Sie sind der einzige Mensch, der dafür sorgen kann."

Noch immer zeigte der Richter äußerlich keinerlei Regung. Er blinzelte nicht einmal. Mike atmete tief ein und wieder aus. Er beugte den Kopf ein wenig und begann, zur Tür zurückzuweichen. „Danke, dass Sie mich angehört haben, Euer Ehren."

Hatte der Richter überhaupt zugehört? Es war unmöglich, das zu beurteilen.

„Und falls ich Ihnen zu nahe getreten sein sollte, lassen Sie es bitte nicht an Donna aus. Sie weiß nicht einmal, dass ich hier bin."

Endlich sprach der Richter. „Schließen Sie die Tür hinter sich."

Na schön. Mike eilte aus dem Büro, aus dem Gerichtsgebäude, durch den Metalldetektor und vorbei an den Sicherheitsleuten, und sein Herz hämmerte die ganze Zeit in seiner Brust.

Das war nicht superheldenhaft gewesen, aber alles, was er draufhatte.

Jetzt konnte er nur hoffen, dass trotz des Pokerface des Richters etwas zu ihm durchgedrungen war. Er hatte noch nie jemanden erlebt, der seine Miene derart unter Kontrolle hatte – und er war es gewohnt, die Gesichter von Schlagmännern und Werfern zu studieren. Wenn das alles vorbei war, konnte er mit Richter Quinn vielleicht nach Las Vegas fahren und alles am Würfeltisch mit Hilfe dieses Mannes abräumen.

Die Zeit machte komische Dinge. Lange Stunden vergingen, ohne dass Donna Notiz davon nahm, aber dann schien die Zeit plötzlich zu rasen, und draußen war es auf einmal dunkel oder hell. Dental Miracles rief an, weil sie nicht zur Arbeit erschienen war.

„Krank", erklärte sie Ricki, da mehr als ein Wort ihre Kräfte zu übersteigen schien.

„Zu krank, um sich krankzumelden?", fragte Ricki skeptisch nach.

„Ich habe angerufen." Sie hatte eine Nachricht bei irgendwem hinterlassen, konnte sich jedoch nicht mehr daran erinnern, wer das gewesen war. „Tut mir leid."

Bei den Catfish hatte sie sich ebenfalls krankgemeldet. Als der Promotionsmanager sie zurückrief, ging sie nicht ans Telefon. Von jetzt an würde jemand anders mit dem Wasserschlauch auf Baseballspieler losgehen müssen. Mit ihr brauchten die nicht mehr zu rechnen.

Sadie rief an. Dann noch einmal. Donna hatte einfach nicht den Mut, sie zurückzurufen. Ihre Freundin würde verständnisvoll sein und mitfühlend, aber Donna fürchtete, sie könne die Nerven verlieren, genau wie bei Mike.

Mike. Bei dem Gedanken an ihn rührte sich etwas in ihr an der hohlen, leeren Stelle, an der einst ihr Herz geschlagen hatte. Sie hatte ihn kaum ansehen können, als sie ihm das ganze Ausmaß ihres Versagens schilderte. Und dann sein „Krieg dich ein" … Oh, am liebsten hätte sie ihn erwürgt. Er hatte ja keine Ahnung. *Er hatte keine Ahnung.*

Aber er hatte gesagt, dass er sie liebte. Das hatte er gesagt. Vielleicht wollte er damit nur versuchen, sie wachzurütteln. Wie ein Schlag ins Gesicht, eine Art Schocktherapie.

Ich liebe dich. Ich meine es ernst.

Er hatte ausgesehen, als sei es ihm wirklich ernst. Er war blass gewesen, als er diese Worte sagte, vollkommen nüchtern. Und in seinen grünen Augen hatte Donna Verletzlichkeit gesehen. Da war nichts Spielerisches mehr gewesen, keine Neckerei, kein Scherz. Einfach nur geradeheraus – *Ich liebe dich.*

Und sie hatte ihm die Nase vor der Tür zugeschlagen. Das musste sie. Wie konnte sie jemanden lieben, wie konnte sie von jemandem geliebt werden, wo sie doch menschlich vollkommen am Boden zerstört war?

Zeit verging.

Eine Schale Nudelsuppe wurde verzehrt. Von ihr oder zumindest von der Person, die früher Donna MacIntyre gewesen war.

Das Telefon klingelte. Aus Versehen meldete sie sich, vielleicht auch, weil die Chance bestand, dass es Mike war und er diese absurden Worte noch einmal wiederholen würde, dass er sie liebe.

Aber es war nicht Mike, sondern ihre neue Anwältin.

Bevor Gloria Gaynor etwas sagen konnte, legte Donna prompt wieder auf und schaltete das Telefon aus.

Sie ging zurück ins Wohnzimmer und riss das riesige Poster von J.J. Watt, dem texanischen Footballspieler mit dem ständigen Nasenbluten, von der Wand. Rollte es zusammen und verstaute es hinter dem Football-Sitzsack. Sie lief durch ihre gesamte Wohnung und entfernte sämtliche Footballsachen. Wem hatte sie denn hier etwas vormachen wollen? Kein Wunder, dass der Richter sie durchschaut hatte. Sie legte auch ihre dunkelblauen Blazer und weit geschnittenen Hosenanzüge auf den Stapel. Es hatte ohnehin keinen Sinn, sich weiter an dieses Zeug zu klammern. Sollte sie jemals wieder vor Gericht erscheinen, würde sie ein Catsuit mit Leopardenmuster anziehen, dazu Zwölfzentimeterstilettos. Schlimmer konnte es für sie ohnehin nicht mehr werden.

Als sie damit fertig war, ging sie eine Weile im Wohnzimmer auf und ab und durchlebte noch einmal diese quälenden Momente im Gerichtssaal. *Kann Donna MacIntyre ihrem Sohn Zackary bessere Lebensumstände bieten als die, die sie selbst für die besten hält? ... Daher verfüge ich, dass Zackary Hannigan bei seinen Großeltern väterlicherseits bleibt ... Übergangsphase, die mit dem vollen Sorgerecht für Harvey Hannigan enden wird ... nach dem Ermessen des sorgeberechtigten Elternteils ...*

Sie wusste, was das bedeutete. Es hieß, dass Bonita alles in der Hand hatte. Auch wenn Harvey versprochen hatte, Donna könne Zack weiterhin sehen. Es spielte keine Rolle, was Harvey sagte. Es zählte nur, was Bonita sagte.

Sie entscheidet darüber, wie kurz er seine Nasenhaare zu schneiden hat.

Donna musste lächeln. Solo war wirklich witzig. Sie ließ sich auf ihre Couch fallen, dorthin, wo er gesessen und ihr mit flammendem Blick erklärt hatte, sie solle um Zack kämpfen. Sie konnte ihn praktisch neben sich fühlen, seine große Gestalt, die sich zu ihr herüberbeugte, seine besorgte Miene.

Er empfand etwas für sie.

Er liebte sie.

Die Wahrheit sickerte in ihre Seele und breitete sich dort aus wie Sonnenschein. Mike Solo liebte sie. Und sie liebte ihn ... Sie liebte ihn schon ewig, jedenfalls seit der vergangenen Saison irgendwann, und je besser sie ihn kannte, desto mehr liebte sie ihn. Wie hatte sie ihn bloß so zurückweisen können? Was war los mit ihr?

Sie sprang auf. Telefon. Sie musste ihr Telefon finden und ihn anrufen. Ihm sagen, dass es ihr leidtat, unendlich leid, und dass sie ihn mit jeder Faser ihres verkorksten Seins liebte und dass es nicht seine Schuld war, dass sie kein normaler Mensch sein konnte. Sie sauste in die Küche und hörte ein Klopfen an der Tür. Sie wollte niemanden sehen – nur Mike. Aber es würde nicht Mike sein, denn den hatte sie weggeschickt.

Ihr Telefon lag unter dem Tisch. Sie kroch dorthin, schaltete es ein, kroch wieder unter dem Tisch hervor und schaute zu, wie ihr Handy blinkend zum Leben erwachte. Eine Textnachricht. Von Mike. *Mach die Tür auf!*

Sie rannte zur Tür und riss sie auf. Da stand er, überlebensgroß und wundervoll, ein breites Grinsen im Gesicht. Er schob die Tür mit dem Arm ganz auf, als befürchte er, Donna könnte sie ihm sonst erneut vor der Nase zuschlagen.

„Hör zu", begann er. „Du musst mitkommen. Eine Sonderverhandlung. Neuer Richter. Quinn hat den Fall wegen Befangenheit abgegeben und sein Urteil wegen des Richterwechsels zurückgezogen. Es ist lediglich eine Formalität, aber wir nehmen, was wir kriegen können. Deine Anwältin hat versucht, dich zu erreichen. Uns bleiben noch etwa zwanzig Minuten, bis wir da sein müssen."

Sie starrte ihn an und versuchte, aus der Wortflut schlau zu werden. „Eine neue Anhörung?"

„Ganz genau, eine neue Anhörung. Du bekommst einen neuen Versuch, wenn du willst."

Die unerwartet aufwallende Hoffnung ließ sie schwanken. Mike stützte sie, indem er ihr beide Hände auf die Schultern legte. Er betrachtete sie genau, als schaue er in die verborgenen Winkel ihrer Seele. „Es liegt bei dir, Donna. Bist du bereit, das zu tun?"

War sie bereit? Die einzelnen Stücke ihrer Vergangenheit zogen kaleidoskopartig an ihrem inneren Auge vorbei. Ihre abwesende Mutter, ihre Stiefmutter, ihr abwesender Dad. „Ich bin mehr oder weniger allein aufgewachsen. Und das war nicht gut. Ich wollte etwas Besseres für Zack."

Er wartete geduldig.

Das Krankenhaus, ihre Depression, das strahlende Lächeln ihres Sohnes.

„Ich wusste, ich muss wirklich hart arbeiten, um so zu sein, wie er es verdiente." Der Hai, das kleine Gästehaus, die Regale mit Büchern über Kindererziehung.

Noch immer wartete Mike und drängte sie nicht. Er kam ihr vor wie ein Fels. Auf einmal verspürte sie tiefe Gewissheit. „Ja", flüsterte sie. „Ich bin bereit." Dann sagte sie, diesmal lauter: „Na los, gehen wir."

„Gut." Lächelnd musterte er ihre Kleidung, die aus einem löchrigen alten T-Shirt bestand, das ihr bis zu den Knien ging und den Aufdruck trug: *Last clean t-shirt.*

„Sorry, Babe, aber das kannst du nicht anbehalten."

Sie schaute an sich herunter und gab ein halb nervöses, halb hysterisches Kichern von sich. Würde sie eine zweite Chance wirklich zu nutzen wissen? Würde sie es schaffen, es nicht zu vermurksen?

„Komm, meine einzige und wahre Liebe", lockte Mike sie. „Such dir etwas zum Anziehen, und dann lass uns loslegen."

27. KAPITEL

Mike warf sie praktisch in seinen Land Rover. Ein wenig benommen von der Geschwindigkeit, mit der alles geschah, konnte Donna nicht aufhören, ihn anzusehen. Er sah aus, als hätte er eine komplette Sternengalaxie verschluckt, während sie in einem schwarzen Loch festhing.

„Ist mir irgendwas entgangen?", fragte sie ihn schließlich. „Bist du nicht gesperrt? Wie kannst du zu den Friars gehen, solange du gesperrt bist?"

„Süße, das war vor hundert Jahren. Während ich auf der Suche nach dir war, habe ich es von Duke erfahren. Die wollen mich, trotz Yazmer-Problemen und allem anderen."

Sie strahlte, und das war schon beinah seltsam nach ihrem Trübsinn. „Das ist fantastisch, Mike. Du bist sicher aufgeregt."

„Na ja, eigentlich nicht. Ich habe mir Sorgen um dich gemacht. Aber ich konnte dich nicht finden, also habe ich mich mit Angela getroffen."

Ihr Lächeln erstarb. „Hast du nicht gesagt, sie wäre wieder weg?"

„Ja, aber es war gut, dass sie kam, denn jetzt sind wir quitt. Sie kam, um mir etwas zu geben, und jetzt ist alles zwischen uns geklärt."

„Was hat sie dir gegeben?"

„Informationen. Sie erzählte mir, mein Vater habe versucht, Joey eine Niere zu spenden. Niemand wusste davon, sie hat es zufällig im Krankenhaus erfahren. Er ist doch nicht der kaltherzige Mistkerl, für den ich ihn immer gehalten habe. Jedenfalls nicht nur."

„Das sind große Neuigkeiten." Angela war also extra nach Kilby geflogen, um Mike diese Nachricht zu überbringen, die sein Leben verändern und ihn wieder mit seiner Familie zusammenbringen konnte. *Das musst du erst mal überbieten, Donna MacIntyre.* „Er hat es dir gegenüber nie erwähnt?"

„Nein. Vielleicht dachte er, es interessiere mich nicht. Er ist ein stolzer Mann. Der glaubt nicht daran, dass er irgendwem etwas erklären muss."

„Das war sehr nett von Angela. Ich meine, dir das zu sagen. Und dafür den ganzen Weg hierherzukommen. Wo sie es doch auch per E-Mail oder Telefon oder Facebook ..."

Er warf ihr einen Blick von der Seite zu. „Eifersüchtig, Red?"

„Was? Nein, nur besorgt wegen ihrer persönlichen CO_2-Bilanz. Die Spritmenge, die nötig ist, um von Chicago nach Kilby zu fliegen ... Sorgt sie sich denn gar nicht um den Planeten?"

Er lachte. „Du hast mich doch verstanden, oder? Als ich dir gesagt habe, dass ich dich liebe?"

Ihr Gesicht glühte förmlich. „Ich ... ja ..."

Er nahm ihre linke Hand, hob sie an seine Lippen und bedeckte sie mit lauter kleinen Küssen. „Ich kann nicht rechts ranfahren, weil wir sonst deine Anhörung verpassen. Aber ich meinte es ernst. Ich liebe dich. Ich bin verrückt nach dir. Ich wünschte, ich hätte es romantischer gestalten können, aber du musstest mir ja die Tür vor der Nase zuschlagen, und da waren meine Möglichkeiten begrenzt."

„Das tut mir immer noch leid. Ich war ..."

„Ich weiß. Der Ausdruck auf deinem Gesicht ... der hat mich fast umgebracht. Da war kein Funkeln mehr, kein Leben ... Es kam mir vor, als wärst du verschwunden. Meine schöne lebenslustige Donna, einfach fort. Das konnte ich nicht ertragen. Selbst wenn du mich hinterher nie mehr wiedersehen willst, musste ich dennoch etwas unternehmen."

Das klang merkwürdig. „Warum sollte ich dich hinterher nicht mehr wiedersehen wollen? Es handelt sich doch nur um eine Anhörung, oder?"

Er schien sich unbehaglich zu fühlen, als er auf den Parkplatz vor dem Gerichtsgebäude fuhr. „Ja, bloß eine Anhörung."

„Mike? Was ist los?"

„Habe ich dir schon gesagt. Dies ist eine weitere Chance im Kampf um das Sorgerecht für Zack."

Warum sollte ihn das derartig nervös machen? Sie musterte ihn misstrauisch, ehe sie aus dem Wagen stieg und ihren knielangen Rock glatt strich. Dazu trug sie einen cremefarbenen Baumwollpullover mit halblangen Ärmeln, darunter eine Spitzenbluse. Kein blauer Blazer, kein Leopardenmuster, sondern ein absolut passendes Outfit, das ihrem Typ entsprach und der Tatsache Rechnung trug, wie kalt es im Gerichtsgebäude werden konnte, wenn jemand vergaß, die Klimaanlage herunterzudrehen.

„Du führst doch irgendetwas im Schilde."

„Kannst du mir nicht einfach vertrauen?" Er warf die Autotür zu und klimperte nervös mit den Schlüsseln. Trotz seiner muskulösen Figur und der violetten Prellung auf der Wange, die ihn wie einen echten Krieger wirken ließ, ging ihr die Unsicherheit, die sie in seinen grünen Augen sah, nahe.

„Mike Solo, ich habe wichtige Neuigkeiten für dich." Sie ging zu ihm und packte seine Jackettaufschläge – es handelte sich um das gleiche Jackett, das er bei Crushs Wohltätigkeitsparty getragen hatte und das an den Schultern zu eng saß. „Es gibt nur wenige Leute auf dieser Welt, denen ich vertraue – vielleicht nur zwei –, aber du bist einer von ihnen." Sie zog seinen Kopf zu sich herunter und presste ihre Lippen auf seine. Die Gefühle, die dieser intime Kuss auslöste – nachdem sie bereits gedacht hatte, alles sei für immer aus und vorbei –, raubten ihr beinah den Verstand. „Und ich liebe dich. Was immer dort drin geschehen mag, ob ich Zack wiederbekomme oder es in der Zukunft noch einmal versuchen muss, ich liebe dich. Ich liebe dich dafür, dass du all das ermöglicht hast, obwohl in deinem Leben auch genug los ist. Verdammt, Mike. Dein Bruder ... das Team ... die Friars ... ich kann gar nicht glauben, dass du überhaupt hier bist!"

„Tja, glaub es ruhig, Baby. Wo sollte ich denn wohl sonst sein? Wenn du etwas brauchst, werde ich immer da sein. Selbst wenn du nur ein bisschen ..." Er zwinkerte und gab einen Laut von sich, der vermutlich irgendetwas Schmutziges ausdrücken sollte, stattdessen aber bloß süß war.

„Können wir über diesen Teil später reden?" Sie nahm seine Hand. „Ich sterbe vor Neugier, was ich wohl sehen werde, wenn ich gleich diesen Gerichtssaal betrete."

Sie gingen auf das Gerichtsgebäude mit seiner Stuckfassade im spanischen Stil zu. „Vielleicht wirst du eine Abstellkammer sehen. Mit einer geschlossenen Tür. Und dann kannst du nicht widerstehen."

„Auf keinen Fall kann ich das. Besonders dann nicht, wenn ein Wischeimer drinsteht. Weißt du eigentlich, dass der Geruch von Putzmitteln mich immer an dich erinnert?"

„Umso besser. In dem Fall kann ich mich ja schon mal auf ein in Zukunft sehr sauberes Zuhause freuen."

Ein Schauer überlief sie. „Lass uns noch nicht über die Zukunft reden. Ich kann noch nicht an die Zukunft denken, solange ich nicht weiß, wie es mit Zack weitergeht."

„Verstanden." Sie eilten die Stufen hinauf und durch den Metalldetektor. Donna brauchte einen Moment, um sich zu sammeln. Sie musste ruhig und selbstsicher auftreten. Unter gar keinen Umständen wollte sie dort hineinrennen wie eine nervöse Unterstufenschülerin, die zu spät zum Unterricht kam.

Im Gerichtssaal blieb sie unvermittelt stehen und schnappte so hörbar nach Luft, dass es durch den ganzen Raum hallte. „Dad?"

Mac, in einer alten verwitterten Lederjacke, die noch aus seinen Möchtegern-Cowboytagen stammen musste, drehte sich beim Klang ihrer Stimme um.

„*Mom?*" Lorraine MacIntyre saß in der Reihe hinter Donnas Dad; sie legte den Finger auf die Lippen, damit Donna leise war.

Für einen Moment war sie so durcheinander, dass sie am liebsten wieder umgedreht und geflohen wäre. Doch Mikes breite Brust war im Weg. Also lehnte sie sich an ihn, zog Kraft aus seiner Nähe und Wärme und aus der großen Hand, mit der er ihre Schulter umfasst hielt. Donna flüsterte: „Was machen die …"

„Ich habe sie angerufen", flüsterte er zurück. „Sie sind hier, um dich zu unterstützen. Kein Grund, gleich einen Herzanfall zu bekommen."

„Das ist kein Herzanfall, mehr eine extraterrestrische Erfahrung." Ihre verrückte, zigeunerhafte Mutter trug eine elegante, mit Borten besetzte Wildlederjacke. Vielleicht hatte sie diese Jacke aus der Bandgarderobe geliehen, aber sie stand ihr gut. Ihre wilde rote Mähne hatte sie zu einem Zopf geflochten, was ihr zumindest ein annähernd respektables Aussehen verlieh.

Ein weiteres Gesicht fiel Donna auf. Beth Gilbert. Neben der saßen Caleb und Sadie, die ihr mit aufgeregter Miene stumm signalisierte: *Nimm dich bloß zusammen, denn jetzt wird's ernst.*

„Alle erheben sich von ihren Plätzen für Richterin Galindez", rief der Gerichtsdiener.

Eine Frau, vermutlich lateinamerikanischer Herkunft, in schwarzer Robe, mit silbergrauen Strähnen in ihren dunklen Haaren, betrat den Saal und setzte sich schwungvoll.

„Na los", sagte Mike und schob Donna auf das Richterpult zu, wo sie sich neben Miss Gaynor setzte, genau in dem Moment, in dem auch alle anderen wieder Platz nahmen.

„Das war ja im allerletzten Moment", bemerkte die Anwältin.

„Sorry", sagte Mike, der sich aus der Reihe hinter ihnen nach vorn beugte. „Wir mussten vorher noch einige Dinge klären. Garderobennotfall." Er zwinkerte Donna zu.

„Sind alle anwesend?", erkundigte Miss Gaynor sich bei Mike.

„Sieht so aus. Wo ist Bonita?"

Donna sah zur anderen Seite des Gerichtssaals, wo Harvey neben seinem Anwalt saß. Die Hannigans saßen in der nächsten Reihe, direkt dahinter.

„Die muss bei Zack sein", flüsterte Donna und verspürte plötzlich ein flaues Gefühl im Magen. Sie hatte mal gehört, der Besitzer sei zu neun Zehnteln im Recht. Das galt nicht für Kinder, aber sie wusste, dass die Gerichte besonderen Wert auf Stabilität legten und ein Kind nicht aus der gewohnten Umgebung reißen würden, solange es nicht absolut notwendig war.

Richterin Galindez fasste kurz zusammen, wie der Fall an sie übertragen worden war. „Ich habe mich erst gestern Abend in den Sachverhalt eingelesen. Mir ist jetzt klar, dass starke Emotionen im Spiel sind und daher eine umsichtige Entscheidung von äußerster Wichtigkeit ist. Mein Eindruck aus den Unterlagen ist, dass es in der Hauptsache um den Charakter der Mutter geht, Donna MacIntyre." Sie deutete auf Miss Gaynor. „Daher möchte ich Sie zuerst hören."

Miss Gaynor erhob sich. „Ich danke Ihnen, Euer Ehren. Ihre Einschätzung ist richtig, weshalb wir heute auch eine Reihe von Zeugen geladen haben. Wir sind der Ansicht, der Fall hätte diese Wendung gar nicht nehmen dürfen. Aber da es nun einmal geschehen ist, vor allem aufgrund von Klatsch und versteckten Andeutungen, sind wir froh über die Gelegenheit, Aussagen derer zu hören, die Donna am besten kennen."

„Also bitte. Rufen Sie Ihren ersten Zeugen auf."

„Ich möchte Beth Gilbert in den Zeugenstand rufen. Meine Klientin hat für die Familie Gilbert jahrelang als Kindermädchen gearbeitet. Wenn jemand sich zu den mütterlichen Fähigkeiten meiner Mandantin äußern kann, dann Mrs. Gilbert."

Der Anwalt der Gegenseite stand auf. „Euer Ehren, wir erheben Einspruch gegen diese Zeugenliste, die wir zudem erst gestern erhalten haben. Wir können eine ebenso beeindruckende Parade von Zeugen hier auflaufen lassen, die bestätigen werden, was für ein ausgezeichneter Vater Harvey Hannigan ist."

„Die Relevanz liegt darin begründet, Euer Ehren", erwiderte Miss Gaynor, „dass der Kindesvater die Vergangenheit und den Charakter meiner Klientin zum Hauptgegenstand dieses Falls gemacht hat."

„Ich werde die Befragung zulassen", verkündete die Richterin. „Beide Seiten werden ausreichend Gelegenheit bekommen, die Zeugen zu befragen."

Dass Beth Gilbert aus der texanischen Upperclass kam, war nicht zu übersehen. Anmutig und würdevoll trat sie in den Zeugenstand, schwor auf die Bibel, die Wahrheit zu sagen. Dann begann sie, jemanden zu beschreiben, den Donna kaum wiedererkannte. „Ich gestehe ohne Umschweife, dass mein Sohn ziemlich anstrengend ist. Der ist andauernd in Bewegung, und jetzt, wo er anfängt zu reden, hört er damit auch nicht mehr auf."

„Er spricht?", erkundigte Donna sich neugierig und beugte sich vor.

„Ja! Auf der Schaukel. Sein erstes Wort war ‚schnell', zumindest glauben wir das."

Die Richterin schlug mit dem Hammer. „Können wir bitte beim Thema bleiben?"

„Ja, Richterin. Ich habe nie erlebt, dass Donna die Geduld verloren hätte oder anders als fröhlich gegenüber Todd gewesen wäre. Nachdem sie fort war, mussten wir drei Leute einstellen, um sie zu ersetzen. Niemand außer ihr konnte den ganzen Tag allein mit ihm fertigwerden. Alle Freunde meines Sohns lieben sie auch. Wir waren sehr traurig, als sie uns verließ."

Als Harveys Anwalt an der Reihe war, Beth Gilbert ins Kreuzverhör zu nehmen, stürzte er sich auf diesen Punkt. „Sie erwähnten, Sie seien sehr traurig gewesen, als sie ging und Sie hängen ließ. Handelt so eine verantwortungsbewusste Kinderbetreuerin?"

Beth reagierte aufgebracht. „Sie hat uns vorher informiert und erklärt, weshalb sie aufhören müsse. Sie brauchte eine Festanstellung mit Sozialversicherung, um das volle Sorgerecht für ihren Sohn zurückzubekommen. Sie war noch ein paarmal da, um auszuhelfen, obwohl sie schon einen neuen Job hatte. Wir fanden ihr Handeln absolut nachvollziehbar und verantwortungsbewusst."

Danach beendete der Anwalt sein Kreuzverhör rasch, und Beth Gilbert verließ den Zeugenstand. Sie zeigte Donna den erhobenen Daumen, als sie ihren Platz einige Reihen weiter hinten wieder einnahm. Als Nächste war Donnas Mutter an der Reihe.

„Zuerst war ich überrascht, einen Anruf von Donnas Freund zu erhalten", berichtete sie mit ihrer melodiösen Stimme, die darauf trainiert war, auch die hintersten Reihen eines Stadions zu erreichen. „Ich bin als Mutter kein gutes Beispiel, da ich meine Familie vor ungefähr zwölf Jahren verlassen habe."

Donna sah zu ihrem Vater, dessen Blick auf seine Exfrau gerichtet war, als sei sie ein Engel, der vom Himmel geschwebt kam. *Ach du liebe Zeit. Er liebt sie noch immer.* Kein Wunder, dass Carrie es nicht ertrug, sobald Lorraine MacIntyres Name auch nur erwähnt wurde. Und kein Wunder, dass Carrie Donna hasste – die ständige Erinnerung an die Frau, die gegangen war. Verheiratet zu sein mit jemandem, der einen anderen liebte? Albtraum. Donna hatte sich geschworen, dass genau so etwas ihr nie passieren durfte. Und genau deshalb hatte sie Mikes Heiratsantrag auch nicht annehmen wollen.

Mit dieser Situation hatte Carrie also gelebt. Wahrscheinlich zum ersten Mal in ihrem Leben empfand sie Mitleid mit der Frau, mit der sie sich zehn Jahre lang erbitterte Kämpfe geliefert hatte.

Donnas Mutter erzählte eine Geschichte mit fesselnder Stimme und hielt damit den gesamten Gerichtssaal in ihrem Bann. Sie verstand es so gut, aufzutreten, und fühlte sich wohl im Rampenlicht, während alle an ihren Lippen hingen. Donna musste lächeln; dank Crush Taylor und den Catfish wusste sie jetzt selbst, wie sich das anfühlte.

„Der Arzt diagnostizierte bei ihr einen Fall von reaktiver Depression infolge ihrer Schwangerschaft. Man sagte mir, ihre Jugend und die fehlende familiäre Unterstützung hätten dazu beigetragen. Als sie zu mir kam, war Donna schon so krank, dass ich darauf bestand, sie ins Krankenhaus einweisen zu lassen. Dort gab man ihr Antidepressiva. Sie nahm die Medikamente, bat mich aber, gleichzeitig im Internet gründlich zu recherchieren. Sie fürchtete, das Baby zu schädigen."

Donna atmete ein. Das hatte sie schon ganz vergessen. Obwohl der Arzt ihr versichert hatte, die Medikamente seien für den Fötus unbedenklich, hatte sie ihm in ihrem verängstigten Zustand nicht geglaubt.

„Als die Hannigans und ich uns darüber unterhielten, wie es nach der Geburt weitergehen könnte, zum Beispiel mit der

Freigabe des Babys zur Adoption, erwachte Donna wieder zum Leben. Sie schwor, niemals ihre Unterschrift für etwas Derartiges zu geben. Obwohl sie wirklich krank war, schwach und kaum bei Verstand, klang sie so entschlossen in diesem Punkt, dass wir ihr glaubten."

Donna merkte, dass sie den Atem anhielt. Sie hatte ihre Mutter noch niemals zuvor über all diese Geschehnisse reden hören. Als Donna damals die Depression überwunden hatte, war Lorraine MacIntyre schon wieder auf Tour gewesen.

„Jeder von uns, Harvey, Pete und Sue Hannigan, Mac und ich sind heute nur deshalb hier, weil Donna sich weigerte, Zack zur Adoption freizugeben. Niemand sonst hatte ein Problem damit, im Gegenteil, alle hielten es sogar für das Beste. Alle bis auf Donna. Selbst als es ihr wirklich schlecht ging und sie sehr krank war, gab sie Zack nicht auf. Sie hat ihn immer gewollt. Und ich glaube, dass alles, was sie seitdem getan hat, dem Ziel diente, ihm ein gutes Leben zu ermöglichen. Ich bin sehr stolz auf meine Tochter. Sehr, sehr stolz."

Tränen rannen über Donnas Gesicht. Diese Schilderung ihrer Erfahrungen mit Hyperemesis und Depressionen in einem Gerichtssaal war, als würde ihr Innerstes vor aller Welt offengelegt. Es lag fast fünf Jahre zurück. Fünf Jahre, die sich wie fünfzehn anfühlten.

Der Anwalt der Gegenseite schoss eine Frage nach der anderen auf Donnas Mutter ab, doch jede einzelne gab dieser die Gelegenheit, mit Fakten zu antworten. Fakten wie diesen: „Ungefähr dreizehn Prozent der schwangeren Frauen und jungen Mütter leiden an Depressionen. Und genau wie in Donnas Fall danach nie wieder. Sie hat nie versucht, ihrem Kind etwas anzutun, was der einzige Grund überhaupt wäre, weshalb eine Depression das Sorgerecht beeinträchtigen könnte."

Donna stutzte. Ihre Mutter hatte recherchiert? Das war gar nicht Lorraines Stil. Das schien der gegnerische Anwalt jedoch nicht zu wissen. Er entließ sie, und als sie zwischen den Reihen hindurchging, schwungvoll, lächelte sie Donna vertraulich zu.

Dieses Lächeln löschte nicht den Schmerz von zehn Jahren in Donnas Herzen aus. Doch die Tatsache, dass ihre Mutter heute hergekommen und für sie eingetreten war ... die bedeutete ihr viel.

Sie hörte jemanden den Namen „Mike Solo" sagen und richtete ihre Aufmerksamkeit wieder auf das Geschehen. Die Richterin stellte Miss Gaynor gerade eine Frage.

„Bei der letzten Verhandlung wurde die Verlobung mit dem Baseballspieler Mike Solo als Argument für die Eignung Miss MacIntyres als Mutter angeführt. Möchten Sie ihn in den Zeugenstand rufen?"

Miss Gaynor schaute zu Mike, der direkt hinter Donna saß. Die Anwältin nickte, als bestätige sie irgendeine Art von Abmachung, dann stand sie auf. „Nein, Euer Ehren. Bei dieser Anhörung geht es ausschließlich um Donna MacIntyre. Mike Solo hat allerdings ein Statement für das Gericht abgegeben. Darf ich es vorlesen?"

Die Richterin signalisierte ihre Zustimmung, worauf Miss Gaynor von einem Papier ablas. „,Erstens möchte ich sagen, dass ich Zack sehr gernhabe und nur das Beste für ihn will. Meine Aussage kann unmöglich unvoreingenommen sein, da ich seine Mutter liebe. Ich hoffe, sie dazu überreden zu können, mich zu heiraten. Aber ich bin mir nicht sicher, ob das noch funktioniert. Ich habe zu viel Murks fabriziert.'"

Im Gerichtssaal war Getuschel zu hören. Das war genau die Sorte pikanter Details, die sich morgen in ganz Kilby verbreitet haben würden. Mit glühendem Gesicht hielt Donna den Blick fest auf die Tischplatte gerichtet, auf der eine Reihe von alten Kaffeebecherrändern aussah wie eine von einem Betrunkenen aufgemalte Version der olympischen Ringe.

Die Anwältin fuhr fort: „Donna braucht von niemandem Hilfe, um eine gute Mutter zu sein. Das ist sie bereits, zu hundert Prozent. Falls sie mich wieder in ihr Leben lässt, schwöre ich, ein so guter Stiefvater zu sein wie möglich. Sie können Pater Kowalski von der St. Mary Margaret in Chicago danach fragen, wie ich es mit einem Eid halte. Oder jede Frau in Kilby, bis auf diejenige, die ich zu heiraten beabsichtige. Ich danke Ihnen für Ihre Zeit. Unterzeichnet, Mike Solo von den San Diego Friars.'"

Gelächter mischte sich ins allgemeine Getuschel. Donna unterdrückte ein Lächeln. Mike Solo und seine Schwüre.

Die Richterin räusperte sich; offenbar hatte auch sie Mühe, sich ein Lachen zu verkneifen. Der große tätowierte Gerichtsdiener starrte an die Decke, als bemühe er sich, nicht zu grinsen. „Nun, vielen Dank für diesen Beitrag, Mike Solo. Gibt es sonst noch jemanden, den Sie in den Zeugenstand rufen möchten, Miss Gaynor?"

„Ich würde gern Donna MacIntyre die Gelegenheit geben ..."

Mit einem leisen dumpfen Laut wurde die Tür des Gerichtssaals geöffnet und wieder geschlossen. Es folgten aufgeregtes Geflüster im Saal und Füßescharren. Donna reckte sich, um über die Köpfe der Anwesenden zu spähen. Endlich tat sich eine Lücke auf, und da war Bonita.

Mit Zack.

Donna sprang auf, den Blick auf ihren kleinen Jungen geheftet. Er wirkte an Bonitas Hand verwirrt von den vielen Gesichtern, die ihn ansahen. Auf der anderen Seite des Ganges sprang Harvey ebenfalls auf.

Zack sah aus, als wollte er in Tränen ausbrechen, doch Bonita hob ihn auf die Hüfte. Sie wirkte, als posiere sie für ein glamouröses Junge-Mutter-Foto, mit straffem Pferdeschwanz und schicker maßgeschneiderter Bluse. Über der anderen Schulter hing eine aus Flicken genähte Windeltasche, was albern war, da Zack zumindest tagsüber keine Windeln mehr brauchte. Er trug Unterhosen für große Jungen. Bonita musste die Windeln als eine Art Requisite mitgebracht haben.

Die Richterin klopfte mit dem Hammer, um sich in dem Tumult Gehör zu verschaffen. „Wer sind Sie, wenn ich fragen darf?"

„Ich bin Bonita *Wade* Castillo und verlobt mit Harvey Hannigan. Da ich eine wichtige Rolle in Zacks Leben spiele, fand ich, ich sollte hier sein, statt babysittend zu Hause."

Zack fing an zu weinen. Bonita versuchte ihn mit einem scharfen „Psst!" zu beruhigen und wiegte ihn auf ihrer Hüfte, was sein Schluchzen jedoch nur verstärkte.

Die Richterin sah Bonita streng an. „Es gibt einen Grund dafür, weshalb wir Minderjährige nicht ohne Sondergenehmigung im Gerichtssaal dulden. Ein Vierjähriger muss einem Gerichtsverfahren nicht ausgesetzt werden, schon gar nicht einem, in dem es um ihn selbst geht. Dafür sind die Erwachsenen hier anwesend."

„Ich verstehe nicht, was daran so schlimm sein soll. Ich habe Richter Quinn gefragt, und er meinte, ich solle ruhig hingehen. Eigentlich sollte er doch diese Verhandlung leiten, oder nicht?"

Richterin Galindez' Brauen zogen sich zu einem finsteren Blick zusammen. „Ich leite diese Verhandlung, und ich werde nicht zulassen, dass man sie in einen Zirkus verwandelt. Bringen Sie auf der Stelle dieses Kind aus dem Gerichtssaal."

Inzwischen weinte Zack und gab lange verängstigte Schluchzer von sich, die Donna ins Herz schnitten. Dafür würde sie Bonita erwürgen. Wie konnte sie Zack das antun? Es gelang Donna, sich bis zum Ende ihrer Sitzreihe durchzukämpfen.

„Mama!", schrie Zack, als er sie entdeckte. „Mama, Mama, Mama!"

In ihrem verzweifelten Bemühen, zu ihrem Kind zu gelangen, übersah sie einen Fuß, der in den Gang hineinragte. Prompt stolperte sie und schwebte für einen Moment in der Luft. Dann landete sie mit einem dumpfen Aufprall im Gang.

Verdammt. So viel dazu, die Richterin beeindrucken zu wollen. Aber das war ihr jetzt auch egal. Sie wollte nur noch zu Zack. Donna rappelte sich hoch.

Zack strampelte sich aus Bonitas Umklammerung frei, sprang wie ein kleiner Affe herunter und rannte zu Donna. Auf dem Boden des Gerichtssaals kniend, schloss sie ihren verstörten, schluchzenden Jungen in die Arme. Er duftete nach Erdnussbutter und schlang die Arme fest um sie, als wollte er sie nie wieder loslassen.

28. KAPITEL

Die Szene im Gerichtssaal war das reinste Chaos, doch Mike genoss jede Sekunde davon. Bonitas Ego hatte offenbar ihren Verstand vernebelt. Vielleicht hatte sie geglaubt, es würde sie sehr mütterlich aussehen lassen, wenn sie mit Zack auftauchte. Aber das war eine gravierende Fehleinschätzung gewesen.

Sichtlich wütend befahl Richterin Galindez Bonita, Zack aus dem Saal zu bringen, und drohte ihr sogar mit Gefängnis.

„Das ist unerhört!", schrie Bonita zurück und zückte ihr Handy. „Wissen Sie überhaupt, wer mein Cousin zweiten Grades ist? Haben Sie eigentlich meinen Mittelnamen verstanden?"

„Keine Handys in meinem Gerichtssaal! Gerichtsdiener!"

Der tätowierte Gerichtsdiener bewegte sich für einen so großen Kerl ziemlich flink. Er pflückte Bonita das Telefon aus der Hand, wofür sie ihm gegen das Schienbein trat.

„Rühren Sie mein Handy nicht an!"

„Schaffen Sie sie hier raus!" Die Richterin schlug erneut mit dem Hammer auf den Tisch. Harvey hatte seinen Platz verlassen und kämpfte sich durch seine Reihe, um zu Bonita zu gelangen.

„Was zur Hölle machst du?" Alle Anwesenden konnten sein aufgebrachtes Flüstern hören.

„Halt dich da heraus, Harvey", zischte sie.

„Soll das ein Witz sein? Du hast es zu weit getrieben." Mit einem angewiderten Kopfschütteln hob er sie hoch und übergab sie dem Gerichtsdiener.

Mike hatte selten einen angenehmeren Anblick erlebt als Bonita, die durch einen Angestellten des Gerichts aus dem Saal getragen wurde.

Zack klammerte sich nach wie vor wie ein kleiner Brüllaffe an Donnas Hals. „Richterin, darf ich ihn nach unten in die Cafeteria bringen?", bat Donna, ihn weiter fest an sich drückend.

„Sie sollten in den Zeugenstand", erinnerte die Richterin sie.
„Ich weiß. Aber er ist so aufgewühlt." Donna küsste Zack auf den Kopf. „Er braucht mich. Ich würde gern eine Erklärung abgeben, aber zuerst muss ich mich um Zack kümmern." Sie hob das Kinn ein wenig, als bereite sie sich innerlich auf das Schlimmste vor. „Es tut mir leid, Euer Ehren."
„Wir unterbrechen für fünf ...", begann die Richterin.
„Das wird nicht nötig sein." Miss Gaynor erhob sich. „Wir schließen unser Plädoyer ab. Gehen Sie, Donna, und kümmern Sie sich um Ihren kleinen Jungen."
Auf dem Weg hinaus trafen sich Donnas und Mikes Blicke, und ihrer klammerte sich ängstlich an seinen. Ein Gefühl tiefer Zufriedenheit breitete sich in ihm aus, weil sie sich an ihn wandte und ihm vertraute. Er nickte ihr beruhigend zu und lächelte – *alles wird gut.*
Und das stimmte. Er wusste es. Konnte irgendetwas den Anblick toppen, wie Zack sich aus Bonitas Umklammerung befreit hatte und in die Arme seiner Mutter gerannt war? Oder Donnas kurze Konfrontation mit der Richterin, weil sie das Wohlbefinden des Jungen über alles stellte? Nicht sehr wahrscheinlich. Bei der Erinnerung daran musste Mike grinsen. Auf gar keinen Fall konnte die Richterin jetzt noch gegen Donna urteilen.
Genauso kam es. Und doch ganz anders. Denn nachdem Bonita, Donna und Zack den Saal verlassen hatten, schockte Harvey alle Anwesenden, indem er bekannt gab, er würde zugunsten von Donna auf den Sorgerechtsanspruch für seinen Sohn verzichten, solange ihm gewährt wurde, Zack wenigstens einmal pro Woche zu sehen.
Miss Gaynor nahm sofort an Donnas Stelle an, da ihre Mandantin Harveys Rolle nie infrage gestellt hatte. Ein weiteres Mal ließ die Richterin den Hammer niedersausen.
Und so kam es, dass Donna jenes Urteil verpasste, nach dem sie sich seit Zacks Geburt gesehnt hatte. „Donna MacIntyre wird hiermit das alleinige Sorgerecht für Zackary Hannigan zugesprochen. Sie wird mit Harvey Hannigan ein angemesse-

nes Besuchsarrangement vereinbaren. Damit ist der Fall abgeschlossen."

Die Besucher applaudierten und jubelten, als sei eine Broadwayshow gerade zu Ende gegangen. Vermutlich war dies eine der unterhaltsameren Vorstellungen, die in dem verschlafenen Gericht von Kilby jemals aufgeführt worden war. Mike schüttelte Miss Gaynor die Hand und umarmte alle, die ihm über den Weg liefen – Mac, Lorraine, Sadie, Caleb.

Beth Gilbert bekam eine besonders ausgiebige Umarmung, die sie glatt von den Füßen hob.

„Sollten Sie jemals nach San Diego kommen, rufen Sie mich rechtzeitig an, dann besorge ich Ihnen Logenkarten." Er dehnte das Angebot auf Mac aus, die Hannigans und sogar auf Harvey.

„Danke, Mann. Kein böses Blut zwischen uns? Ich weiß ja, dass die Dinge eine Weile aus dem Ruder gelaufen sind", murmelte Harvey.

„Kein böses Blut." Mike schüttelte ihm die Hand. „Wenn alles so läuft, wie ich mir das vorstelle, werde ich noch sehr lange eine Rolle in ihrem Leben spielen. Also, bleiben wir cool."

„Cool. Unbedingt. Kein Problem."

Mike drückte Harveys Schulter und raunte ihm ins Ohr: „Eines noch. Sollten Bonita und du jemals wieder irgendetwas unternehmen, was Donna oder Zack verletzt, werde ich wie ein irrer Krieger über euch kommen. Verstanden?"

Harvey wich zurück. „Ja, Mann, keine Sorge. Mit Bonita und mir ist es eh vorbei."

„Ach ja? Warum ist sie dann hier mit Zack aufgetaucht?"

„Na ja, sie weiß noch nicht, dass es zwischen uns aus ist, aber wir hatten gewisse … Probleme. Ich bin sicher, du wirst davon hören … als Baseballspieler." Er schien sich unbehaglich zu fühlen und schob die Hände in die Gesäßtaschen. „Ist alles schon Schnee von gestern, Mann."

Draußen auf dem Gang klärte Caleb Mike auf. „Sadies Mom kennt die Fakten. Harvey hat Bonita mit Trevor Stark im Roadhouse erwischt."

„Was?"

„Yup. Sie war dort und hat den Junggesellinnenabschied einer Freundin gefeiert. Sie hatte schon ein bisschen getrunken, und Trevor setzte seinen Charme ein. Tja, und Abrakadabra."

„Im Ernst? Dieser Hund."

„Du kennst Stark. Die Frauen sind verrückt nach ihm, und er sagt nicht Nein. Wie dem auch sei, es heißt, sie war ganz scharf darauf, mit ihm ins Major-League-Land durchzubrennen. Aber Trevor hatte sie ziemlich schnell durchschaut. Harvey war sauer, aber bereit, sie zurückzunehmen. Jetzt klingt es allerdings, als sei er fertig mit ihr. Er scheint kein schlechter Kerl zu sein, einfach nur ... so, na ja."

So na ja. Das beschrieb Harvey ganz gut. Doch von nun an würde Mike versuchen, nur das Beste von dem Typen zu denken, schließlich war er Zacks Dad.

Sie fanden Donna in der Cafeteria, wo sie gerade dabei war, für Zack Bananenstückchen mit Erdnussbutter zu bestreichen. Als Mike ihr die Neuigkeit überbrachte, brach sie in Tränen aus. Alle standen in einer Art verlegener Gruppenumarmung herum, Sadie, Caleb, Mike und Donna, während Zack sie skeptisch und verwirrt beobachtete.

„Warum weint Mama?"

Donna hob ihn auf die Arme und vergrub das Gesicht in seinen karottenroten Haaren. „Manchmal weinen Menschen, wenn sie glücklich sind. Und ich bin jetzt gerade sehr, sehr glücklich. Ich werde es dir später erklären. Im Augenblick ist mir nur nach Feiern zumute! Was wollen wir machen, Zack-arillo? In den Zoo gehen? Die Enten füttern? Verstecken spielen?"

„Baseball!"

Lachend klatschten sich Mike und Caleb ab, während Sadie die Augen verdrehte. „Die haben dich bestochen, oder, Zack?"

„Also Baseball", verkündete Donna grinsend. „Wann ist das nächste Spiel, Mike?"

„Es gibt einen Doubleheader heute Nachmittag, das sind zwei Spiele hintereinander. Wir gegen die Aces? Richtig, Caleb?"

„Keine Ahnung. Ich weiß nur, dass ich morgen wieder in San Diego sein muss. Aber wie kann man die Zeit angenehmer verbringen als im Baseballstadion? Und du magst Erdnüsse, kleine Erdnuss?" Caleb wuschelte dem Jungen durchs Haar.

Zack verzog das Gesicht. „Ich bin keine Erdnuss!"

„Na, dann eben: Magst du Cracker Jacks, Cracker Jack?"

„Ich bin kein Cracker Jack!"

„Magst du große Plastikbecher voll schäumendem Bier ..."

Zack schüttelte sich vor Lachen, während Donna ihm die Ohren zuhielt. „Na schön, das könnte jetzt noch eine Weile so weitergehen. Wir sehen uns im Stadion. Ich muss mit Harvey und den Hannigans reden. Sadie, kannst du mitkommen und dich um Zack kümmern?"

„Klar, gern." Sadie umarmte Caleb lange, leidenschaftlich und fast schon unschicklich für die Cafeteria eines Gerichtsgebäudes, bevor sie Donna und Zack hinausbegleitete.

Nach einigen Schritten drehte Donna sich um und formte mit den Lippen lautlos ein paar Worte.

Es sah für ihn sehr nach *Ich liebe dich, Solo* aus. Er vervollständigte das mit: *Und ich werde dir zeigen, wie sehr, wenn ich dich das nächste Mal allein sehe.*

Nachdem Zack mit den beiden Frauen verschwunden war, legte Caleb Mike den Arm um die Schultern. „Ich wollte dich schon die ganze Zeit fragen. Trauzeuge?"

„Du tust es wirklich, was?"

„In diesem Herbst. Meine jüngeren Brüder werden ebenfalls Trauzeugen sein, aber ich möchte dich als ersten Trauzeugen. Bist du dabei?"

„Sicher. Könnte aber sein, dass ich dich vorher brauche. Bis zum Herbst ist es noch lange hin. Bei unserem Tempo können Donna und ich bis dahin dreimal verlobt und verheiratet sein."

Caleb lachte, und seine graublauen Augen leuchteten amüsiert. „Ihr zwei versteht euch darauf, es spannend zu halten. Bist du dir hundertprozentig sicher, dass sie dich heiraten will? Möglicherweise will sie sich lieber auf ihre neue Karriere konzentrieren. Sie ist schwer angesagt auf YouTube. Ich habe gehört, sie hat von Teams überall aus dem Land Jobangebote bekommen."

„Wie bitte?"

„Sie hat das gewisse Etwas. Sobald sie eine Bühne betritt ... oder das Spielfeld ... kann man den Blick nicht mehr von ihr abwenden."

Caleb mochte zwar sein bester Freund sein, aber in diesem Moment hätte Mike ihm am liebsten einen Kinnhaken verpasst. Er begnügte sich mit einem warnenden Knurren.

„Na ja, habe ich gehört", schränkte Caleb schnell ein. „Ich selbst habe sie noch gar nicht in Aktion erlebt. Ich meine nur, du solltest die Sache mit ihr mal lieber festklopfen. Eine Frau wie sie, witzig und schlau ..."

„Weißt du was, du Armleuchter? Du kannst verdammt froh sein, dass wir uns hier in einem Gerichtsgebäude befinden, sonst würdest du jetzt in echten Schwierigkeiten stecken ..."

Caleb grinste. „O Mann. Ich bin zu tausend Prozent in Sadie verliebt. Ich will dir damit nur sagen, dass du dir dein Mädchen lieber schnappen solltest."

Mike tat sein Bestes, um an diesem Abend Fakten zu schaffen. Da Zack eine letzte Nacht bei den Hannigans verbrachte, hatte er Donna ganz für sich. Allein. Im Bett. Nackt. Aber zuerst wollte sie bloß reden. Sie legte sich auf ihn, streckte ihren süßen Körper auf seinem aus und stützte das Kinn in die Hände.

„Erklär mir Folgendes. Du hast Richter Quinn die Meinung gesagt? Ist er schwul? Du hast doch nicht gedroht, ihn zu outen, oder?"

„Auf keinen Fall. Keine Drohungen. Das würde ich nicht tun. Joey fand so etwas immer übel. Ich habe einfach nur mit ihm geredet. Und er hat sein Urteil ja auch nur aus Verfahrensgründen zurückgenommen. Was für ein Geheimnis er auch haben mag, es ist nach wie vor sicher."

„Okay, er gab also den Fall ab, und danach hast du alle angerufen?"

„Ja. Ich wollte, dass du weißt, dass es Leute gibt, die dich lieben, und dass du nicht alleine bist. Es ist nicht immer Donna gegen den Rest der Welt." Er umfasste die Wölbung ihres Pos mit beiden Händen. „Besonders, wo du doch jetzt mit mir zusammen bist."

Sie küsste ihn auf die Wange. „Du bist erstaunlich. Aber warum warst du denn so nervös? Dachtest du, ich wäre sauer?"

„Vergiss nicht, dass du mich bei unserer letzten Begegnung aus deiner Wohnung geworfen hast. Du schienst kein Interesse an dem zu haben, was ich dir sagen wollte. Ich hatte keine Ahnung, wie du reagieren würdest, aber ich musste etwas unternehmen."

Ihre Lider flatterten. „In meiner Wohnung ... alles, was du da gesagt hast ..."

„Ich weiß, du warst ein bisschen aufgebracht, deshalb lass mich die Worte noch einmal wiederholen. Ich liebe dich. Ich erinnere mich sehr gut daran, dass ich behauptet habe, ich will nichts von Liebe wissen. Das war so ziemlich der dümmste Moment in meinem Leben – obwohl es da eine Menge dummer Momente gibt. Ich glaube, da war ich längst in dich verliebt, nur hatte ich keine Ahnung, wie ich damit umgehen sollte. Ich redete mir ein, ich wolle dir nur helfen und dass wir uns ja auch sehr gut verstehen. Und, na ja, dass ich dich um den Verstand vögeln wollte. Stimmte übrigens auch. Aber das war es nicht."

„Diese Verlobung war also ... echt?" Sie runzelte perplex die Stirn. „Du wolltest mich wirklich heiraten?"

„Ich glaube schon, das ist ja das Komische. Als ich dich wiedersah, in diesem blauen Hosenanzug, wollte ich dich nicht mehr gehen lassen."

Sie musste lachen, und ihr süßer Atem bewegte die Haare auf seiner Brust. „Der blaue Hosenanzug fiel dir auf?"

„*Du* fielst mir auf. Und warst prompt in meinem Herzen. Du bist die einzige Frau für mich. Für mich bist du vollkommen, alles an dir. Ich will, dass du mich heiratest, Donna. Weil ich dich liebe, aus keinem anderen Grund. Ich will, dass wir für Zack eine Familie sind. Ich will, dass wir unser ganzes verrücktes Leben lang zusammenbleiben."

Ihre Augen füllten sich mit Tränen. „Wirklich?"

„Ja, das will ich wirklich."

„Aber ... was ist mit Angela?", flüsterte sie.

„Angela ... ich möchte nicht schlecht über sie reden. Sie ist ein guter Mensch, allerdings bin ich mir nicht sicher, ob ich sie jemals richtig kannte. Ich war ja noch ein Kind, als ich mich in sie verliebte. Ich hatte eine Fantasievorstellung von ihr, kein reales Bild. Vielleicht musste ich meine Jugendliebe erst überwinden, um mich wirklich verlieben zu können. Alle guten Dinge brauchen ihre Zeit, oder?" Sein sinnliches Lächeln ließ sie an alle möglichen aufregenden Aktivitäten denken.

Sie blinzelte gegen die Tränen an und stemmte sich ein Stück hoch, sodass ihre Brustwarzen seinen Oberkörper streiften. „Über wie viel Zeit reden wir?"

„Ich habe nichts weiter vor." Er genoss begierig den Anblick ihrer pinkfarbenen Spitzen, die sich wegen der sanften Reibung an seinen Brusthaaren aufrichteten. „Streich das. Ich muss morgen Abend in San Diego sein. Verdammter Mist. Meine Sperre läuft ab. Vielleicht kann ich eine weitere Rangelei provozieren, dann hätten wir noch ein bisschen mehr Zeit."

„Denk nicht mal dran." Sie schob den ziemlich steifen Beweis seiner Erregung zu ihrer Mitte. „Deine Niere und ich wollen nicht, dass du solche Risiken eingehst."

„Sweety, wenn du das tust, kann ich an gar nichts mehr denken." Er lehnte den Kopf zurück und stöhnte lustvoll, da sie mit der zarten Innenseite ihres Oberschenkels an seiner Erektion entlangstrich.

„Ich kann immer noch nicht fassen, was du alles gemacht hast. Als hättest du mit einem Zauberstab herumgefuchtelt. Plötzlich sind alle meine Probleme gelöst."

„Nein, das warst du ganz allein, Donna. Ich habe nur am Schluss assistiert. Aber wenn du wirklich über Zauberstäbe reden möchtest ..." Er schob das Becken hoch, um sanft gegen das seidige Dreieck zu stoßen.

„Das will ich definitiv", erwiderte sie schnurrend und arbeitete sich mit einer Spur kleiner heißer Küsse an seinem Körper abwärts. „Vielleicht gibt es noch etwas anderes, was ich mit deinem Zauberstab anstellen könnte." Und dann nahm sie ihn in den Mund und kostete jeden Zentimeter. Mike krallte die Finger ins Laken, denn er wollte sich auf keinen Fall dem erregenden Spiel ihrer Lippen und ihrer Zunge ganz hingeben und zu früh kommen.

„Warte. Du sagst, du willst. Habe ich gehört. Dann ist es offiziell, und wir heiraten."

Sie gab einen summenden Laut von sich, während sie ihn mit den Lippen umschloss.

„Ist das ein Ja?"

Sie schaute zu ihm hoch, mit einem übermütigen Funkeln in den Augen, und nickte, was den Effekt hatte, dass ihre Lippen sich auf quälend erregende Weise an seiner harten Erektion entlangbewegten. Typisch Donna, sie tat alles auf ihre Art. Mike hatte absolut kein Problem damit, solange die Dinge zwischen ihnen geklärt waren. Zufrieden seufzend überließ er sich dem lustvollen Vergnügen.

Inzwischen nahm sie die Hände zu Hilfe, streichelte sacht seinen Hoden, umschloss fest den Schaft, während sie ihn gleichzeitig noch tiefer in sich gleiten ließ.

Verdammt!

„Donna, ich warne dich lieber ...", stieß er hervor. Sie grinste nur und fuhr unbekümmert mit der süßen Folter fort. Pure Lust durchströmte seine Adern und erzeugte einen inneren Druck, den er glaubte bis in die Wirbelsäule zu spüren. Er würde nie genug von Donna bekommen. Er wollte alles mit ihr tun, wieder und wieder, und sich anschließend neue Dinge ausdenken.

Schließlich hatte er genug. Er meinte, gleich zu explodieren, deshalb richtete er sich in eine sitzende Position auf und hob Donna von sich herunter. „Ich will in dir sein, ich flehe dich an."

„Na, wenn du es so formulierst. Eine Frau mag es, wenn man sie anfleht." Sie grinste, während er sie auf seinen Schoß setzte. Sie spreizte die Knie, bereit für ihn. Beinah ehrfürchtig schob er sich in sie, spürte, wie feucht und wie zart und sanft sie sich anfühlte. Seine schlagfertige Frau hatte ein weiches Herz, und davon ließ sie sich leiten. Kein Wunder, dachte er, dass sie manchmal in Schwierigkeiten gerät.

Aber das war in Ordnung. Manchmal musste man ein bisschen Ärger machen, wenn man wollte, dass sich etwas zum Besseren wendete. Außerdem würde er stets da sein, um dafür zu sorgen, dass der Ärger nicht zu schlimm wurde.

Geschmeidig drang er in sie ein, und Donna stöhnte leise, ein glückliches Lächeln auf den Lippen, der Blick verschleiert, die Augen von einem goldenen Glanz überzogen. Sie umfing ihn auf eine Weise, dass ihm ganz schwindelig wurde. Im Stillen leistete er einen Eid. Er und Donna ... und Ärger. Gemeinsam durch dick und dünn.

29. KAPITEL

In den nächsten Tagen fragte Donna sich manchmal, ob sie vielleicht in eine Art psychedelische Version ihres eigenen Lebens gestolpert war, in dem überall neonbunte Blumen blühten. Es war, als hätte Mike Solo mit seinem Zauberstab wirklich alles zum Guten gewendet.

Mike flog nach San Diego, aber nicht ohne ihr vorher ein Flugticket zu kaufen, damit sie ihn besuchen konnte. Das Wissen, dass sie ihn in ungefähr einer Woche wiedersehen würde, ließ alles leuchten, wie ein Feld blauer Wiesenblumen nach einem Morgenregen.

Sie und Harvey trafen sich an ihrem alten Lieblingsplatz, dem „glamourösen" Denny's, um die Details der Besuchsregelung für Zack zu besprechen.

„Das mit Bonita tut mir leid", erklärte sie, während sie sich auf die gepolsterte Bank der Tischnische setzte. „Ich meine, du weißt schon, falls du leidest." Okay, die verzeihendste Person auf diesem Planeten war sie also nicht. Daran könnte sie noch arbeiten.

Er zuckte nur die Achseln. „Es ist, wie es ist. Am Ende hatten sowohl meine Eltern als auch ich die Nase voll von ihrem ewigen Drama. Und Bonita ist schon drüber weg. Will versuchen, diesen Baseballspieler zurückzugewinnen. Falls du ihn siehst, möchtest du ihn vielleicht warnen."

„Ehrlich, Trevor Stark kann auf sich selbst aufpassen. Bonita übrigens auch. Ist mit dir alles in Ordnung?"

„Ja, mir geht's gut."

Sie trank einen stärkenden Schluck Wasser. „So. Nun zu Zack."

„Warte. Zuerst will ich noch etwas sagen. Ich wollte es eigentlich vor Gericht sagen, aber dieses ganze Durcheinander hat mich völlig aus dem Konzept gebracht."

Donna zog die Unterlippe zwischen die Zähne. Mist. Wollte Harvey plötzlich einen Rückzieher von dem Arrangement machen? Wollte er jetzt, wo er mit Bonita Schluss gemacht hatte, Zack öfter sehen?

„Ich wollte dir Folgendes sagen: Du bist für Zack wirklich eine gute Mutter. Wenn wir noch zusammen wären, würde ich vorschlagen, wir sollten noch mehr Kinder bekommen."

„Wie bitte???" Sagte Harvey ihr gerade, dass sie wieder zusammenkommen und Kinder kriegen sollten?

„Nein, nein. So meine ich das nicht. Wir sind ja schließlich nicht zusammen. Also werden wir auch keine weiteren Kinder bekommen. Das ist mir klar."

„Gut. Denn ich bin wieder mit Mike Solo zusammen, und wir haben vor zu heiraten. Diesmal wirklich."

Er nickte ein paarmal, und ihr fiel auf, dass seine Hipsterfrisur langsam verschwand. „Groovy. Das ist gut. Zack mag Mike. Er wird gut zu dem Jungen sein. Du solltest noch mehr Kinder haben, aber mit ihm."

Donna konnte sich ein Lächeln nicht verkneifen. Ein Haufen gelockter übermütiger Kids mit Mike – ja, das wollte sie, absolut. Je mehr, desto besser.

Harvey fuhr sich durch die Haare. „Der Punkt ist, du solltest nicht an dir zweifeln. Du bist eine gute Mutter. Da ich der Vater bin, kann ich das also beurteilen. Glaub mir, okay?"

Aus einem Impuls heraus berührte sie seine Hand. „Das ist sehr nett von dir, Harvey. Wirklich. Danke. Du bist auch ein ziemlich guter Vater."

Er könnte tatsächlich schlimmer sein.

Harvey schien seinen Gedanken nachzuhängen. „Na ja, für zwei ursprünglich überforderte Kids bekommen wir das ganz gut hin."

Sie grinste. „Ja, finde ich auch."

Dann konzentrierten sie sich auf das eigentliche Thema, und als Donna ging, hatten sie eine grobe Vereinbarung über Zacks Besuche bei seinem Vater getroffen. Und die hübsche Kellnerin hatte Harvey ihre Telefonnummer gegeben.

Ja, Harvey würde schon zurechtkommen.

Bevor sie nach San Diego flog, musste Donna noch weitere Leute treffen. Ihre Mutter hatte einen Auftritt in New York, deshalb fuhr Donna sie zum Flughafen. „Bist du dir wirklich sicher, dass du in diesem Kaff bleiben willst?", fragte Lorraine, als sie in der Warteschlange vor der Sicherheitskontrolle standen. Sie hatte sich ihre riesige Reisetasche über die Schulter gehängt. „Du hast echtes Talent, Donna. Ich habe mir dieses YouTube-Video angesehen."

„Wenn du glaubst, es gehöre Talent dazu, mit einem Wasserschlauch auf ein paar Baseballspieler zu zielen …"

„Nein, nein. Es ist die Art und Weise, wie du vor einem Publikum auftrittst. Dafür besitzt du eine natürliche Begabung. Ich könnte dich mit Leuten aus dem Showbusiness bekannt machen. Es könnte eine Weile dauern, eine Nische für dich zu finden, aber du bist jung und siehst gut aus."

„Nein danke. Ich bin glücklich dort, wo ich bin."

„In Kilby, Texas?"

„Ich bin nicht wie du, Mom." In mancherlei Hinsicht wohl doch, aber nicht in den wichtigsten Dingen. „Ich muss hier sein. Bei Zack. Außerdem muss ja auch irgendwer die Wades im Zaum halten. Und Crush Taylor braucht mich ebenfalls. Er will mich Vollzeit einstellen, inklusive Krankenversicherung. Die meisten Spiele finden abends statt, sodass ich tagsüber mit Zack zusammen sein kann." Harvey hatte ihr angeboten, Zack während einiger Spiele zu nehmen, und Mrs. Hannigan hatte dasselbe Angebot gemacht. Crush hatte sogar erwähnt, dass eventuell auch im Stadion eine Kinderbetreuung möglich sei.

Ihre Mutter strich sich die hellroten Haare glatt, deren Farbe sehr der von Donnas Haaren ähnelte, und ließ den Blick durch den Flughafen schweifen. Offenbar konnte sie es nicht erwarten, von hier wegzukommen. „Na ja, Hauptsache, du bist glücklich."

„Ich bin glücklicher, als ich jemals für möglich gehalten hätte."

„Lädst du mich zur Hochzeit ein?"

„Selbstverständlich!"

Auch Donnas Vater hatte Neuigkeiten. Er und Carrie wollten eine Eheberatung in Anspruch nehmen. Carrie war wütend gewesen, dass er sie nicht zur Anhörung mitgenommen hatte, und war sogar vorübergehend ausgezogen.

„Das tut mir leid, Dad."

„Ach, das war längst absehbar." Mit einer Drahtbürste schrubbte er Rost von irgendeinem Ventil. „Es war von Anfang an schwierig, und dass ich mich zehn Jahre lang unter Autos versteckt habe, war auch nicht gerade hilfreich."

„Dad! War das ein Scherz?"

Er hob eine Braue und reichte ihr das nun glänzende Ventil. „Kannst du das bitte da drüben auf die Werkbank legen?"

Der nostalgisch stimmende Geruch von Motoröl und Metall begleitete sie zu der Stelle, auf die er zeigte. Als sie klein gewesen war, hatte sie viel Zeit mit ihrem Dad in dieser Werkstatt verbracht. Vielleicht sollte sie Zack mal mitbringen. Bisher hatte sie das noch nie getan. „Dad, hättest du mal Lust, Zack deine Werkstatt zu zeigen? Er mag Affen, also warum nicht auch Werkstatt-Affen?"

Ein breites Grinsen erschien auf seinem Gesicht. „Keine schlechte Idee. Ich muss nur dafür sorgen, dass er kein Zahnrad oder so etwas verschluckt, so wie du es in seinem Alter getan hast."

„Mensch, das hatte ich schon ganz vergessen. Ich war ganz schön anstrengend, oder?"

„Ach was. Du warst lustig. Vergiss das nicht."

Zack gewöhnte sich leicht in Donnas kleinem Apartment ein, obwohl er in der ersten Woche noch in ihrem Bett schlafen musste. Wie sich herausstellte, fand er die Lastwagen, die zum Klärwerk und von dort wieder abfuhren, fast so interessant wie Tiger und Gorillas. Er klebte am Fenster und zählte stundenlang die Fahrzeuge. Anscheinend gefiel ihm das besser als Fernsehen. Kaum hatte er sich eingewöhnt, rief Mike an und verkündete, er habe ein Gebot für ein Haus abgegeben.

„Wie bitte?"

„Crush hat mir davon erzählt, und er meinte, ich sollte lieber schnell sein, bevor jemand ein höheres Angebot macht. Es ist ein großes Haus, direkt am Fluss, nicht weit von den Gilberts."

„Im Ernst?"

„Kannst du hinfahren und es dir ansehen? Schau, ob es wirklich das ist, was wir wollen. Ich dachte, es wäre vielleicht gut für Zack, da es viele Zimmer hat. Es liegt in einer schönen, sicheren Gegend. Na ja, bis auf den Hai. Aber es macht dir nichts aus, in der Nähe des Hais zu wohnen, oder?"

„Natürlich nicht! Du liebe Zeit, Mike, das ist ja ein Ding."

„Schau es dir an, und ruf mich zurück. Mein Makler meint, wir würden einen Weg finden, das Gebot wieder zurückzunehmen, falls wir das wollen."

Donna setzte Zack in den Kia und fuhr in ihre frühere Wohngegend. Als sie bei den Gilberts vorbeikam, erhaschte sie einen Blick auf das kleine Gästehaus, wo sie versucht hatte, sich die Mutterschaft zu erarbeiten. Mit ein wenig Abstand sah sie die Dinge inzwischen in neuem Licht. Der Hai und Zack waren ihre besten Lehrer gewesen. Und außerdem vielleicht noch das eine oder andere hilfreiche Kapitel in einem der vielen Ratgeberbücher.

Das Haus war perfekt. Kleiner als das der Gilberts, zum Glück. Es war die Art von Haus, die man aus Märchenbüchern kennt, mit einem Giebeldach und einer großen Terrasse, die in einen weitläufigen Garten mit Hügeln und Senken und geheimen Versteckplätzen überging. Mit zitternden Händen rief Donna Mike zurück.

„Ich liebe es. Zack liebt es. Können wir es kaufen? Ist es nicht zu teuer?"

„Ach was, das können wir uns leisten. Du wirst ein Superstar, schon vergessen?"

„Stimmt, das vergesse ich dauernd. Nein, warte, das bist doch du. Hast du nicht gleich ein Spiel?"

„Ja, und deshalb muss ich auch los. Caleb wirft heute Abend, und wir müssen noch über die Strategie reden. Schaut ihr es euch an?"

„Natürlich. Na ja, ich jedenfalls, Zack zählt vielleicht weiter Lastwagen."

„Ich liebe dich, Red."

„Ich liebe dich auch, Solo. Wir sehen uns in zwei Tagen." Sie legte auf und sah nach Zack auf dem Rücksitz. Er saß vorgebeugt da, das Gesicht an die Scheibe gepresst.

„Tiger, Mama! Tiger!"

Eine riesige Katze mit Tigerstreifen ging mit geschmeidigen Bewegungen an dem Zu-verkaufen-Schild vorbei. Sie blieb stehen, als gehöre ihr das Haus und möglicherweise auch der Gehsteig und alle Autos, und leckte sich die rechte Pfote.

Zack war außer sich vor Begeisterung. Sie würden in das Revier eines Tigers ziehen. Das war definitiv ein gutes Zeichen.

Die Hannigans boten an, Zack zu nehmen, als Donna zwei Tage später nach San Diego flog. Das Wiedersehen mit Mike in dem Tunnel des gigantischen Friars-Stadions war wohl einer der stürmischsten Momente ihres Lebens. Er schlang die Arme so voller Leidenschaft um sie, dass auch die letzten Zweifel, die sie noch gehabt haben mochte – attraktiver Baseballspieler allein in der Großstadt –, verschwanden.

„Wow, habe ich dich vermisst", meinte er stöhnend. „Ich kann es nicht fassen, dass ich ein blödes Spiel habe. Wieso können wir die Cardinals nicht einfach sausen lassen, in mein Hotel fahren und übereinander herfallen?"

Sie lachte, das Gesicht an seine Brust geschmiegt, während in ihrem Herzen ein Feuerwerk explodierte. „Soll ich mit dem Wasserschlauch auf dich zielen?"

„Das weißt du, Babe. Hey, möchtest du das Spiel auf der Spielertribüne sehen, zusammen mit den anderen Spielerfrauen?"

„Ich bin noch keine Spielerfrau."

„Aber du wirst schon sehr bald eine sein." Er schob die Hand in die Gesäßtasche seiner Baseballhose, die so eng aussah, dass dort hinten unmöglich etwas hineinzupassen schien. Der Diamantring, als Mike ihn ihr hinhielt, funkelte, als wollte er sagen: *Hier bin ich, und ich bin fantastisch. Gewöhn dich an mich.*

„Steck ihn auf, meine Frau", befahl er. „Oder muss ich dich fesseln und es selbst tun?"

Donna schob den Ring auf den Finger, da sie sowieso alles tat, sobald er in diesen Kommandomodus verfiel. Und natürlich weil der Ring umwerfend war. Und weil sie Mike liebte und es kaum erwarten konnte, ihn endlich zu heiraten. „Ich versteh schon, Solo. Du hast es in die Major League geschafft und glaubst jetzt, du könntest mich herumkommandieren. Vergiss bloß nicht, wer in dieser Beziehung das Kommando über den Wasserschlauch hat."

Er drückte sie sanft an die Wand. „Na ja, nur zu, Süße. Zeig mal, was du mit dem Schlauch alles anstellen kannst."

Verlangen flackerte zwischen ihnen auf wie ein grellweißer Blitz.

„Hey!" Eine lachende männliche Stimme unterbrach sie. Donna schaute an Mike vorbei und sah eine Gruppe spektakulär trainierter Baseballspieler vorbeimarschieren. „Mensch, Rookie, sucht euch ein Hotelzimmer."

„Oder eine Vorratskammer", meinte ein anderer.

„Was zum Jeter denken die sich?", murmelte ein Dritter.

Niemand verstand, warum Mike und Donna losprusteten. Aber dazu neigten sie nun mal, und sie hatten nicht die geringste Absicht, damit so bald wieder aufzuhören.

– ENDE –

Informationen zu unserem Verlagsprogramm, Anmeldung zum Newsletter und vieles mehr finden Sie unter:

www.harpercollins.de